Anna Maria Sogl • Flucht auf die Insel

D1722244

ANNA MARIA SOGL

Flucht auf die Insel

2. Auflage 2003

edition fischer
im
R. G. Fischer Verlag

Die Deutsche Bibliothek - CIP-Einheitsaufnahme
Ein Titeldatensatz für diese Publikation ist bei
Der Deutschen Bibliothek erhältlich

2. Auflage 2003
© 2001 by R.G.Fischer Verlag
Orber Str. 30, D-60386 Frankfurt/Main
Alle Rechte vorbehalten
Schriftart: Savoy 11˙
Herstellung: SatzAtelier Cavlar / NL
Printed in Germany
ISBN 3-8301-0262-3

Für meine fünf Kinder

1. Teil • Die Insel

1. Kapitel

15 Jahre Einsamkeit in Schottland

Damals in der Schweiz sagte die alte Nonne zu mir:»Kind, du wirst auf dieser Erde nirgendwo zu Hause sein.« Nun schaue ich zurück in mein Leben und versuche herauszufinden, was Heimat für mich war und wo Heimat war. Heimat sollte Geborgenheit genannt werden. Fand ich Geborgenheit in Schottland? Ich nehme es an. Es sind jetzt 15, gar 16 Jahre, daß ich auf einer Insel einsam lebe. Ich wohne in einem Häuschen direkt am Atlantik. Vor meinem Haus erstreckt sich bis zum Horizont eine weite, unübersehbare Ebene, mit friedlich grasenden Schwarzgesichtschafen. Im Norden, auf den leicht ansteigenden Hügeln, weiden schwarze Kühe. Ihre Silhouetten verwischen sich im gleißenden Sonnenlicht. Schaue ich Richtung Süden in die Ferne, so sind vereinzelt weit auseinanderliegende Häuser zu erkennen. Nordwestlich erheben sich steil ansteigende Felsen, auf deren Plateau zweitausendjährige Ruinen ruhen, die einst von Kelten besiedelt waren. Dort oben fällt nach Westen hin die Steilküste tief in den Atlantik. Hier kann man zu den Nistplätzen der Möwen hinunterschauen. Von Mai bis September sind die Felsen mit verschiedenartigen Stein- und Moospflanzen in allen Grünschattierungen bewachsen. Diese Pflanzen und das Moos sammle ich an weniger gefährlichen Stellen zum Färben meiner selbstgesponnenen Wolle. Hier oben, inmitten dieser alten Ruinensiedlung, umfängt mich tiefer Frieden. Es ist eine ganz besondere Stille. Die Vogelstimmen, das Blöken der Schafe, das

Klatschen der Wellen unten an die Felsen — alles ist wie durch einen Nebel vernehmbar. Als ob die Laute in der Luft hängenbleiben und nicht weiterschwingen. Vom ersten Tag an, den ich hier oben verbrachte, fühlte ich eine unbewußte innerliche Verbundenheit zu diesem historischen Ort. All die feinen Empfindungen, die in der materiellen Welt vom Überfluß abgeschliffen sind, scheinen hier in den Ruinen noch lebendig. Mögen ihre Bewohner auch schon viele hundert Jahre tot sein, so ist mir doch, als ob ihre Gedanken, ihr Leid, ihre Freude und Liebe wie kleine Silberfunken in den Steinen weiterleben.

Oft sind es acht Monate im Jahr, da wird die Insel von Wind, Sturm und Regen gemartert. Da tobt das Meer und schleudert seine haushohen Brecher krachend an die von ewigen Zeiten her zerklüftete Felsenküste. Am flachen steinigen Strand hinter meinem Haus werden die schon seit Jahrtausenden abgeschliffenen Steine von der Kraft der Wellen vor- und zurückgerollt. Dieses Rumpeln ist weit hinein in die Insel zu hören. Salzige Gischt bleibt am Fenster hängen. Im Kamin verfängt sich der Sturm und heult durchs Haus. Am schlimmsten ist es in den Monaten Januar, Februar, da ist die Küstenstraße manchmal unbefahrbar. Es gibt hier oben im nördlichen Teil der Insel nur die eine Straße. Der Strom fällt tagelang aus, da kaum ein Transformator aufgerichtet, ein anderer wieder beschädigt ist. Jedoch ist kein Strom kein großes Problem, erstens, weil die Elektrizität neu für den Inselbewohner ist, und zweitens, hier wird noch mit Torf geheizt und gekocht. Petroleumlampen spenden ein gemütliches Licht in den riedgedeckten Steinhäusern.

Am Anfang, als mir die Tücken der Elemente noch unbekannt waren und ich mich nicht winterfest mit Vorräten versehen hatte, ging unter anderem auch mein Salz zur Neige. So stapfte ich, mit den unerläßlichen Gummistiefeln (Wellington) angetan und regenfest angezogen — bei diesem Sturm werden Regentropfen zu Nadelstichen und selbst ein paar Haare, ins Auge geweht, verursachen Schmerzen — zu meiner einzigen Nachbarin. Sie wohnt einen knappen Kilometer nördlich von mir. Als ich ihr mein Anliegen vorbrachte, lachte sie herzlich. Salz sei kein Problem. Wenn nur alles so leicht zu bekommen wäre. Ich solle es nur von der Fensterscheibe abkratzen. In der Tat, so war es auch. Die schäumende Gischt, die an den Scheiben hängenbleibt und eintrocknet, hinterläßt Salz. Wir tranken noch in ihrer vom Torffeuer erwärmten Küche die übliche schottische Cup of tea und tauschten Neuigkeiten aus, die meist die Tiere und das Wetter betrafen.

Lange durfte man sich nicht aufhalten, da es um diese Jahreszeit ganz plötzlich dunkel wird. Man ist verloren ohne eine gute Taschenlampe, da zu mir nur ein Trampelpfad führt. Doch mit einer starken Taschenlampe stapfte ich durch die finstere Nacht durch Sturm und Regen und fühlte mich geborgen wie in Abrahams Schoß. Hier gibt es ja keine Menschen, die man zu fürchten hätte.

Man muß oft in einer solch stürmischen Nacht hinaus. Sei es zur Rettung eines Schafes, das ununterbrochen blökt, weil es sich vielleicht irgendwo verfangen hat, hauptsächlich in der Lammzeit. Oder sei es eine Kuh, die gesucht werden muß, die sich, wenn ihre Zeit zum Kalben naht, von der Herde absondert.

Ich befand mich oft auf der Suche nach meinen Ziegen, falls sie sich abends im Stall nicht eingefunden hatten. Meine Ziege Heide war die frechste. Sie war wirklich frech und so menschlich. Ich wußte, daß sie mich mochte, rieb sie doch manchmal ihren Kopf liebkosend an mir. Doch ist sie nie abhängig und treu ergeben gewesen wie mein Hund, ein goldfarbener Labrador, ein edles und gutes Tier. Meine Ziege Heide war mit einem Dickkopf ausgerüstet, wie ich ihn noch bei keinem Tier erlebt habe. Wenn ihr etwas so gar nicht paßte oder gefiel, schüttelte sie wie ein Kind trotzig ihren Schädel, daß die Ohren nur so wackelten. Sie behielt ihre Eigenständigkeit und war sehr stolz. Selbst dann, als sie sich herabließ, ein mutterloses Lämmchen zu säugen, das ich ihr an die Zitzen hielt. Einmal säugte sie sogar ein schwieriges Lammzwillingspärchen. So adoptierte und säugte sie brav viele verwaiste Lämmer in den Jahren ihres Daseins. Doch zeigte sie um so deutlicher den dicken wolligen Schafen ihr Verachtung. Sie ging ihnen aus dem Weg. Sollte ein Schaf es dennoch wagen, in ihrer Nähe zu grasen, bockte sie es fort. Jedoch geschah es – arme Heide –, wenn sie ihren Paarungsdrang verspürte und ich sie nicht zum Bock bringen wollte, daß sie dann in ihrer Verzweiflung jammernd hinter den Schafböcken herbettelte, die dann ihrerseits nichts von ihr wissen wollten.

Nichts ist für eine Ziege entwürdigender als angepflockt zu werden. Da Einkaufen eine Tagesreise ist, mußte ich sie wohl oder übel anpflocken. Sie haßte es und meckerte mir verächtlich hinterher. Irgendwie brachte sie es meistens doch zustande, sich loszureißen – oft hatte sie den Strick durchgekaut. Meine mühsam gehegten Blumen und Salate, die ich gegen Sturm schützen konnte, waren dann der Freßlust meiner Ziege schutzlos ausgeliefert. Ziegen fressen alles, am liebsten aber Unkraut und Disteln. Hingegen Kühe und Schafe lieben das süße Gras.

Die schottische Distel ist eine sehr schöne rot-blaue Blume. Als wollte sie ihre Schönheit vor äußerer Einwirkung mit einem Stachelkleid beschützen, hat sie sich ein solches von Mutter Natur erbeten – sie ist die Flower of Scottland. Ihre Schönheit wird in der schottischen Nationalhymne besungen. Eine schwermütige und zu Herzen gehende Melodie. Ein Bestandteil der

Distel ist eine Säure, die sich auch im Ziegenurin befindet, der wiederum zur Fixierung der Farbe bei selbstgefärbter Wolle verwendet wird. Dieses alte Fixierungsrezept habe ich mit einigen anderen Rezepten zum Wollefärben von den »Alten« hier übernommen.

»Ja, wie sammeln Sie denn den Urin?« wurde ich von Touristen gefragt, wenn ich ihnen erklärte, wie hier seit Jahren — jetzt auch von mir — Wolle hergestellt wird. »Das ist ganz einfach«, antwortete ich ihnen. »Wenn eine Ziege Wasser lassen muß, stellt sie sich mit gespreizten Hinterbeinen hin, dann dauert es noch etwas, bis der Strahl kommt, dann halte ich den immer bereit stehenden Kübel drunter.« Die Insulaner, »die Alten«, wußten gar vieles über Kräuter und Wurzeln, wie alle Naturvölker. Alles war verwendbar, alles wurde selbst hergestellt. Man mußte sich mit dem bescheiden, was die Insel hergab. Was brauchte ein damaliger Familienvater für ein eigenes bescheidenes Häuschen? Zu Millionen bescherte die Natur die Steine dafür. Man brauchte sie nur vom Atlantik zu holen. Das Gras fürs Dach wuchs überall stark und fest. Holz war schon schwerer zu bekommen, doch brauchte man nicht viel, mit Torf wurden Ritzen ausgestopft. Die Nachbarn halfen mit. Selbstverständlich ohne Bezahlung — die Zeit zählte nicht. Baugenehmigung war ein Fremdwort. So machte Verbundenheit mit der Natur und menschliche Bescheidenheit die Abhängigkeit von der Konsumgesellschaft überflüssig.

Heute sieht man jedoch schon viele Veränderungen. Ganz sachte kommt die »Moderne« auf die Insel und versucht in ihrer Geldsucht, die Insulaner davon zu überzeugen, was man alles haben muß — und ganz langsam wird dem bisher zufriedenen Inselvolk klargemacht, daß es arm ist, weil es dies und jenes nicht hat. So ist die überaus neue, kluge technisierte Zeit fleißig dabei, die Inselbewohner von ihrer Naturverbundenheit zu trennen.

Wer braucht schon »Weisheit«, wenn wir kommen, um euch das »Klugsein« zu zeigen.

Ich habe diese einfachen und guten Gaben der Natur an Kräutern, Wurzeln und Pflanzen – auch Blumen – verwerten und schätzen gelernt, bevor diese alte Weisheit von der technisierten Wissenschaft in den tobenden Atlantik gestoßen wird. Achten gelernt habe ich auch das bescheidene und ruhige Inselvolk. Sie wissen von Not, Leid und allem Arg der Welt, doch reden sie nie davon. Sie hören zu, von sich selbst reden sie nicht.

Wer die schottisch-englische Geschichte kennt, weiß, daß das schottische Volk ursprünglich ein unabhängiges Königreich war und auch später immer wieder versuchte, sich vom Joch der englischen Könige zu befreien. Bis zum blutigen Ende, dem Krieg auf dem Cullodenfeld bei Inverness um das Jahr 1745, als Bonnie Prince Charlie seine Jakobiner anführte. Dort scheinen die Schotten ausgeblutet zu sein. Bis heute sind diese Wunden nicht verheilt, die Spuren noch fühlbar in den Herzen der Menschen und noch lange nicht vergessen.

So empfindet man auch bei der Kreatur diese Schwermut. Wenn die Kühe bei Sturm und peitschendem Regen Tag und Nacht mit krummem Rücken bis zu den Knien im aufgeweichten Erdreich stehen, dumpf, ergeben, den Kopf hängen lassend ... Man leidet mit ihnen. Hier gibt es keine Ställe zum Unterstellen. Schweigend stehen die Bauern daneben und warten mit ihrer Laterne, wenn eine Kuh zum Kalben bereit ist, ihren Nacken gebeugt – wie das Vieh – gegen den strömenden Regen. Sie reden wenig miteinander. Um so mehr ist ein schweigendes Einanderverstehen vorhanden. Sie reden bedächtig und langsam. Jedes Wort ihrer gälischen Sprache scheint kostbar. Auch gebrauchen sie nicht die

Hände, um das gesprochene Wort zu unterstreichen. Ein Nicken ist Antwort, ist Zustimmung, guten Tag und viel, viel mehr, was nicht unbedingt die Zunge beanspruchen muß.
Übers Wetter wird schon etwas lebhafter diskutiert. Damit kann man keinem schaden.

In meinen Jahren auf der Insel habe ich unvergeßliche Nachbarschaftsabende erlebt. Schweigend wird beieinandergesessen. Nicht das, was gesprochen wird, zählt, wer gekommen ist, zählt. Der Besucher hat dem Haus Ehre angetan, allein durch sein Dasein. Manchmal stimmt jemand unaufgefordert in eines dieser schwermütigen gälischen Lieder ein, die keine Instrumentalbegleitung benötigen. Man trinkt Tee und lauscht in die Stille. Diese Abende finden nur in der dunklen Zeit statt. Obwohl es draußen stürmt, hört man das Heulen des Windes nicht in diesen riedgedeckten Steinhäusern. Hier hat vor über zweitausend Jahren, vielleicht vor noch längerer Zeit, einfache Weisheit der Vorväter Zweckhaftes erstehen lassen. Die Häuser haben abgerundete Ecken — man kann dies auch noch bei den alten Ruinen erkennen. Um die abgerundeten Ecken fließt der Sturm. Er bricht sich nicht krachend wie bei den eckig gebauten Häusern. Ich nehme an, daß die einfache Baukunst von den Kelten stammt. Wenn der Tee getrunken ist, werden schweigend die Laternen oder Taschenlampen unterm Stuhl hervorgeholt und schweigend, mit dem Kopf nickend, verläßt einer nach dem anderen die Stube, in der das Torffeuer noch glimmt. Bald hat die dunkle stürmische Nacht diese stillen Menschen in sich aufgenommen. Lange sind noch die Lichter der Taschenlampen oder der Laternen wie Glühwürmchen in der finsteren Einsamkeit sichtbar. Bei Vollmond erübrigt sich die Taschenlampe oder Laterne, da wird gewartet, bis der Mond aufgegangen ist. Er beleuchtet mit seinem magischen Licht die weite Einsamkeit und strahlt tief in den

Himmel hinein. Klar und unendlich ist das Weltall sichtbar und ist doch nur ein winziger Teil der Unendlichkeit.

In solch einer Nacht ist das Meer geisterhaft. Man fühlt, wie der Mond die tobenden Elemente zur Ruhe gebracht hat. Diese weite, weite Sicht in den Himmel – die Sterne dennoch zum Greifen nahe, ist nur in der Einsamkeit möglich, wo die Klarheit nicht durch Smog und Millionen von elektrischen Lichtern vernebelt wird.

In einer solchen Nacht muß man ans Meer gehen. Einfach dastehen, lauschen und staunen – und demütig schrumpft der Mensch zu einem Sandkörnchen.

> *»Alle deine Wellen sind über mich hinweggegangen.«*
> Bibelstelle

In einer solchen Nacht stand ich am Meer. Es war eine solche Nacht, als ich die Trümmer meines Lebens mit jeder Welle auf mich zutreiben sah. »Mea culpa, mea culpa.«

»Was hat Sie denn hier in diese Einsamkeit gebracht?« wurde ich immer wieder von staunenden Touristen gefragt, die nicht verstehen konnten, daß ein Mensch freiwillig so abgeschieden von aller Zivilisation – wie sie es nannten – leben kann.

»Das ist eine lange Geschichte«, war meine Antwort. »Haben Sie hierher geheiratet?« war die nächstliegende Möglichkeit der Fragenden.

»Nein, ich habe mich nicht hierher verheiratet.«

Was ist die Wahrheit? Was hat mich auf eine Insel nach Schottland gebracht? Noch heute wundere ich mich: »Wie kam ich hierher?«

2. Kapitel

Wie ich hierherkam

Sicher ist, daß es ein Davonlaufen war. Ein Davonlaufen vor einer Angst, die immer hinter mir stand. Eine Flucht, weg von einem Mann. Nur um ihn und seine aus allen Zeitungen strahlende neue Ehefrau, die er an meiner Stelle geheiratet hat, nicht mehr sehen zu müssen. Oder war es die Suche nach einem einfachen Leben? Es wird wohl etwas von allem gewesen sein. Ich fühlte mich als Fremde auf diesem Planeten, zwischen all den Strebenden, Imagehaschenden, Vielwollenden – man nenne sie alle, die Dinge, die so wichtig sind, um derentwillen betrogen und gemordet wird. Wir wissen alle davon. Es war zu anstrengend für mich, in diesem sozialen Räderwerk Schritt zu halten. Alles wurde so unwirklich, irreal. Alles entfernte sich, es rückte langsam davon und verschwamm in Panik. Ich gehörte nicht mehr dazu. Dieses Leben konnte nicht mehr ein Teil von mir sein. Etwas mußte sich ändern, oder ich wäre im Strom der Hektik und Heuchelei ertrunken. Für mich war der Zusammenhang der Dinge verlorengegangen. Ich konnte keinen Sinn in der Notwendigkeit mehr erkennen.

Da waren aber meine fünf Kinder, mit denen ich seit elf Jahren allein lebte, für die ich verantwortlich war. Heute erschrecke ich, wie schnell alles voranschritt. Ich erschrecke darüber, was ich getan habe. Noch heute leide ich dieses Handelns wegen.

Fort von hier, nur fort. Im Traum verfolgt mich eine Kreuzung. Auf dem einem Arm war die Zahl 89, der andere Kreuzungsarm war leer. Doch zeigten beide nirgendwohin, da der Wegweiser auf keiner Straße stand. Er stand nirgendwo.

Ich war wie ein gehetztes Tier, das eine Höhle zum Verbergen sucht. Ich fand – nein –, die Höhle lief mir in den Weg. In Schottland auf einer Insel, hoch oben im Norden, wo ich noch nie gewesen war, dort war meine Höhle. Ich kannte und wußte gar nichts von den Hebriden, nur eben soviel, daß es eine Inselkette an der Westküste Schottlands ist. Neu anfangen müssen – nicht wissen, wie, nicht wissen, wo – eine solch schwerwiegende Entscheidung allein auf sich zu nehmen – über andere, mir vom Leben Anvertraute mitentscheiden – ist fast untragbar. Ja, eine derartige Entscheidung kann nur in großer Verzweiflung geschehen. Ich wurde von meinen verheerenden Gefühlen geleitet. Mein Verstand war ausgeschaltet. Bis ich zu meiner Ratio wieder durchdrang, war es zu spät. Da dieses Geschehen wie von selbst sich seinen Weg bahnte, nahm ich an, daß das Schicksal die Ampel für mich auf Grün schaltete. Mein Entschluß stand fest, ohne Hindernisse geschah alles, wie ICH es wollte.

Auf Anhieb war unser total verschuldetes Haus, das uns elf Jahre ein gutes und schönes Zuhause war, verkauft. In einer Kreiszeitung las ich eine Kleinanzeige: »Winterfestes Haus in Schottland zu verkaufen, direkt am Atlantik. Hier – war das nicht mein Haus? Ein Haus am Meer. Mein ewiger Traum. Nun sollte ich zu den Auserwählten zählen, die auf einer Insel wohnen. Glaubte ich doch immer, es sind Auserwählte, die auf einer Insel wohnen. Ich beneidete sie darum.

Als all die vielen Schulden bezahlt waren, blieb noch soviel Geld übrig, um dieses Haus auf der Insel zu kaufen, das im Verhältnis zu unseren Immobilienpreisen spottbillig war. Ein großes Stück Land inbegriffen. Als dann die Umzugskosten auch abgezogen waren, hatte ich noch soviel übrig, um vielleicht die ersten zwei

Jahre mein unbekanntes Leben auf der Insel zu bestreiten, bis ich einen Lebensunterhalt gefunden hätte.

Jedoch bekümmerte mich dieses Problem in dem Moment kaum. Wenn ich nur erst einmal dort bin, dachte ich, alles andere wird sich schon finden. Es wird sich schon finden, wurde zu meiner Parole. Es wird sich schon finden ... In dieser Hinsicht saß in meinem Unterbewußtsein ein Urvertrauen. Das Lichtlein wird wieder Leuchten ... Doch im Moment war alles dunkel und wund, und ich rannte davon, um mich in einer Höhle zu verkriechen.

Es kam mir nicht in den Sinn, daß ich damit meinen Kindern eine Veränderung aufzwang. Ja, daß ich dabei war, ihnen den Boden unter den Füßen wegzuziehen. Es drang nicht durch meinen Nebel, daß sie ja auch litten und Angst hatten. Das Verpacken des Hausrates, der Bücher und Bilder, das Einladen der Möbel in ein gemietetes Umzugsauto, das mein Sohn Arne und sein Freund nach Schottland fahren würden, das Abmelden – das Verlassen des Hauses – hier lebten wir zusammen, teilten Leid und Freude, hier lernten wir zusammenhalten. Das alles geschah für mich schlafwandlerisch.

Diese elf Jahre in unserem gemütlichen Haus mit dem verwilderten Garten waren wohl meine schwersten und härtesten an Arbeit und Überlebenskampf, jedoch auch meine intensivst gelebten Höhen und Tiefen. In diesem Haus war jeder für jeden da. Manchmal schleicht sich ein eisiger Gedanke in mein Gewissen: Waren meine Kinder mehr für mich Halt und Stütze als umgekehrt?

Als dann endlich nach einer langen Reise das Haus auf der Insel in seiner Einsamkeit uns entgegenblickte, war es, als hätte ich all dies schon einmal erlebt – es war mir alles wohlvertraut – als käme ich heim. Hierher gehörte ich. Unfaßbar, daß es mir beschieden sein sollte, auf diesem herrlichen Fleckchen Erde von nun an zu leben. Mein Erstauntsein beherrschte mich vom Morgen bis zum Abend.

Damals war es mir ein tägliches Rätsel, daß ich hier, so weit entfernt vom Gestern, die Höhle zum Verkriechen gefunden hatte. Jeden Morgen stand ich zeitig auf, lief die wenigen Schritte zum Wasser oder auf den Hügel und staunte und staunte ...

»... *und meine Seele spannte weit ihre Flügel aus, flog durch die stillen Lande, als flöge sie nach Haus.*«
JOSEPH V. EICHENDORFF

Nachdem meine Kinder beim Renovieren geholfen hatten, war es Zeit zum Abschiednehmen der drei Großen. Zwar hatten sie ihre Studien- und Arbeitsplätze – auch ein Unterkommen, doch weiß ich heute, daß ich ihnen etwas Wichtiges genommen habe. Ich habe ihnen die Geborgenheit eines Zuhause genommen, denn Schottland ist weit, die Insel noch weiter. Ich habe meine Kinder, die älteren, im Stich gelassen. Doch diese Schwere meines Handelns drang damals noch nicht in mein Bewußtsein. Ich war noch weit davon entfernt, das ganze Ausmaß dieses Handels zu erkennen. Leckte ich doch erst mal meine Wunden, dachte nur an meine Heilung, an mein Leben. Ein neues Leben wollte ich anfangen in dieser Einsamkeit, in diesem alten Haus mit seinen dicken Mauern, aus rohen Steinen gebaut. Zurückschauend sehe ich mich in einem schlafwandelnden Leben, alles verdrängend. Mir schien, als lebte ich auf einem anderen Planeten, in einer anderen Dimension. Ich sehe die Frau, die ich damals war, staunend und immer nur staunend über das Meer hin starren. Sie ließ sich einfangen von der schwermütigen Landschaft dieser Insel, bis die Sonnenstrahlen der Mittagssonne durch die feuchte grüne Schwermut brachen und alles leuchtend und heiter stimmten, da war auch diese Frau wieder heiter und zuversichtlich.

Die Schulferien auf der Insel sind Ende September beendet. Mein jüngster Sohn, damals zehn Jahre alt, mußte für ein Jahr die kleine Grundschule besuchen, um erst mal die Sprache zu erlernen, bevor er im nächsten Jahr in die weiter entfernte Highschool kam.

Auf der Insel wird wie in verschiedenen Gebieten des Hochlandes noch gälisch gesprochen, in der Schule jedoch in Englisch unterrichtet. Einst war diese alte, wohlklingende Sprache von der englischen Regierung bei Strafe verboten. Man wollte alles Schottische keltischen Ursprungs ausrotten. Bei einigen, allerdings sehr wenigen alten Menschen gibt es noch immer die Scham, mit der gälischen Sprache aufgewachsen zu sein.

Heute ist es anders. Die schottische Kultur mit ihrem Gälisch, mit den einmaligen Highland dances, ihren Liedern und dem Dudelsack samt Kilt wird aus der Verbannung zurückgeholt — nicht nur als Touristenattraktion —, unterstützt und gefördert.

Die wenigen Schulkinder aus unserem Nordteil der Insel werden mit einem Kleinbus von den weit verstreuten kleinen Gehöften oder Fischeransiedlungen abgeholt. Trotzdem war es für einige noch weit zum Bus, da zu manchen Häusern nur ein Trampelweg führte. Die größeren Schüler, die die Gesamtschule (Highschool) im 30 Kilometer entfernten Städtchen besuchten, durften mit einem richtigen Bus fahren. Da zu meinem Haus auch nur ein

Trampelpfad führt, vorbei an Kühen und Schafen, durch Heidekraut und Moor, begleitete ich meinen Sohn am Anfang jeden Morgen zur Haltestelle. Eigentlich gibt es keine Haltestellen, der Bus hält eben da, wo jemand einsteigen möchte.

Das Wetter ist so unbeständig, daß es in wenigen Minuten von Sonnenschein zu Regen wechseln kann. Zum Unterstellen gab es damals keine Möglichkeit, man war dem Regen ausgeliefert. In den vielen Jahren geschah es mir oft, daß ich, bis auf die Haut durchnäßt, dennoch, bis ich zu Hause ankam, vom warmen Westwind wieder getrocknet war.

Da waren die zwei Brüder. Murdo und Norman. Sie waren stolze Besitzer von Fahrrädern, eine Mischung aus Mountainbike und klapprigem Vehikel, die sie sich selbst aus alten Teilen zusammengebaut hatten. Ihre Sonntage verbrachten sie meistens auf der Suche nach allem Brauchbaren am steinigen Ufer des Meeres. Dort wurde manch Nützliches gefunden. Diese Brüder also kamen bei Regen, ob Sommer oder Winter, auf ihren klapprigen Rädern mit nacktem Oberkörper zum Bus. Ihre Schulkleidung schützten sie vor der Nässe in einer Plastiktüte. Sonst hätten sie im Bus und dann in der Schule mit nasser Kleidung sitzen müssen. Sie besaßen keinen Regenschutz. Auf dem Nachhauseweg geschah dasselbe. Hemd, Pullover und Blazer wurden in die Tüten verpackt, bevor sie ihre Räder aus dem Graben holten, und mit bloßem Oberkörper fuhren sie nach Hause, denn sie hatten kein zweites Hemd, keinen zweiten Pullover, keinen zweiten Blazer, und die nassen Kleidungsstücke wurden bei dem kargen Torffeuer bis zum nächsten Morgen nicht trocken.

Murdo und Norman wurden Freunde meines Sohnes Tobi. Ich sah sie zu bescheidenen, hilfreichen Männern heranwachsen. So wie sie als Kinder klapprige Fahrräder zusammenbastelten, wurden es später Traktoren und Motorräder — auch Autos.

Ich werde nie das laut stöhnende Auto vergessen, in dem sie mich einmal spazierenfuhren. Eine Plastikcolaflasche diente als Benzintank, der Auspuff war aus leeren Bier- und Limonadendosen zusammengeschweißt. Für das benötigte Benzin mußten sie erst einmal zu Fuß über die Berge zur anderen Seite der Insel, dort gab es (gibt es heute noch) eine kleine Tankstelle mit Handbetrieb. Mittlerweile hat sich diese Tankstelle zu einem Tante-Emma-Laden erweitert. Hatten sie glücklicherweise Benzin, so kurvten sie fröhlich in der Gegend herum. Einen Führerschein besaß selbstverständlich keiner. What a wonderful time for youngsters!

Auch die erste Gitarre war home made. Hier sind alle erstklassige Sänger und Musiker.

Überhaupt, so bin ich überzeugt, steckt in diesen einfachen Inselbewohnern sehr viel bescheidene Intelligenz, was nicht wundert, zählt man die Liste großer Vorfahren auf. Da waren seit Jahrhunderten die Tinker, eine Art fahrendes Volk in den Highlands. Manuell talentiert, genauso wie musisch. In ferner Vergangenheit gab es die Pickten, die Druiden mit ihren Barden, die Wikinger, die Kelten …
Ein Erbgut gewaltigen Ausmaßes. Daraus folgere ich: Die Druiden ließen von ihrer Weisheit etwas zurück, von den Barden erbten die Schotten den Gesang mit der begnadeten Muse der Instrumentalmusik, von den Tinkern die Geschicklichkeit des Handwerks. Ob sie wohl von den Wikingern und Kelten das Kämpfen im Blut haben, weiß ich nicht. Wohl wurden die Schotten von aller Welt als Soldaten angeheuert — zwischen den

Clans wurde auch ständig gestritten – doch jetzt scheinen sie mir ein friedliches Volk zu sein.

Mein kleiner Sohn und ich paßten uns schnell dem rationalen Lebensbereich der Insel an. Es fiel uns nicht schwer, im Gegensatz zu meiner jüngsten Tochter, damals nicht ganz 16 Jahre alt. Sie wirkte so verloren in dieser Einsamkeit wie ein aus dem Nest gefallenes Vögelchen. Da schien ich etwas aus meiner Traumwelt zu erwachen, und vor mir stand ich selbst, wieder mit der Last der Verantwortung, die mich erstarren ließ. Was habe ich diesem Mädchen angetan? Für mich mag es gut sein hier, auch für den kleinen Sohn, er hatte gleich Anschluß gefunden – er war glücklich. Daß er glücklich war, erkannte ich an dem folgenden Ereignis: Er spielt mit seinen Freunden auf dem Hügel, als er plötzlich ganz erhitzt zu mir in die Küche hereinstürzte, stehenblieb und mich strahlend ansah – er wendete sich schon halb wieder zum Hinausgehen, da fragte ich: »Ist etwas?« Er antwortete: »Ich wollte nur wissen, ob du da bist, es ist so gut, jetzt, wo du immer da bist, du weißt schon, was ich meine, Mama.« Glücklich rannte er den Hügel wieder hinauf. Doch mein Mädchen? Ich erkannte, daß ich ihr Leben mit meinem Eigennutz zerstörte, hatte ich doch nur an meine Heilung gedacht und sah nicht, wie sie trüber und trüber wurde. Da kam Hilfe von meiner ältesten Tochter, die schon oft ins Familiengeschehen eingegriffen und Entscheidungen gefällt hatte, wenn ich keine Kräfte mehr hatte. Sie studierte in Passau und fand am Schwarzen Brett einen Aushang: Kindermädchen zu guter Familie nach Amerika gesucht. Das war es. Sie leitete alles in die Wege. Mareike war beglückt und voller Hoffnung. Sie erblühte zum Leben, wie eine Blume, die wieder gegossen wurde.

Und wieder sah ich einem Geschehen zu, dem ich erschrocken und traurig gegenüberstand, das ich auch nicht mehr aufhalten konnte. Sie wurde dort hinter dem Atlantik von der Familie geliebt und wie ein eigenes Kind gehalten. Gott segne die zwei guten Menschen Bob und Lizz. Sie haben einen Berg von meiner Seele genommen. Und doch, ich habe ein Kind verloren, so schien es mir, weil ich versagt habe. Ich litt unbeschreiblich um diese Tochter. Es schmerzt heute noch – obwohl sie jetzt, wo ich diese Zeilen schreibe, bei ihrem Bruder Tobi in Inverness wohnt. Nach 15 Jahren kam sie zurück. Sie tröstete mich in Briefen und bestätigte immer wieder, daß ich eine gute Mutter gewesen bin. Nach dem ersten Weihnachten in Schottland, wo wir alle noch einmal zum letztenmal zusammen waren, ging sie dann nach Amerika.

Nun waren also Tobi und ich allein. Die Einsamkeit schien er nicht zu bemerken. War er doch bis vier Uhr nachmittags in der Schule. Sonntags folgte er seinen Freunden an den Strand, um Dinge aufzustöbern. Oder sie gingen angeln. Stolz brachte er mir Fische für die Abendmahlzeit heim. Der Fußballplatz war viele Meilen groß, und kein Nachbar erhob drohend die Fäuste, falls der Ball sich verirrte. Niemand schimpfte, niemand störte ihre Kreise.

Wir starteten unsere kleine Farm mit zwei Schwarzgesichtlämmern, die uns eine alte Frau schenkte und die wir mit der Flasche ernähren mußten. Dann folgten Ziegen. Wir gewöhnten uns bald an das Trinken der Ziegenmilch. Einen Hund hatten wir schon, dann folgten zwei Kätzchen. Irgendwann flog eine Wildente in den Hof. In der Hoffnung, sie behalten zu dürfen, streute ich Vogelfutter. Am nächsten Tag war das Futter aufgepickt, von der Ente allerdings auch nichts mehr zu sehen. So behielt ich das

Futterstreuen einige Zeit bei, da ich ganz sehnsüchtig wünschte, sie möge wiederkommen. Doch statt ihrer kamen, vom Futter angelockt, viele Möwen mit ihrem schreienden Gelächter. So stellte ich das Streuen ein, und die Vögel blieben unten am Wasser. Irgendwann gab ich es auf, suchend über die Wellen des Atlantiks nach der Ente Ausschau zu halten.

Die Tage wurden kürzer, es wurde sehr zeitig dunkel, die Wellen des Meeres höher und schaumiger. Am Horizont vermischten sie sich mit den Wolken. Der Wind wuchs zum Sturm. Noch war ich ahnungslos, was die Wintermonate alles mit sich brachten ...

Eines zur Neige gehenden Nachmittags saß ich wie so oft auf dem tiefen Fensterbrett und beobachtete vor mir die nasse Landschaft der leicht ansteigenden Hügel. Ich wartete auf meinen Sohn, als plötzlich aus dem dämmrigen Himmel ein dunkler Schatten ans Fenster klatschte. Erschrocken sprang ich vom Fensterbrett.

Es war die Ente, das wußte ich sofort. Sie war also zurückgekehrt. Ich war ganz erregt vor Freude. Ganz ruhig stand sie draußen auf dem Sims und schaute von der Seite mit einem Auge zu mir. Dann drehte sie ihren Hals und schaute mit dem anderen Auge. Da die Fenster meines Hauses sich damals von unten nach oben schiebend öffneten, konnte ich ohne Geräusch etwas von dem immer bereitstehenden Vogelfutter vorsichtig hinausstreuen. Die Ente pickte es zu meiner Freude auf — und da sie nicht fortflog, legte ich noch Brotstückchen dazu. Beglückt sah ich, wie sie das Brot mit ihrem Schnabel zerhackte, und vergaß ganz, daß ich ja auf Tobi wartete, bis er ahnungslos am Fenster vorbeikam — da flog die Ente davon, worüber er sehr erschrak.

»Sie wird wieder kommen«, tröstete ich ihn, da es ihm so leid tat, die Ente ungewollt fortgejagt zu haben. Es wurde Frühling, als sie sich an mein Fenstersims erinnerte. Wo mag sie den Winter über gewesen sein?

Noch einmal flog sie fort, dann blieb sie für immer, viele Jahre, bei uns. Ich besorgte ihr einen Enterich, und so wurde sie die Stammutter vieler Enten. Wir nannten sie Gertrud, nach dem Roman von Jules Vernes »Zum Mittelpunkt der Erde«. Da spielt eine Entengertrud eine beachtenswerte Rolle.

Mein Sohn paßte sich sehr schnell seinen Freunden an. Zwar nannten sie ihn manchmal »Hitlerboy«, doch war es nicht böse gemeint. Alles »Deutsche« wird noch heute mit dem Namen Hitler in Verbindung gebracht. Als ich einmal die Buben fragte, was sie denn über diesen Mann wüßten, schauten sie mich verlegen an und staunten über meine Unwissenheit. Ein Grinsen war Antwort genug. Wahrscheinlich wollten sie mir nicht weh tun, oder sie wußten eben soviel, was kleine Kinder vom »bösen Mann« wissen.

Die Brüder scheuten den Umweg nicht, den sie auf sich nahmen, um Tobi abzuholen. Tobi war glücklich darüber, denn meine Begleitung zum Bus war ihm schon lange lästig. Schließlich, welcher heranwachsende Junge will ständig von der Mutter begleitet werden? So rasten die drei Buben mit den klapprigen Mountainbikes — Tobi durfte abwechselnd vorn auf der Stange sitzen — den schmalen Weg zur Straße, wo der Bus sie dann aufnahm.

3. Kapitel

Die grüne Hütte

An dieser Stelle stand am Straßenrand eine Holzhütte, nicht größer als eine Hundehütte. Diese kleine, grün angestrichene Hütte diente vielen verschiedenen Zwecken. Sie war überaus nützlich für die verstreut liegenden Anwohner. Brachte zum Beispiel der Busfahrer Bestellungen aus dem Städtchen mit, so wurden diese dort deponiert. Oft waren es Whiskyflaschen, die er besorgen mußte. Geschenke wurden hinterlegt, Werkzeuge, die ausgeliehen wurden und vieles andere mehr.

Zu ihres Vaters Zeit, so erzählte mir Kathy, wurde sogar das einzige Rasiermesser in dieser Hütte hinterlegt. Ein jeder Mann hatte seinen bestimmten Tag, um sich zu rasieren. Ganz wichtig war auch die kleine Hütte für Regenmäntel und Gummistiefel. Diese Allzweckhütte diente auch den Buben als Regenschutz, falls der Bus noch nicht dastand. Es waren fünf Kinder, die an dieser Stelle auf den Bus warteten. Nur zwei Kinder paßten kauernd hinein, die übrigen standen im Regen, warteten hintereinander — wie es sich gehört, in der Reihe, wie es in ganz Britannien Sitte ist — sie nahmen die Sache sehr ernst. Da keiner eine Armbanduhr besaß, wurden die Minuten gezählt. Die Sache wurde so ernst behandelt, daß am Abend vorher schon ausgelost wurde, wer am nächsten Tag zuerst in die Hütte darf. Jedoch stand der Bus manchmal schon wartend da, so wurden die Buben um ihr Vergnügen gebracht.

Eine viertel Stunde früher oder später machte dem Busfahrer keine Sorge. Die Insulaner sind geduldig, sie kennen keinen Zeitdruck. In die Schule durfte man auch zu spät kommen.

Ich deponierte ebenfalls meine Gummistiefel und den Regenmantel in der kleinen Hütte, wenn ich einmal in der Woche mit dem Bus ins 30 Kilometer entfernte Städtchen zum Einkaufen fuhr. Der Fahrer, Hamish war sein Name, wartete geduldig, bis ich meine Gummistiefel gegen Schuhe, den Regenmantel gegen eine Jacke austauschte.

Ich wohnte zwar einsam, und meistens sah mich nur mein Sohn, doch wollte ich immer, so gut es eben möglich war, gut aussehen, da war ich eitel.

Das Busfahren allein war schon Unterhaltung. Jemand hatte immer eine Warmhalteflasche mit Tee, ein anderer die unvermeidlichen Kekse oder gar belegte Brötchen. Ich trug auch meinen Teil dazu bei. Jeder teilte mit jedem. Der Fahrer bekam seinen Anteil. Fleißig wurden Neuigkeiten mitgeteilt: daß Femis Kuh gestern abend nicht zum Melken von den Bergen gekommen war, daß der Fuchs die Eier aus Angus' Hühnerstall geholt hatte, daß es Mari heute morgen wieder besser ging, dann natürlich übers Wetter ... All das war selbstverständlich, gehörte zum alltäglichen einfachen Leben.

Da es keine bestimmte Haltestelle gibt, wird gehalten, wo immer ein Fahrgast ein- oder aussteigen möchte. Immer steht jemand am Straßenrand und winkt mit einem Zettel, das sind Bestellungen, Einkäufe, Erledigungen, die dem Fahrer mitgegeben werden. Meist sind es alte Leute. Stehen alte Herren am Straßenrand — so ist der Auftrag ganz sicher eine Whiskyflasche. Beim

Abliefern derselben auf dem Heimweg bekommt der Busfahrer als Dank den ersten Schluck, um den er nicht herumkommt. Nach dem Wetter wurde Hamish gefragt, ob viele Touristen im Städtchen seien, und was sonst noch alles »fresh« (Neuigkeit) ist.

Hier muß ich die Geschichte mit den Zeitungen erzählen. Sollte mein Buch, das ich schreibe, je veröffentlicht werden, werden einige Leser jetzt schmunzeln und genau wissen, um was für eine Geschichte es sich handelt. Habe ich doch längst dieses nette Erlebnis vielen Bekannten und Freunden aus Deutschland erzählt. Es geschah während einer Busfahrt nach Hause. Es war Sommer. Einer der ganz seltenen, ganz warmen, sonnigen Tage. Nach einer halben Stunde Fahrt schlängelte sich das Fahrzeug die schmalen Serpentinen hinauf auf die Hochebene. Hier begann die »single road«, die schmale einspurige Straße, mit den Ausweichstellen. Links unten lag der Atlantik, silbrig und spiegelglatt. Rechts von der Straße erhoben sich langsam ansteigend die Berge. Das Heidekraut stand in voller Blüte. Eine duftende lilarosa-blaue Pracht. Heidekraut, soweit das Auge schauen konnte. Hinten im Bus saßen laut redend die Schüler. Tobi war auch dabei. Vorn auf dem ersten Sitz lagen wie üblich die Aufträge, verpackt in Plastiktaschen. Neben dem Fahrersitz auf dem Fußboden die Zeitungen. Jede einzelne eingewickelt. Hamish war auch Zeitungsausträger. Nun hielt er natürlich nicht jedesmal an, wenn eine Zeitung ihr Ziel erreicht hatte, er warf sie geschickt zum Busfenster hinaus, sie fiel genau auf die Stelle, auf die sie fallen sollte. So geschah es seit Jahren, Sommer wie Winter, so geschieht es noch heute. An diesem schönen Sommertag also begab es sich, daß ich auch im Bus saß und mich an der atemberaubenden Aussicht erfreute, als mir ein Mercedes mit einer Stuttgarter Nummer auffiel, da er jedesmal anhielt, wenn

Hamish eine Zeitung hinausgeworfen hatte, und die Zeitung wieder einsammelte. Auch die Schüler wurden aufmerksam und meinten, daß da ein german tourist die Zeitungen stiehlt. Als endlich nach einigen Meilen der Bus anhielt, um einen Fahrgast aussteigen zu lassen, hielt auch der Mercedes an, und was ich vermutet hatte, geschah. Kam doch tatsächlich der schwäbische Tourist mit den eingesammelten Zeitungen laut schimpfend in den Bus, knallte dem verdutzten Fahrer den Packen auf den Schoß, fuchtelte mit den Armen und schimpfte gutmütig:»Schutt de Window – da, zumachen, sahet Se denn net, die Zeitungen fallet doch raus, schlafet sie?!« Bevor ich erklärend nach vorn kommen konnte, war er schon draußen. Immer noch schimpfend zwängte er sich wohlbeleibt in seinen Mercedes, wo sich auch eine Frau befand.

Unser sprachloser Fahrer ließ ihn überholen. Als ich ihn aufklärte, schlug Hamish sich lachend ein ums andere Mal auf die Schenkel. Wie konnte jemand nur annehmen, er, Hamish, verliere Zeitungen.

»I don't believe it, I don't believe it!« rief er lachend immer wieder in beiden Sprachen.

Wo immer er anhalten mußte, wurde das erzählt, und immer wurde herzlich gelacht.

»These germans – I don't believe it!«

Die Fahrgäste erzählten es weiter – und wie alle harmlosen und harmvollen Begebenheiten raste es wie ein Lauffeuer von Haus zu Haus. Somit hatten die Leute des Nordens für einige Tage nicht nur das Wetter zu diskutieren.

Der unerledigte Zeitungspacken lag noch lange im Bus. Als dann für mich und Tobi das Ziel bei der kleinen grünen Hütte erreicht war, halfen Hamish und die Buben uns beim Ausladen meiner Tüten und Taschen. Wir beluden den bereitstehenden Schubkarren. Hamish hatte einige Sachen in der Hütte zu hinterlegen. Ich wechselte die Schuhe mit den Gummistiefeln, dann schoben Tobi und ich den Schubkarren über den sumpfigen Pfad nach Hause.

Heute gibt es die kleine grüne Hütte nicht mehr. Wir sind modern geworden, statt dessen steht jetzt ein gläserner Unterstellplatz – leer, doch dort warten keine Kinder, die Kinder aus Tobis Zeit sind erwachsen, und fast jeder hat die Insel verlassen. Auch weiß die gälische Sprache keinen Namen für dieses gläserne Ding. Die Insel rennt gezwungenermaßen mit großen Schritten der Neuzeit hinterher. Unsere Kinder kamen nicht mehr in den Genuß, in diesem gläsernen Ding auf den Bus zu warten. Doch weiß ich, mein Sohn und seine schottischen Freunde sind stolz darauf, in ihrer Kindheit kauernd in der kleinen grünen Hütte einen Unterschlupf vor dem Regen gehabt zu haben. In einer gläsernen Behausung kann jeder stehen. Wohin ist die Zeit der grünen Hütte ...?

4. Kapitel

Die Elemente

Im ersten Jahr mußten wir gar vieles lernen, hauptsächlich im steten Kampf gegen die Elemente. Eigentlich kann man nicht gegen die Elemente kämpfen, man muß lernen, sich vor ihnen zu schützen, und so weit wie möglich ihre Tücken erkennen. Das mit dem Kopftuchbinden zum Beispiel erfaßte ich erst, als der Sturm mir eines Tages mit brutaler Wucht einen Zipfel des Tuches in meine Augen schlug, daß es blutete und schreckliche Schmerzen verursachte.

Holzbretter, die ich an die Wand gelehnt hatte, flogen wie Papierfetzen durch die Luft. Dolly erzählte mir, daß ein Stück von einem Blechdach mit solcher Geschwindigkeit durch die Luft wirbelte, daß es eines ihrer Kälber regelrecht köpfte.

An meinem Haus ist ein Anbau, eine Scheune oder Schuppen, dort waren meine Ziegen und das Heu untergebracht. Nach einer stürmischen Nacht war das Dach abgedeckt, das Heu kilometerweit verstreut, und die Ziegen hatten sich zu den Schafen in die Berge geflüchtet.

Anfang Mai, wenn der Kuckuck ruft, die Lämmchen herumtollen oder in der warmen Frühlingssonne wie Sonnenanbeter die schwarzen Köpfchen der Sonne entgegenhalten, da ist alles, alles voller Hoffnung. Das Gras wächst saftig und süß. In meinem Garten prangen die ersten Knospen von Blumen und Büschen, die ich mühsam gepflanzt oder ausgesät hatte. Wie wunderbar und groß ist die Freude, wenn sich die Blätter grün und leuchtend entfalten. Das erste Grün der Kartoffeln sprießt mutig durch das Erdreich, die Moosblümchen wagen es freudig, sich in ihrer bunten Schönheit der Sonne zu zeigen.

Die Lerche singt ihr Lied hoch in der Luft … Doch dann, als ob er gelauert hätte, gelauert draußen im Atlantik, gelauert im Norden, im Süden, gelauert und gewartet, bis alles aus dem Schutz der Erde heraus war, um sich der Sonne hinzugeben – da kam »er«, der Sturm. Schwarz, schneidend und eisig – beladen mit dem Salz des Meeres. Tag und Nacht schlug er wie ein dämonisches Ungeheuer in alles, was zum Leben erwacht war. Er ließ nicht nach, bis alles braun und verbrannt, tot zusammenfiel. Die hoffnungsfreudigen Knospen, das junge Gras – alles, alles war schwarz, alles ließ er tot hinter sich. Wir nennen diesen Frühlingssturm: der schwarze Tod.

Doch was für ein Wunder. Nur wenige Tage wieder warmer Sonnenschein, gepaart mit der unbesiegbaren Kraft und Energie der Muttererde, und alles erwacht noch einmal zu neuem Leben. Wieder zeigen die Sträucher: der Stechginster, die Riesenfuchsien, baumhohe Rhododendren, duftige Azaleen und all die vielen bunten Moosblümchen, daß sie noch genügend Leben und Schönheit in sich tragen, und wieder erfreut sich alles der Sonne. Das Gras sprießt wieder. Angelockt vom frischen Duft, kommen die Kühe von den Bergen, abgemagert und zerzaust vom langen Winter.

Zwei Wochen Sonnenschein, und alle Misere von Monaten ist vergessen und vergeben. Drei Wochen liebkost vom warmen Golfstrom, die Insel ist zum Paradies für Tier und Mensch geworden. Doch schon überzieht sich der Himmel aufs neue mit drohenden Wolken, das Meer wird unruhig. Noch folgt das Wasser beschwingt und heiter mit der Ebbe hinaus in den Atlantik –

doch wehe — nach sechs Stunden wird es wütend, tosend und schäumend mit der Flut zurückgebracht. Die hohen Wellen mit den weißen Schaumkronen sehen aus, als ob Tausende und Abertausende von fliehenden weißen Pferden sich ans Land retten wollten, um dennoch an der Steilküste zu zerschellen. In diesem elementaren Kreis der Heiterkeit und Schwermut ist alles Lebende auf der Insel eingebunden.

5. Kapitel

Das Tal der Tränen

Vor Jahren, als der Segen oder Unsegen der Infrastruktur hier
noch unbekannt war, erst im Laufe des Tourismus und der
Europäisierung das Strom- und Telefonnetz zur Insel gespannt
wurde, als Fernsehen noch weit entfernt war, als Holz und Kohle
rar waren, außer man hatte Glück und wohnte direkt am Ufer
und konnte Schwemmholz einsammeln – da kannte man noch
den uralten Brauch und die Notwendigkeit des Torfstechens.
Wie vor uralter Zeit wurde noch immer auf die einzig mögliche
Art der Brenntorf gewonnen. Seit Menschengedenken war Torf
das Hauptbrennmaterial in den unbewaldeten Highlands und
den Inseln von Schottland. Noch vor 17 Jahren, als ich auf die
Insel kam, konnte man an jedem Haus den Peatstak (aufgesta-
pelter Torf) für den Winter, den Brennvorrat, sehen.

Heute, nahe dem Millenium, ist das einst lebenswichtige Element
dank dem europäischen Geldsäckel, der zu vermehrtem Wohlstand führte, hauptsächlich bei der jüngeren Generation – die
wiederum die Bereitwilligkeit zu harter körperlicher Arbeit in
Frage gestellt hat, deren Verbindung zur Natur abgetrennt ist und
die das Bestreben hat, alles so leicht und einfach wie möglich zu
haben – fast vergessen. Ein Netz von vernarbten Torfbänken
zieht sich wund und verlassen über das Innere der Insel, als
traurige Erinnerung, daß hier oben in den Hochtälern, wo nie
Touristen ihren Fuß setzen, einst fleißig gearbeitet wurde.

Verlassen stehen noch einige schon zum Trocknen aufgestapelte Torfstücke, die vom Wetter fast zu einer Steinmauer geschmiedet wurde, als Zeugen einer zu Ende gegangenen Kultur.

Dort, wo kein Tourist hinkommt, wo das Moorland bis zum Horizont reicht – wo die von den Schafen gestampften Pfade sich im Geröll verlieren, wo Schafe von Sumpflöchern festgehalten werden, weil sie sich vom leuchtendgrünen Gras anlocken lassen, dort, wo Bäche und Quellen noch so rein sind wie im Paradies, da oben habe ich auch noch das Torfstechen erlernt, und viele Jahre war es für mich eine große Hilfe. Jetzt, wo ich gezwungenermaßen auf Kohle angewiesen bin, weil ich körperlich nicht mehr in der Lage bin, es zu stechen, weiß ich, wie wertvoll dieses Geschenk der Natur gewesen ist, da die Kohle sehr teuer ist – aber nicht nur das, der Rauch und der Geruch von Torf ist geradezu ein Labsal verglichen mit der Kohle.

Dieses Hochtal nennen die Einwohner »das Tal der Tränen«. Hier fließt ein klarer Bach, gespeist von einem idyllisch an einen Felsen geschmiegten See, der selbst von drei hohen Wasserfällen angereichert wird, die von noch höher gelegenen Bergmatten herunterstürzen. In den Felsen über dem See nisten im Sommer Steinadler –golden eagle. Dieser Bach kommt aus dem See zunächst als kleines Rinnsal, um breiter und breiter zu werden. An ruhigen Stellen kann man Forellen mit der Hand fangen, sie scheinen im Wasser stehend zu schlafen. Nach einigen Meilen frißt sich das jetzt reißende Wasser durch Erweiterung von anderen Bächen immer weiter ins Erdreich, um zu einem Fluß anzuschwellen, der sich dann rasch hinunter in den Atlantik ergießt.

Kathy, meine alte Freundin, erzählte mir die Geschichte vom Ururgroßvater unseres Briefträgers. Auch er war schon Briefträger gewesen – nur ganz anderer Art als heute. Zum einen wurde ganz selten ein Brief ausgetragen, und zum anderen schrieb er die Briefe, die ihm von denen, die des Schreibens nicht kundig waren, diktiert wurden. Es war zu jener Zeit, als im Tal der Tränen Häuser standen, deren Ruinen noch heute daran erinnern. Als die Erde dort oben noch mit Furchen durchzogen wurde für Kartoffeln, Kraut und Rüben, um die Menschen zu ernähren, als eine Steinbrücke noch über den Fluß führte und Menschen noch Lieder sangen im Tal der Tränen, das damals auch noch kein Tal der Tränen war. In dieser Zeit war die Mutter mit besagtem Ururgroßvater in guter Hoffnung. Schrecken beherrschte das Tal. Die Landlords, unterstützt vom englischen König, bekamen die Erlaubnis, das ganze Hochland Schottlands und die Inseln von den meisten Menschen zu säubern.

Unter dem Namen »the time of the clearences« ist dieses schreckliche Kapitel in die Geschichte eingegangen. Man zwang die sowieso schon armen Bauern, mit ihren Familien auszuwandern, um Platz für Schafzucht zu schaffen. Wer nicht freiwillig das Ausweisungsgebot annahm, dem wurde das Haus angezündet, die Familie getötet.

In der Zeit der Geburt des Ururgroßvaters kamen in einer kalten, stürmischen Winternacht die Soldaten, um die Bauern aus ihren Häusern zu treiben und obendrein noch die ärmlichen Hütten anzuzünden, als Strafe dafür, daß sie nicht freiwillig ihr Weniges verlassen hatten.

So wurde der Ururgroßvater unseres Postmannes in einer kalten, grausamen Winternacht unter freiem Himmel geboren. Seine Mutter starb danach. Sein Vater konnte sich mit dem Säugling und wenigen Überlebenden in der Weite der Dunkelheit vor den Schergen verstecken. Die tapferen Überlebenden verließen dennoch nicht ihr Tal. Sie gruben sich in die Erde. Sie bauten unterirdische Verstecke.

Tobi und seine Freunde haben einen dieser unterirdischen Räume gefunden. Ich bin auch einmal eingestiegen. Es sind richtig gemauerte Wände.

In dieses Tal der Tränen bin ich viele, viele Male aufgestiegen. Fast täglich im Frühjahr, um für meinen Bedarf Torf zu stechen. Ich liebte diese Arbeit, obwohl sie bestimmt nicht leicht war. Wehmut erfaßt mich heute, wenn ich daran denke, daß dieser Teil meines Lebens unwiderruflich und für immer vorbei ist. Bei warmem Wetter ging ich erst gegen Abend hinauf ins Tal der Tränen zum Torfstechen. Man konnte gut bis zehn Uhr arbeiten, war es doch hell bis Mitternacht. Diese Stille, die einsame Weite.

Die Lerche schwebte hoch in der Luft und sang ihr Abendlied, genau wie in Deutschland über den mit Blumen übersäten Wiesen. Sie singt in der einen Sprache, die überall verstanden wird.

Lag ich mit geschlossenen Augen zum Ausruhen im Heidekraut, war es mir manchmal, als läge ich in meiner Lichtung im Wald daheim in Deutschland, um den Lerchen zu lauschen.

Doch die Stille hier im Heidekraut ist anders, reiner, klarer, sie dringt in die Seele. Die Stille von damals in Deutschland war nicht so klar, sie war grau. Ferne Geräusche, Autohupen, Hundegebell und menschliche Laute, drangen durch den Wald.

Auch der Geruch ist anders; der Duft des Heidekrauts, vermischt mit dem modrigen Torf, unterscheidet sich wesentlich vom Duft des Waldes nach Tannennadeln und Moos.

»Der Mensch, der nur sich selber liebt, haßt nichts so sehr als mit sich selbst allein zu sein.«
Blaise Pascal

Wie sehr ich mich auch bemühte, meine Vergangenheit zu vergessen, es gelang mir nicht. Sie war in so vielen Dingen gegenwärtig. Beim Torfstechen war es die Lerche, deren Gesang mich schmerzvoll erinnern ließ.

6. Kapitel

Meine Begegnung mit Dr. Winkler und unsere Liebe

Es war an einem Samstag. Samstags hatte ich keine Schule. Nach getaner Hausarbeit am Nachmittag spazierte ich bei fast jedem Wetter in den Wald. An jenem Samstag aber war schönes, warmes Sommerwetter. Im Wald kannte ich eine Lichtung, einen richtigen Hain. Da war ich fern von den Menschen und aller Eile und Hast. An dieses sonnige Plätzchen Erde trug ich meine Ängste, meine Träume, meine Hoffnungen. Hier tankte ich neue Energie für die neue Woche.

An jenem Samstag hatte ich meinen vierjährigen jüngsten Sohn Tobi bei mir. Er spielte auf der Decke mit Tannenzapfen. Ich lag neben ihm. Eine Lerche stand hoch über mir und sang. Diesmal jedoch klang es schaurig nach Tod und Verzweiflung. Ich schien in mir selbst gestorben zu sein. Am Montag würden die Leute vom Jugendamt meinen kleinen Sohn abholen, der jetzt so friedlich neben mir lag. Er wurde vom Gericht seinem Vater, meinem geschiedenen Mann, einem notorischen Trinker, zugesprochen, mit der Begründung: da ich, die leibliche Mutter, im Schuldienst tätig bin und somit zu wenig Zeit für das Kind habe. Hingegen die neue Gefährtin (ebenfalls eine Trinkerin, doch davon wollte das Gericht nichts wissen) sei den ganzen Tag daheim, da sie nachts arbeitet. Und diese Wirtin sollte für mein geliebtes Kind nun Sorge tragen. Welch ein Hohn.

Die vier größeren Kinder durften selbst entscheiden. Tobi war in Wahrheit nie allein. In der Früh brachte ich ihn zu einer Freundin, die nahm ihn mit ihrem eigenen Sohn in den Kindergarten mit. Nachmittags war er stets mit seinen Geschwistern zusammen. Es war alles bestens organisiert – schon seit zwei Jahren lief alles glatt, alles war eingespielt, jeder sorgte für jeden – und jetzt sollte er uns genommen werden.

»Nur über unsere beider Leichen«, schrie ich dem Richter zu. Wie darf ein Mensch, nur weil er Richter ist, über das Wohl und Wehe eines Kindes den Statuten entsprechend bestimmen? Er sah doch, daß er bei uns in einem guten Nest war.

»Nur über meine Leiche!« schrie ich in meiner Lichtung in den blauen Himmel. Die Lerche hörte zu singen auf, mein kleiner Sohn erschrak und begann zu weinen. Ich nahm ihn in meine Arme und weinte mit ihm.

Wie ist wohl einer Mutter zumute, deren Kind übermorgen abgeholt werden soll? Wüßte ich, wie man zu einer Waffe kommt, hätte ich den Richter damals vielleicht erschossen. Wut, Haß, Schreck, Angst, Qual, Hoffnungslosigkeit, zärtliche, qualvolle Liebe, alles drängt sich in deinem Innersten, es will dich zerreißen. Da haßt man sogar Gott. Werde ich mich und meinen Sohn wirklich töten? Werde ich es tun? Kann ich es tun? Als ich diese Worte im Gerichtssaal schrie, hoffte ich doch inniglich, er werde seinen Urteilsspruch ändern. Er tat es nicht. Wie soll ich jetzt nach Hause gehen und es den Kindern sagen? Wie soll ich ihnen sagen, daß ihr kleiner Bruder abgeholt wird? Fort von uns. Dieser Sonntag, der morgen sein wird, wie sollen wir da hindurch?

»... bei Herzenskummer ist aller Lebensmut zerbrochen.«
BUCH DER SPRÜCHE, 15.B

Als dann der Montag da war, hatte ich meinen Kindern nichts
gesagt. Ich stand wie immer zeitig auf, richtete die Schulbrote
und bereitete das Frühstück. Niemand merkte etwas von meiner
innerlichen Starre. Ich summte sogar ein Lied, wie ich es immer
tat. Beim Frühstück war es laut und gesprächig wie jeden Morgen. Wie jeden Morgen verabschiedeten sich alle von mir. Sie
fuhren mit dem Schienenbus zu den jeweiligen Schulen. Mecha-
nisch kleidete ich meinen kleinen Sohn an. Dann konnten auch
wir beide das Haus verlassen. Die Tasche mit den Büchern stellte ich auf den Beifahrersitz, meinen Sohn setzte ich nach hinten.
In mir war kein Gefühl vorhanden. Mein Herz mußte wohl gebrochen und jeglicher Schmerz herausgeströmt sein. Als ich beim
kleinen Bahnhof vorbeifuhr, stiegen eben die Schüler in den
Schienenbus. Man konnte den Zug eine Weile von der Straße aus
fahren sehen. Der Zug und ich trafen dann jedesmal wieder im
nächsten Dorf beim unbeschrankten Bahnübergang zusammen,
wenn ich sein Signal hörte, hielt ich mein Auto an. Die Kinder
und ich winkten dann einander zu. An diesem Montagmorgen
vernahm ich zwar das Warnsignal des Zuges, jedoch etwas in mir
ließ mich nicht anhalten. Ich hörte des Quietschen der Bremsen
des Zuges. Etwas in mir muß dann doch noch am Auto die
Bremsen betätigt haben, denn ich befand mich mitten auf dem
Bahnübergang. Der Zug kam zwei bis drei Meter entfernt zum
Stehen. Wie aus einem Nebel kamen Menschen und umringten
mein Auto ... meine erschreckten Kinder – ich erinnere mich
ganz genau noch an Frau Weiß, wie sie entsetzt die Hände vor
ihren Mund hielt – dann kam der schreiende, mit Recht
schimpfende Zugführer ... mein Sohn weinte hinter mir ... Was

danach geschah, an das kann ich mich heute nicht mehr erinnern.

Von da an versteckten wir den Kleinen bei einer Freundin, wo das Jugendamt ihn vorerst nicht finden konnte. So wartete ich ab, was weiter geschehen würde. Zwei Wochen später kam zu unser aller Schrecken auch noch eine Anzeige von der Deutschen Bundesbahn wegen fahrlässigen Fahrens und Nichtbeachtens des Signals, somit Gefährdung des Zuges und der Fahrgäste. Meine Kinder beratschlagten mit mir, was wir dagegen unternehmen könnten. Da sagte mein ältester Sohn: »Geh doch in die Sprechstunde von unserem Abgeordneten Dr. Winkler.« Damals hingen Plakate von ihm an allen Ecken und Straßen. Noch nie bis zu diesem Zeitpunkt hatte ich den geringsten Gedanken an ihn verschwendet – noch wußte ich von seiner Existenz. Nun schaute ich auf jedes Plakat, an dem ich vorbeifuhr. Er gefiel mir von Mal zu Mal mehr, da ich sein Bild jetzt bewußt in mir aufnahm. Somit meldete ich mich also klopfenden Herzens im CDU-Büro an.

Ich mußte im Laufe meines Lebens gar manchen Bittgang und die unausweichlichen Behördengänge machen, doch nie verlor ich die beklemmende Scheu oder sogar Angst davor. Ähnlich erging es mir, als ich in die Sprechstunde zu Dr. Willfried Winkler kam. Damals war er Landtagsabgeordneter.
Im Warteraum saßen nur Männer, die mich beim Eintreten anstarrten, was mir sehr peinlich war. Mein bißchen Selbstbewußtsein, das mir eine Nonne in der Schweiz mühsam aufgebaut hatte, war in meiner Ehe ganz langsam und erfolgreich vernichtet worden.

Dieser Moment, als Dr. Winkler die Tür zum Wartezimmer öffnete, habe ich ganz deutlich und klar im Gedächtnis. Sein Blick fiel sofort auf mich – und blieb für einige Sekunden erstaunt da hängen. Bestimmt, so dachte ich, war er überrascht, eine Frau hier zu sehen. Er wirkte auf mich sofort vertrauenerweckend und angenehm. Jedesmal, wenn er herauskam, um den nächsten hereinzubitten, schaute er zu mir herüber, was mich wiederum sehr verlegen machte. Endlich war es soweit, er winkte mir zu und bat mich hinein. Er gab mir freundlich und fest die Hand, wie er es bestimmt mit jedem tat – und zeigte auf einen Stuhl ihm gegenüber. Wie alle vor mir – nehme ich an – fragte er mich: »Was kann ich für sie tun?« Ich stellte mich vor und erzählte ohne Umschweife meine Geschichte. Es fiel mir leicht, alles zu erzählen, da er tatsächlich, das spürte ich, ernsthaft und mit Mitgefühl zuhörte. Schon allein sich alles vom Herzen reden zu können tat so gut. Daß er Politiker war, hatte ich vergessen. In diesem Moment war er ein zuhörender, freundlicher Mitmensch. Als ich geendet hatte, war es still, er sagte nichts, er mußte wohl überlegen. Plötzlich schlug er spontan mit der Hand auf den Tisch, was mich zusammenzucken ließ, und sagte: »Ja, da muß ich natürlich alles versuchen, um Ihnen zu helfen, Mädchen.« Er sagte Mädchen zu mir. Fortan nannte er mich »Mädchen« oder »Mädle«. Um viele Tonnen Sorgen erleichtert, ging ich nach Hause. Dieser damals mir fremde Mann hatte tatsächlich eine Bürde auf sich genommen – besser gesagt – er hat sie von mir genommen, die schwere Bürde.

Die Deutsche Bundesbahn schrieb mir einen freundlichen Brief mit der Mahnung, doch in Zukunft achtsamer zu fahren und auf jeden Fall das Zugsignal zu beachten.

Mein geschiedener Ehemann rief mich eines Tages an und ließ mich wissen, daß er auf dieses »Balg«, so nannte er sein eigenes Kind, verzichte – er wollte mir nur zeigen, wer Recht bekommen würde oder auf wessen Seite das Gericht stand.

Für uns hat Dr. Winkler ein Wunder vollbracht. Das Leben war wieder hell und warm geworden.

»God bless this man.«

Als ich danach in meiner Lichtung im Wald lag, jubilierte die Lerche dankbare Weisen in den hohen blauen Himmel. Ich dachte an ihn – doch niemals, niemals wäre es mir zu dieser Zeit eingefallen, hätte ich es gar gewagt, mehr als Dankbarkeit für ihn zu empfinden. Ich verehrte ihn ehrlichen Herzens ohne den kleinsten Hintergedanken. Und so schrieb ich ihm später einen kurzen Brief: »Danke, vergelt's Gott. Meine Kinder und ich umarmen Sie ganz aufrichtig und herzlich. Sie haben uns sehr geholfen.« Bei der CDU-Stelle erkundigte ich mich nach seiner Adresse und war erstaunt, daß er in Engendorf einen Wohnsitz hatte.

Kurz vor den Schulferien gab es in der Schule immer sehr viel zu tun. Nicht nur waren da die Zeugnisse, die soviel Arbeit erforderten, da mußte auch noch für das jährliche Stadt- oder Kinderfest Mögliches und Unmögliches auf die Beine gestellt werden. In diesem Sommer bewältigte ich alles leicht und ohne meine übliche Schwermut. Einige meiner Schülerinnen und ich nähten fleißig nachmittags im Lehrerzimmer Kostüme für den Festzug. In allen Räumen wurde gebastelt, geübt und gearbeitet. Es herrschte eine gute Atmosphäre in der Schule: die Freude aufs Fest, die Freude auf die Ferien, vielleicht auch Zeugnisse. Jeder half mit. Ich übte Tänze mit den Mädchen. Es war so gut, mit diesen jungen Menschenkindern zu arbeiten, zumal wir immer die volle Unterstützung der Schulleitung hatten.

Und bei diesem Festzug sah ich Dr. Winkler wieder. Wie üblich liefen wir Lehrer mitten oder neben den Schülern, kostümiert oder auch nicht (ich war kostümiert), beim Umzug mit. Da ergab es sich, daß es direkt vor der aufgebauten Tribüne zu einem Halt kam. Hier saßen die geladenen Gäste, die Stadträte und alle wichtigen Leute. Direkt mir gegenüber saß er. Ich erfaßte seine Anwesenheit sofort und freute mich sehr. Diese Freude mußte er bemerkt haben, denn er stand spontan auf, lief die wenigen Schritte auf mich zu, nahm meine beiden Hände, schüttelte sie kräftig und drückte mir einen Kuß auf die Backe. Laut sagte er: »Ja, Mädle, was machet Sie da?« Das alles geschah so spontan und herzlich, daß niemand etwas Arges annehmen konnte. Dann spielte auch schon wieder die Marschmusik, und der Umzug bewegte sich weiter. Als der Umzug dann endgültig auf der Wiese hinterm Schulhaus zum Stillstand kam, drückte mir ein fremder Mann einen Zettel in die Hand. Mit langen Buchstaben stand darauf: »Kommen Sie ins Zelt, würde mich freuen.«

Und ob ich ins Zelt komme – ganz sicher komme ich –, dort warten ja auch meine Kinder auf mich. Gab es doch für alle Schüler und Kinder Bratwurst und Cola frei. Im großen Bierzelt spielte sehr laut die Blasmusik. Dieser mitreißenden, frohgestimmten Musik paßten sich das Klirren der Gläser und das Schreien der gutgelaunten Menschen fröhlich an. Meine Kinder saßen schon an einem Tisch und winkten mir aufgeregt zu.

»Mama, schau mal, wer auf dem Podium steht und dirigiert?« sagte mein Sohn grinsend.

Tatsächlich, da stand Dr. Winkler und schwang temperamentvoll und fröhlich den Taktstock in voller Begeisterung, das konnte man fühlen und sehen, das spürte jeder. Er war einer aus dem Volk, er stand mitten unter ihnen. Seine preußische Disziplin hinderte ihn nicht, mit seinen Schwaben am Biertisch zu sitzen, mit ihnen anzustoßen und lauthals über Witze zu lachen. Nach einem schallenden Applaus gab er den Taktstock dem Kapellmeister zurück und wischte sich den Schweiß von der Stirn, dabei schaute er suchend umher, da ich ihm zuwinkte, sah er auch gleich unseren Tisch, und ein Strahlen durchlief sein Gesicht. Beschwingt drängte er sich durch die Tische, die dargebotenen Hände schüttelnd, zu uns.

Ich stellte ihm meine fünf Kinder vor. Es fiel ihm nicht schwer, sie mit seinem Geplauder heiter zu stimmen.

»So, leider muß ich weiter, es warten ganz wichtige Leute auf mich.«

Er betonte das Wort wichtig so lustig, daß wir sofort verstanden, wie es gemeint war. Dann sagte er noch: »Ihr werdet von mir hören.«

Kurz darauf kam die Bedienung mit einem Tablett, voll beladen mit großen Eisportionen.

»Könnt euch bei unserem Abgeordneten dafür bedanken«, meinte sie.

Er aber war in der schunkelnden, trinkenden und schmausenden Menschenmenge untergetaucht.

Viele Wochen hörte ich nichts von ihm, was für mich jedoch in Ordnung war, da ich ja rein gar nichts erwartete. Er hatte mich von einer großen Last erlöst, vor einem tiefen Kummer bewahrt. Was mehr kann man für einen Mitmenschen tun? Für diese Tat allein hat er schon einen Platz im Himmelreich verdient. Ich schloß ihn immer in mein Abendgebet ein. Meine Arbeit, meine Sorgen und fünf Kinder und vieles andere hielten mich 16 Stunden am Tag auf Trab. Da war kein Raum, kein Gedanke, keine Zeit für einen Mann – oder gar für Liebe. An Liebe zwischen Dr. Winkler und mir dachte ich nicht mal im Traum. Diese

Idee schien mir zu dieser Zeit so fremd, wie die Insel mir damals fremd war, die heute meine Heimat ist. Doch daß ich jetzt einen Freund hatte, das wußte ich bestimmt. Und ich schwamm in Energie.

Es war die letzte Woche vor den Schulferien. Nun kannte ich Dr. Winkler schon seit einem Jahr. Es war Samstag, mein Putz- und Einkaufstag. Am Wochenende war ich nur Mutter – bis zum Sonntagabend, da mußte ich mich schon wieder auf die Schule vorbereiten. Sonntags gab es immer viel und gut zu essen – da wurden Leibgerichte gekocht. Meistens waren auch die Freunde meiner Kinder bei uns. Trotz allem war es eine gute Zeit.

An jenem Samstag also saß ich auf meiner schönen alten Bauerntruhe und weinte bitterlich. Mein kleiner Sohn stand neben mir. Meine Sorgen hatten mich mal wieder eingeholt und die Angst aus ihrem Schlummer hervorgelockt, meine Grundfesten erschüttert. Meine Energie rann wie Wasser aus dem Sieb. Was war geschehen? Bevor ich einkaufen ging, war mein erster Weg immer der zur Bank. So auch diesmal. Wohl wußte ich, daß es schlecht um mein Bankkonto bestellt war, doch war ich zuversichtlich gewesen, denn die freundliche Bankangestellte wußte meistens Rat und half mir aus der Patsche, und ich durfte mehr als erlaubt mein Konto überziehen. Ein eisiger Schrecken durchfuhr mich, als statt ihrer ein Stellvertreter anwesend war. Er sah nur Fakten und kannte mich nicht. Es tat ihm zwar sehr leid, mir nichts auszahlen zu können, da mein Konto schon weit übers erlaubte Limit überzogen war.

Kamen samstags meine Kinder von der Schule, wußten sie: Da waren frische Brötchen mit allem Drum und Dran – sowie Kakao auf dem Tisch. Heute hatte ich kein Geld, um einkaufen zu gehen, das hieß auch, daß wir die folgende Woche nichts zu essen hatten. Ich zitterte vor Angst.

»Himmel, ja – natürlich«, durchfuhr es mich. Ich hatte ja noch von dem örtlichen Turnverein ein Monatsgehalt ausstehen. Erleichtert rief ich beim Vorstand an, doch alle Zuversicht fiel wie ein Kartenhaus zusammen. Niemand ging ans Telefon. Wer ist schon Ssamstags zu Hause?

Deshalb saß ich auf meiner Bauerntruhe und weinte. Tobi stand traurig neben mir. Ich hatte ihm erklärt, warum ich weinte. »Wenn ich groß bin, gebe ich dir Geld«, versuchte er mich zu trösten. (Er hielt Wort. Heute nach 20 Jahren bekomme ich jeden Monat etwas.)

»Was mach' ich nur, was mach' ich nur?«

In drei Stunden kommen die Kinder hungrig von der Schule, und der Tisch wird leer sein.

Ich grübelte in Verzweiflung. Für mich selbst war Hunger nichts Unbekanntes. Als Flüchtlingskind, dann die Nachkriegszeit – aber damals war man nicht allein, es hungerten auch andere. Doch heute, jetzt wo überall um mich herum der Wohlstand sichtbar ist. Sollen meine Kinder mitten im Wohlstand hungern? Nein, das lass' ich nicht zu. Gleich wird mir etwas einfallen. Ich war so sicher, daß mir gleich etwas einfallen würde. Meine Geldsorgen hielt ich, so gut es ging, von ihnen fern. Sicher ahnten die Großen etwas, doch wie es wirklich um uns stand, wußten sie nicht. Daß zum Beispiel ihr Vater uns den vom Scheidungsgericht zugesprochenen Unterhalt noch nie bezahlt hatte, da er sich ins Ausland abgesetzt hatte. Daß unser Haus total verschuldet war. Daß ich jeden Monat nur die Zinsen zahlen konnte. Auf Sozialhilfe hatte ich keinen Anspruch, weil ich einen vollen Lehrauftrag hatte. Wollte ich doch unter allen Umständen das Haus so lange wie möglich für uns behalten. Das war doch unser Zuhause. Hatten sie schon ihren Vater verloren, so wollte ich ihnen die

Heimat bewahren. Dafür arbeitete ich schwer. Auch hatten sie ein Recht auf eine gute Ausbildung. Auch dafür wollte ich Sorge tragen. Da riß mich die Türglocke aus meinen trüben Gedanken. Tobi schaute mich an – wir wußten beide, daß ein »Licht« da draußen stand, eine Hilfe vom Himmel ...

»Ist deine Mama da?« fragte eine männliche, mir bekannte Stimme. Es war der gute Bauer, der uns immer Obst und Kartoffeln schenkte. »Meine Mama weint, weil sie kein Geld hat, um einkaufen zu gehen«, sagte Tobi. »Was, deine Mama weint, weil sie kein Geld hat? Nein, das geht ja wohl doch nicht. Sag ihr, ich bin gleich wieder zurück.« Als er zurückkkam, saß ich noch immer auf der Truhe. Er drückte mir etwas in die Hand. Es waren 300 Mark. »Und jetzt gehen sie schnell einkaufen, bevor ihre Kinder heimkommen, und dem Tobi kaufen Sie ein großes Eis.« Nie habe ich diesen barmherzigen Mann vergessen. Er ruht wie ein Edelstein in meinem Herzen. Die Liste meiner Samariter wurde mit den Jahren immer größer.

Unsere Ferien verbrachten wir immer zu Hause. Manchmal durften die Größeren, wie alle Kinder, mit Freunden in organisierte Zeltlager für zwei Wochen. Ansonsten hatten wir unseren Garten, wir gingen ins Freibad, wir fuhren zu einem Baggersee, nahmen Schnitzel und Kartoffelsalat mit. Oft fuhren wir sogar bis zum Bodensee zum Schwimmen. Wir frühstückten im Garten und aßen Abendbrot auf der Wiese. Immer waren andere junge Menschen bei uns. Einmal in jeden Ferien fuhren wir nach Ulm. Wir besichtigten das Ulmer Münster und andere Sehenswürdigkeiten. Bei McDonald's durfte sich jeder etwas aussuchen, damit gingen wir ans Donauufer und sahen den Schwänen zu. Es war eine gute Zeit.

Am zweiten Ferientag waren meine Kinder für zwei Tage sich selbst überlassen, denn ich verkroch mich mit Schlafsack, Buch und etwas zu essen in meine Lichtung im Wald. Falls es nicht regnete, blieb ich die Nacht über dort. Nach einer solchen Ruhe waren meine physischen Kräfte gestärkt, um in den folgenden Tagen den angefallenen Hausputz zu bewältigen, den Garten in Ordnung zu bringen, und zu streichen gab es auch immer was. Dann waren noch fünf lange Wochen Urlaub. Herrlich, herrlich …

Einmal rief mich in dieser Zeit Dr. Winkler an, um sich nach unserem Befinden zu erkundigen. Ich war sehr überrascht und glücklich. Ganz langsam spann ich ihn in mein Leben ein, jedoch war ich zu dieser Zeit noch immer überzeugt, daß es nur ehrliche Sorge und Freundlichkeit war, die ihn anrufen ließ.

Einst hatten wir einen Swimmingpool in unserem Garten. Aber seitdem ich allein für alles aufkommen mußte, konnte ich es mir nicht mehr leisten, dieses kostspielige Inventar zu erhalten. Schon lange befand sich kein Wasser mehr darin, statt dessen sammelte sich langsam Unrat an. So beschloß ich, nachdem ich mit den Kindern alles durchgesprochen hatte, daß er zugeschüttet wird. Wohl waren wir alle traurig darüber, doch es mußte sein.

Ich hatte in diesem Sommer Glück, denn in der Nachbarschaft wurde eine Baugrube ausgehoben, so durften wir dieses Erdreich dazu benutzen. Da es jedoch nicht möglich war, direkt ans Schwimmbad mit dem Lastauto zu fahren, mußten wir das Erdreich schubkarrenweise in den Garten transportieren. Das war eine langwierige und schwere Arbeit. Doch gab es viele Hände, die mithelfen wollten, falls nur genügend Schnitzel und Kartoffelsalat bereitstand. Manchmal kam ein Nachbar, krem-

pelte sich die Ärmel hoch und schaufelte und schob den Schubkarren. Die meiste Arbeit blieb aber wie immer an mir hängen.
Manchmal waren wir mit zwei Schubkarren im Einsatz. Jemand
schaufelte, der andere karrte. Immer bis 50 Schubkarren, dann
gab es Schnitzel, danach die nächste Schicht, andere waren an
der Reihe.

Die wesentlichen Dinge ereigneten sich in meinem Leben immer
am Samstag. Ich schaufelte Erdreich in den Schubkarren. Da es
ein sehr heißer Tag war, wollte ich mich – verbunden mit der
Arbeit – etwas bräunen. So schaufelte und karrte ich im Bikini.
An diesem Tag war ich allein. Meine Kinder waren irgendwo, sie
hatten den Kleinen mit. Der Schweiß rann von meinem Gesicht
– doch ich fühlte mich gut. Das Erdloch, das einst ein Schwimm-
bad war, begann sich zu füllen. Ich hatte eben den zigten
Schubkarren auf dem Zettel durchgestrichen, als jemand hinter
mir stand. Ein freudiges Gefühl kroch langsam durch mein
Inneres – deshalb wagte ich es nicht, mich umzudrehen, da ich
Angst hatte, mich zu irren. Daß ich verstaubt war und bis zu den
Knien schmutzige Beine hatte, daß Erdreich zwischen meinen
Zehen hervorquoll, war ohne Bedeutung, dies beengte mich keinesfalls, es machte mich auch nicht verlegen.
»Ja, Mädle, sind Sie aber schwer zu finden!«
Das war er tatsächlich. Er hatte mich gesucht.
Nachdem er sich eine kurze Weile umgeschaut hatte, wollte er
wissen, was hier im Gange sei. Jetzt mußte er wohl gesehen
haben, wie schmutzig meine Füße und Beine waren, denn er lach-
te schallend, und es schien ihm zu gefallen, daß ich meines Aussehens wegen keinesfalls verlegen war. So war es halt eben und
nicht anders, sagte ich mir.
»Sie gefallen mir immer besser«, meinte er.
Nach einer Weile des Schweigens sagte Dr. Winkler: »Sehen Sie,

in einem solchen Moment ärgere ich mich, daß ich Politiker geworden bin, daß ich jetzt nicht mein weißes Hemd ausziehen, in die Hände spucken und Erdreich in ihren Schubkarren schaufeln kann.«

»Was hindert Sie daran, es nicht zu tun?«

»Was mich hindert? In 20 Minuten muß ich im nächsten Dorf eine Ansprache halten, danach noch eine und noch eine – und da ich jetzt noch etwas Zeit habe, dachte ich, schau mal, wo dieses Mädchen wohnt.«

»Ich verstehe«, antwortete ich und schaute ihm dabei ins Gesicht, »den Taktstock ergreifen, dabei brauchen Sie sich das Hemd nicht auszuziehen – übrigens, Sie schwangen ihn damals im Bierzelt toll.«

Er grinste. Mein Lob schmeichelte ihm. Jetzt wollte er wissen, wie es um uns steht.

Ich erzählte offen, wie man von Fakten spricht. Sagte aber auch, daß ich meine Situation keinesfalls als einen sozialen Abstieg sehe, denn ein sozialer Abstieg findet innerlich statt – davon sei ich weit entfernt, denn noch hatte ich nicht zur Flasche gegriffen. Da Dr. Winkler ein Mann von Takt und Einfühlungsvermögen war, sagte er nichts von finanzieller Hilfe, er sah mich nur ernst an, worüber ich sehr froh war, denn diese Hilfe wollte ich ganz sicher nicht. Irgendwie geht es immer weiter – die Zeit schreitet weiter, ordnet manchmal alles von selbst, oder sie bringt noch mehr Last.

Als er auf seine Armbanduhr schaute, fragte er etwas völlig Unerwartetes: »Ach ja – wie ist es mit der heutigen Jugend bestellt – was halten sie als Lehrerin und Mutter von ihr?« Erstaunt schaute ich ihn an, dann fügte er hinzu: »Von einigem wird wohl in meiner Ansprache die Rede sein.«

Ich dachte an die sozial unterschiedlichen Freunde meiner Kinder, ich mochte jeden ...

»Sie erwarten eine einfache und kurze Antwort, nehme ich an?«

»Ja, einfach und kurz.«

»Na gut.« – Ich stützte mich auf meine Schaufel, die ich noch immer in den Händen hielt. »Die Kinder und Jugendlichen sind nicht nur ein Produkt der erblichen Anlagen – zum größeren Teil sind sie ein Produkt des Elternhauses und der Gesellschaft. Sie haben Geist, Leib und Seele. Der Geist ist und wird manipuliert, das Leibsein wird überbewertet, die Seele vernachlässigt. Dazwischen liegen tausend Dinge – zufrieden?«

»Danke, Sie hören wieder von mir.« Er drückte meine Hand, sah mir dabei ernst in die Augen und ging.

»Es geht doch nicht mit einem Satz«, rief ich ihm nach. Da drehte er sich noch einmal um und wartete.

»Vor allem müssen die Kinder, die Jugendlichen wissen, daß sie geliebt werden, daß man ihnen vertraut, auch muß man ihnen Verantwortung überlassen – und was ganz wichtig ist: die ersten sieben Jahre, da wird das Fundament gebildet.« Noch ein ernstes Nicken, dann war er fort.

Mein Anteil an Schubkarren war für heute getan. Ich fühlte mich glücklich. Meine Kinder erlebten eine glückliche Mutter, als sie nach Hause kamen. Sie gefallen mir immer besser, hatte er gesagt.

Kurz vor Schulbeginn rief er noch einmal an. Er sagte: »Könnten Sie mir bis Sonntag einige Jugendliche besorgen? Ich dachte dabei an ihre und Freunde ihrer Kinder oder an ihre Schüler. Es sollten so ziemlich alle sozialen Schichten vertreten sein. Ich möchte für sie eine Gartenparty ausrichten. Es wird Zeit, daß ich mich mal mit jungen Menschen unterhalte.«

Das »soziale Schichten« ärgerte mich etwas, doch sagte ich nichts. Für mich waren es alles junge Menschen.

»Nichts leichter als das.«

So war es auch. Meine Kinder hatten sehr schnell alle »sozialen Schichten« beieinander.

Am Sonntag fand also bei Dr. Winkler in Engendorf eine Gartenparty für junge Leute statt. Alle waren danach sehr begeistert. Meine Kinder erzählten unaufhörlich davon. Ich fragte nichts, aber aus dem Erzählten entnahm ich, daß ein Bruder von Dr. Winkler dabei war, mit einer Frau. So wußte ich immer noch nicht, ob er verheiratet war. Jemanden danach zu fragen, zögerte ich. Es war besser, nichts zu wissen – und überhaupt, was ging mich das an? So gingen die Ferien zur Neige. Jedoch wieder arbeiten gehen, in den Alltag eintauchen war auch nicht schlecht.

Der Herbst zog ins Land, auch ein wenig in mein Herz. Ich hatte lange nichts mehr von ihm gehört. Da wurde mir zu meinem eigenen Erstaunen bewußt, daß ich jetzt, mit einem Mal, auf ein Zeichen von ihm wartete. Das beunruhigte mich.

An den Sonntagnachmittagen besuchte mich des öfteren mein langjähriger guter Freund Herr Weiß. Er wohnte mit Frau und Kindern in der Nachbarschaft. Heinrich Weiß war ein bekannter Maler und Dichter. Seine Bilder waren Träume – in Farben gemalte Musik. Ohne ein Gespräch am Sonntagnachmittag mit ihm hätte meine Woche nicht ausklingen können, der Sonntag wäre unvollendet zu Ende gegangen. Geistvoller Humor und tiefe Melancholie hielten sich bei ihm die Waage. Dementsprechend waren auch unsere Gespräche. Sein Hang zur Melancholie fand in mir einen fruchtbaren Boden. Hin und wieder brachte er auch seine Frau und die beiden Kinder mit, einen Jungen und ein Mädchen. Seine Frau Christa wußte von unserer Freundschaft und gönnte es ihrem Mann, sie sah keinen Harm darin. Da war auch kein Harm. Wir siezten uns bis zum Ende.

Es muß wohl platonische Liebe gewesen sein, von der in alten Zeiten die Rede war. Hatte Tschaikowsky nicht auch eine tiefe platonische Liebe zu Nadjeschka von Meck? Die ihn durch steten Briefwechsel zu seinen größten Meisterwerken inspirierte – obwohl sie sich nie face to face gegenüberstanden? Heute behauptet man leider, daß es so etwas nicht gibt, da alles »versext« zu sein scheint. Schade.

Wie auch immer, wir waren gute Freunde, vertrauten in Gesprächen uns unsere Sorgen an, wir wußten sehr viel voneinander. Trotzdem konnte ich ihm nie von meinen Geldsorgen erzählen, obwohl ich wußte, daß er geholfen hätte. Irgendwie ist da ein Hemmschuh. Was ist es, ist es Scham, ist es Stolz, oder möchte man damit niemanden belasten, da man nicht will, daß der Freund, der Mitmensch, sich verpflichtet fühlt zu helfen?

Sahen mich doch meine Mitmenschen fast immer froh, freundlich und heiter und stets mit einem guten Lebensrat zur Hand. Ich war auch immer gut angezogen, dank einer lieben Freundin. Sie versorgte mich (heute noch) mit schönen Kleidern und Schuhen. Nie saß ich müßig, denn da war immer etwas zu stricken. Meine Nähmaschine stand keinen Augenblick still in der Ecke. Überdies wußte kaum jemand, daß ich meine Bürde fast nicht mehr tragen konnte, daß in mir ein gefährliches Sehnen nach unendlicher Ruhe brodelte, ein Todessehnen. Dank dem Himmel stupfte mich irgendwer immer weiter, versorgte mich aber auch mit der dazu benötigten Kraft, indem »er« mir die guten Gesichter meiner Kinder vor Augen führte und mir zur gleichen Zeit gute Freunde zur Seite stellte.

An einem Sonntagnachmittag erzählte ich Herrn Weiß meine Begegnung und das Wiedersehen mit Dr. Winkler.
»Liebe Frau S.«, sagte er, mir auf meine Hand klopfend, »ich hoffe, Sie haben sich da in nichts verrannt. Freuen Sie sich und seien

Sie dankbar, daß er Ihnen helfen konnte, doch würde ich es dabei belassen. Sie wissen doch, daß er verheiratet ist«, er hielt inne und sah mich an, »ach, wußten Sie es nicht?« Nach einer Weile, da ich keine Antwort gab, fuhr er fort: »Außerdem leben Politiker auf einer anderen Ebene als unsereiner.« Ein Ausruhen von all meiner Vergrübeltheit und Lebensangst, das und noch mehr bedeuteten für mich die sonntäglichen Gespräche mit Heinrich Weiß.

Weihnachten! Was für eine wunderbare Zeit für uns! War schon der Advent »Erwartung« und Vorfreude, so war Weihnachten reine Seligkeit und Geborgenheit mit uns und in uns. Selbst in der Schule schien alles eitel Freude. Es wurde nicht mehr nur gelernt. Die Weihnachtsgeschichte wurde erzählt, gesungen und gespielt. Mit den Größeren bastelte ich den Christbaumschmuck für den großen Schulchristbaum, der in der großen Halle aufgestellt wurde. Alles war Erwartung – Vorfreude. Worauf? Sind es wirklich nur die Geschenke, die man schenkt und bekommt? Oder werden da Schleusen geöffnet, auch beim härtesten Erdenbürger, die etwas freisetzen, etwas, daß das ganze Jahr über angestaut wurde? Werden die Menschen vielleicht doch sanfter, weicher, stiller – ein wehmütiges Erinnern an die nie wiederkehrende Kindheit? Ist da etwas verwurzelt, in uns vergraben, das am Fest des Lichtes herauswachsen möchte, vielleicht etwas verborgenes Gutes, Sehnsucht nach Frieden im Großen und Kleinen, in der Hetze des Jahres Verlorengegangenes, die Stille, die wir alle einmal nötig haben? Für mich gab es viel zu tun, aber alles war in Freude verpackt, da alle freudig mithalfen. Meine Kinder sahen mich kaum in dieser Zeit, doch da sie wußten, wie schön es an Weihnachten sein würde, und noch dazu drei Wochen Ferien, standen sie die Tage ohne Meutern durch. Die älteste Tochter organisierte, bestimmte, wer was bekam, wer das und das nötig hatte. Die zweitjüngste schaffte emsig den anfallenden Haushalt.

Arne hatte die Aufgabe, sich um Tobi zu kümmern. Mareike brachte wieder alles durcheinander.

Sie wußten, daß ich Geschenkkörbe voll mit guten Sachen von meinen Tanz-, Turn- und Gymnastikgruppen nach Hause bringen würde, in denen ich das Jahr über tätig war. Dann war noch unser guter Herr Pfarrer B., in dessen Pfarrgemeinde ich so manche Messe mit meinen Schülern gestaltet hatte. Von ihm bekam ich an Weihnachten regelmäßig einen Geldbetrag. Auch Pfarrer B. in seiner Güte werde ich nie vergessen. So war Weihnachten für uns ein Fest der Freude und Liebe, wie es geschrieben steht.

Unvergessen — auch für meine Kinder, die Heiligen Abende all der Jahre, um den runden Familientisch, als die Weihnachtsgeschichte vorgelesen wurde nach dem Essen — und die Geschenke ausgepackt. Ich schenkte stets und jedem Selbstgestricktes. Sie grinsten schon beim Auspacken, da sie wußten, was darin war. »Jetzt bin ich aber gespannt, was ich von Mama bekomme? Nein, so was, einen selbstgestrickten Pullover — Socken, einfach Spitze, kann man immer gut gebrauchen.«
So oder ähnlich begleiteten Kommentare die Freude beim Auspacken der Geschenke.

An diesem ersten Heiligen Abend seit meiner Bekanntschaft mit Dr. Winkler läutete das Telefon. Wir schauten uns erschrocken an, war eben noch ein Geschnatter und ein Rascheln im Gange, lauschte nun jeder von uns auf das Klingeln. Es war ungewöhnlich, am Heiligen Abend einen Anruf zu bekommen. »Ich gehe hin«, sagte mein Sohn. »Für dich, Mama.« Grinsend hielt er mir den Hörer entgegen. Da beruhigte ich mich, denn wenn er sein liebes Grinsen aufsetzte, war die Welt in Ordnung.

Heute, da ich dieses niederschreibe, ist er längst tot, mein Sohn. Vor mir steht sein Bild mit seinem liebevollen Grinsen.

Es war Dr. Winkler, der anrief, um uns ein gesegnetes Weihnachtsfest zu wünschen. Er selber sei bei seiner Mutter. Ich solle doch als Geschenk für alle einen Scheck annehmen, der mit der Post zugestellt wird. Es sei nur eine bescheidene Zugabe zu den Weihnachtsausgaben einer so großen Familie. Im Hintergrund war ein warmer, klangvoller Gongschlag einer Uhr zu hören.

»Was für ein wunderschöner Gong«, sagte ich sogleich.

»Ja, meine Mutter hat eine schöne alte Standuhr.«

»Vielen Dank, Herr Winkler, tausend Dank, ich nehme es von Herzen gern an. Auch Ihnen ein gesegnetes Weihnachtsfest.«

»Danke, guter Gott«, betete ich, als wir alle müde aus der Mitternachtsmesse kamen und sofort in die Betten gingen. Ich betete die drei Worte still zu meinem Schlafzimmerfenster hinaus, sah den zaghaft fallenden Schneeflocken zu, sah noch einige beleuchtete Fenster in der Nachbarschaft und die vom Schnee schon bedeckten, mit elektrischen Lichtern beleuchteten Tannenbäume, welche da und dort in den Gärten standen. Eine friedliche Stille lag über allem. Ich dachte an ihn – ein unbekanntes Bangen begleitete meine Gedanken.

Dann kehrte ich mein Sinnen, wie an jedem Heilgen Abend, unserer verlorenen schlesischen Heimat zu. Das Sehnen danach ergriff mich und ließ mich weinen. Diese Heimat im Herzen war Erinnerung einer geborgenen, wenige Jahre dauernden Kindheit, die unbekannt und ahnungsvoll in mir schlummert. Immer waren meine sehnsuchtsvollen Gedanken von einem Gedicht begleitet, und ich sage es dann wie ein Gebet leise vor mich hin:

Heilige Nacht, ich geh' durch die Gassen –
Weihnachtslichter aus kleinen Fenstern erhellen die Nacht.
Ich stehe und lausche, wie Glockenklingen erschallen die
Weihnachtslieder –

ich denke zurück wie's daheim einst war –
und seh' mich als Kind heute wieder.
Da ergreift mich das Heimweh und rüttelt mich wach.
Kein Mensch kann mein Leid erfassen –
ich schreite weiter hinaus übers Feld,
als Heimatloser verlassen.

Dann kam es wieder, dieses dunkle Ahnen. Es kam von irgendwo ganz fern und tief, wie aus längst vergangenen Welten. Es muß wohl schon zu allen Zeiten in meiner Seele gewesen sein. Ein Wissen von etwas Fremdem, Unfaßbarem, Unbekanntem, das das Herz ausströmen läßt, das alle Zuversicht zunichte macht. Diese dunkle Ahnung beengte meine Freude bei der Geburt meines ersten Kindes, machte die Mutterliebe zu Schmerzen. Immer sah ich einen Schatten um diesen meinen geliebten Sohn. Dieses unbekannte Dunkle begleitete mich das ganze Leben.

Heute noch stelle ich mir die entsetzliche Frage: Wußte mein Unterbewußtsein bereits von dem tragischen Ereignis meines Sohnes, das sich dreißig Jahre später einstellen sollte? Deshalb die stete nebelhafte Angst?
Oder war es umgekehrt: Ereignete sich dieses Geschehen, weil ich es geradezu mit meiner Angst hervorrief?
Ich hoffe, daß keiner dieser Gedanken richtig ist.

7. Kapitel

Weihnachten in Schottland

»Nicht mit zu hassen – mit zu lieben bin ich da.«
Sophokles

Bis auf wenige Ausnahmen waren wir, meine Kinder und ich, an Weihnachten immer zusammen. Konnte Mareike nicht zu uns kommen, so flogen wir nach Amerika. Meinen ersten Flug im Leben überhaupt habe ich mir mit Winklessuchen zusammengespart. Teils bekamen wir von Lizz und Bob die Tickets für den Flug nach Amerika als Weihnachtsgeschenk.

Für uns war und ist Weihnachten ein besinnliches Familienfest mit viel Freude und guten Erinnerungen. Die gebratene Gans mit den Preiselbeeren und den Maroni gehören genauso dazu wie die Weihnachtsgeschichte und Lieder, das Selbstgestrickte und die Pfefferkuchen. Noch immer sitzen wir um den runden Tisch – ein Platz ist jetzt verlassen –, doch wissen wir alle, daß Arne unter uns weilt. Heute lesen die Kinder, eines meiner Kinder, die Weihnachtsgeschichte. Überhaupt wurden in meiner Familie immer Geschichten und Märchen vorgelesen.
Nach dem Essen werden Geschenke ausgepackt, alles wie viele Jahre davor und noch viele Jahre danach, nur daß jetzt das Christkind natürlich die Geschenke unter den Baum legt, weil die kleine Gloria, mein Enkelkind, da ist. Jetzt strahlen wieder selige, unschuldige Kinderaugen.

Auch gibt es keine weiße Weihnachten hier in Schottland. Meistens stürmt und regnet es. Keine Weihnachtskerzen sieht man durch andere Fenster leuchten. Die Nacht des Heiligen Abends ist immer besonders dunkel – der Mond von düsteren Wolken verhangen. Wir waren wohl nur ganze wenige auf der Insel, die sich am Brauch des Weihnachtsbaumes erfreuten. Den Schotten ist dieser stille, freudige, geheimnisvoll erregende Heilige Abend unbekannt. Diesen einzigen Abend im Jahr, der in die Seele sich einschleicht, der erkaltete Herzen erwärmt, der bei Kindern die selige Erwartung in den Augen erstrahlen läßt – auch zur heutigen Zeit noch, wo das Fest der Freude vom Konsumzwang fast schon des Sinngehaltes beraubt ist. Den Schotten ist dies alles von ihrer starren, nüchternen calvinistischen Kirche genommen worden, denn Jesus ist ja nicht an Weihnachten geboren. Auf das ganze wunderbare Geschehen hin ist es doch ohne Belang, das genaue Datum seiner Geburt zu wissen. Wir feiern sein Kommen zu uns Menschen. Gott hat seinen Sohn gesandt, damit wir das Heil erfahren. Von Anbeginn hat Gott dieses Senden seines Sohnes zu uns Menschen in seinem Heilsplan vorgesehen. Welcher Tag wäre da wohl am besten geeignet, der Geburt dieses heiligen Kindes zu gedenken? – Er hat uns das Licht der Liebe und der Hoffnung gebracht. Werden nicht die Nächte um diese Zeit kürzer, die Tage heller – die Erde erwacht langsam aus der Winterstarre – welcher Tag also würde sich besser eignen, um diese Freude zu feiern, als der, an dem auch schon die Heiden ihren Lichtgott verehrt haben?

Unser erstes Weihnachtsfest hier auf der Insel ist mir noch in lebendiger Erinnerung. Die Kinder hatten sich aus Deutschland mit Freunden angemeldet. Mareike, die zu dieser Zeit noch bei mir war, lebte auf wie ein Pflänzchen, das wieder gegossen wird. Auch Tobi freute sich unbändig auf seine Geschwister, ich freute mich auf meine Kinder. Eine Woche vor Weihnachen fuhren Mareike, Tobi und ich mit dem Bus ins Städtchen, um alles Nötige einzukaufen. Der Tannenbaum war am allerwichtigsten. Unser Schrecken war groß, als wir erfuhren, daß es nirgendwo einen Tannenbaum zu kaufen gab. Ja, daß man hier diesen Brauch gar nicht kannte. (Heute gibt es Christbäume, da viele Engländer die Insel besiedelt und diesen Brauch mitgebracht und eingeführt haben.) Der Verkäufer im Gemüseladen versprach mir aber, einen Weihnachtsbaum für mich zu bestellen. Somit war unser Fest gerettet, und wir fuhren später fröhlich mit den Einkäufen nach Hause. In einer Woche sollte ich wiederkommen. In einer Woche war Heiliger Abend. Wenn ich in der Früh losfahren würde, so dachte ich, konnte ich mit dem Vier-Uhr-Bus am Nachmittag wieder daheim sein, da würden wir noch genügend Zeit haben, um den Baum zu schmücken.

Die Woche des Wartens verbrachten wir mit Backen und Geschenkebasteln und −einpacken. Ich hatte damals nicht nur Socken gestrickt − sondern, da ich ja viel Zeit hatte, für jeden einen Winterpullover, die Socken bekamen die Freunde. Die Kinder, ich nenne sie noch immer Kinder, dabei waren alle außer Mareike und Tobi längst erwachsen, würden erst am Heiligen Abend nachmittags ankommen, was gar nicht so schlecht war, denn da konnten wir Wiedersehen und Heiligen Abend zusammen feiern.

So fuhr ich also frohen Mutes wieder ins Städtchen, um den Christbaum zu holen. Ich fuhr allein. Meine zwei wollten mit der Vorfreude und Erwartung auf die kommenden Ereignisse daheim bleiben − und natürlich auf die Geschwister warten. Durch die Fahrt gingen mir leider fast acht Stunden des Tages verloren. Doch hatte ich alles vorbereitet. Ein großer Topf mit herrlicher Fischsuppe war gekocht. Am Abend vorher hatte ich noch den Brotteig bereitet, bevor ich zum Bus ging, schob ich ihn in den

Backofen. Brot mit Torffeuer gebacken, herrlich! Der Wecker wurde gestellt, damit sie das Brot rechtzeitig herausnahmen. Auch bekamen die zwei noch den Auftrag, genügend Torf und Holz hereinzuschaffen, die Ziegen zu melken und alle Tiere wie üblich mit Futter zu versorgen. Auch durften sie nicht vergessen, mich vom Bus abzuholen, um den Baum tragen zu helfen.

Als ich dann zwei Stunden später in den Gemüseladen trat, strahlte mir der Verkäufer glücklich entgegen. Er freute sich, für mich einen so ungewöhnlichen Auftrag erfüllt zu haben. Geschäftig rannte er nach hinten – und kam zu meinem großen Erschrecken mit einem zusammensteckbaren Plastikchristbaum zurück. Entsetzt schaute ich ihn an. Enttäuscht sah er mich an, daß ich mich so gar nicht freute. In Panik geraten, denn heute abend war Heiliger Abend, meine Kinder kamen, alles erwartete einen leuchtend geschmückten Weihnachtsbaum – und ich hatte keinen – ich fing an zu weinen. Da verstand der Verkäufer, was für einen Baum ich wollte. Er klopfte mir auf die Schulter und sagte: »Warten Sie eine Stunde, dann sollen Sie Ihren schönsten Weihnachtsbaum bekommen, den sie je gehabt haben.«

So wartete ich in einem kleinen Restaurant bei einer Tasse Tee, die gar nicht schmecken wollte, da ich so aufgeregt war. Endlich sah ich ihn vom Fenster aus mit seinem Lieferauto kommen, konnte den schönen, richtigen Tannenbaum sehen. Da war er, der Christbaum, schmunzelnd stellte ihn der Verkäufer vor mich hin, rundherum gleichmäßig gewachsen stand er vor mir, der Christbaum. Ich war so erlöst von meiner innerlichen Spannung, daß ich wieder weinte, doch jetzt aus Freude und Dankbarkeit.

Es kam mir gar nicht in den Sinn, nach dem Preis zu fragen und woher er den Baum so schnell geholt hatte.

Er wollte auch kein Geld dafür, er sagte nur: »No problem, no problem, I am glad to help you, merry Christmas.«

Heute weiß ich längst, daß er ihn für mich gestohlen hat. Im

Süden der Insel ist viel aufgeforstet worden. Die jungen Wälder sind zum Schutze von Wild und Schafen mit hohen Zäunen umgeben. So ist es selbstverständlich auch verboten, Bäume zu fällen. Er jedoch überließ den Laden seinen Gehilfen, fuhr in den Süden der Insel, um für eine weinende Deutsche, die einen richtigen Tannenbaum haben mußte, sonst wäre ihre Welt zusammengebrochen, einen solchen zu stehlen. Er stieg über den Zaun, riskierte eine Strafe, suchte auch noch nach einem schönen und sägte ihn ab.

Der Busfahrer Hamish und die Fahrgäste staunten nicht schlecht, als ich mich mit dem Baum ins Fahrzeug zwängte. So erklärte ich ihnen, wozu ich den Baum brauche. Die Schotten haben für alles Verständnis, selbst für unnütze Dinge, solange man sie ihnen nicht aufzwingt oder sie von der Richtigkeit überzeugen will.

Wir sind gute Freunde geworden, der Gemüseladeneigner und ich. Er hat seinen Laden noch immer, jetzt angereichert mit Dingen, die man in Deutschland in einem Reformladen kaufen kann. Da sich der Brauch der Weihnachtsbäume in den letzten Jahren durch die englischen Siedler so langsam durchsetzt, noch nicht bei den Schotten allerdings, verkauft er nun auch Weihnachtsbäume legal.

Die Kinder kamen mit ihren Freunden mit viel Hallo und Geschrei. Der Weihnachtsbaum stand geschmückt mit leuchtenden, duftenden Kerzen im Zimmer. Das Torffeuer knisterte im offenen Kamin, in der großen, gemütlichen Küche stand die Fischsuppe und das selbstgebackene Brot auf dem runden Familientisch.

Es wurde ein schönes Weihnachtsfest. Das erste in Schottland.

In dieser Zeit auf der Insel maßen wir alles noch, die Zeit, die Sitten und Bräuche, mit dem kontinentalen Maß.

Zum Beispiel: In Deutschland fährt der Zug selbstverständlich genau nach Fahrplan und so auch der Bus. Man verläßt dementsprechend zeitig das Haus, um den Zug oder den Bus zu erreichen. Hier ist es nicht so. Da bestimmen zum größten Teil die Elemente, wann du gehen oder fahren darfst. Die Eisenbahn auf dem Festland nützt dir nichts, wenn der Sturm die Fähre daran hindert hinüberzufahren – oder gar der Bus erst gar nicht zur Fähre fahren kann, da die Straße durch Sturmschäden blockiert ist. Das Flugzeug in Glasgow wird ohne dich starten, auch wenn du einen Platz gebucht hast, falls der Sturm die Fähre nicht vor Anker läßt.

Wir begriffen damals noch nicht, daß ein Zeitplan nutzlos ist, besonders im Winter. Obwohl sie mit dem Auto da waren, mußten sie dennoch länger bleiben als geplant. Der Sturm hielt uns im Haus gefangen.

Die Tiere waren ein Segen für mich. Nicht nur der Milch und Eier wegen hielten sie mich doch in Trab gegen die Elemente. Da war ich gezwungen, mich dem Sturm und Regen zu stellen, zweimal am Tag mußten sie versorgt werden. Bestimmt hätte ich keinen Schritt aus dem Haus getan und wäre längst verweichlicht und aufgeschwemmt mit Übergewicht, wären meine Tiere nicht.

An Neujahr hätte das Wetter es erlaubt, die Fähre in Betrieb zu setzen, da jedoch feiern die Schotten – kein Gedanke an Arbeit. Zwei Tage wird gefestet, von Haus zu Haus gegangen und getrunken. Und als der Fährbetrieb wieder aufgenommen werden sollte, wollte das Wetter nicht mehr. Jedoch muß hier gesagt werden: dringende Fälle, durch Krankheit, Unfall, werden mit dem Hubschrauber ausgeflogen.

In dieser Hinsicht wird eben auf der Insel mit einem anderen Maß gemessen. Die Uhrzeit ist ein grobes Maß für die Insulaner.

»Wait a minute« kann Stunden dauern. »I see you soon« viele Monate.

Ich kannte einen Straßenarbeiter, ihm wurden einige Meilen Graben am Straßenrand entlang zum Ausheben zugeteilt. Mit wenig Anstrengung hätte er die Arbeit in viel kürzerer Zeit erledigen können, doch wurde ihm eine bestimmte Anzahl von Tagen dafür vorgeschrieben, daraus folgte, daß er langsam arbeiten mußte.

Ich traf ihn eines Tages, als er eben den Motor seines Baggers abstellte, um sich zur Teezeit ins Gras zu setzen. Er bot mir von seinem Tee an und sagte: »Sie haben keine Ahnung, wie schwierig es ist, so langsam zu arbeiten, um auch ja die dafür vorgegebenen Stunden auszufüllen.«

Das Zeitbewußtsein hat sich auch ganz langsam in mir verändert. Ich meine damit die Zeit ohne Eile, die Zeit, die keine Uhr benötigt, um zu wissen, in welcher Tageszeit man sich befindet, die keine Stunden zählt, nur morgens, mittags und abends. Ich lernte aus dem Stand der Sonne die Tageszeiten erkennen, auf eine halbe Stunde genau. Ich wurde mit den Gezeiten des Meeres vertraut. Nach der vorgestellten Winterzeit richtete sich kaum jemand, nur eben soweit, wie einige Termine es verlangten. Der Tag ist »Tag«, so es hell ist.

Pünktlichkeit hingegen kann ich mir nicht abgewöhnen, ich will es auch nicht, das steckt tief im Deutschen. Wenn ich also meine Freunde hin und wieder zum Essen einlade oder zu einem Picknick, so wissen sie, daß sie pünktlich sein müssen. »This german women, you have to be on time.«

Auch bei Tieren kann man an ihren Gewohnheiten die Zeit erkennen. Ungefähr um acht Uhr früh tapsen die Möwen geräuschvoll auf meinem Hausdach herum. Meine Ziegen machten sich spätestens um neun Uhr mit Gemecker bemerkbar, da wollten sie gemolken und gefüttert oder aus dem Stall gelassen werden. Meine Ente Gertrud spazierte regelmäßig mit ihrem Anhang zum Teich, um ein Morgenbad zunehmen. Auch die Katze kam fast immer zur selben Stunden am Vormittag von ihren nächtlichen Streifzügen zurück — und verlangte energisch nach dem Futter. Nur mein Hund schien der einzige zu sein, der kein Zeitbewußtsein hatte. Ihm war es egal, wann er zu fressen bekam, er bettelte nie danach, zeigte aber deutliche Freude und Dankbarkeit, wenn ich ihm sein Futter hinstellte. Ebenso freudig teilte er sein Fressen mit der Katze und den Enten ohne Knurren, doch wehe, einmal in der Woche bekam er einen Knochen, dafür wartete er geduldig oben an der Straße, bis ich vom Einkaufen kam, stolz trug er den Knochen hinunter zum Haus — doch wehe — jetzt durfte die Katze es nicht wagen, auch nur in der Nähe zu sein, da ging die Freundschaft mit einem Katzenvieh nun doch zu weit. Bei uns verlief das Erkunden nach der Zeit dann folgendermaßen. Tobi fragte: »Mama, wie spät ist es, was meinst du?« Ich schaute zum Küchenfenster hinaus, zum Teich hin, und antwortete: »Die Enten sind noch nicht im Wasser, also kann es noch nicht zehn Uhr sein.«

Einige Sommer konnte ich mich sogar nach einem Otter richten. Er kam regelmäßig um die gleiche Vormittagsstunde durch mein Anwesen am schlafenden Wachhund vorbeispaziert, holte sich ein Stückchen Brot ab, das ich ihm auf meinen Steg, der über den Bach führt, legte, und verschwand dann wieder in Richtung Meer.

Dieser Otter war auch des Rätsels Lösung, wieso meine kleinen Enten eines Sommers, eine nach der anderen, auf mysteriöse Weise verschwanden. Ein Fuchs konnte es nicht gewesen sein, denn da würden Federn herumliegen. Jedoch war nie das geringste Anzeichen eines verschwundenen Entleins vorhanden, nichts, keine Spur. Ich suchte überall so weit wie möglich die Umgebung ab, bis hinunter zum Meer, hinauf zu den Klippen, nichts war zu finden.

So viele Sommer hatte Gertrud Entenküken. Sie war eine so stolze Entenmutter. Sie muß gewußt haben, wer ihre Kinder stiehlt, und sie konnte sie nicht beschützen. Sie kannte den Dieb. Arme, stumme Kreatur. Ein Huhn würde wütend gegackert und getobt haben, am Ende hätte sogar mein Hund gebellt, vielleicht wäre dann der Otter nie wieder gekommen. Enten können nicht laut sein. Obwohl ich nun wußte, wer der Räuber ist, konnte ich dem Otter nicht böse sein, so war eben seine Natur, was wußte er schon von Grausamkeit? Ich konnte Gertrud ohnehin nicht mehr brüten lassen, da sie keinen Enterich mehr hatte. Jedoch saß Gertrud bald wieder stolz brütend auf ihren unbefruchteten Eiern. Bald würde sie den Betrug erkennen und für einige Tage wie krank mit zerzaustem Federkleid herumtapsen.

Trotzdem war es mir unverständlich, daß ich nie etwas gemerkt hatte. Gertrud war eine Wildente, sie hat ihren Gefahreninstinkt, wie alle Tiere, die außerhalb menschlichen Einflusses leben. Auch kann sie fliegen, deshalb wurde sie keine Beute des Otters, oder war sie zu groß für ihn? Der Otter muß wohl im Bach auf der Lauer gelegen haben. Im Bach geschah der Raub leise.

Seitdem also kam der Otter im Sommer jeden Tag, sicherlich um zu sehen, ob wieder Entlein da wären. Er patschte am faul daliegenden Wachhund vorbei – Sunshine bellte zwar, um seiner Hundepflicht Genüge zu tun und legte danach seinen Kopf wieder auf die Pfoten –, zum Steg, der über den Bach führte. Da lag etwas zu fressen bereit. Es wäre unvernünftig gewesen, ihn aus der Hand zu füttern. Otter haben sehr scharfe Zähne und schlagen blitzschnell zu. Bald hatten wir uns aneinander gewöhnt, der Otter und ich.

Ich weiß nicht, im wievielten Sommer es war, als ich in der Nacht durchs offene Fenster leises Pfeifen hörte. Wie eine klagende Melodie. Es hörte sich fast menschlich an. Ich horchte, waren mir doch alle nächtlichen Laute bekannt, dieser Klageton jedoch war mir unbekannt. Schnell kleidete ich mich an und lief hinaus. Da im Sommer die Nächte fast taghell sind, gegen Mitternacht dann ein Dämmerlicht, sah ich ihn sofort, den Otter. Er stand an der Hundehütte und gab diese pfeifenden, leisen Klagetöne von sich. Mein Herz wollte zerspringen bei dem Anblick, der sich mir bot. Sein Fleisch mitsamt Fell hing in Fetzen von seinem zerrissenen Körper. Nur seine Augen waren noch heil. Überall Blut. Mein tiefes Mitleid und meine Liebe zu diesem hilflosen, gepeinigten Wesen mußten wie ein Strom auf ihn übergegangen sein, er legte sich hin, schaute mich noch einmal unsagbar hilflos an, ich bilde mir ein, es lag auch Zärtlichkeit in seinem verlorenen Blick. Dann robbte er zum Bach und ließ sich hineinfallen. Im Dämmerlicht war das Wasser vom Blut sofort schwarz. Er bewegte sich nicht mehr. Am nächsten Tag half mir Dolly, ihn aus dem Bach zu bergen und zu beerdigen. Sie meinte, daß er mit einer Wildkatze gekämpft haben mußte, denn auf dem Land sind Otter schwerfällig.

Als Sturm und Regen den zweiten Sommer für uns in Schottland ansagten, begann ich mir Sorgen um meine Zukunft zu machen, denn das Geld ging zur Neige. Noch immer lebte ich einfach ins Blaue hinein. Wohl war ich fleißig. Müßiggang war mir ein Greuel. Ich legte einen Gemüsegarten und einen Kartoffelacker an. Aus Ziegenmilch lernte ich Käse bereiten. Die Kuhmilch, die ich von Dolly holen durfte, schlug ich zu Butter. Die Buttermilch wurde in Flaschen abgefüllt und im Bach zum Kühlhalten befestigt. Zu dieser Zeit war ein Kühlschrank noch in weiter Ferne. Von einer Waschmaschine konnte ich nur träumen. In dieser Hinsicht war ich den meisten Einwohnern hier gleichgestellt. Sie waren zwar seit einigen Jahren ans Stromnetz angeschlossen, es war indessen kein Geld vorhanden, um elektrische Küchengeräte anzuschaffen. Die Älteren hatten nicht einmal das nötige Geld, um sich Elektrizität ins Haus legen zu lassen. So wurden noch viele Jahre in der dunklen Zeit bei einigen die Paraffinlampe angezündet.

Dieser zweite Sommer war ein richtiger warmer Sommer. Das Gras auf meinem Grundstück stand saftig und hoch. Die Bäuche der Ziegen waren rund und schwer vom vielen Fressen, so beschloß ich, Heu für den Winter zu machen. Wie man eine Sense handhabt, wußte ich noch aus meiner Jugendzeit in der Schweiz. So etwas verlernt man nicht, man muß nur wieder in Übung kommen. Nach einigen anfänglichen Fehlversuchen hatte ich bald wieder den Schwung und den Rhythmus gefunden. Als dann mein Sohn abends von der Schule nach Hause kam, staunte er nicht schlecht. Ich glaube, er war stolz auf mich. Am nächsten Tag wendete ich das trockene Gras, und am Abend half mir Tobi, das Heu mit dem Schubkarren in den Stall einzufahren. Dort wurde es bis unters Dach aufgefüllt. Was für eine warme, duftende Behausung im Winter für die Ziegen.
Als das Heu eingebracht war, mußte ich ans Torfstechen denken, um den Bedarf an Brennmaterial für den kommenden Winter zu decken. Täglich schritt ich hinauf ins Hochtal zum Torfmoor. Ging ich am späten Nachmittag, so kam Tobi nach — er stach den Torf, und ich legte ihn zum Trocknen aus.

Saß ich dann zufrieden und müde am späten Abend beim Torffeuer, die Sommerabende sind auf den Hebriden sehr kühl, hatte ich zu stricken oder Tobis Socken zu stopfen. So waren meine Tage gefüllt mit viel Arbeit, doch verdiente ich keinen Pfennig – bekam auch keinen sozialen Zuschuß.

Meine störenden Gedanken – denn sie hätten ja meine Idylle trüben können – hatte ich ständig unterdrückt, aber jetzt drängten sie sich in den Tag, meine Gedanken; wie kann ich bald Geld verdienen? Wohl hätte ich Touristen beherbergen können, wie die meisten hier, doch schreckte es mich ab, fremde Menschen um mich zu haben. Ich wollte meine Einsamkeit nicht beeinträchtigen lassen. Ich wollte allein sein.

Wie immer war ich auch hier zuversichtlich. Mein Urvertrauen auf das »Lichtlein«, das in nötigen Momenten leuchten wird, trug mich durch jeden Tag. Noch aber sah ich es nicht. Denn es sollte diesmal vom Atlantik kommen, aus dem Wasser. Dolly half mir, es zu finden.

Ganz beiläufig erzählte sie mir einmal, daß sie jetzt wieder am Meer »Winkles« sammeln gehe. Sie freue sich schon darauf. Kurz vor dem Vollmond sei es wieder soweit. Früher, als ihre Kinder noch klein waren und sie gar zu wenig Geld hatten, mußte sie sogar im Winter im eisigen Wasser waten, um sie zu sammeln. Das sei eine schlimme Arbeit, da hätte sie sich auch ihr Rheuma mit eingesammelt. Jedoch im Sommer sei es eine sehr angenehme Arbeit, ein guter Nebenverdienst. Da gestand ich ihr, daß auch ich ganz dringend etwas Geld verdienen müßte.

»Come with me, I'll show you how to do«, sagte sie. Wie gesagt mußten wir aber noch bis zum nächsten Vollmond warten, denn da sei die »low tide«, also die Ebbe, am allergrößten. Meilen um Meilen sind vom Wasser befreit. Dort liegen sie dann, zurückgelassen vom in den Atlantik hinausgesaugten Wasser, die Winkles, auch Wilks genannt. Eine Schellfischgattung, die aussieht wie eine Weinbergschnecke, nur etwas kleiner. Für die Stadtmenschen sind sie eine Delikatesse. Sie im Salzwasser zu kochen ist die einfachste Zubereitung. Der Inhalt wird mit einem Zahnstocher herausgepickt. Ich selbst habe noch nie eine probiert. Mein Gewissen war nicht immer unbeschwert beim Sammeln, da ich diese Lebewesen des Geldes wegen ihrem Element entriß.

Am besagten Tag kam Dolly, um mich abzuholen. Es war ein warmer Sommertag. Sie brachte mir einen orangefarbenen, netzartigen Plastiksack — später würde ich vom Ankäufer selber welche bekommen — und einen Tidekalender (Gezeitenkalender). Dann brauchte man noch einen Plastikeimer, um die Winkles erst einmal zu sammeln. Der Sack muß stets im Wasser liegen, damit sie nicht austrocknen. Deshalb wird dieser mit Steinen beschwert. Manchmal braucht man Tage, um einen Sack zu füllen, dann dauerte es nur wieder Stunden.

Auf einem von der Sonne erwärmten Stein sitzend, der bewachsen war mit Milliarden kleinen scharfen Muschelschalen, umringt von Millionen und Abermillionen großen und kleinen abgerundeten und eckigen, von Algen umschlungenen Artgenossen, machte mich Dolly mit allem vertraut, weihte sie mich in die Geheimnisse der Gezeiten ein. Leise plätscherte das zurückgebliebene Wasser um unsere Gummistiefel.

Dolly machte mich mit einem Naturgesetz vertraut, das mich dermaßen aufwühlte und erstaunte, eben deshalb, weil es so natürlich ist, weil es so und nicht anders seit ewigen Zeiten stattfindet und weil ich bis zu diesem Tag trotzdem keine Gedanken daran verschwendet habe, ich auch sehr wenig darüber wußte.

Einen auf dem Festland aufgewachsenen Menschen mag dieses Naturgeschehen nicht berühren — deshalb liegt es auch fern von seinem innerlichen Umkreis. Wie kann ich etwas von der

Schönheit und den Geheimnissen der Berge wissen, wenn ich noch nie dort gewesen bin ...

Ich aber saß nun mitten in diesem Geschehen. Die Gezeiten, die mir Dolly nun erklärte, wurden für mich zu einer mystischen, wunderbaren Schöpfung Gottes.

»Am Tag des Vollmondes«, erklärte sie, »ist das Wasser am weitesten zurück in den Atlantik gewandert, da ist es zwölf Uhr mittags, da steht auch die Sonne am höchsten. Danach verschiebt sich der Wechsel der Gezeiten täglich um etwa Eindreiviertelstunden. Der Wechsel ist sechs Stunden Ebbe, sechs Stunden Flut – noch einmal geht es sechs Stunden zurück und sechs Stunden wieder her – so sind es 24 Stunden. Am Tag des Neumondes ist es dann wieder zwölf Uhr mittags, doch zieht der Neumond das Wasser etwas weniger an als der Vollmond. Und wieder verschieben sich Ebbe und Flut, bis der nächste Vollmond erscheint, dann ist es wieder zwölf Uhr mittags. Der Frühlingsmond habe die stärkste Anziehungskraft. Vier Tage vor Vollmond und vier Tage danach – so auch bei Neumond, geht man Winkles sammeln, denn in den übrigen Tagen ist nicht soviel Land freigelegt.

Als sich Dolly vom Stein erhob, meinte sie noch ernst, daß sich die Gezeiten natürlich nicht nach der von den Menschen gemachten Sommerzeit richten, nur weil es ihnen so gefälliger ist.

Am vierten Tag, am Tag des Vollmondes, hatte ich bereits zwei Säcke gesammelt. Ich war überglücklich.

»Nach dem Vollmond vielleicht noch zwei Säcke ...« So lebte ich viele darauffolgende Jahre mit den Gezeiten. Schaute ich zum Meer, erkannte ich an Ebbe oder Flut, an Felsen, die sonst unter Wasser waren, wann es Zeit ist, sammeln zu gehen.

An diesem Abend wartete ich auf den Mondaufgang. Ich war so aufgeregt, als hätte ich noch nie einen Vollmond gesehen. Eigentlich war es auch so, denn sah ich ihn bisher nur oberflächlich, ohne nachzudenken, als etwas, das halt in der Nacht am

Himmel sichtbar wird. Eine tote Materie. Diesmal wartete ich bewußt auf einen Mond, der ganz neu und voller Geheimnisse für mich war, dem ich Bewunderung aus vollem Herzen und Respekt, auch etwas Neugier zollen wollte. Ich wartete auf etwas Lebendes. Auf meiner Gartenbank wartete ich. Es war nicht mehr lange bis Mitternacht und noch sehr hell. Diese Helle unterschied sich jedoch ganz wesentlich von der Tageshelle. So wie ein Zimmer anders hell ist, in das die Sonne scheint, so ist das im Schatten liegende Zimmer auch hell – aber eben anders. Das Wasser war mit der Ebbe meilenweit in den Atlantik gewandert, dort lag es ganz still, silbrig und wartend, bis der Mond es aus seinem Bann erlöst und es mit der Flut wieder zum Land hintreibt. Die von den Algen bedeckten Steine, wieder befreit vom nassen Element, lagen wie ein großes, dunkles Land vor mir.

Endlich sah ich ihn hinter dem Hügel im Osten seitlich von mir aufsteigen. Zuerst sah es aus wie das Dach einer riesigen silbrigen Kuppel, schon war er da, begleitet von einem Stern. Rund, groß, leuchtend und majestätisch zog er seine Bahn. Noch nie hatte ich den Mond so lebendig, so bewußt voller Staunen in mich aufgenommen. In dieser schönen Vollmondnacht wurde mir klar und erkannte ich, daß auch wir Menschen, die wir Geschöpfe dieser Erde, dieses Sonnensystems und dieses einen Schöpfers sind, daß wir mit unserem Geist- und Leibsein in diesem Gezeitenrhythmus eingeschlossen sind.

Wie schrieb Franz von Assisi vor 600 Jahren? »Schwester Mond«, so schrieb er in seinem Sonnengesang.

Wohl war das Sammeln der Winkles eine schwere, mühsame Arbeit, besonders im Winter, trotzdem war ich dem Schicksal dafür sehr dankbar. Endlich verdiente ich etwas Geld. Am schwersten war das Heraustragen der Säcke aus dem Wasser ans Land, zu dem Weg, von dem der Händler sie abholte. Die Sorge ums tägliche Leben war somit bedeutend kleiner geworden.

Tobi brauchte eine Schuluniform, da er jetzt in die Highschool in das Städtchen kam. Auch wünschte er sich ein Mountainbike. Am Meer unten verdienten wir uns das Geld dafür. In den Schulferien wurde das Sammeln für die hiesige Jugend eine ernsthaft betriebene Teamarbeit. Der Verdienst wurde gerecht verteilt. Man war sich nie im Weg, das Ufer erstreckte sich über viele Meilen. Jeder sammelte an einem anderen Platz. Vier bis sechs Stunden am Tag. 16 Tage im Monat bückend, kriechend, schwere Säcke schleppend – in dieser Hinsicht arbeitete ich schwer –, dennoch war es kein Streß, da die Zeit unwichtig geworden war.

Noch einsamer, vielleicht ebenso schwer, war es oben im meilenweit entfernten Hochmoor beim Torfstechen. Waren am Meer immerhin noch Boote zu sehen, ob Fischerboote, Jachten oder gar Öltanker, so war oben im Moor nichts. Kein Laut, außer der Lerche, das Plätschern des Baches, keine Menschenseele, nur Weite, unendliche Weite. Ganz in der Ferne der Atlantik. Der Gesang der Lerche begleitete mich bei jedem Spatenstich. Immer war es der Gesang der Lerche, der meinen Schmerz aus meinem Innersten hervorholte. Da konnte es schon geschehen, daß ich den Spaten weglegte, mich ins Gras setzte, um endlich den angestauten Tränen freien Lauf zu lassen. Meine Schmerzen der Liebe wegen Dr. Winkler waren noch lange nicht überwunden. Ich weinte um die verlorene Liebe, um mein schlechtes Gewissen, ich weinte vor Sehnsucht nach meinen Kindern. Das war im zweiten Jahr in Schottland.

»Nicht alle Schmerzen sind heilbar, denn manche schleichen
Sich tiefer und tiefer ins Herz hinein,
Und während Tage und Jahre verstreichen,
Werden sie Stein.«
RICARDA HUCH[*]

[*] *aus: Ricarda Huch, Werke 5. © 1971 by Kiepenheuer & Witsch, Köln*

Im zweiten Jahr meiner Bekanntschaft mit Dr. Winkler, damals in Deutschland, stand er eines Tages plötzlich vor meiner Tür. Es war ein Sommertag und Samstag. Die Haustür stand offen, so konnte ich ihn im Türrahmen stehen sehen. Er wollte nicht hereinkommen, der Kinder wegen, sagte er und forschte in meinem Gesicht. Er müßte mir nur ganz kurz etwas sagen. Ich sah ihn beklommen an. »Mädle«, sagte er, »ich bin gekommen, weil ich das, was ich sagen muß, nicht am Telefon sagen kann. Vielleicht tut es etwas weh, mir auf jeden Fall, mich schmerzt es. Ich denke zu oft an Sie, und ja, Sie sind nicht für einen Flirt geschaffen. Sie sind eine ernste Angelegenheit. Einen Flirt könnte ich mir vielleicht erlauben, aber keine ernste Angelegenheit.«

»Mädle«, dabei nahm er mich das allererste Mal in seine Arme, »es muß aus sein, bevor es anfängt.« So ging er.

Ich hatte nicht ein einziges Wort sprechen können. Es war ihm also genauso wie mir ergangen. Wir hatten uns ineinander verliebt.

»Es muß aus ein, bevor es anfängt«, hatte er gesagt. Benommen ging ich ins Haus zurück und war froh, daß die Kinder oben waren. Da setzte ich mich auf meine schöne alte Bauerntruhe, um nachzudenken. Lange durfte ich nicht sitzen bleiben. Alle warteten aufs Abendessen. Nach dem Abendbrot brachte ich den kleinen Tobi zu Bett. Jetzt war er schon das erste Jahr in der Schule. Er wollte immer eine Geschichte vorgelesen haben. Oft dachte ich mir selbst eine aus. Damals, erinnere ich mich, bekam er aus »Die unendliche Geschichte« von Michael Ende jeden Abend etwas vorgelesen. Wenn ich keine Zeit hatte, so lasen die Geschwister vor, denn ich mußte zusätzlich fast jeden Abend arbeiten gehen. Ich arbeitete abends im Verein und für die Volkshochschule. Kam ich dann müde nach Hause, umhüllte mich warm und friedlich unser Haus, schaute zu den schlafenden Kindern und dankte Gott, daß alle gesund sind. Mit einem Glas kalter Milch setzte ich mich noch meistens an den Küchentisch, um mich auf den nächsten Schultag vorzubereiten. Es wurde Mitternacht, bis ich endlich nach einem Bad ins Bett gehen konnte.

In jener Samstagnacht war es schwer um mein Herz. »Es muß aus sein, bevor es anfängt«, hatte er gesagt. Ich sah es ein, es war gut so.

Es kam anders. Der Zufall wollte, daß wir uns wiedersehen. Als ich eines Tages in die Schule kam, sagte ein Kollege zu mir, daß unser Landtagsabgeordneter, er nannte keinen Namen, in der Klasse sei, dabei zeigte er zur Tür, und zu den kommenden Abiturienten spreche. Wenn ich etwas Zeit hätte, sollte ich auch hineingehen und zuhören, es seien auch Kollegen unter den Hörern. Ich hatte Zeit. Ob er es wohl war? Mit klopfendem Herzen öffnete ich leise die Tür. Er war es. Da er sich nicht umdrehte, konnte ich mich unbemerkt zu meinen Kollegen setzen. Irgendwann mußte er mich gesehen haben, wobei er sich jedoch nichts anmerken ließ. Gar nichts von dem, was er sprach, drang in meinen Kopf. Meine Gedanken schwirrten wirr durcheinander. Nach einiger Zeit hörte ich alle begeistert klatschen und auf die Tische klopfen. Da stand ich auf und ging aus dem Klassenzimmer, sah noch, wie er von vielen umringt wurde. Aber er mußte sich frei gemacht haben, denn er rief mich beim Namen und kam eilig hinter mir her.

»Ich freue mich, Sie wiederzusehen, was ich auch schwer gehofft habe, wußte ich doch, daß Sie hier beschäftigt sind. Ja, Mädle, wie geht's denn? Sie hören wieder von mir!« und ging zurück ins Klassenzimmer.

»Sie hören wieder von mir«, wie ein Echo schwangen seine letzten Worte in meinem vernebelten Hirn. »Sie hören wieder von mir.« Was soll das, fragte ich mich. Da wurde mir ganz plötzlich bewußt, wie Freude aus mir hervorkam. Ich freute mich, fröhlich ging ich in mein Klassenzimmer.

Eines späten Abends, als ich wie so oft am Küchentisch saß und Hefte korrigierte, klingelte das Telefon. Schnell rannte ich hin, damit die Kinder nicht aufwachten. Am anderen Ende war seine Stimme. Er hatte also Wort gehalten. »Ich möchte Sie wiedersehen, das ist ganz schlicht und einfach die Wahrheit.« Er kam immer gleich zur Sache, ohne langes Vorreden. Dann fragte er wie ein Blitz aus heiterem Himmel, ob ich ein Dirndlkleid habe. Da mußte ich lachen, denn ich liebe Dirndlkleider.

»Warum? Wieso fragen Sie mich um Mitternacht, ob ich ein Dirndl besitze? Doch, ja, ich habe eins, doch es ist schon ziemlich verwaschen.«

»Werden Sie beim demnächst stattfindenden Alpenball teilnehmen?« fragte er.

»Nein, ich denke nicht, ich gehe nie zu derartigen Veranstaltungen, man kann ja wohl allein zu so etwas nicht gehen.« Außerdem hatte ich auch kein Geld für ein Dirndl, nicht mal für den Eintritt. Diesen letzten Satz sprach ich nicht aus.

»Bitte kommen Sie mit irgend jemandem, mit ihrem Sohn vielleicht, leider kann ich Sie nicht mitnehmen, noch nicht. Kaufen Sie sich ein schönes Dirndlkleid, ich lasse Ihnen einen Scheck dafür zukommen. Also bis zum Alpenball.«

Wie hätte ich jetzt schlafen gehen können? Wie hätte ich jetzt die Hefte fertig korrigieren können?

So zündete ich eine Kerze an und setzte mich im Dämmerlicht auf die Bank am Kachelofen. Er war noch etwas warm. Jedes Wort von ihm ließ ich noch mal und noch mal durch mein Gedächtnis passieren. Noch kann er mich öffentlich nicht ausführen. »Noch nicht«, so sagte er. Warum konnte ich mich nicht freuen? Warum grinste mich die alte wohlbekannte Angst aus allen Ecken meines Hauses an und ließ die Freude nicht zu? Diese Grübeleien führen zu nichts, ermahnte ich mich, mit Grübeln ist nichts zu erreichen. Vielleicht sieht morgen alles anders aus. Die Zeit wird mit sich führen, was für mich bestimmt ist. Die Zeit, das Dasein, die Zeit, das Zeitendasein … Mein Grübelrad drehte sich im Bett weiter.

In den folgenden Tagen ließ ich meiner beginnenden Freude freien Lauf – und dem unterschwellig Drohenden, unbewußt Angstmachenden schenkte ich keine Beachtung. Bemühte mich, so gut es ging, es nicht zu beachten. Ich ließ der Freude den Vorrang. Ich kaufte mir ein schönes Dirndl. Schon das Kleid allein wirkte wie Balsam. Es war aus einem Leinenstoff, zartlila mit rosa Streublümchen.

Am Sonntag spazierte ich zu meinem lieben Freund, Herrn Weiß, bevor er zu mir kommen konnte. Ich wollte ihn bitten, ob er mich zum Alpenball führen würde. Eigentlich wollte ich seine Frau darum bitten, schließlich gehört es sich so. Deshalb besuchte ich an diesem Sonntag die Familie Weiß. Im Hause Weiß wurde sonntags meistens musiziert. Schon im Garten war der Gesang, begleitet von Frau Weiß' Klavierspiel, zu hören. Es hörte sich sehr schön an. Sie sangen Kirchenlieder.
Ich trat, ohne anzuklopfen, ein, da die Tür offen stand. Ein Bild harmonischer Familienidylle wie aus einem viktorianischen Bilderrahmen bot sich meinen Augen: Die Tochter saß artig neben ihrer Mutter, einer schönen Frau mit rötlichen Haaren. Der Sohn stand mit seinem Vater hinter ihnen. Der Friede in diesem Moment war spürbar. Die alten Möbel, die verstreut überall herumliegenden Bücher. An den Wänden hingen seine Bilder. Seine Träume, seine Musik waren diese Bilder.

Ich setzte mich zu ihnen. Später bereitete Frau Weiß umständlich, so war sie nun mal, einen guten Kaffee. Bei gemütlichem Kaffee und Kuchen brachte ich mein Anliegen vor.

»Ach ja, ja, Heinrich soll nur gehen, er tanzt doch so gern – und ich, sie wissen ja, meine Religion verbietet es«, war Frau Weiß' Antwort.

Und so führte mich der beste Tänzer, der beste Freund, in meinem Dirndlkleid zum jährlichen Alpenball. Auch er war alpenländisch gekleidet, da steckte sie dahinter, seine Frau Christel. Wie hat sie es nur bewerkstelligt, einen solchen Anzug zu beschaffen, denn er legte keinen Wert auf Kleidung, er konnte sich nicht einmal die Krawatte richtig binden.

Auf der Fahrt zur Stadt sagte ich ihm die Wahrheit, den Grund, warum ich zu diesem Ball wollte. Seine Antwort war dieselbe wie das letztemal, als ich ihm von Dr. Winkler erzählt hatte. »Ach liebe Freundin, wenn Sie sich nur nicht in etwas verrennen. Aber nun, das soll uns vom Tanzen nicht abhalten.«

Herr Weiß war etwas untersetzt und kleiner als ich, doch war es eine Wonne, mit ihm zu tanzen. Er walzte und schob mich übers Parkett, zumal ich selbst wahnsinnig gern und gut tanzte. Als ich dann Dr. Winkler tanzen sah, auch er schien mit Freude zu tanzen, das konnte man sehen, war es für mich absolute Seligkeit.

Als ich dann später mit ihm tanzte, tanzte ich in den Himmel.

»Alles Pflichttänze, endlich habe ich dich«, sagte er, als er mich in seinen Armen hielt.

Er duzte mich. Er tat alles ohne große Umschweife. Jetzt tanzte ich in den siebten Himmel. Alles war beschwingte Seligkeit, alles war Musik. Beim langsamen Foxtrott drückte er mich fest an sich – das war der Moment nach zwei Jahren Bekanntschaft, da wußten wir beide von unserer Liebe. »Mädle, ich muß jetzt gehen«, sagte er nach dem Tanz, »es erwarten mich noch

Pflichten.« Er schaute mir in die Augen. »Nächstes Wochenende, komm nächstes Wochenende mit mir irgendwohin. Ich rufe an.« Ich konnte nur nicken. Ich sah ihn noch mit einigen Herren diskutieren, konnte sein schallendes Lachen hören, doch sah ich keine Frau. Wo war seine Frau?

Herr Weiß kostete jede Minute aus, er amüsierte sich großartig, er ließ keinen Tanz aus. Ich wäre gern nach Hause gegangen, um mit meinen Empfindungen und seligen Gedanken allein zu sein. Es wäre jedoch nicht recht gewesen, Herrn Weiß aus seiner Freude und Beschwingtheit zu reißen. So tanzten wir bis in den Morgen.

Dr. Winkler hatte sich überhaupt nicht zu meinem Dirndlkleid geäußert, ja, er hatte es gar nicht beachtet. Obwohl ich für Komplimente empfänglich war, lernte ich bald, daß er seinerseits damit wenig anzufangen wußte oder dem zumindest keine Bedeutung beimaß. Auch begriff ich bald, daß ein Mann seines Formats, voller Energie, von hoher Intelligenz, gepaart mit vielerlei Qualitäten und Streß, rational denken und handeln muß, um seinen Aufgaben gewachsen zu sein. Deshalb sparte er mit Worten für äußere Dinge, um sensibler und stark für die wesentlichen zu sein. Das Wesen der Dinge zählt, dafür braucht er keine Phrasen.

». . . nicht das Zeiten sein, nein, das Wesen der Dinge zählt.«
RUDOLF STEINER

Später lernte ich seine romantische und fröhliche Seite kennen. Waren es zwei Jahre, die ich ihn schon kannte? Würden es sechs Jahre? Was bedeutet schon das Zeitensein in solcher Zeit? Man kann zwei oder sechs Jahre oder ein ganzes Leben lieben, kommt dann das Aus, dann wollte es das Leben so. Es zählt nicht die

Dauer der Liebe. Liebe kann man nicht in Quantität messen, die Qualität des Wesens der Liebe allein zählt. Ich wußte, daß ich ihn liebe, und wußte auch, daß er mich liebt. Mir war auch bewußt, daß es Unrecht werden würde. Noch bevor alles angefangen hatte, spürte ich schon den Stachel eines winzigen Samens, die angstvolle Ahnung der Zerstörung in meiner Seele heranwachsen. Mittlerweile schien dieser Samen etwas größer geworden zu sein. Ich selbst war ja frei, an keinen Mann gebunden. Was war mit ihm? Die schreckliche Erfahrung meiner Ehe, die Wunden zurückgelassen hatte, genügte mir, um mich von Männern fernzuhalten. Bisher. Auch waren meine Prinzipien und meine Lebenseinstellung in mancher Weise vom Einfluß lieber Nonnen aus der Schweizer Jugendzeit geprägt. Wie dachte er? Besser nicht daran denken. Heute noch nicht.

Müde fuhren Herr Weiß und ich im Morgengrauen nach Hause.

Warum — so spannen meine Gedanken weiter — war diese freundschaftliche Liebe zu Heinrich Weiß so einfach und unbeschwert? Wir taten niemandem weh, wir taten uns nicht weh. Jeder durfte darum wissen, alle wußten auch davon. Wir kannten uns schon so lange, daß ich mir ein Leben ohne seine Freundschaft nicht vorstellen konnte. Heute, viele Jahre nach seinem Tod, fühle ich mich reich, da ich seine Freundschaft besessen habe. Herr Weiß war ein Mensch unendlicher Güte und stiller Weisheit, ehrlicher Frömmigkeit, vereint mit klugem Humor — nicht zuletzt ein Künstler mit Pinsel und Schreibfeder. Als ich ihm das erstemal begegnete, führte er einen Jungen von acht Jahren und ein allerliebstes kleines pausbäckiges Mädchen von sechs Jahren mit sich. Herr Weiß hatte spät geheiratet, so mußte er also etwas über fünfzig Jahre gewesen sein, als wir uns kennenlernten. Wir stellten uns gegenseitig vor, und ich sagte in meiner Dummheit oder Ehrlichkeit, die Kinder begrüßend: »Das ist aber lieb von eurem Opa, daß er euch spazierenführt.« Da lachte er schallend. Keine Spur von Verlegenheit oder gar Verstimmung war in seiner Stimme, als er sich zu den Kindern hinunterkauerte und stolz sagte:»Nun sagt mal der Tante, daß ich euer Papa bin.«Jetzt war die Verlegenheit so absolut auf meiner Seite, daß ich knallrot wurde, und ich stammelte eine Entschuldigung. Aus seiner Hockstellung aufstehend, meinte er freundlich:»Nun ja, dem Alter nach könnte ich es gewiß sein, deshalb keine Entschuldigung. Auf gute Nachbarschaft also, und daß wir Freunde werden. So wurde es auch. Ich lernte den besten Menschen in meinem Leben kennen: Heinrich Weiß, Kunstmaler und Schriftsteller. Schüler von Klee und Kandinsky. Aufgewachsen in Ostpreußen.

Wie gnädig, wie barmherzig vom Leben, daß es uns nicht im Buch der Zukunft lesen läßt, denn hätte Heinrich Weiß gewußt, durch was für ein Jammertal er mit seiner Familie hindurchmuß, er wäre zu Stein erstarrt, wie Lots Weib, die ins Jammertal zurückschaute.

In einem seiner Büchlein fand ich folgende Geschichte aus dem Talmud:

> *»Wenn ein Kind geboren wird, kommt ein Engel*
> *und berührt seine Stirn, damit es vergißt,*
> *denn bei der Geburt weiß es schon alles, aber*
> *das Leben wäre zu grausam, wenn es dies alles*
> *nicht vergessen durfte.«*
> TALMUD

Die ersten Jahre lebten wir nur in guter Nachbarschaft, da war ich noch verheiratet. Ich meinte auch manchmal bemerkt zu haben, daß Herr Weiß meine schreckliche Ehe bald durchschaut hatte, doch da ich nie etwas verlauten ließ und um der Kinder willen alles für mich behielt, fragte er auch nicht danach. Später dann, als ich mit meinen fünf Kindern allein gelassen wurde, begann unsere Freundschaft — und wir bekamen Einsicht in unser beider tragisches Leben. Dennoch schien es, als ob seine Liebe zur Malerei ihn seines erdgebundenen Kummers enthob — in einen Bereich, der nicht mit unserem Intellekt zu erfassen ist, in eine Verfassung, die sich von Raum- und Zeitbewußtein abhebt. Seine Frau hingegen suchte Trost in einem für mich zu erstarrten Glauben. Sein Glaube stand gefestigt in einer einfachen, realistischen Weise. Er glaubte an das Gute im Menschen, allerdings auch, daß sie das Böse in sich hineinlassen. Er liebte die Schöpfung und verehrte sie auf ganz besondere Art, und somit den Schöpfer. Auf die immerwährende Frage der Menschheit: »Warum läßt Gott das und das zu?« antwortete er: »Nun ja, lieber Mensch, schließlich machen wir Menschen den Krieg. Wir Menschen fahren die Kinder auf der Straße tot. Nun macht mal Gott nicht immer für alles verantwortlich.« Er stellte in bezug auf Leben und Sterben kaum etwas in Frage.

Es war sein geliebter Sohn im Teenageralter, mit dem Herrn Weiß' Leiden begann. Mit der Geburt seines Sohnes wurde es erst so richtig hell und schön in seinem Leben wie noch nie zuvor. Er schrieb ein Büchlein: »Kleiner Uwe — große Welt«. Am Bettchen seines Sohnes sitzend, besprach er mit dem Kleinen eine wunderbare Zukunft in einer rührenden, doch von hoher Intelligenz zeugenden Sprache. Sein Leben, seine Hoffnung legte er in die Wiege seines Sohnes. Welche Wonne, dieses Buch zu lesen. Doch wie erschütternd, heute zu wissen, daß diese seine Welt total zertrümmert wurde.

Auf dem Nachhauseweg damals von unserer durchtanzten Nacht beim Alpenball — ich fuhr das Auto — Herr Weiß war einer von den ganz Besonderen, die kein Auto brauchten. »Später wird mein Sohn fahren«, sagte er oft, — bat er mich plötzlich anzuhalten. Da wir uns auf einer Landstraße befanden, war es kein Problem. Im Osten brach der Tag schon an. Ein Vogel zwitscherte zaghaft in den beginnenden Morgen — von den Wiesen stieg kalter Herbstnebel auf. Ich wußte, warum ich anhalten sollte, was ihn bewegte. Dieses Erwachen nach einer fröhlichen Nacht, dem Alltag wieder ins Gesicht schauen, war mehr, als er zu verkraften vermochte. Als er zu weinen anfing, nahm ich seine Hand und hielt sie fest. Sein Kopf fiel auf seine Brust, sein ganzer Körper bebte, vom Weinen zerrissen. Nachdem er sich geschneuzt hatte, schien er etwas beruhigt. Schweigend lauschten wir den Stimmen des erwachenden Tages.

»Ihr Sohn?« fragte ich leise. Er nickte, wobei er mich erstaunt anschaute.

»Wieso wissen Sie — was wissen Sie?«

»Herr Weiß«, antwortete ich, »ich beobachte die Menschen in meiner Umwelt. U. ist oft bei uns, er ist auch mit meinem Sohn befreundet. Mein Sohn erzählt mir viel, er hilft ihm auch, so gut er kann, ja, er hat sich auch schon einmal mit seinen Quälern geschlagen. Sie wissen ja, Kinder können manchmal grausam sein. Nicht alle, Gott sei Dank. Viele brauchen ein Ventil für ihre eigene Unfähigkeit, Schwachheit und Feigheit — wie Erwachsene ja auch —, dafür wird immer ein schwächeres Objekt erkoren. So hat man eben U. — er hebt sich nun mal in besonderen Lebenslagen von anderen ab — zu diesem Objekt gemacht. Sie müssen etwas unternehmen, sie dürfen es nicht nur ihrer Frau überlassen. Ich werde ihnen immer zur Seite stehen.«

»Er spricht nicht mit uns, er schließt sich ein, droht sich umzubringen, schreit und schlägt seinen Kopf gegen die Wand. Er hat sogar schon seine Mutter geschlagen.« — Den letzten Satz sprach er ganz leise, als sollte er nicht einmal von der Sinneswelt wahrgenommen werden, so schlimm schien es zu sein.

»Sein Schmerz, der Hohn, den man ihm zufügt, die Entwürdigung seiner jungen, reinen Gefühle. Er muß es wo ablassen, dafür ist das Elternhaus da – wo sonst könnte er schreien? Ihr Sohn ...«

»Meine Frau meint, daß er in eine Heilanstalt muß.«

Ich war entsetzt, weil er aussprach, was ich dachte – schon lange dachte –, doch hatte ich noch nicht den Mut, es zu bestätigen, deshalb sagte ich:»Niemals, noch kann man daheim helfen.«

Ich war erschüttert, denn in der Tat hatte ich schon längere Zeit dieses merkwürdige Benehmen, das langsam offensichtlicher wurde, bemerkt. Ich sah Anzeichen eines beginnenden autistischen Verhaltens.

Im Verhältnis zu seinen flinken Bewegungen, seinen raumgreifenden Schritten aus seiner Kindheit, plötzlich diese kleinen, ängstlich schlurfenden, als ob die Welt ihm keinen Raum mehr ließe – ihn beenge, oder als ob er möglicherweise etwas Wunderbares zertreten könnte. Die Umwelt schien diesen äußerst sensiblen Menschen zu vergewaltigen. Er ahnte unbewußt, daß er zu transparent für eine pragmatische Verstandeswelt ist, so verschloß er sich langsam, doch nach außen hin sichtbar, in seine eigene Sinneswelt.

Einmal kam er ganz aufgeregt zu mir getrippelt, hielt mit ausgestrecktem Arm ein schönes buntes Herbstblatt in seiner Hand und sagte:»Komm ans Fenster, sei ganz leise, ganz leise – warte, bis die Sonne es beschneit – jetzt, jetzt kannst du die Musik hören?« Seligkeit überstrahlte sein junges, schönes Gesicht.

An diesem Tag wurde mir klar, daß hier ein ganz besonderes, vom Geist durchdrungenes Menschenkind stand. Daß U. intelligent und musisch begabt, mit den allerfeinsten Saiten bespannt, war uns allen bekannt. Doch ahnte keiner, daß sein junges Gemüt zum Bersten voll mit Emotionen, mit Empfindungen, Welten entfernt von seiner Umwelt war. Ein Inferno brodelte in seinem

Geist, mit dem sein erwachendes Ichsein noch nichts anzufangen wußte. So begann er, auf einem Grat zu wandeln, wo Genie und Wahnsinn oftmals Hand in Hand gehen. Da aber sein Genius vom Verständnis der Umwelt nicht aufgefangen wurde, statt dessen verhöhnt und verspottet. Seine so tief liebende Mutter behandelte ihn wegen ihres erstarrten bigotten Glaubens eher mit Strafen — sein Vater, selbst ein Genius, in tiefer Liebe zu seiner Familie, schwebte auch in anderen Welten und sah die Not seines Sohnes erst, als es fast zu spät war — so fiel U. von diesem Grat, auf dem er wandelte, in den dunklen Abgrund des Wahnsinns. Doch geschah es langsam.

Das alles wußte Herr Weiß, deshalb wurde seine Seele beim Erwachen nach einer fröhlichen Nacht vom Gewissen und von Schmerzen gemartert. Die Glocken der nahen Kirche riefen an diesem Sonntagmorgen zur Frühmesse, als ich ihn an seinem Haus ablieferte. Seine Frau bat mich zu einer Tasse Kaffee hinein, auch wollte sie alles erzählt bekommen. Ich lehnte dankend ab und bat beide, doch am Nachmittag zu mir zu kommen, und eilte nach Hause. Wollte ich doch das Sonntagsfrühstück für uns fertig haben, bevor die Kinder aufwachten.
Mein eigenes Glück war überschattet von dem Leid der Familie Weiß.
Sonntagvormittag gab es für mich immer viel zu tun. Später legte ich mich schlafen, eigentlich hätte ich in den Gottesdienst gehen sollen … ich schlief, bis Familie Weiß kam. Wir erzählten vom Alpenball und vieles andere. Herr Weiß wußte immer Anekdoten, daß sogar die Kinder, einige waren ja schon Jugendliche, dabeisaßen.
Ich sehnte den Abend herbei, um endlich mit meinen Gefühlen und Gedanken allein zu sein, um mein Glück ganz zu erfassen.

Der mit Bangen herbeigesehnte Samstag, das Wochenende mit Dr. Winkler war endlich da. Am Vormittag hatte er angerufen und mit mir über seinen Plan gesprochen. Zuerst würden wir in ein Dorfgasthaus zum Essen gehen, danach in ein Wochenendhaus, das seiner Familie, seinem Bruder und seiner Mutter, gehörte, so nahm ich an. Ob ich frische Eier und Brot für das Frühstück mitbringen könnte?

Für meine Kinder hatte ich vorgesorgt. Sie freuten sich sogar, einmal ohne Mutter zu sein. Ich hatte ihnen die Wahrheit gesagt, schließlich war mein Ältester schon 18 Jahre, die Mädchen 16, 15 und 10 Jahre alt. Sie paßten gut auf den Kleinen auf. Darauf konnte ich mich verlassen.

Am späten Nachmittag holte er mich ab. Es war schon herbstlich kalt und dunkel. Im Auto sah er immer wieder von der Seite her mich an – als ob er mit etwas ganz sicher sein wollte, als ob er sich fragte, ob wir das Richtige taten, so will mir heute scheinen. Bald aber fuhren wir plaudernd durch Dörfer, über wenig befahrene Landstraßen. Ich wußte nicht mehr, wo wir uns befanden. Irgendwo in einem Landgasthof saßen wir bei gedämpftem Licht und aßen ein schwäbisches Abendessen. Wir hatten uns Unmengen zu erzählen, es hatte ja in den zwei Jahren unserer Bekanntschaft nie die Möglichkeit gegeben, sich richtig mitzuteilen. Er wollte vieles aus meinem Leben wissen, von sich selbst erzählte er kaum etwas, und zu fragen wagte ich nicht. So wußte ich noch immer nicht, wie es mit seiner Frau stand. Das bedrückte mich. Nach einer nochmaligen Fahrt auf Landstraßen, auch jetzt wußte ich nicht, wo wir uns befanden, hielt er an und sagte: »So, da wären wir, Mädchen.«

In der Dunkelheit konnte ich kaum etwas erkennen. Nebenan schien eine Art Garten oder Park zu sein. Als er die Tür aufgeschlossen hatte, das Licht eingeschaltet, schwiegen wir beide bewegt. Vielleicht war es etwas wie Verlegenheit. Das erste, was mir in die Augen fiel, war ein schöner Bauernschrank. Dieser Schrank half mir über meine Verlegenheit. Er gefiel mir so sehr, daß ich es ihm spontan sagte – und wie sehr ich Bauernmöbel liebe. Auch folgerte ich in meinen Gedanken, wer das hier eingerichtet hat, muß mir in meinem Wesen ein klein wenig ähnlich sein. Willfried Winkler hatte jetzt gefunden, wonach er suchte, ein Zettel, auf dem aufgezeichnet stand, wie der Ofen funktionierte und wo alles zu finden ist. Ein zweiter schöner Bauernschrank stand im Schlafzimmer.

Am nächsten Morgen nach dem Frühstück begaben wir uns auf einen ausgedehnten Spaziergang, dessen Ziel ein kleiner Landgasthof war. Dort trank er ein Bier und ich Apfelsaft. Wir lachten viel und hielten uns an den Händen. Mit Wonne erinnere ich mich, als ich einen Abhang vornüberrutschte und mit dem Gesicht in einer Pfütze landete. Zuerst erschrak er, als er aber sah, daß mir nichts passiert war – nur mein Gesicht war naß und schmutzig – lachte er schallend. Wieder ernst geworden, sagte er: »Mädchen, ich liebe dich« und half mir beim Aufstehen. Nach einer stillen Weile: »Vergiß es nie, denn ich sage das nicht oft.« Bei der Heimfahrt überließ er mir sein Auto. Ich mußte ihn gleich zum Flughafen fahren, dort tranken wir noch Kaffee. Endlich wagte ich zu fragen, wie ich denn jetzt nach Hause käme. »Mit meinem Auto, behalte es, bis ich mich melde, dann kannst du mich abholen. Ich habe dich für einige Zeit als meine Fahrerin angemeldet – ein kleiner Nebenverdienst für dich. Du brauchst nur noch ein Formular auszufüllen, damit alles seine Ordnung hat. Du findest es im Auto – es ist schon adressiert. Schick es bald ab. Ich freue mich, dich bald wiederzusehen.« Fort war er. Doch er kam noch mal zurück: »Du, in Gedanken nehme ich dich fest in meine Arme.«

All die Geschehnisse seit dem gestrigen Tag waren zu viel für mich, meine Worte waren versiegt, ich stand so hilflos allem gegenüber, wußte nicht einmal, ob ich mich freuen durfte.

Die Menge hatte ihn aufgesogen, wie so oft noch in den nächsten Jahren unseres Beisammensein. Einmal sagte er zu mir: »Mädle, ich möchte dich nicht verlieren.«
»Ich gehe dir nicht verloren, ich bleibe bis, ja, bis einmal die Zeit erfüllt ist. Überdies weiß ich, ganz tief drinnen, in der Zeit liegt unser Schicksal schon bereit.«
Erstaunt sah er mich lange an.

Von der Masse Mensch eingesogen, aufgesogen, verlangt, gefordert, bejubelt, bewundert, verehrt und auch beleidigt. Aber genauso und nicht anders wollte er es. So hatte er es gewählt, sich für diesen Weg entschieden. Und was er einmal beschritten hatte oder erwählt, dem verschrieb er sich mit Leib und Seele. Seine politische Laufbahn war ihm am allerwichtigsten, das war seine große Liebe. Die Liebe zu einer Frau, welche er auch immer erwählt hatte, nahm den zweiten Platz ein. Dieses Verständnis forderte er von ihr. Sie war sein Ausruhen, seine stille Freude, wie er mir einmal sagte. Nun gut, wenn ich sein Ruheplatz und seine stille Freude sein durfte, war ich zufrieden. Er hat mich dafür erwählt. Bescheidenheit ist mein Wesen, ich verlange nicht nach Ruhm. Was er an Liebe zu geben vermochte, das gab er mir, was immer Liebe beinhaltet. War es nicht mehr als alle Schätze der Welt? »Lucky me«, wie man hier sagen würde.

Viele Fahrten brauchte ich nicht zu machen, er fuhr meistens selbst. Zu öffentlichen Programmen, Ansprachen usw. ließ er sich oft von einem jungen Studenten fahren. Also verhalf er auch anderen Bedürftigen zu einem Verdienst. Das gefiel mir sehr an ihm.

Laut Formular, das ich ausfüllen mußte, war ich nun für das nächste halbe Jahr als Fahrerin bei Dr. Winkler angestellt. Das erzähl mal jemandem! Was ich natürlich nicht tat. Weiß der Himmel, ich war dankbar für dieses Geld, das ich ohne falschen Stolz annahm. Ganz sicher hätte er mir, ohne zu fragen, mit Geld ausgeholfen – da er aber meinen Stolz, was Geldsachen anbelangte, kannte, war dieses Thema tabu. Nur an Weihnachten akzeptierte ich einen Geldbetrag.

Im darauffolgenden Winter kam er fast jedes zweite Wochenende nach Engendorf – wo wir uns trafen..
Immer und immer stellte ich mir die Frage: Wo ist seine Frau? Er erzählte nie etwas von ihr – und ich wagte nicht zu fragen. Diese Frage würde, so fühlte ich, einen kleinen Dorn in unser vertrautes Beisammensein pflanzen. Und wäre er noch so klein, der Dorn, es wäre doch ein Dorn. Ich stellte in keiner Weise Forderungen, fragte ihn nie nach den Frauen – wobei ich mittlerweile wußte, daß einige mich beneiden würden, wüßten sie davon. Wir machten nicht gerade ein Geheimnis daraus, hängten es aber auch nicht an die große Glocke. Meine engeren Freunde wußten davon, natürlich auch meine Kinder. Inwieweit sein Bekanntenkreis eingeweiht war, hatte ich keine Ahnung, es kümmerte mich auch nicht. Kam er zu mir nach Hause, so tat er es bei Tageslicht, offen und ohne Scheu. Sonntags lud er meine Kinder und mich hin und wieder zu einem Essen ein, im Gasthof neben seinem Haus in Engendorf. Es schien ihm diebische Freude zu bereiten, seine lieben Mitmenschen rätseln zu lassen

Wir hatten viel Gemeinsames; wir teilten bis zu einem gewissen Grad die gleichen Anschauungen – ob im Glauben oder ob im Leben. Wir zählten beide noch zu einer Generation, die Gedichte auswendig lernen mußte, darauf waren wir beide stolz. Jedes

Gedicht, das er konnte, konnte ich auch, und umgekehrt. Noch heute liebe ich ihn innig, denke ich an die friedlichen Spaziergänge. Ob durch den knirschenden Schnee, durch raschelndes Laub im Wald oder durch eine Blumenwiese streifend, am leise plätschernden Bach sitzend oder am Rande eines reifen Kornfeldes, den Lerchen lauschend. Ich erinnere mich, einmal stand er ganz still, versunken in Gedanken. Eine Frage von mir hätte etwas zerstört, das fühlte ich und ich schwieg.

Aufschauend sagte er nach einer Weile zu sich selbst, fast dozierend: »Nein, man kann nicht sagen, daß man der Natur gegenübersteht. Das ist Unsinn. Entweder man steht mitten in ihr, also gänzlich mit ihr verwachsen, oder man hat sich von ihr gelöst. Ja, so ist es, man kann der Natur nicht gegenüberstehen, weil wir ein Teil von ihr sind, gänzlich mit ihr verwachsen ...«

Ich fragte ihn auch nicht, was ihn so plötzlich zu diesem Gedankengang gebracht hatte.

Ja, Willfried Winkler, du hattest recht damals, du hattest recht. Wie hätte ich bisher 15 Jahre Einsamkeit ertragen können, wäre ich nicht gänzlich mit der Natur verwachsen? Man muß sie lieben, die Natur, sich ihr beugen. Sie bleibt immer die Stärkere in allem. Man muß ihre Elemente achten, das grausame Unberechenbare in ihnen erdulden, aber auch zum eigenen Schutz das Mögliche unternehmen. Sich an der strahlenden, warmen Sonne, der Vielfalt und Schönheit der Blumen und am Gesang der Vögel erfreuen. Das alles ist Schöpfung, das alles ist der Schöpfer. Auch er steht inmitten seiner Schöpfung. Nicht davor und nicht darüber. Die universelle Energie ist sein Geist, die Liebe ist sein Geist. Die Liebe in der Ganzheit und Reinheit, wie Franz von Assisi uns vermittelt — wie Paulus im Hohenlied der Liebe an seine Korinther schreibt:

».. . und hättet ihr die Liebe nicht,
so wäre es nur Schellengeläut . . . «
BIBELSTELLE

Jakob Böhme, »auch Erwecker seelischer Tiefe« genannt, schrieb schon um 16. Jahrhundert: »Er ist selber alles Wesen.« Und Gerhard Wehr schreibt: »Denn eine Menschheit, die den Planeten plündert und zu einer Mülldeponie oder zu einer Lagerstätte von Vernichtungswaffen degradiert, die hat schwerlich den Auftrag zur Weltgestaltung verstanden, geschweige denn erfüllt!«

Im dritten Jahr mit Willfried Winkler — so zählte ich damals die Zeit. Im ersten, zweiten, dritten, vierten Jahr nach der Scheidung, so zählte ich auch einmal, das erste, zweite Jahr in Schottland. Als mein Sohn uns verließ, als er sich das Leben nahm, habe ich für immer aufgehört, die Jahre zu zählen, da es nur die Ewigkeit des Schmerzes gibt. Mein Zeitdogma ist verlorengegangen. Um ehrlich zu sein, habe ich Schwierigkeiten mit meinem genauen Alter. Geburtstag feiere ich schon seit ewigen Zeiten nicht mehr. Sicherlich weiß ich noch mein Geburtsjahr — es ist bestimmt auch schon in einigen Computern gespeichert — was soll's? Schwieriger wird es schon bei meinen Kindern, sie möchten schon noch, daß ich mich an ihren Geburtstag erinnere. Aber wie alt sie sind, da müßte ich nachrechnen. Mareike rief mich einmal aus Amerika an und sagte: »Hi, Mama, ich rufe dich nur an, damit du mir zum Geburtstag gratulierst!«

»Herr Weiß«, fragte ich einmal, »warum muß alles zeitlich eingeteilt sein? Warum darf man nicht so alt oder so jung sein, wie der liebe Mitmensch mich sieht und wie ich mich fühle?«
»Liebe Freundin«, antwortete er schmunzelnd, »das ist Zivilisa-

tion, da muß alles seine Ordnung haben, deshalb dürfen wir uns zivilisierte Menschen nennen.«

Herr Weiß ließ sich genausowenig in ein Schema pressen wie ich. Wir paßten beide auf, unser personales Eigensein nicht umgestülpt zu bekommen, durch manipulierbaren Druck, dem wir alle ausgesetzt sind, durch fortwährende Anpassung, sich dem, was »in« ist, anzugleichen. Als Künstler hatte er es leichter, seiner Weltanschauung treu zu bleiben, stand er sowieso über allem menschlich so »Wichtigen«. Ich hingegen konnte manchmal nicht umhin, mich eben so weit anzupassen, wie es gezwungenermaßen das Sozialleben verlangte.

Herr Weiß war ein zeitloser Mensch. Er besaß kein Auto, wo doch das Auto Image und Zweck ist. Er pflanzte seine Weihnachtsbäume als Hecke um sein Haus und zählte an den Lücken, wie viele Weihnachten er hier schon verbracht hatte – und hoffte, daß die Tannenbaumhecke für all die kommenden Weihnachtsfeste im Schoß seiner Familie noch ausreichen würde. Wie viele Tannenbäume mögen wohl noch übrig sein nach seinem und ihrem Tod?

Herr Weiß war 20 Jahre lang, so lange kannte ich ihn, immer 50 Jahre alt. Er alterte nicht. Er war ein stiller Erdenbürger, der seine Kunst und sein Können bescheiden unter den Sockel stellte.

Im dritten Jahr mit Willfried Winkler schwebte ich durch das Leben. Wer würde nicht schweben, wenn man von der Liebe getragen wird. Obwohl mein reales Leben, die viele Arbeit, meine Kinder, nicht eben eitel Sonnenschein war. Die Kinder, die Lebensumstände, alles forderte Entscheidungen von mir, und es war schwer, sie allein zu treffen, und ich wußte nie, ob ich da und dort richtig handelte.

Mein guter Pfarrer B. warnte mich oft, mich an erster Stelle mehr um meine eigenen Kinder zu kümmern, dann erst, so noch Zeit und Kraft vorhanden sei, um andere. Was sah er in meinem Handeln Falsches?

Mein Sohn brachte manchmal Drogenabhängige zu uns, derer ich mich annahm, in der Hoffnung zu helfen. Ich mochte die jungen Menschen, hauptsächlich Gestrandete. Heute will mir scheinen, ich führte damals zwei verschiedene Leben. Das Geheime, das mir das Lebenselexier gab, das ich brauchte, um das reale, arbeitsreiche, sorgenbeladene Leben meistern zu können. Ich konnte es in diesem dritten Jahr mit ihm. Meine Energie schien unversiegbar und konnte noch viel an andere weitergeben.

Kam Willfried Winkler samstags nach Engendorf, so rief er mich an, und ich fuhr zu ihm. Ich fuhr immer bis vor sein Haus. Eines späten Abends einmal, ich war eben im Begriff auszusteigen, standen zwei Polizisten vor meinem Auto. Sie wollten wissen, was ich hier zu tun hätte. Vor Schreck und Verlegenheit brachte ich keinen Ton heraus. Jedoch, da kam auch schon Willfried Winkler eilig aus dem Haus und sagte den Herren Polizisten, daß alles in Ordnung sei. Zu mir sagte er:»O Mädle, ich vergaß ganz, daß manchmal die Polizei hier nach dem Rechten schauen muß.«

Am Treppenaufgang, der sich im Wohnzimmer befand, hing ein Gemälde seiner Mutter. Ich mochte dieses Frauenantlitz. Sie schien mir jedesmal freundlich entgegenzusehen. Oben in seinem Zimmer stand auch ein Bauernschrank, jedoch bar jeglicher Blumenmotive. Hier bewahrte er seine Schallplatten auf. Viele Bücher an den Wänden, wie ich es mochte. Viele Bücher. Eine Wohnung ohne Bücher ist für mich seelenlos. Hier saßen wir viele, viele Male still beieinander, lauschten der Musik und unterhielten uns über so viele Dinge. Hier haben wir gelacht, auch miteinander gesungen. Er konnte gut singen. Hier haben wir die

Welt verbessert und philosophiert. Wir haben uns Mythen und Geschichten erzählt. Vieles von diesen Abenden habe ich vergessen, weil ich es vergessen wollte. Habe Erinnerungen in die Vergangenheit sinken lassen und begraben – sie waren zu schmerzhaft. Dennoch, einige herausragende Momente sind in mein Herz und in das Unvergeßliche geschrieben. So dies: Eines Abends sagte er zu mir – ich weiß es, als wäre es erst gestern gewesen; ich stand oben auf dem Treppenabsatz, er stand unten, schaute herauf und sah mich lange schweigend an –: »Mädchen, dich möchte ich heiraten«, sagte er.

Da wagte ich zu fragen: »Was hindert dich?«

»Meine Frau und vieles andere.«

Jetzt war es ausgesprochen, jetzt hatte er das erstemal seine Frau erwähnt. Ach, es war mir so gleichgültig, heiraten oder nicht. Ich wollte gar nicht geheiratet werden – wie hätte ich ihn mit fünf Kinder belasten können? So wie er mir seine Liebe zeigte, wie er mich behandelte, das genügte mir. Ich war zufrieden, in seinem Schatten zu leben. Es war mehr, als ich je wieder zu hoffen gewagt hatte, nach einer unwürdigen Ehe.

Er wollte, daß ich ihm hin und wieder schreibe: »Aber ja keine schmachtenden Liebesbriefe.«

Für meinen Unterricht in der Schule fertigte ich manchmal Comics als Anschauungsmaterial, sinngemäß zum Thema passend, anstatt die Schüler mit der manchmal frustrierenden Thematik zu langweilen.

Dergestalt waren auch meine knappen, kurzen Briefe an ihn. Da er ein leidenschaftlicher Pilot war, zeichnete ich ihn zum Beispiel als Comicfigur, seine Glatze betonend, mit einem langen Fliegenschal, im Flugwind flatternd, in einem Doppeldecker. Alles, was ich dazu schrieb, war: »Über den Wolken muß die Freiheit wohl grenzenlos sein.« Es war ein Lied von Reinhard Mey damals.

Diese Briefe amüsierten ihn sehr. Als Dank oder Lob, wie es

gemeint war, sagte er etwas, daß ich auch nicht in die Vergessenheit hab' untergehen lassen, nämlich: »Du bist eine ganz seltene Pflanze, Mädchen.«

»Blume« wäre mir lieber gewesen, obwohl derartiges nicht zu ihm paßte. Er war halt ein Schwabe.

Ein andermal, es muß wohl wieder ein Samstag gewesen sein, denn sonst wäre ich ja nicht daheim gewesen, oder war es in den Ferien? – rief er von Fürstenfeldbruck an: »Mädle, paß auf, in zehn Minuten werde ich über euer Dorf fliegen, da denke ich an dich.«

Wahrhaftig, da kam auch bald ein Düsenflugzeug über mein Haus gedonnert. Mit dem Gartentischtuch winkte ich ihm zu. Später bestätigte er mir, es gesehen zu haben.

So schwebte mein Glück überall um mich herum. Ganz tief in mir wußte ich aber immer, daß es nur ein geborgtes Glück ist.

Wie auch immer, ich schwebte im Glück, während mein guter Freund Herr Weiß vom Leid gemartert wurde.

Eines späten Abends klopfte Herr Weiß ganz außer sich und verzweifelt an meiner Tür.

»Bitte, liebe Freundin, helfen Sie mir meinen Sohn suchen. Er ist den ganzen Tag nicht zu Hause gewesen – jetzt halte ich das Warten nicht mehr aus. Vielleicht weiß Arne etwas?«

Arne hatte alles mitgehört. Durch den Lärm aufgewacht, war er sofort aus seinem Zimmer gekommen. Ohne viel Fragen war er sofort bereit, mit suchen zu gehen. Er habe auch eine Ahnung, meinte er.

Er ließ mich ins übernächste Dorf fahren und außerhalb einer Ansiedlung auf einem Feldweg anhalten.

»Wir laufen jetzt besser«, sagte er.

Am Waldrand lag ein verlassener Kinderspielplatz, hier schaute er sich zuerst um – dann führte er uns am Waldrand entlang weiter. Jetzt waren Stimmen und Musik zu hören. Die Stimmen wurden deutlicher, sie kamen aus dem Baum, unter dem wir standen. Es war ein Baumhaus darauf gebaut. Durch die Ritzen flackerte Kerzenlicht.

Da konnte der verzweifelte Vater nicht mehr an sich halten, so schrie dieser sonst so stille Mensch den Namen seines Sohnes, mit einer Stimme so ungeheuerlich, gepaart mit Schmerz und Wut, Hoffnung und Verzweiflung, hinaus in die dunkle Nacht. Sofort war alles still. Selbst die Stimmen der Nacht schienen den Atem anzuhalten, die Sterne schienen erschrocken zurück ins All zu weichen. Erschrockene weiße Gesichter, mit vom Alkohol oder Drogen verschwommenen Augen schauten starr zu uns herunter.

»Wo ist Udo?« fragte mein Sohn.

Ein Mädchen kicherte.

»Sagt uns sofort, wo er ist, oder ich hole umgehend die Polizei.«

»Er ist längst gegangen.«

»Wohin?«

»Das wissen wir nicht, ehrlich.«

Mehr konnten wir nicht aus ihnen herausbekommen.

Aufgeben wäre ganz unmöglich gewesen, und sollten wir die ganze Nacht mit Suchen verbringen. Wir fuhren langsam den Feldweg entlang, als wir den einsamen Schatten unter einem Apfelbaum sitzen sahen. Udo lehnte am Stamm des Baumes und summte ein Lied vor sich hin. Da sank Herr Weiß zu seinem Sohn ins Gras. Udo ließ sich widerstandslos zum Auto führen. Niemand war fähig, etwas zu sagen. Worte wären hier auch überflüssig gewesen.

»Was weißt du von diesem Baumhaus?« fragte ich meinen Sohn, wieder daheim.

»Das spricht sich so herum.«

Ich erschrak. »Was spricht sich herum?«

Er setzte sein liebes Grinsen auf. Das beruhigte mich immer.

»Man kann es mieten, stundenweise, na ja, du weißt schon, für was. Mädchen bekommt man dazu. Drogen und Alkohol soll es auch geben.«

Ich war entsetzt. »Ja, wissen denn die Polizei, die Lehrer, wie ist denn so etwas nur möglich? Wer vermietet denn das?«

»Es sollen einige erwachsene Jugendliche sein, genau weiß ich es auch nicht. Es ist mir ein Rätsel, wie der arme Udo dahin kam.«

Als ich meinen Sohn nun voller Entsetzen ansah, sagte er schnell: »Nein, nein, Mama, ich war nicht dort – aber wenn wir jetzt schon davon sprechen – also, ich hoffe, daß ich mir kein Baumhaus mieten brauch', sollte ich mal ein Mädchen – na ja, du weißt schon.«

Also ein Baumhausbordell für Teenager.

Am nächsten Tag nach der Schule fuhr ich gleich zum Pfarrer dieser Gemeinde, erzählte ihm von der Geschichte und überließ alles weitere ihm. Er rief mich einmal an und teilte mir mit, daß die Baumhausbesitzer festgenommen sind und das Baumhaus abgerissen wurde. Udo konnte seinen Eltern nie erzählen, was er an jenem Abend erlebt hat, was ihn endgültig in das Dunkel seines Daseins fallen ließ. Er wurde in eine Heilanstalt eingeliefert.

Zwei Wochen später fuhr ich Herrn und Frau Weiß zu einem Besuch ihres Sohnes, es war ein Sonntag. Udo saß auf einem Stuhl in einem kahlen Besucherzimmer, er spielte mit einem Jo-Jo. Auf und nieder, auf und nieder. Seinen Eltern, die ihm gegenübersaßen, schenkte er keine Beachtung. Ich stand am Fenster und beobachtete die Spaziergänger im Park. Frau Weiß hatte angefangen zu beten. Heinrich Weiß weinte still in seine Hände. Udo wurde des Jo-Jo-Spielens überdrüssig, er legte es ganz vorsichtig, als wäre es etwas ganz Kostbares, sachte neben sich auf den Fußboden, um jetzt seinen Oberkörper vor- und zurückzuschaukeln, vor und zurück. Da kam ein Pfleger ins Besucherzimmer. Ohne aufgefordert zu werden, trippelte Udo folgsam wie ein Hündchen hinter ihm her – als wären Vater und Mutter nicht im Raum. Als die Tür sich schloß, fielen sich die Eltern einander Hilfe suchend und tröstend in die Arme und weinten bitterlich. Noch immer betroffen von diesem Erlebnis, saß ich am Sonntagabend daheim am Kachelofen. Ich wartete auf meine »Großen«, um ihnen von Udo zu erzählen, als das Telefon schrillte. Es werden die Kinder sein, die ich von irgendwo abholen sollte – dachte ich.

Es war Willfried Winkler. Mit einer mir fremden Stimme sagte er: »Mädchen, kannst du kommen, ich brauche dich.«

Er hatte nicht gesagt: »Komm«, wie sonst, er sagte: »Kannst du kommen?« Was mochte geschehen sein? Plötzlich hatte ich Angst. Meine Angst stand vor mir, ich sah sie ganz deutlich ...

Jetzt erinnerte ich mich, daß ich ja am Vormittag anrufen wollte, doch eingefangen in Weiß' Sorgen, hatte ich es tatsächlich vergessen. O Leben, unerforschlich, unbegreiflich deine Wege. Was für ein Duett spielst du an einem einzigen Tag und zwingst mich, mitzuhören und mitzuleiden.

Meinen Kindern hinterließ ich eine Nachricht, wo ich zu finden sei, und fuhr bangen Herzens zu ihm. Die Haustür war nur angelehnt, er ließ meistens die Tür für mich offen, damit ich nicht zu klingeln brauchte.

Leise stieg ich die Treppe hinauf. Er saß auf dem Sofa und hatte den Kopf in seine Hände gestützt. War es nicht erst heute mittag, als Herr Weiß so dasaß? Da er nicht aufschaute, setzt ich mich zu ihm und legte meine Arme um ihn. So saßen wir lange. Ich fragte nicht. Ganz plötzlich stand er auf, lief die wenigen Schritte zum Fenster, schaute hinaus und sprach, mir den Rücken zugewandt, endlich: »Danke, daß du gekommen bist, habe dich schon länger versucht zu erreichen.« Nach einer Pause: »Gestern mußte ich etwas tun, was ich niemandem wünsche, je tun zu müssen. Es war das Schlimmste, was bisher das Leben von mir verlangt hat. Ich mußte meine Frau in die Heilanstalt bringen.« Dann drehte er sich wieder zu mir.

Mir wurde schlecht. Richtig schlecht, vom Magen her kommend. Ich rannte ins Bad und erbrach mich. Endlich erzählte er mir von seiner Frau. Er mußte sie einmal sehr geliebt haben. Er erzählte lange und viel. Sie hatte den gleichen Namen wie ich. Als er endete, war mir, als hätte ich sie gekannt – alles längst gewußt. Schließlich war ich all die Zeit, die Willfried und ich uns kannten, immer eine gute Zuhörerin gewesen – kann in Gedanken lesen, aus dem Gesprochenen etwas heraushören, Schwingungen wahrnehmen … so war das Bild, das ich mir von seiner Frau gemacht hatte, das richtige.

Einmal zum Beispiel kamen wir auf Katzen zu sprechen. Eine Schülerin hatte eine Katze ins Klassenzimmer gebracht … Da unterbrach er meine Erzählung und sagte: »Du wirst doch hoffentlich nicht auch Katzen haben?« So nahm ich an, daß seine Frau Katzen hatte.

Schweigend saßen wir auf dem Sofa. Schweigend hatte ich zugehört. Und weil ich so gar nichts antworten konnte, schaute er mich an und mußte gemerkt haben, daß mit mir auch etwas nicht stimmte.

»Mädchen, was ist mit dir?« fragte er besorgt.

Da konnte ich nicht mehr länger an mich halten, ein Schluchzen schüttelte mich durch und durch. Jetzt nahm er mich in die Arme, jetzt erzählte ich mein Erlebnis mit Familie Weiß, vom Baumhaus und einfach alles … sagte ihm auch, daß mir seine Frau sehr,

sehr leid tue, »und du, auch du tust mir leid«, stammelte ich zum Schluß.

Ich kochte uns Kaffee, den wir beide nötig hatten, auch bat er mich, einige belegte Brote zu bereiten. Beim Kaffeetrinken mußte ich ihm mehr von der Baumhausgeschichte erzählen. Überhaupt war er sehr interessiert an allem, was ich mit den jungen Menschen erlebte, da ich viel mit der Jugend zu tun hatte. Er sei etwas entfernt von diesem Geschehen, so meinte er, indessen aber sei es für seinen Beruf sehr wichtig, die Verbindung zu den jungen Menschen zu erhalten.

Am nächsten Morgen mußte er in Bonn sein, deshalb brachte ich ihn bald zum Bahnhof, damit er den Nachtzug noch erreichen konnte. Mir war, als seien wir uns an diesem Abend erst richtig nähergekommen.

Meine Kinder schliefen alle, als ich nach Hause kam, so zündete ich eine Kerze an und setzte mich an den Kachelofen, um nachzudenken. Ich dachte an seine Frau. Sie schien mir in ihrer Not wie eine Schwester, zumal wir den gleichen Namen trugen. Hatte ich ein schlechtes Gewissen? Ich weiß es heute nicht mehr. Sicher hatte ich eins, aber ich muß es wohl verdrängt haben. Es war eine ständige Beschäftigung, mein Gewissen zu verdrängen, weil ich mir über alles und vieles ein Gewissen machte. Manchmal — was selten vorkam — kehrte ich nach der Aerobic-Klasse mit den Frauen irgendwo ein, um ein Eis zu essen, mein Gewissen sagte dann:»Siehste, deinem Sohn konntest du am Samstag kein Eis kaufen, für dich selber kannst du es.« Dann wiederum ermahnte mich mein Gewissen, heim zu den Kindern zu gehen, anstatt herumzusitzen. — »War es nötig, dir einen Lippenstift zu kaufen? Hättest du nicht den alten besser auskratzen können?« — »Geh lieber heim und putz die Fenster, anstatt spazierenzugehen ... warum hast du das getan und nicht das ...?« Mein schlechtes

Gewissen war ein treuer und ständiger Begleiter. Wie ein Spiegel ließ es mich unaufhörlich meine Fehler sehen. Es wich nie von meiner Seite – hielt treu zu mir in den vielen Jahren der Einsamkeit –, sorgte dafür, daß ich nichts vergaß – nicht den kleinsten Fehler. Da hilft kein Ignorieren, kein Verdrängen. Habe ich denn wirklich so viel falsch gemacht?

Wie auch immer, eines weiß ich ganz sicher: wehe dem, der Fehler begangen hat, die nie wiedergutzumachen sind, die unwiderruflich sind! Wenn man dann die Hoffnung auf Gottes Gnade und Barmherzigkeit nicht hätte ...

Damals auf der Ofenbank mußte ich wohl mein schlechtes Gewissen verdrängt haben.

Was für ein Tag heute – was für ein schrecklicher Sonntag es war! Ob Familie Weiß wohl schläft? Udo wird man bestimmt mit Tabletten beruhigt haben. Auch Frau Winkler wird Tabletten zur Beruhigung bekommen haben. Tabletten zum Schlafen, Tabletten zur Beruhigung, Tabletten gegen die kranke Psyche, gegen Melancholie, gegen Schwermut, Tabletten gegen Kummer, Pillen, um die Weltbevölkerungsexplosion zu verhindern – trotzdem gibt es noch Millionen Abtreibungen – Pillen für besseren Sex – Tabletten für starke Muskeln, zum Abspecken – Tabletten – Pillen – Tabletten ...

Hier erinnere ich mich, daß Willfried im Auto zum Bahnhof auch eine Tablette nahm, für den Magen, sagte er.

Ich selbst bin gegen Tabletten, doch bin ich weder Arzt noch Wissenschaftler, noch besonders klug, um richtig darüber Bescheid zu wissen. Bei weniger akuten Krankheiten gab ich meinen Kindern nie die vom Kinderarzt verschriebenen Tabletten, sie wurden auch so wieder gesund, vielleicht dauerte es etwas länger. Durch meine Naturverbundenheit war mir diesbezüglich ein vernünftiger Nahrungsmittelverstand gewachsen.

Als mich die fürchterlichen Brechreize und Schwindelanfälle bei der Schwangerschaft meines Sohnes überfielen, verschrieb der Hausarzt die damals fast allen werdenden Müttern angebotene Konterganpille. Dank dem Himmel, ich habe die Schachtel nie geöffnet. Bei der Entbindung lag im Kreißsaal eine ebenfalls junge Frau neben mir; als ihr Kind geboren war, hörte sie nicht mehr zu schreien auf, bis man ihr eine Beruhigungsspritze gab. Ihr Mädchen hatte keine Beine und keine Arme.

Ich muß aber ehrlich sein – war es doch leicht für mich, von Tabletten Abstand zu nehmen, da ich kaum mit körperlichen Schmerzen konfrontiert worden bin. Schlafen kann ich bis heute noch gut – selbst wenn ich mich viele Stunden in den Schlaf weine. So bin ich mir nicht sicher, gäbe es eine Pille, die tatsächlich Gefühle ausschaltet, Qualen, Leid, Ängste und immer wieder Qualen, ob ich da nicht doch zu einer chemischen Pille als Strohhalm gegriffen hätte.

Wie aber könnte man jemanden wie Udo heilen und ihm helfen? Auch hier denke ich mir etwas mit meinem ganz eigenen Verstand, ohne wissenschaftliches Wissen. Es müßte doch möglich sein, mit irgend etwas zu ihm durchzudringen, denn er war ja erst ein ganz normales Kind.

Ich denke mir: Man müßte total für ihn dasein – zugleich aber ihn nicht in seiner Freiheit beengen. Seine natürlichen Begabungen und Interessen auf seinen dünn gespannten Saiten ganz sacht anstimmen helfen. Er sollte Erde umgraben, anfassen, Blumen säen. Mit Holz in Berührung kommen ist gut für Leib und Seele. Mit ihm lachen und Dummheiten machen. Ihm ganz langsam kleine, verantwortungsvolle Aufgaben anvertrauen. Liebe, immer wieder Liebe zeigen und vieles, vieles andere, da müßte doch sein verletztes, verstoßenes Ichsein in die helle, warme Sonne zurückwollen.

Sicherlich wird so und ähnlich schon lange mit diesen kranken

Geschöpfen gearbeitet, doch weiß ich auch durch eigene Erfahrung, daß man meistens mit der Pille zur Hand ist. Denn, so denke ich weiter: da wir ein Teil des Himmels sind, also der allgegenwärtigen Schöpfung, müßte alles Harmonie sein. Was also zerstört die Harmonie in Leib und Seele? Sind es die Impulse der negativen Gedanken, welche Disharmonie ausstreuen, ja sogar bis zur Destruktion hin uns treiben? Und wenn dem so ist, warum dann nicht mit den biologisch uns nahen Elementen der Natur heilen, die Kraftquelle, die die Grundlage allen Lebens ist, wo wir doch alle aus ein und demselben Stoff gemacht sind? Warum sich einem fremden chemischen Stoff anvertrauen? Jedoch nun, die Wissenschaftler müssen es wissen, sie haben es studiert, ich denke es mir nur aus. Oder ...?

Willfried Winkler sitzt jetzt im Zug nach Bonn. Ob er wohl schläft? Sicher. Morgen wird wieder viel von ihm verlangt, also muß er Kräfte tanken. Der Schlaf ist die beste Tankstelle dafür. Er muß Realist bleiben, darf sich nicht zu sehr seinen Gefühlen stellen, das wäre Energieverschwendung, die doch ganz und gar für politisch Weltbewegendes zur Verfügung stehen sollte, sodann alle menschlichen Empfindungen in Flaschen füllen und auf die Seite stellen, »bottle up«, wie man in Schottland sagt.

Die Zahl Drei — so spann ich meine Gedanken in dieser merkwürdigen Nacht weiter — ist für die Mathematiker eine Primzahl, für die »tiefere«, universale Wissenschaft, die Lehre von den »drei Kräften«, aktiv (positiv), passiv (negativ) und neutralisierend (die Neutrale), dann weiß ich noch von der Trinität = Gottvater-Gottsohn-Gott Heiliger Geist.

In Indien sind Brahma, Vishnu und Shiva eine göttliche Dreiheit, Neptun trägt einen Dreizack. In den Mythen sind immer drei Rätsel zu lösen. Zu allen guten Dingen gehören drei, sagt man, wer abergläubisch ist, klopft dreimal auf Holz und vieles andere. So scheint die Zahl Drei eine magische Zahl zu sein, nicht die drei Dimensionen zu vergessen. Für mich bedeutet sie Angst oder Freude, je nach dem, in was für einem Ereignis sie sich zeigt. Ich habe die Drei all die Jahre an mir beobachtet, so kann es nicht Zufall oder Einbildung sein: Ereignen sich zwei sich ähnelnde Dinge – so bin ich sicher, daß das dritte nicht weit ist. Im Guten wie im Schlechten, im Kleinen wie im Großen. Daraus folgere ich, da ich in kurzer Zeit mit zwei Fällen von heilanstaltsbedürfti-gen Bekannten zu tun hatte – wo ist, wo steckt ein drittes Phänomen dieser Art? Nie, nie, Millionen Lichtjahre entfernt, dachte ich, daß ich es selber sein werde. Daß mich ein Schmerz bis an den Rand des Irrsinns zu bringen vermochte.

8. Kapitel

Das Mädchen Elsa und Dimitri, der Grieche

Da war das Mädchen Elsa, 18 Jahre alt, bildschön, mit blonden Haaren. Mein Sohn liebte sie sehr. Es war eine schmerzvolle, zerstörende junge Liebe von Anfang an. Ich war eine gute Beobachterin in vielen Dingen und litt mit allem und jedem. Besonders litt ich mit meinen Kindern, was wohl das Schicksal jeder Mutter ist.

Elsa war viel bei uns. Ich mochte sie sehr, merkte aber bald, daß etwas mit ihr nicht stimmte. Ihre Stimmung schwankte extrem, vom himmelhoch jauchzend bis zu Tode betrübt. Oder sie konnte zahm und lieb wie ein Lamm sein, im nächsten Moment aufsässig und unfreundlich. Mir war dieses wechselnde Benehmen schon von anderen Jugendlichen bekannt. Drogen — war mein schrecklicher Verdacht. Deshalb stellte ich meinen Sohn eines Tages zur Rede. Weinend gestand er, daß sie seit vier Jahren süchtig sei, sie habe aber schon Entziehungskuren hinter sich. Im Moment versuche sie es wieder, stille jedoch ihre Sucht mit Valium, das sie vom Arzt bekommt. Er liebe sie so sehr, er wolle ihr helfen, doch er wisse nicht mehr, wie.

»Mama, kannst du ihr nicht helfen? Hilf ihr, Mama«, flehte mein Sohn weinend.

Oh, diese Schmerzen der Kinder sind das Leiden der Mütter ...
Wie soll ich helfen?

»Elsa«, sagte ich eines Tages, ich möchte dir helfen, doch du mußt mir helfen, dir zu helfen. Nimm noch einmal die Qual einer

Entziehung auf dich, willst du? Ich werde Tag und Nacht bei dir sein.« Sie nickte erstarrt. »Du wirst mich hassen, du wirst schreien und wimmern, das weißt du alles — bis dein Körper von dem Gift befreit ist. Auch dann ist es noch lange nicht überstanden, auch das weißt du — noch bist du jung, noch ist es nicht zu spät, lerne dann, deinem hungrigen Geist die richtige Nahrung zu geben. Mit Arnes Liebe hinter dir schaffst du es.«

Ich holte mir Rat bei einer Bekannten, die ihren eigenen Sohn anzeigte. Sie wußte sich anders nicht mehr zu helfen, nachdem er so nach und nach ihren Hausrat versetzt und Freunde süchtig gemacht hatte, um durch Dealen Geld an ihnen zu verdienen. Mittlerweile scheute er kein Verbrechen, er brauchte Geld — Geld. Als er dann seine eigene Mutter mit einem Messer bedrohte, um das Sparbuch zu bekommen, meinte sie, die einzige Rettung für ihren Sohn, sollte es noch eine geben, sei, ihn beim Rauschgiftdezernat anzuzeigen. Sie meinte noch, ich solle auf jeden Fall einen Arzt hinzuziehen, und ob ich wisse, was auf mich zukommt?

Gut, dachte ich, ich muß Elsa helfen, wollte diese Tage mit ihr durchstehen, falls sie selbst willig ist, sie durchzustehen.

An einem Freitag nahm ich schulfrei. Da ich selten fehlte, war es kein Problem. Willfried Winkler wollte ich eine Nachricht hinterlassen, daß ich an diesem Wochenende keine Zeit hätte. Später würde ich es ihm erklären. Meine älteste Tochter war um diese Zeit für ein Jahr bei Freunden in Amerika, so mußte die zweite die Hausarbeit übernehmen, was sie sowieso immer tat. Mit meinem Sohn wollte ich abwechselnd wachen. Doch so einfach wurde es nicht. Am Donnerstagabend brachte ich Elsa in mein Schlafzimmer, weil da zwei Betten standen, so konnte immer einer bei ihr sein. Die erste Nacht schlief sie noch durch. Das letzte Valium tat seine Wirkung. Ich hatte ihre Kleidungsstücke versteckt, falls sie doch noch etwas verborgen hatte. Das Gehirn bei Süchtigen kennt viele Tricks.

Am Freitagmorgen bereitete ich ihr ein gutes Frühstück, da ich allein mit ihr war, die Kinder waren alle in der Schule, so konnten wir uns gut unterhalten – und weil die Anzeichen noch ungefährlich schienen, wollte ich noch schnell etwas einkaufen gehen. Ich fühlte mich sehr unbehaglich und unruhig, sie allein zu lassen – doch meinte ich, eine Stunde riskieren zu können. Ich verlangte von ihr kein Versprechen, von wegen nicht weggehen, wußte ich doch, daß derartige Versprechen weniger sind als Seifenblasen.

Sie schlief, als ich nach Hause kam, so konnte ich noch etwas Hausarbeit verrichten und das Mittagessen kochen. Als ich Geräusche aus dem Badezimmer hörte, rannte ich eilig die Treppe hinauf.

Blaß, mit stierenden Augen sah sie mich fast zornig an und verlangte nach ihren Kleidern, sie wolle gehen, sie schaffe es doch nicht. »Ich schaffe es nicht, ich kann es nicht, ich will es nicht«, sagte sie, dann weinte sie herzzerreißend und ließ sich willig ins Bett führen. Ich deckte sie zu, setzte mich neben sie und hielt ihre Hand. Sie weinte aus Mitleid um sich selbst, denn jetzt erst wurde es ihr klar, was auf sie zukam. Ich weinte mit ihr, weil ich Angst hatte – weinte um dieses Menschenkind, um meinen Sohn, der um ihretwillen litt.

Als Arne von der Schule kam, lief er sofort hinauf zu ihr. Ich hörte sie erst leise reden, dann laut argumentieren. Alles Liebliche an ihr schien verschwunden, ihre Stimme klang scharf und aggressiv. Dann wieder ein Flehen – Wimmern – dazwischen die beruhigende Stimme meines Sohnes.

Meine anderen Kinder saßen in der Küche am Tisch. Still, erschrocken stocherten sie im Essen herum. Ja, sie sollten es ruhig mitbekommen, wie grausam es ist, dieses wahnsinnige Zeug zu nehmen. Ich weiß es von vielen Schülern, wie es anfängt: »Komm schon, sei kein Feigling, probier es doch erst einmal.« Leider, leider ist meist das Probieren schon zu spät. Trotzdem klage ich nicht die Jugend an, die Gesellschaft klage ich an, auf deren Dach sich die anzusiedeln vermögen, die dem Gott Mammon dienen — davon gibt es viele — und für sie die Jugend als Opferlamm hinschlachten läßt.

Ich machte mich auf eine schlimme Nacht gefaßt. So wurde es auch. Wieder begann sie zu flehen und zu bitten.

Ich versuchte zu erklären, daß es nichts helfe, da ich außer einem Schlafmittel, und das auch nur in Form von Tee, sowieso nichts hätte. Sie flehte meinen Sohn an, ihr doch bitte, bitte etwas zu besorgen, nur noch ein einziges Mal. Er sah mich hilflos an. Den Tee, den ich ihr kochte, trank sie gierig. Ich ließ sie auch eine Zigarette rauchen — in der Hoffnung, dieses zerrissene arme Geschöpf ein klein wenig zu beruhigen. Mein Sohn hielt ihre Hand. Elsa hatte sich tatsächlich etwas beruhigt, doch wußte ich, daß es die Ruhe vor dem Sturm war. Ich saß auf einem Stuhl neben dem Bett und schaute ängstlich und voll von Mitleid in dieses graue junge Gesicht. Mein Sohn war eingeschlafen. Gott sei Dank! Irgendwann öffnete sie die Augen. Alles Licht in ihnen war erloschen — tote Augen sahen mich flehend an. Noch hatte sie sich in der Gewalt, hielt ihren aufbegehrenden Körper noch unter Kontrolle, obwohl sich kalter Schweiß im Gesicht zeigte. Bald würde er aus allen Poren strömen. Ich wusch sie mit warmem Kamillentee. Jede Handlung von mir war Instinkt, so wie ich kranke Tiere und meine eigenen Kinder — wenn sie krank waren — instinktiv behandelte. »Mir ist so kalt«, sagte sie. Vorher hatte ich schon für Wärmflaschen gesorgt, damit hüllte ich sie um und um warm ein. Die Wärme schien ihr gutzutun. Ich gab ihr wieder Tee zu trinken, wußte ich doch, daß Flüssigkeit sehr wichtig ist. Mit einem Schlag — es ging so schnell — mußte sie sich erbrechen. Mein schlafender Sohn sprang erschrocken auf. »Schnell, hol Tücher und Wasser aus dem Bad«, sagte ich ruhig zu ihm.

Ich reinigte Elsa und machte das Bett wieder frisch. Ihr Weinen wurde zum Schreien. Wir mußten sie beide im Bett festhalten. Und wieder erbrach sie sich, und wieder reinigte ich alles. Sie schlug und kratzte um sich, schrie wie ein gequältes Tier. Ich wußte, daß meine Kinder in ihren Betten alles mit anhörten. Da stieg eine Wut aus meinem Bauch, die alles Mitleid davonschwemmte. Da war nur noch Zorn in mir. »Sollen es alle nur hören, ja, hört es nur, ihr lieben Kinderlein – und stopft euch auch mit diesem Zeug voll.«

Nachdem sie sich ein drittes Mal erbrochen hatte und ich sie ein drittes Mal saubergemacht hatte, gab ich ihr Wasser zu trinken und packte sie wieder in warme Bettflaschen. Das Jammern wurde stiller und stiller, dann fiel sie in einen unruhigen Schlaf. Nichts regte sich, alles war ruhig. Arne war im anderen Bett ebenfalls eingeschlafen. Wie die Ruhe vor einem Gewitter, dachte ich schaudernd.

Bevor ich mich hinunterbegab, um auf dem Sofa etwas auszuruhen, öffnete ich das Fenster zum Balkon und ging hinaus. Der Morgen dämmerte mit dem ersten Vogelgezwitscher. Ich war viel zu müde und verworren, um darüber nachzudenken, ob die Nachbarn das Weinen und Schreien gehört hatten.

Für die nächsten zwei Stunden war alles still im Haus. Alles schlief. Auch ich war eingeschlafen. Der Wecker brauchte mich nicht rasselnd ans Frühstückbereiten zu ermahnen – wurde ich doch stets um die gleiche Zeit wach, ganz gleich zu welcher Zeit ich ins Bett ging. Mein Schlaf war nie tief und fest, er bewegte sich immer an der Oberfläche. Alle nächtlichen Geräusche nahm ich mit hinein, um jeden Augenblick bereit zu sein zu erwachen, um nach dem Rechten zu schauen, schließlich mußte ich ja auch im Schlaf über mein Haus und meine fünf Kinder Wache halten. Aus diesem Grund liebte ich die verregneten Sonntage, da konnte ich mich nach dem Mittagessen bar jeglichen schlechten

Gewissens hinlegen und mich tief, tief in den erquickenden Schlaf fallen lassen, denn jetzt wußte mein Unterbewußtsein, daß es nicht Wache zu halten brauchte.

Kam dann später Herr Weiß zu einem Gläschen Likör und zu einer Tasse Kaffee, war ich frisch und munter, die Welt drehte sich weiter, die neue Woche konnte beginnen.

Indessen aber schien die Welt still zu stehen. Sie hatte die Schreie der vergangenen Nacht nicht ausgelöscht, ihre Schwingungen hingen im Gebälk des Hauses, deshalb waren wir still beim Frühstück, damit das Jammern nicht herabfiel. Elsa schlief noch. Es war Samstag.

»Soll ich nicht doch hierbleiben, Mama?« fragte mein Sohn besorgt.

»Nein, nein, geh in die Schule, auch wenn du dort nur schläfst, ich möchte mit ihr allein sein.«

Er nahm mich in seine Arme. Mein Sohn – mein Sohn.

Wieder allein, erfaßte mich Bangen, ängstlich hörte ich hinauf, ob Geräusche zu vernehmen seien.

Nichts, kein Laut war zu hören, nur das gleichmäßige Ticken meiner Uhr. Wieder dachte ich: wie die Ruhe vor einem Gewitter, wobei ich mich auf die schöne alte Bauerntruhe setzte. Meine Bauerntruhe. 1840 stand darauf. Eigentlich saß ich immer nur auf ihr – das fällt mir jetzt erst ein, wo ich sie nicht mehr habe; eins meiner Kinder hat sie bekommen –, wenn ich beladen mit Kummer, Ängsten und Sorgen war. Auf ihr weinte ich meine Tränen, flehte zu Gott, grübelte in schweren Gedanken ...

Nun saß ich also wieder einmal sorgenbeladen auf ihr und dachte über dieses unglückliche schöne Mädchen nach. Worauf habe ich mich da eingelassen? Wo sind ihre Eltern? Sie muß doch eine Mutter haben, die sich Sorgen macht? Ja, ich werde ihre Mutter anrufen. Mit diesem Gedanken wollte ich das Telefonbuch holen. Als mir bewußt wurde, daß ich nicht einmal ihren

Familiennamen kannte, daß ich nichts, rein gar nichts von ihr wußte, gab ich es auf. Weil ich mich jedoch beschäftigen wollte, ging ich daran, das Bad zu putzen, als sie mich leise rief. Sie saß im Bett und fragte, ob sie ein Bad haben könnte. Mit Freuden ließ ich Wasser einlaufen, träufelte viel von meinem Badeöl hinein, mit dem ich für mich selbst so geizig war und es vor meinen Töchtern versteckt hielt, und hoffte, daß alles überstanden war. Ich half ihr beim Entkleiden und Einsteigen ins duftende Wasser. Sie stammelte: »Danke, danke«, wobei sie wieder zu weinen anfing und mich um einige Valiumtabletten anflehte.

»Selbst wenn ich es wollte, Kind, könnte ich nichts geben, ich habe nichts derartiges. Komm, ich bring' dir das Frühstück und Zigaretten.«

Willig ließ sie sich von mir beim Abtrocknen ihres abgemagerten Körpers helfen – willig ließ sie sich ins Bett begleiten. Sie aß etwas Brot und trank eine Tasse Kaffee. Ich konnte die kalten Schweißtropfen buchstäblich ganz plötzlich aus ihren Poren hervorbrechen sehen. Erst auf ihrer Stirn, dann an den Armen. Sie begann zu zittern, bäumte ihren gepeinigten Körper, schlug mit dem Kopf hin und her, dann wimmerte sie ins Kissen. Ich hatte eine Katze einmal so wimmern hören. Ein Schüttelfrost durchraste ihren Leib. Wieder erbrach sie sich, immer und immer wieder, bis der Magen nichts mehr ausstoßen konnte.

Unten klingelte das Telefon, soll es klingen, jetzt kann ich sie nicht allein lassen.

Nachdem ich das Bett – ich weiß nicht mehr, zum wievielten Mal – gesäubert und frisch bezogen hatte, lag sie ermattet mit verklebten Haaren im Kissen und rauchte eine Zigarette.

Unten klingelte zum zweiten Mal das Telefon an diesem Morgen. Fragend sah ich Elsa an. »Gehen Sie nur«, sagte sie. Schnell rannte ich die Treppe hinunter. Es war Willfried Winkler. Er war zu Hause, da er im Kreis einige Ansprachen halten mußte. Er wollte wissen, was vorgefallen sei, da ich nicht kommen konnte. Ich erzählte ihm alles.

Eine kurze Weile war es still in der Telefonleitung. Dann sagte er: »Mädchen, du mußt einen Arzt kommen lassen. Das darfst du nicht allein machen, du hast eine zu große Verantwortung übernommen. Versprich mir, daß du einen Arzt hinzuziehst.« Ich versprach es.

Von oben kamen Geräusche. Ich konnte mich nicht einmal verabschieden, so schnell raste ich die Treppe hinauf. Elsa kauerte im Bad, brüllte mit heiserer Stimme, Speichel rann aus Mund und Nase. Meine Weisheit war am Ende, ich wußte nicht mehr, wie ich helfen sollte, da schlug ich sie aus Verzweiflung ins Gesicht – was mir sofort leid tat –, das Brüllen hörte auf und wurde zu einem erbarmungsvollen Jammern. Ich reinigte ihr Gesicht, zitternd lag sie in meinen Armen, als ich einen Schatten im Türrahmen stehen sah. Es war meine Nachbarin. Sie hatte das Schreien gehört. »Bitte, schnell, ruf einen diensthabenden Arzt an, bin ich froh, daß du gekommen bist.« Sie fragte nichts, tat sofort, worum ich sie gebeten hatte.

Zusammen halfen wir Elsa ins Bett – da fing alles wieder an, sie schrie, ihr Körper wurde von unsichtbaren Wesen geschüttelt. Ich legte mich auf sie, um sie festzuhalten, während meine Freundin hinunterrannte, um den Arzt hereinzulassen. Er übersah sofort, womit er es hier zu tun hatte, und gab ihr erst eine Beruhigungsspritze. »Nun wird sie erst einmal schlafen. Werde später noch mal vorbeischauen.«

Mittlerweile waren die Kinder von der Schule gekommen, was ich nicht bemerkt hatte, erst als sie, eines nach dem anderen, erschrocken ins Zimmer traten. Mein Sohn redete noch einige Zeit mit dem Arzt.

Meine Tochter übernahm die Hausarbeit, mein Sohn die Wache bei seiner Freundin, und ich nahm ein duftendes Bad. Sie schlief den ganzen Nachmittag. Wir waren alle sehr froh und dankbar. Der Arzt kam wie versprochen noch einmal, fühlte ihren Puls und gab mir einige Schlaftabletten, sah sie lange an und sagte: »Das Schlimmste ist überstanden, laßt sie viel schlafen – aber laßt sie nicht aus den Augen«, warnte er, »noch lange nicht. Ich schaue morgen noch einmal herein.«

Gegen Abend rief Willfried Winkler noch einmal an, er war sehr besorgt. Als er aber hörte, daß es ihr besser geht und daß ein Arzt schon zweimal hier war, meinte er: »Gut, gut, so kann ich jetzt beruhigt zu meiner Versammlung fahren. Mit uns beiden wird es ja dann heute abend wohl nichts. Schade, hätte dich gern gesehen. Warten wir eben aufs nächste Wochenende. Rufe morgen wieder an.« Auch ich hätte ihn gern gesehen. Wie lange eine Woche dauert, wenn man sich auf etwas freut?

Die folgende Nacht war ruhiger. Sie hatte die Schlaftabletten eingenommen. Mein Sohn und ich teilten uns die Wache. Dann war Sonntag.

Noch einige Male wurde sie vom Schüttelfrost geplagt, noch immer weinte und wimmerte sie – doch schrie sie nicht mehr. Es war ein erschöpftes Jammern und Stöhnen. Sie schlief sehr viel. Erleichtert sahen wir uns alle an. Es war, als hätte meine Familie in diesen drei Tagen den Atem angehalten. Endlich durften wir durchatmen.

Am Montagmorgen fühlte sich Elsa wohl. Sie sei nur sehr müde, meinte sie. Wir sollten ruhig alle in die Schule fahren. Sie werde bestimmt den ganzen Vormittag durchschlafen – zur Bestätigung nahm sie die letzte Schlaftablette.

Ich ließ mich täuschen, o Himmel, ich ließ mich täuschen. Meine immer und immerwährende Leichtgläubigkeit sah keine Gefahr und schenkte ihr Glauben. Genauso mein Sohn. Er war so glücklich. »Mama, wir haben es geschafft, jetzt werde ich auf sie aufpassen«, sagte er. Zuversichtlich verließen wir das Haus.

Mittags eilte ich ahnungsvoll nach Hause. Laute Musik kam von oben. Ich rannte die Treppe hinauf und gewahrte flüchtig, daß das Telefon nicht auf dem gewohnten Platz stand. Da saß sie, glücklich strahlend, gebadet, die Haare gewaschen, aus glühenden Augen mich anlachend.

Als hätte ich einen Schlag in den Magen bekommen, noch einen Schlag und noch einen Schlag.

Jetzt war ich es, die schrie: »Wer hat dir dieses Zeug besorgt? Wer war hier? Wen hast du angerufen? Warum, warum?« Weinend sank ich auf den Stuhl, auf dem ich hier Nächte über sie gewacht hatte.

Ohne ein Wort zu sagen, verschwand Elsa.

Irrsinnige Wut erschütterte mich. Jetzt hatte ich einen Schüttelfrost. Sie verschwand für immer aus meinem Leben. Mein Sohn fiel durchs Abitur und reiste nach Indien, um etwas zu suchen.

»Auch ich bin des Treibens müde,
was soll der Schmerz und Lust
– Süßer Friede – komm ach komm
in meine Brust.«
GOETHE, aus »Wanders Nachlied«

Diese Zeilen lagen eines Tages auf dem runden Familientisch, darunter stand noch: Danke, Mama. Lange, lange saß ich in jener Nacht auf der alten Bauerntruhe und weinte. Mein Sohn – mein Sohn. Zwei Jahre später hat sich Elsa, dieses bildschöne blonde Mädchen, vor ein Lastauto geworfen.

Wo sind ihre Mörder?

Mein Sohn war also im fernen Indien. Er ließ nichts von sich hören. Eine Tochter in Amerika, blieben noch meine drei Jüngsten und ich.

Als Herr Weiß mich an einem Sonntagnachmittag wie üblich besuchte, klagte ich ihm mein Leid, die Angst um meinen Sohn. Er dachte lange nach — das war seine Art, sich die Antwort sehr wohl zu überlegen, tätschelte meine Hand und sagte: »Liebe Freundin, haben Sie keine Sorge um Ihren Sohn, er wird wiederkommen, bestimmt mit einem gestärkten Rückgrat, er wird sich auch wieder verlieben. Wissen Sie, wüßte ich meinen Sohn mit Liebesschmerz im für mich unbekannten, fernen Indien, anstatt verloren in sich selbst hinter verschlossenen weißen Türen — ich würde Gott auf den Knien danken. Versuchen Sie, es so zu sehen.«

Fortan versuchte ich, es so zu sehen. Er hatte ja so recht.

Im Keller hatten wir einen Raum, der durch einen großen Lichtschacht erhellt wurde, den Arne für sich eingerichtet hatte. Als Arne in Indien war, stieg ich eines Tages hinunter, um aufzuräumen. Da entdeckte ich, direkt über dem Fenstergriff, ein kreisrundes, 20 Zentimeter großes ausgeschnittenes Loch in der Fensterscheibe. Erschrocken schaute ich mich im Raum um und bemerkte Anzeichen, daß hier jemand geschlafen haben mußte. Jetzt erinnerte ich mich auch, daß ich im Badezimmer in der letzten Zeit einen familienunbekannten Geruch festgestellt hatte. Ich ignorierte es aber, da bei uns viele Freunde meiner Kinder ein und aus gingen. Was war mit der Milch im Kühlschrank, die leer getrunken war, und keins meiner Kinder wollte es gewesen sein? Die Cornflakes, die so schnell abnahmen? In meinem Haus mußte sich jemand eingenistet haben, davon war ich überzeugt, jemand der wartete, bis wir alle in der Schule waren und es sich dann gutgehen ließ. Wir hatten einen blinden Passagier. Ich war entschlossen, ihm — wer immer es sein mochte — eine Falle zu stellen. Da nichts im Haus abhanden gekommen war, konnte es kein großer Unhold sein.

»Dir werde ich auf die Schliche kommen«, sagte ich zu dem Unbekannten und machte mir somit selbst Mut.

Ich stellte soviel alte Marmeladen- und Einweckgläser wie möglich auf das Fensterbrett. Da das Fenster sich nach innen öffnete, mußte es gewaltig klirren und scheppern. Meine Kinder wußten Bescheid. So warteten wir spät am Abend ängstlich auf unseren Einbrecher. Ich hatte als Waffe meine Axt bereitstehen. Jeder gab vor, etwas zu lesen, der Fernseher lief leise – keiner beachtete es. Unsere Aufmerksamkeit galt dem, was geschehen sollte – gespannt waren wir auf der Hut. Und als es dann geschah, geschah es mit solch einem enormen, unerwarteten, krachenden, klirrenden Lärm, der wie eine Explosion in die wartende Stille unseres Hauses knallte.

Schon hatte ich die Axt in der Hand. Diese wie eine Waffe vor mir hertragend, rannten wir im Gänsemarsch – ich voran – die Kellertreppe hinunter. Ich rief dummerweise das übliche: »Halt, wer da!«. Wir vernahmen ein Husten und Atmen, wegrennende Schritte – Rascheln der Büsche im Garten, einen davoneilenden Schatten, der in die Dunkelheit entschwand. Wir standen am weitgeöffneten Kellerfenster zwischen Hunderten von Glasscherben. Ich ermahnte meine Kinder zur Vorsicht. Nun wußten wir erst nicht, wer unser unbekannter Gast gewesen ist.

Wenige Tage später löste sich das Rätsel von selbst, als ein Telefonanruf kam. Eine mir wohlbekannte junge Männerstimme mit einem ausländischen Dialekt sagte: »Hallo« und fragte, wie es uns geht. Es war Dimitri, ein Grieche und Freund meines Sohnes. Wir kannten ihn schon viele Jahre. Er war schon als Kind mit seinen Eltern nach Deutschland gekommen. Vor wenigen Tagen sei er vom heimatlichen Militärdienst zurückgekehrt, so berichtete er mir. Stotternd vor Verlegenheit und schlechtem Gewissen gestand er, daß er bei uns im Keller seit zwei Wochen wohne, Arne habe ihm diesen Tip gegeben. Er wolle sich entschuldigen.

»Ja, um Himmels willen, warum hast du mich nicht gefragt? Du kennst mich doch lange genug, ich hätte dir bestimmt nicht die Tür gewiesen.« Darauf wußte er nicht zu antworten. Er wohne jetzt bei Freunden, ob er uns trotzdem einmal besuchen dürfe? So lud ich ihn am folgenden Sonntag zum Essen ein. Auf meinen Sohn, wo immer er sich befand, hatte ich eine Stinkwut, die mich tatsächlich einige Tage vom Mitleid mit ihm befreite. Das tat richtig gut.

Dimitri war ein stiller, lieber junger Mann. Ich fragte ihn nicht, warum er bei seinen Eltern ausgezogen war. Ich glaube, er mochte meine Tochter.

An diesem Sonntag erzählte er uns viel über seine griechische Heimat – und als er mich einmal ansah, geschah es, daß ich direkt in seine Augen schaute. Ich erschrak, ich sah etwas, daß ich erst kürzlich in anderen Augen gesehen hatte. Das war doch nicht möglich. Ob er mein Erschrecken wohl bemerkt hatte?

Bestimmt irre ich mich, ich muß mich irren, nicht Dimitri, surrten wie ein Spinnrad meine Gedanken durch den schrecklichen Verdacht. Natürlich, jetzt wußte ich auch, was in unserem Badezimmer seit einiger Zeit so fremd roch. Dieser süßliche, penetrante Geruch von Drogensüchtigen. »O nein, nicht schon wieder, lieber Gott, nicht Dimitri, gib, daß ich mich irre.«

Ich irrte mich nicht. Auch dieser liebe gute junge Mensch war süchtig geworden. Zwei Monate später hatte er sich den sogenannten goldenen Schuß gegeben und wachte nicht mehr auf. Er hatte mir einen Brief hinterlassen. Wir weinten alle um ihn. Wo sind seine Mörder?

»Liebe Freunde«, schrieb er.

»Verzeiht mir alle. Vor allem bitte ich meine Eltern um Vergebung. Weint nicht um mich. Ich gehe zu einem besseren

Ort — ich bin sicher, daß es diesen Ort gibt, denn gäbe es diesen Ort der Hoffnung nicht, wäre das Leben eine Farce.

Beim Militär wurde ich süchtig, um die Manipulation, der ich mich nicht mehr erwehren konnte, zu ertragen, und weil ich gesehen habe, wozu gute Freunde fähig sind, um den Bedarf an Drogen zu decken — bevor ich mich so umwandle, will ich lieber zu dem anderen Ort hinübergehen. Die Engel werden mich begleiten.

Liebe Frau S.«, so schrieb er weiter, *»Sie haben Möglichkeiten in der Schule, mit den jungen Menschen zu reden. Erzählen Sie ihnen von mir, erzählen Sie, daß ich so gern gelebt habe, daß das Leben sehr schön sein kann, hauptsächlich, wenn man gute Freunde hat, daß ich viele Menschen gern gehabt habe. Sagen Sie ihnen auch, daß Drogen keine Antwort sind — keine Erfüllung, daß aber sicher einige daran reich werden am Tod der Jugend.*

Laßt meinen Tod nicht umsonst gewesen sein.

Dimitri«

Diese zwei überaus schmerzvollen, traurigen Begebenheiten in meinem Leben veranlaßten mich, irgend etwas dagegen zu tun, doch was? Irgend etwas, daß auch die Eltern wachrüttelt. Weiß ich doch, daß wir Eltern allzu schnell dazu neigen zu sagen: »Mein Kind würde das nie tun.«

Meinen 15- bis 16jährigen Schülern las ich den Brief vor und erzählte von Dimitri und von dem Mädchen — nannte aber einen anderen Namen — denn Elsa lebte noch zu dieser Zeit.

Mit einer Begeisterung, deren junge Menschen fähig sind, arbeiteten wir einen Plan aus für ein Projekt, um Eltern und Schüler aufmerksam zu machen, vielleicht auch zu warnen. Wir wollten einen »Drogenabend« veranstalten.

Meine Erfahrung mit Schülern zeigte mir auch hier wieder, sobald es um eine größere Sache geht, die Teamarbeit erfordert, waren alle mit Herz und Seele dabei. Die Schulleitung sicherte mir volle Unterstützung zu, soweit ich sie benötigte.

Man glaubt es nicht: einmal ein solches Projekt nur abstrakt gedacht und durchgesprochen, wie viele Ideen und Hilfe von allen Seiten kommen. Schüler besuchten das Drogendezernat, bekamen Anregungen und Poster. Poster mit aufwühlenden Photos von erbarmungswürdigen jungen Menschen, tot neben Toiletten liegend oder sich in Schmerzen und Verzweiflung windend. Sie baten auf meine Anregung hin Dr. Winkler um eine Äußerung, wie die Regierung dazu steht, etwas dagegen unternimmt. Sie baten einen bekannten Psychiater um eine Ansprache, einen Polizisten vom Drogendezernat, die Mutter, die ihren eigenen Sohn angezeigt hatte, den christlich- mitmenschlichen Teil schließlich wollten wir selbst einbringen.

Wir arbeiteten zwei Monate an diesem Projekt.

Damals gab es das Lied von Georg Danzer: »Zehn kleine Fixer«. Zu diesem so viel aussagenden Lied übte ich mit den Mädchen einen Tanz ein.

Nicht nur choreographierte ich die Musik zu einem Tanz, sondern ich interpretierte auch den so viel aussagenden Text des Liedes, also — unter welchen Umständen ein Fixer starb, das wurde tanzend zum Ausdruck gebracht, bis zum Schluß alle jubelnd und erlöst auf der Insel der Seligen erwachten.

Eine Mutter war großartig im Organisieren, ohne sie hätten wir es kaum geschafft. Sie kannte in Stuttgart einen jungen Mann, der einige Jahre im Gefängnis war — Drogen. Seine Zeit zum Leben lief aus, so sehr hatte er seinen Körper zerstört. Sein Geist jedoch wurde stark — so wollte er seine verbleibenden Jahre den

Drogensüchtigen widmen — da, wo es noch nicht zu spät war. Wir baten ihn zu kommen, denn auch wenn die jungen Menschen den Mahnungen eines Psychologen, eines Lehrers, eines Priesters, eines Politikers, der Polizei oder den Eltern keinen Glauben schenken, einem aber, der selbst ganz tief im Dreck gesteckt hat, würden sie ganz bestimmt zuhören.

Dieser Abend wurde ein großer Erfolg. Die Aula war voll. Andere Schulen folgten unserem Beispiel.

Hatte es etwas genützt? Heute, nach mehr als 15 Jahren, ist die Jugend mehr denn je ein Opfer der Gesellschaft — jetzt allerdings hat die Sache einen Namen: Drogenkult.

Jetzt sind Kinder in diesen Kult aufgenommen. Es scheint ein Wirtschaftszweig geworden zu sein, von dem noch viel mehr »gute Bürger« profitieren als vor 15 Jahren. Alle Versprechungen, die man uns damals zugesichert hat, sind nicht erfüllt worden, in den öffentlichen Toiletten, den schmutzigen Bahnhöfen, den armseligen, heruntergekommenen Behausungen findet man immer noch die Fixer mit der Nadel in der Vene.

»Es sind ja nur die Jungen, was soll's, ob sie im Krieg sterben oder im Frieden an Drogen.« So höre ich sie denken, die da oben. Hat also dieser Drogenabend, den meine Schüler und Eltern mit soviel Begeisterung und Hoffnung veranstalteten, hat er geholfen? »Und wenn er nur einem meiner Brüder geholfen hat, so habt ihr mir geholfen«, soll Jesus gesagt haben. Es waren wunderbare Schüler, meine Schüler damals.

An diesem Abend danach traf ich mich mit Willfried Winkler auf dem Schulhof. Er lobte mich, er fand die Schule vorbildlich und war begeistert von dem, was wir auf die Beine gestellt hatten, wie er sich ausdrückte. Wir verabredeten am folgenden Wochenende ein Wiedersehen.

Dieses Mal wurde es ein ganzes Wochenende. Wir fuhren an den

Bodensee, mit der Fähre hinüber in die Schweiz, meine alte Heimat. Wir hatten beide den Alltag, mit allem, was er beinhaltete, vergessen. Es gab nur uns beide und die Schönheit um uns herum. In einem Restaurant an der Limmat aßen wir ein Käsefondue und tranken Wein. Bis spät in die Nacht spazierten wir Hand in Hand am Zürichsee. Ich zeigte ihm die Plätze, wo ich einst schwimmen war. Da stand noch immer die Bank, auf die ich damals meine Badetasche stellte. Da saßen wir dann und lauschten in die Stille.

9. Kapitel

Familie Weiss

Träume, mein Kleiner, solange du träumen kannst. Staune, solange du staunen kannst, und laß dich später nicht von Beweisen bluffen. Halte dich nicht an die Realisten, denn die Realität ist nur ein Skelett. Ohne Fleisch und Blut gibt es nichts Menschliches. Halte dich nicht an die Materialisten, denn das Material ist nur da, Gefüge der Form, die Leben in seiner Vielfalt birgt. Über beiden aber steht eine Gewalt, die weder meßbar noch nutzbar ist. Diese Gewalt kann man nur anbeten. Sie ist wie der leise Wind, der durch die Tannen geht. Sie trägt den Samen durch die Lüfte, läßt ihn keimen, reifen und Früchte tragen. Sie läßt das Feuer der Vulkane auflodern und erlöschen, sie hebt das Wasser zu den Wolken und läßt es auf die dürstende Erde niederströmen. Sie brachte uns einen kleinen Kometen. Träume, mein Kleiner, träume.

Diese Worte schrieb Heinrich Weiß für seinen damals kleinen Sohn in ein Büchlein: »Nachtgespräche am Kinderbett«.

Eines Tages kam Herr Weiß glücklich zu mir und berichtete, daß Udo für einige Zeit nach Hause kommen durfte.
»Jetzt wird alles gut, Sie werden sehen!«
Ich fuhr die hoffnungsvollen Eltern, damit sie ihren Sohn abholen konnten. Als es dann soweit war, daß sie mit dem Sohn, der jetzt 20 Jahre alt war, aus dem Haus in den Park traten, erkannte

ich sofort, daß von der hoffnungsvollen Freude alles, absolut alles genommen war.

Herr Weiß trug die Koffer voraus. Udo, von der Fröhlichkeit vortäuschenden Mutter an der Hand geführt, trippelte mit kindlicher Neugier, einmal Bäume betrachtend, dann eine Blume im Gras bewundernd, manchmal auf einem Bein hüpfend, zu meinem Auto. Stolpernd ließ er sich hineinhelfen. Leise sprach Frau Weiß mit ihrem Sohn von Jesus. Herrn Weiß liefen Tränen aus seinen geschlossenen Augen.

Solange ich Heinrich Weiß kannte, fuhr er täglich mit der Eisenbahn nach Stuttgart in sein Maleratelier. Manchmal blieb er auch einige Tage dort. Sein Atelier stand auf einem Berg; sah man zum riesigen Fenster hinaus, lag einem die Stadt zu Füßen. Manchmal überließ er mir die Wohnung, zum Abschalten von Kindern und Alltag.

Dort oben, hoch über der großen Stadt, schuf er seine Kunstwerke, seine Träume. Dort lud er Freunde zu sich. Bei Kerzenlicht hatten wir gar manch gutes Gespräch.

Nun wollte er für einige Zeit bei der Familie bleiben, um sich seinem Sohn zu widmen. Was ihn aber nach kurzer Zeit scheitern ließ, da seine Frau — mit seiner Vorstellung, Udo zu helfen — nicht einverstanden war. Nach ihrer Überzeugung sollte Udo täglich einige Zeit beten. Nur Jesus — so es sein Wille ist — könne helfen.

Auch verlangte sein Sohn jetzt voller Zorn, seinen sexuellen Drang erfüllen zu können. In dieser Hinsicht hatte ich mit ihm ein unangenehmes Erlebnis, das ich allerdings nie seinem Vater erzählte. Es wäre zu arg für ihn gewesen. An einem Samstagnachmittag, ich kann mich nicht mehr erinnern, wo meine Kinder waren, kam Udo ganz allein zu mir. Früher hatte er das öfter getan. Ich versuchte, ganz normal mit ihm zu reden, was auch für eine kurze Zeit gelang, bis er plötzlich aufsprang und wie ein Bulle auf und ab lief. Da war kein Trippeln mehr in seinen Schritten, laut und wütend stampfte er auf. Böse sah er mich an und zischte, jedes Wort betonend, durch die Zähne: »Ich will eine Scheide, um mein Glied hineinzustecken. Ich will jetzt auf der Stelle eine Scheide!« und faßte mich hart am Arm.

»Also gut, du sollst deinen Willen haben, laß uns aber hinauf ins Schlafzimmer gehen, da stört uns niemand«, sagte ich freundlich. Strahlend ließ er von mir ab.

»Aber erst koche ich uns eine Tasse Kaffee, warte oben auf mich, wir haben Zeit.«

Dieses arme, verwirrte Menschenkind glaubte mir und saß gehorsam oben und wartete. Ich indessen ließ einige laute Küchengeräusche hören, zugleich versuchte ich, so leise wie möglich seine Eltern anzurufen – vorher hatte ich noch Musik im Radio eingeschaltet. Es war seine Mutter, die sich meldete. Ich sagte nur, daß Udo nach Hause möchte, ob sie ihn abholen würde. Wieder hantierte ich geräuschvoll, rief noch einmal hinauf, daß der Kaffee gleich fertig sei, als auch schon Frau Weiß kam.

»Das war aber schnell. Bitte trinken Sie mit mir noch Kaffee, bevor sie gehen. Udo ist oben, wir haben uns nett unterhalten.« Sie rief seinen Namen. Da kam er gehorsam berunter. Erleichtert stellte ich fest, daß er alles vergessen zu haben schien. Wir unterhielten uns noch ein Weilchen, dann begleitete ich Mutter und Sohn nach Hause.

Heinrich Weiß war jetzt bei unseren Sonntagsgesprächen total verändert. Seinen geistreichen Humor und seine Fröhlichkeit, waren sie auch manchmal dem Schicksal zum Trotz vorgetäuscht, hatte er zu Hause in seinem dunklen Jammertal verloren. Sein Rücken, der ihn schon lange plagte – doch den er, dem Schmerz trotzend, immer gerade hielt – war nun demütig gebeugt. Seine Bürde war sichtbar geworden.

Meine mittlere Tochter war zu dieser Zeit anthroposophisch orientiert. Bevor sie Heilpädagogik studierte, absolvierte sie ein soziales Jahr in einem Rudolf-Steiner-Heim für geistig Behinderte. Von ihr erfuhr ich vieles, wie man dort mit diesen Menschen umging. Ich erzählte Herrn Weiß davon. Er war begeistert, da er sich an jeden Strohhalm in Hoffnung auf Hilfe für seinen geliebten Sohn klammerte, er war bereit, mit mir ein solches Heim zu besuchen. Wir waren erstaunt von dem, was wir dort zu sehen bekamen. Jedoch auch diese Hoffnung wurde zunichte gemacht, da seine Frau von der Anthroposophie nichts hielt. Sie war zu sehr in ihrem Glauben auf einem einspurigen Gleis, um auch andere Wahrheiten zu erkennen und zu akzeptieren. Trotz allem mochte ich diese hübsche, intelligente Frau sehr. Sah man von ihrer strengen Glaubensanschauung ab, wurden viele sympathische und liebe Eigenschaften sichtbar.

Im nachhinein erst erkannte ich die tiefe, bodenlose Verzweiflung dieser Mutter, die bis zum Tod, bis zur Erniedrigung aufopfernde Liebe zu ihren Kindern und zu ihrem Mann. Sie, die immer nur den Namen Jesus auf ihren Lippen hatte oder »wie der Herr es will«, wurde selbst gekreuzigt, wie sie es mir einige Tage später gestand.

Ein einziges Mal wagte ich, ihr zu widersprechen, als sie — ich weiß nicht, zum wievielten Male — sagte: »Wenn Jesus es so will.« »Nein, Frau Weiß«, wagte ich zu sagen, »meiner Ansicht nach ist es nicht ganz so. Erst müssen wir bereit sein zu handeln, Situationen zu bewältigen versuchen, dann erst dürfen wir Jesus um seine Hilfe bitten, uns beizustehen.« Ich erzählte ihr die Anekdote von den zwei Bauern: Beide waren mit einem vollbeladenen Pferdefuhrwerk unterwegs, als es zu regnen begann und sie im Schlamm steckenblieben. Der eine rang die Hände zum Himmel und flehte Gott um Hilfe an. Der andere Bauer schimpfte und fluchte, schob an den Rädern, zog an den Pferden — und siehe, der schimpfende und fluchende Bauer kam aus dem Sumpf. Da sagte der erste Bauer: »Wie ungerecht von dir, Gott, wieso hilfst du dem, der schimpft und flucht, wo ich doch flehentlich meine Hände zu dir emporgehoben und gebetet habe?«

An dem Tag, als sie in ihrer Verzweiflung erbarmungswürdig zu mir kam, zeigte sie ihre ganze menschliche Hilflosigkeit. Da war nichts mehr von ihrem Glauben. Demütig bat sie mich um Hilfe. Leider wurde es ihrer aufopfernden Liebe nicht bewußt, daß sie einem anderen Extrem verfiel. Sie bat mich, mit ihr und Udo in einen Sexfilm zu gehen. Er schreie und verlange danach. Ich erschrak zutiefst. Hier war etwas, daß ich nicht tun konnte. Nicht die Moral hinderte mich, ein Sexfilm konnte mich nicht verderben. Es war mein Imagedenken, da ich leider als Lehrerin und in Sportkreisen sehr bekannt bin. Ja, es wäre wirklich furchtbar für mein Ansehen – ich, die Moral predigt, grob gesagt, kommt am Nachmittag aus einem Sexfilm. Was würden da die Leute sagen? Leider war es nun mal so. Doch davon abgesehen, fand ich diese Handlung von Frau Weiß absolut falsch, was ich auch sagte, doch sie bestand darauf. Mir wäre es lieber gewesen, Herrn Weiß' Idee wahr zu machen, nämlich für Udo hin und wieder eine verständnisvolle Prostituierte zu kaufen – das aber fand seine Frau sündhaft. Heinrich Weiß hatte sich nach Stuttgart zurückgezogen – was auch nicht recht war –, dort mischte er dunkle Farben für dunkle Bilder, ohne Freude und Musik.

Ich brachte Mutter und Sohn ins Kino und holte sie später wieder ab.

Da gibt es nicht genug Worte im deutschen Wortschatz, um diese so unmenschliche, doch war es eine menschliche Begebenheit im entferntesten zu beschreiben. Ich erinnere mich, gedacht zu haben: War denn Frau Weiß vorher auch schon so alt? Es kamen viele Leute aus dem Kino, ich aber sah nur zwei Menschen, einen tattrigen jungen Greis, Speichel aus dem Mund triefend, und eine Mutter mit leeren Augen.

»Frau S., heute bin ich gekreuzigt worden, ich saß neben meinem onanierenden, stöhnenden Sohn.«

Udo wurde wieder in eine Heilanstalt gebracht.

O nein, es war noch nicht genug, das Schicksal hielt noch einiges für Herrn und Frau Weiß bereit, bevor er an gebrochenem Herzen starb und sie aus dem Fenster sprang. Da war die Tochter, ein immer fröhliches, hübsches Mädchen, musikalisch wie ihre Mutter. Auch sie war oft bei uns. Irgendwann blieb sie weg und kam überhaupt nicht mehr, was mich sehr wunderte. Sah ich sie auf der Straße, in der Stadt, wich sie mir aus. Als ich sie einmal daraufhin zur Rede stellte, sagte ein verändertes Mädchen, daß es ihr nicht mehr erlaubt sei, mit mir zu verkehren, da ich Katholikin bin. Sie hätte jetzt Anschluß an eine Sekte gefunden, mit ganz tollen Menschen, da sei sie jetzt zu Hause.

Mir blieb der Verstand stehen. Sollte ich lachen oder weinen? Udo war in einer geschlossenen Anstalt, und jetzt war es die geliebte Tochter, die sich von daheim abkehrte. Alles, was ich in diesem Haus angefaßt hatte, sollte verbrannt werden, so verlangte es die Tochter. Herr Weiß konnte nur noch bei mir an den Sonntagnachmittagen weinen. Sie verlangte von ihm, daß er nicht mehr in dieses katholische Haus gehe. Aber das ließ er sich von niemandem verbieten, sagte er mir.

Eines Tages brachte Frau Weiß einen Koffer voller Dinge, Bücher, Bilder, die katholisch waren, und bat mich, sie verbrennen zu dürfen, da ich einen offenen Kamin hatte. Ich tat ihr diesen Gefallen. Sie bat mich, ihre Tochter zu verstehen, was ich auch tat. Ich glaube, jetzt zerbrach Herr Weiß. Stück für Stück brach etwas aus seinem Herzen.

Dann kam der Tag, als auch seine Tochter weggebracht wurde. Als ich ihm dann voller Bangen und Furcht gestehen mußte, daß ich Deutschland verlasse, brach er zusammen. In seinem einzigen

Brief an mich nach Schottland schrieb er: »Nur einen Wunsch, der mich ganz persönlich betrifft, hätte ich noch in diesem Leben, einige Tage bei Ihnen, liebe Freundin, in Schottland zu verbringen; die atemberaubenden Sonnenuntergänge zu bewundern, von denen Sie mir schildern. Aber mein Herz ist so schwach. Die Kinder, Sie wissen ja, die Kinder.« Das Leben gönnte ihm nicht mehr diesen Wunsch. Er starb bald darauf. All seine Träume trug er still hinüber – so wie er still seine Last durchs weltliche Jammertal getragen hat. Es ist uns eben so beschieden, liebe Freundin, sagte er oft sanft lächelnd zu mir.

Für Frau Weiß war es nun wohl zuviel der Qual, des Leides, sie legte sich eines Tages unter den Schienenbus, der direkt unterhalb ihres Hauses vorbeifuhr, genau der gleiche Zug, mit dem auch ich mir fast einmal mit meinem kleinen Sohn das Leben nehmen wollte. Ihr wurde ein Bein abgefahren. In seelischer Umnachtung, sonst wäre wohl ihre Seele zersprungen, brachte man sie, nachdem medizinisch alles getan war, zu ihren Kindern in die Heilanstalt. Nach zwei Jahren war sie soweit gesundet, daß sie in ihr Haus zurückkehren konnte. Ich selbst war mittlerweile im fünften Jahr in Schottland. Sie schrieb mir oft. Sie wollte alles verkaufen und hier zu mir auf die Insel kommen. Ich hatte mich schon für ein Haus für sie umgesehen. Wir waren beide überzeugt, daß ihre Kinder hier gesunden würden. Ihr guter Mann habe genügend Geld und Bilder hinterlassen, um ohne Geldsorgen zu leben. So planten wir durchs Telefon ein neues Leben für sie und ihre Kinder.

Es mußte wieder etwas Einschneidendes geschehen sein, was sie völlig aus ihrer keimenden Hoffnung auf ein stilles Leben herausriß – denn eines Tages, es war Ostern, rief sie mich wieder an. Sie sagte weinend: »Frau S., Sie waren viele Jahre unsere Freundin, Sie haben alles Leid mit uns geteilt. Ich bitte Sie, kümmern Sie sich um meine Tochter. Ich habe Steine unter mein

Fenster gelegt, und wenn ich mich von Ihnen verabschiedet habe, werde ich kopfüber hinunterspringen.«

So tat sie es. Sie war auf der Stelle tot.

Mein Versprechen, mich um ihre Tochter zu kümmern, konnte ich nicht erfüllen, da mein eigenes Dasein in einen Sog des Leidens gezogen wurde, aus dessen Schatten viele Jahre kein Leuchten erwachte. Ich meinte, nie mehr die Sonne zu sehen.

Damals nahm sich mein Sohn Arne das leben.

Die Tochter der Familie Weiß blieb einige Jahre in der Heilanstalt. Heute ist sie gesund und meistert das Leben. Sie kann nicht begreifen, warum sie von ihrer Mutter verlassen wurde. Sie kann wunderschön singen und begleitet sich selbst auf der Gitarre. Auch malt sie Träume, wie ihr Vater. Nur so, scheint es mir, sind ihre Träume getrübt und dunkel. Der Bruder ist noch immer hinter verschlossenen weißen Türen. Was war es, was das Leben der am Beginn so hoffnungsvollen wunderbaren Familie Weiß so elementar ausbrannte? War es ganz einfach ihr Schicksal? War »es« im geistigen Erbgut oder auch in den Genen – vermischt mit den äußeren Umständen? Frau Weiß' strenger Glaube – oder der Vater, dessen Leben im Traum seiner Bilder sich erfüllte?

Ich denke mir: Es war von allem ein Teil. Eines führte zum anderen. Sichtbare und unsichtbare Kräfte aus Zeit und Raum, aus Geist und Ungeist webten ein Netz, in dem ein jeder mit seinen ureigenen Emotionen und der Liebe zueinander gefangen war. Der Same der »Krankheit«, der Tragik, schon seit Generationen am Keimen, fand endlich in unserer seelenheimatlosen Gesellschaft einen furchtbaren Ackerboden.

Doch wieder zurück zu meinem Leben, das auch nicht auf Rosen gebettet war. Es war im Herbst im vierten Jahr mit Willfried Winkler. Er hatte mich mit meinen Kindern zum Zwetschgenkuchen in seinem Garten nach Engendorf eingeladen. Seine

Mutter hatte einige Zwetschgenkuchen gebacken und ihm mitgegeben, was sie immer tat. Nun sollten wir ihm essen helfen. Es war ein schöner, warmer Herbsttag, wir saßen auf seiner Terrasse, aßen den Kuchen mit Sahne und tranken Kaffee dazu. Meine Tochter war mittlerweile aus Amerika zurück, nur Arne fehlte.

Willfried Winkler konnte sich prächtig mit jungen Menschen unterhalten. Ich traute meinen Ohren nicht, als ich ihn freundlich warnend zu einer meiner Töchter sagen hörte, sie möge doch bitte nicht mehr so spät in der Nacht nach Hause trampen, es sei viel zu gefährlich und sie zu vertrauensvoll. Er endete seine Standpauke mit: »Du kannst von Glück reden, daß ich in jener Nacht der Autofahrer war, der dich auf der Straße aufgelesen hat.«

Sprachlos schaute ich meine Tochter an, da merkte er, daß ich nichts davon gewußt hatte, und sagte. »Au weh, jetzt hab' ich aber einen Patzer gemacht, ich dachte, deine Mutter weiß davon.«

»O nein, meine Kinder erzählen mir nicht immer alles, vielleicht, weil sie mir keinen Kummer machen wollen — oder vielleicht habe ich zuwenig Zeit für sie.« Da machte er eine Bemerkung, über die ich heute noch rätsle: »Das wird hoffentlich bald anders.«

Was meinte er damit?

Einmal lernte ich seine Mutter kennen. Es war wieder auf einem Stadtfest. Im Anschluß daran war ich von einer amerikanischen Kollegin in den dortigen Offiziersclub zu einer Stehparty eingeladen. Da traf ich ihn mit seiner Mutter. Ich konnte es ihm anmerken, daß er sich genauso freute, mich zu sehen, wie umgekehrt. So stellte er mich seiner Mutter vor. Sie war eine liebenswerte alte Dame. Ich glaube, sie mochte mich. Bei dieser Gelegenheit bedankte ich mich für den Zwetschgenkuchen. Da sie meinte, daß in diesem Jahr sehr viele Zwetschgen auf den Bäumen auf ihrem Grundstück wären, sollte ich sie nur pflücken gehen. Doch war es für mich zu weit.

Der Herbst neigte sich dem Winter zu.

Wir hatten noch einige stille herbstliche Spaziergänge im Tal unternommen. Meistens sonntagvormittags, bevor er nach Bonn abreiste. Wir rezitierten Herbstgedichte, von Rilke, Mörike, Hebbel. Was ich nicht wußte, wußte er, gehörten wir doch zu einer Generation, die in der Schule noch auswendig lernen mußte. Darüber waren wir uns einig, daß es eine gute Sache gewesen ist, Gedichte auswendig zu lernen. Nicht nur der Schönheit der Sprache wegen, auch und besonders als Gedächtnisschulung. Wozu heute Gedichte lernen, zum Denken haben wir den Computer, zum Hören die Stecker in den Ohren. Wie auch immer, wir auf jeden Fall erfreuten uns daran, lobten sie und schwärmten von den alten Poeten wie die Jugend von den Beatles, nur schwärmten wir leise …

Bei einem unserer Telefongespräche überraschte er mich damit, daß er am kommenden Weihnachten einen Tag mit meiner Familie verbringen möchte. Allerdings nicht am Heiligen Abend, da sei er bei seiner Mutter.

Etwas Schöneres hätte er mir nicht offenbaren können. Für mich war es das Höchste an Freude, das je jemand zu mir gesagt hatte. Auch gestand er, daß er eine Woche vor dem Fest, wie schon öfter, in mönchischer Abgeschiedenheit und Stille in der Wallfahrtskirche bei den Mönchen verbringen werde. Das bedeutete ihm mehr, als im Urlaub irgendwohin zu reisen.

Mein Sohn kam abgemagert, verlaust und krank aus dem fernen Indien zurück. Er hatte sein liebes Grinsen wiedergefunden. So waren wir alle vereint, als Willfried Winkler am Weihnachtstag zu uns kam. Wir hatten geputzt und geschrubbt. Der Kachelofen bereitete wunderbare heimische Wärme, die Kerzen brannten am Weihnachtsbaum. Die Gans, gefüllt mit Kastanien, brutzelte im Ofen, das Weinkraut – ein ganz spezielles Rezept aus dem tschechischen Land – stand mit den Kartoffeln schon bereit. Es duftete nach Weihnachten. Als er zur Tür hereinkam – ich fühlte es –, war Freude auf seinem Gesicht sichtbar. Für jeden hatte er Geschenke, für mich einen Scheck, und ich hatte ihm – was wohl? – einen warmen Pullover gestrickt.

Mein Sohn konnte sich nicht verkneifen, die Bemerkung zu machen:»Mamas große Überraschungen, Pullover oder Socken.« Dachte ich aber an Familie Weiß, mit welcher Seelennot sie das Fest feierten, wurde meine Freude gedämpft.

Tränen über mein Glück und Tränen über Weiß' Leid, die hervordrangen, mußte ich krampfhaft beim Lesen der Weihnachtsgeschichte zurückhalten.

Im folgenden Jahr, das fünfte mit Willfried Winkler, brachte ich meine älteste Tochter nach Passau zum Studium. Es tat weh, sie in einer kleinen Studentenbude abzugeben – obwohl sie fast jedes Wochenende heimkam.

Die Kinder »loslassen«, sagen kluge Leute. Als ob es so einfach wäre. Man läßt sie ja los, doch bleiben die Ängste und Sorgen um sie dennoch zurück. Ob alle Mütter sich so viele Sorgen machen? Da war dieser schreckliche, so unwiderruflich in das Leben zweier junger Menschen einschneidende Augenblick, als eines Sonntagabends – meine Tochter war aus Passau heimgekommen – das Telefon klingelte. Sie raste hin, denn sie wartete doch schon den ganzen Tag auf den Anruf ihres Freundes, ihre große Liebe. Er war in den Bergen zum Klettern.

Ich sah aus ihrem Gesicht, aus den Augen etwas Schreckliches herausströmen – zumal sie nur zuhörte, selbst kein Wort sprach. Ihr Gesicht war weiß, als sie den Hörer auflegte. Ein erbarmungsvolles Wimmern zuerst, dann ein schmerzvolles Schreien rang sich aus dem Innern dieses Mädchens, meiner Tochter, der von einer Minute zur anderen das Herz zerrissen wurde. »Nein, nein«, immer nur »nein, nein«, dann weinte sie aus vollem Herzen. »O Mama, er ist abgestürzt, er ist abgestürzt, er liegt in Innsbruck im Krankenhaus. Es ist ganz schlimm. Er ist tief hinuntergeschlittert, gerutscht und immer wieder gestürzt. Es sind Stunden vergangen, bis man ihn bergen konnte. Nun liegt er im Koma.« Jetzt schrie sie wieder und hörte nicht mehr auf. Mein Sohn hatte den Hausarzt angerufen, er gab ihr eine Beruhigungsspritze, danach schlief sie ein. Ich saß neben ihrem Bett. »Armes Kind, wie wird der Morgen für dich werden?« Ich dachte voller Mitleid an seine Eltern.

So kniete ich am Bett nieder, legte meinen Kopf darauf und betete für den jungen Mann, der vielleicht ein guter Schwiegersohn geworden wäre, für seine Eltern betete ich und für meine Tochter. Er lag lange Zeit im Koma, danach war er behindert. Meine Tochter gab für kurze Zeit ihr Studium auf, um bei ihm zu sein. Ich erzählte es Willfried Winkler. Er erinnerte sich an ihn, war er doch auch bei der Gartenparty dabei, die in Engendorf für junge Leute stattgefunden hatte. Willfried Winkler besuchte ihn im Krankenhaus, was mich sehr freute. Wurden meine Sorgen, mein Kummer von der Schärfe und der Bitternis durch meine viele Arbeit etwas abgeschliffen, heilte die Zeit das eine oder andere, war doch mein Geist ständig auf der Lauer, wartend, wann wohl meine Angst die nächste Sorge, den nächsten Schmerz bereithielt, um sie mir erbarmungslos zu präsentieren.

Es geschah so viel in meiner Familie, mit meinen fünf Kindern — würde ich alles niederschreiben, müßte es ein Buch so dick wie »Krieg und Frieden« werden. Mein Lieblingsbuch. Enttäuschung, Freude, Leid, Sorgen, auch meine Kinder machten die Erfahrung des Leides, was mich genauso betraf. Fünf Kinder und eine

Mutter, die selbst noch eine Mutter gebraucht hätte, die nie die Geborgenheit eines Elternhauses erfahren hatte — zumindest soweit ihre Erinnerungen reichten.

Das allererste Mal seit fünf Jahren ließ mir Willfried Winkler ausrichten, daß er am kommenden Wochenende nicht kommen könnte. Dann geschah es noch einmal, und noch einmal. Noch glaubte ich, daß seine Arbeit der Grund dafür war. Vielleicht mag es einige Zeit so gewesen sein. Irgendwann aber stiegen leise Zweifel auf, erst zaghaft, dann lauter.

Er hatte mich eines Abends wieder zu sich gerufen, wie so viele Male davor. Doch da war etwas kaum Spürbares — und da ich sehr, sehr feinfühlig und verletzbar bin, erahnten meine Sinne, daß etwas Schreckliches auf mich zukam. Noch verdrängte ich es. Als er aber in jener Nacht sehr spät noch einmal aufstand und in sein Arbeitszimmer hinüberging, um zu telefonieren, wußte ich mit Gewißheit, das heute ist das »Aus«.

Wen ruft er so spät in der Nacht an? Niemals würde er seine Mutter um diese späte Stunde anrufen, auch führte er keine politischen Gespräche um diese Nachtzeit. Mich ja, mich hatte er allerdings oft zu später Nacht angerufen und war es nur, um gute Nacht zu sagen.
Eine andere also. Eine andere Frau. Ich war so sicher, mein Instinkt irrte sich nie.
Als er wieder ins Schlafzimmer kam, zog ich mich schon an. »Ich gehe jetzt besser, meinst du nicht auch?« hörte ich mich mit einer nicht zu mir gehörenden Stimme sagen. Er wurde blaß, er war sprachlos.
»Nein, ich habe nicht gelauscht.« Das waren meine letzten Worte, an die ich mich erinnere.

Ein leerer menschlicher Körper, dessen Geist gnädig ausgeschaltet war, befand sich willenlos in einem weißen Zimmer, in einem weißen Bett. Stimmen rauschten um diesen Körper ohne Mensch. Dann war wieder weiße Stille, die so schön war, so schwerelos, daß der Körper nie mehr aus dieser Stille herauswollte. Manchmal wurde der Körper in die Horizontale gebracht, und ein Engel flößte ihm etwas Warmes ein. Dann aber beugten sich Fratzen über ihn, dann wieder Engelsgesichter. Oft schien er zu schweben, zu fliegen, als wollte er etwas einfangen, daß er verloren hatte und in den dunklen Wolken verschwinden sah.

Geräusche, Stille und wieder entfernte Geräusche. Stimmen sagten: »Mama ...«

Nach einer langen Nichtzeit zerplatzte die weiße Stille, und es wurde dunkel und tat schrecklich weh.
Der Mensch schien in den Körper zurückgekehrt und brachte unbekannte Schmerzen mit — aber sie betrafen nicht den Körper. Wo und was war dieses große Unbewußte, das so weh tat?

Einmal saß dieser Mensch mit dem unbekannten Ich an einem Tisch mit anderen Menschen. Sie sagten »Mama«. Bin ich denn eine Mutter, dachte er, sollte ich diese hier kennen? Was wollen die alle von mir? Wer bin ich überhaupt? Noch einmal umhüllte tiefer Frieden den Körper mit dem unbekannten Ich. Aber er platzte wieder, und die unbekannten Schmerzen zerdrückten die Brust. Je öfter die Stille zerbrach, je sichtbarer wurden die Schmerzen.

Einmal träumte der Mensch: Er sah einen Engel, der ihm sehr bekannt vorkam. Es war die Helvetia, die Göttin der Gerechtigkeit, die damals in dem anderen Leben in einem großen Gebäude stand um der Gerechtigkeit willen, als man jemandem den kleinen Sohn wegnehmen wollte, aber die Göttin ließ es am Ende nicht geschehen.

Jetzt hielt er in jeder Hand einen Eimer anstatt der Waage. Der Engel streckte seine Arme aus, der rechte Arm sauste nach oben, das war der leere Eimer. Der linke Arm mit dem gefüllten Eimer sauste zur Erde. Da sagte der Engel: »Komm und sieh.« Da sah die Menschenfrau, daß der Eimer bis zum Rand mit Tränen angefüllt war. Tränen, geweint von ihrer Mutter. Sie funkelten wie Schneekristalle. Der Engel sagte ein zweites Mal: »Komm und sieh« und zeigte auf den hoch in den Wolken stehenden leeren Eimer: »Dieser dort muß noch mit deinen Tränen gefüllt werden.« Und ein drittes Mal sagte er: »Komm und sieh«, und da lag ein Land, in der Sonne glitzerten tausend und aber tausend kristallene Tränen. »Dort sind deine Tränen, geh und sammle sie ein.«

Da wachte ich weinend auf – und wußte alles. Man sagte mir, daß ich für drei Wochen mein Gedächtnis verloren hatte. Ich wurde liebevoll gepflegt. Ich erkannte auch meine Kinder wieder, die mit mir um einen Tisch saßen. Sie hatten so vieles zu erzählen. Ein Name aber wurde vermieden. Bestimmt hatten sie es untereinander ausgemacht, diesen Namen nicht zu nennen. Sie sagten, daß sie für das Weihnachtsfest schon alles hergerichtet hätten. Herr Weiß hatte sogar einen Baum aus seiner Hecke gespendet. Ja, war denn schon wieder Weihnachten?

Sie erzählten mir auch, daß meine Freunde um sie besorgt waren und geholfen hätten. An Sonntagen waren sie stets zum Essen eingeladen. Hilfe kam von allen Seiten.

Herr Weiß kam mich besuchen. Wie immer nahm er meine Hände, tätschelte sie und sagte: »Ach liebe Freundin, ich ahnte es, ich ahnte es. Nun wird alles gut, sie werden schon sehen.« Er bat mich, mit ihm seinen Sohn im anderen Gebäude zu besuchen — da wußte ich jetzt erst, daß ich mich in einer Heilanstalt befand.

Vor seiner Heirat besuchte mich Dr. Winkler noch zweimal. Wie mußte er erschrocken gewesen sein, als meine Kinder ihn telefonisch davon in Kenntnis setzten, daß ich in einer Heilanstalt bin. Sie wußten ja nicht, was geschehen war. Erst seine erste Frau, jetzt ich. Wir hatten den gleichen Namen. Er wußte, daß es dieses Mal seinetwegen war. Nach Wochen, als ich wieder daheim war, besuchte er mich. Er hatte vorher angerufen, so konnte ich die Kinder fortschicken, es wäre zu peinlich für sie gewesen.

Zuerst saßen wir uns schweigend und befangen gegenüber. Dann bat er mich um eine Tasse Kaffee. Weil ich schon immer meinen Kaffee auf die alte Art machte — auf dem Stuhl sitzend, die Mühle zwischen die Knie geklemmt, dauerte es etwas länger, und das laute Mahlgeräusch ließ ihn in die Küche kommen. Als er mich so Kaffee mahlen sah, erkannte ich ein klein wenig von seinem mir so vertrauten Lächeln.
»Ich bin gleich soweit«, sagte ich nur.
Als er den Kaffee getrunken hatte, schaute er mich an und sprach: »Du, es tut mir so ... «
Bevor er aber mit einer banalen Entschuldigung kam, fiel ich ihm ins Wort: »Willfried, eine Entschuldigung wäre fehl am Platz und würde alles unter ›ferner liefen‹ einordnen. Durch was ich aber gegangen bin, war kein ›ferner liefen‹, das kann man nicht mit einer Entschuldigung oder ›es tut mir leid‹ gutmachen. Du hast mir nichts versprochen, du hast immer klargemacht, daß deine Laufbahn an erster Stelle steht, deshalb denke ich mir, daß ich mit fünf Kindern ein Hindernis wäre oder für dich eine zu große Verantwortung. Die andere paßt in dieser Hinsicht besser in dein

Leben. Du hast mir viel gegeben in den fünf Jahren – wir haben uns doch geliebt, oder?«

Da schaute er mir fest in die Augen und sagte: »Ja, Mädchen, wir haben uns geliebt.«

Kurz vor seiner Hochzeit kam er noch einmal, als wollte er um meinen Segen bitten. Wir saßen lange schweigend beieinander.

»Ich werde jetzt heiraten.«

»Ich weiß, ich hege keinen Groll, wünsche dir alles Gute.«

Dann sagte er: »Mädchen, ich bin dem Leben dankbar, daß ich dir begegnen durfte, daß du eine Strecke an meiner Seite warst. Ich habe viel von dir gelernt. Du bist ein besonderer Mensch.«

»... ›Pflanze‹ sagtest du einmal zu mir, eine besondere Pflanze«, unterbrach ich ihn.

»Versprich mir, daß du mich rufst, wenn du Hilfe brauchst, ich werde immer für dich da sein. Ich vergesse dich nie.« Diese seine letzten Worte haben mich stets durch die Schmerzen der verlorenen Liebe begleitet. Ich habe ihn nie wieder gesehen. Doch blieben wir in Freundschaft durch Briefe und Telefongespräche verbunden, bis zu seinem Tod. Die Metamorphose der Liebe. Es tat noch viele Jahre weh – es heilte sehr langsam. Einmal in all den vielen Jahren machte ich von seinem Versprechen, mir zu helfen, Gebrauch. Ich rief ihn um Hilfe, er half umgehend.

Meine Erfahrung lehrte mich, das Maß der Freundschaft daran zu erkennen, wenn du ohne Zweifel, Befangenheit und Scham sagen kannst: »Du, Freund, mir geht es dreckig, kannst du mir helfen?«

So brach meine Welt damals in Deutschland zusammen. Der Boden entschwand meinen Füßen, ich suchte eine Höhle zum Verkriechen und um meine Wunden zu lecken. Ich fand die Höhle in Schottland.

Die Schuld gegenüber vier von meinen Kindern, die ich auf mich nahm, da ich ihnen das Fundament entriß, habe ich bis heute nicht überwunden.

10. Kapitel

In der Stille

»Die größten Ereignisse sind unsere stillsten Stunden«
Nietzsche

Ja, da stimme ich mit Nietzsche überein. In wie vielen stillen Stunden habe ich Welten erlebt: Beim Ausruhen vom Torfstechen im unendlich weit reichenden Moor. Beim Schauen von den hohen Klippen hinunter in den seit ewigen Zeiten lebenden Atlantik. Bei stundenlangen Streifzügen durch das Innere der Insel, wohin kein Tourist noch je einen Fuß gesetzt hat. An warmen sonnigen Sommertagen im süß duftenden Heidekraut liegend, den Lerchen lauschend, andächtig dem Flug des Steinadlers folgend, der seinen Nistplatz in dem von Nebelschwaden umwallten Bergmassiv hat, das vor Millionen Jahren aus dem Leib mächtiger Vulkane feurig geboren wurde und in Millionen Jahren durch Wind und Regen seine jetzige Form erhalten hat. Was dagegen sind, wenn es hoch kommt, die 100 Jahre Erdendasein des Menschen?
Nur dasitzen und in die Stille hören, das sind die Minuten, wo man mit Welten verbunden ist – aus der Vergangenheit und aus der Zukunft. Denn aus dem Lärm der Menschen kann man nur die Gegenwart vernehmen.
Der kleine, silbrig klare Bach zum Beispiel, der im Moor aus dem See herauskriecht, aus dem See, der im Schoß der hohen, dunklen Felsen eingebettet liegt, der sich an vielen anderen größeren und kleinen Rinnsalen erfreut, um sich nach einigen Meilen als reißender Fluß in den Atlantik zu stürzen.

Sitze ich an diesem Bach ganz still, dann kann ich seine Stimme vernehmen. Ich frage ihn, und er erzählt mir aus seinen ewigen Zeiten: Vom Tal der Tränen, durch das er plätschert, erzählt er, als Kinder noch bescheiden und fröhlich in seinem Wasser badeten, an seinem Ufer spielten. Als die Frauen in ihren dunklen Kleidern sein labendes Wasser schöpften oder ihre bescheidene Wäsche wuschen.

Die Kühe, die Schafe, die Vögel, die Fische, alles ernährte er. Jetzt sei er einsam geworden, ja selbst zum Torfstechen kommen die Menschen nicht mehr, um sich nach getaner Arbeit die braunen Hände zu waschen. Ganz selten, daß ein Wanderer sich zu ihm in die Einsamkeit verirrt, sich an sein moosgrünes Ufer setzt und ihm zuhört. Wollen doch die Menschen dorthin, wo es laut und aufregend ist.

Dann erzählte der Bach mir von den Tränen, die er damals gesehen hat, als man seine Freunde, die Menschen, fortjagte, tötete und ihre Hütten anzündete, all das und vieles andere flüsterte er. Du kannst es hören und fühlen, wenn du ganz still sitzt und lauschst. Dieses Lauschen und Ruhen in der Stille hüllt mich in ein Erleben ein, das andere Welten offenbart. Es berauscht mich, wie andere von Musik berauscht werden. Dieses Entströmen ins Unbekannte ist unerklärlich, aber so beseligend, daß es schmerzt, in die Gegenwart zurückzukehren.

Von diesem im Moor gelegenen Tal führt ein Pfad, von Schafen getrampelt, nach Süden in ein höher gelegenes Tal. Die Schafe scheinen es zu lieben, es ist nicht dem Wind so offen preisgegeben. Schaut man in dieses Tal hinunter, kann man auch hier ein verlassenes Dorf erkennen. Als ich einmal meine alte achtzigjährige schottische Freundin Kathy in ihrem kleinen riedgedeckten Haus besuchte, fragte ich sie nach diesem anderen Tal, wer dort einst gewohnt hatte.

Kathy saß auf ihrem alten Sofa, sang ein gälisches Lied, stampfte laut den Takt dazu und klatschte fröhlich in die Hände. Wahrhaftig, sie konnte singen, die Alte.

Als sie mich erblickte, wurde ihr Gesang noch lauter und schneller. Mit Gesten hieß sie mich tanzen, was ich herzlich gern tat. Da sie immer schnell sang und stampfte und klatschte, mußte ich mich immer schneller und schneller drehen, bis wir uns lachend in die Arme fielen.

Sie nahm einen irdenen Krug und ging hinaus zum Brunnen, den man jetzt plätschern hören konnte, um Wasser für den Tee zu schöpfen, damit füllte sie den Wasserkessel, der über dem Torffeuer hing.

Die Stube, die zugleich Küche war, war klein, gerade deswegen so urgemütlich. Das offene Feuer, in die Wand eingebaut, dominierte die eine Längsseite. Gegenüber auf der anderen Seite stand ein einfacher Holztisch mit vier Stühlen, einst selbst geschreinert von ihrem seligen Mann. An der Stirnwand stand ein wunderschöner, mit offenen Regalen verzierter Küchenschrank, der sofort das Auge gefangenhielt, wenn man in die Stube trat. Daran hingen die Teetassen und schöne alte Teller standen aufgereiht. Unter den beiden kleinen, sehr tiefen Fenstern an der letzten Wand stand das alte Sofa, auf dem Kathy immer zu sitzen pflegte. Alles war so warm und einladend. Die Messingstange über dem Kamin angebracht, wo Küchengeräte hingen, oft auch Wäschestücke, wurde täglich poliert, damit sie keinen Ruß ansetzte. Auf den lehmgestampften Fußboden durfte kräftig aufgetreten werden. Die wenigen, doch schönen Möbel schienen aus ihm herausgewachsen zu sein, sie standen nicht verloren und kalt wie in vielen kultivierten Häusern – in hallenden, weißgestrichenen, großen Räumen mit Stahlmöbeln, wo man sich nicht aufs Sofa wagt, da sonst die Ordnung der Kissen zerstört werden könnte.

Die Tür zum Hof hinaus stand weit offen, man sah aufs Meer, auf den Brunnen, auf den Peatstak (gestapelter Torf), auf die scharrenden Hühner, auf eine halbzerfallene Hütte, der Hund, ein Collie, wie alle hier, lag vor der Tür und schnarchte. An diesem Brunnen wusch Kathy ihre Wäsche, da hatte sie die Wäsche von sieben Kindern gewaschen, auch im Winter, da wusch sie das Geschirr und die Töpfe und sich selbst. Daraus tranken Kühe und Menschen, aus dem herrlichen, klaren Quellwasser. Auf einer der Fensterbänke draußen hatte eine Henne ihr Nest und brütete.

Immer wenn ich bei Kathy war, sagte sie: »Weißt du, wie viele Cups of tea schon auf dem Tisch standen, wie viele Lieder an diesem Tisch schon gesungen wurden? Nein, du weißt es nicht, aber ich weiß es.«

Endlich erzählte sie mir von diesem anderen Tal. Dieses Tal heißt heute noch das »Lepratal« (Valley of the Leproses). Dort seien bis vor etwa hundert Jahren die Leprakranken aus allen Ecken der englischen Kolonien hingebracht worden. Keiner von unten würde es jemals gewagt haben, dort hinaufzugehen. Nicht einmal der Pfarrer. Sie wurden sich selbst überlassen. Im See hatten sie ihre Wunden ausgewaschen. Das mag wohl der Grund dafür sein, daß bis heute niemand darin baden geht. In allen Familien wurde es seit Generationen verboten.

»Da war ich wohl die einzige, die je in dem See geschwommen ist?« sagte ich zu Kathy.

»You don't?« fragte sie ungläubig und schlug sich lachend auf die Schenkel.

»Now listen to this story, there is a story to it.« — Hör zu, da gibt es eine Geschichte von dem Tal. —

»Vor Zeiten mußten die Inselbewohner fast alles, was sie erarbeiteten an die Landlords abliefern — genauso wie es schon überall — fast in jedem Land einst — gewesen ist. Alles gehörte den

Herren. So auch alles, was am Ufer des Atlantiks wuchs oder vom Wasser angeschwemmt wurde.

Hauptsächlich eine bestimmte Sorte Seetang, »Kels«, brachte dem Landlord viel Geld. Die armen Bauern mit ihren Frauen und Kindern mußten es mit Kiepen einsammeln, an Land tragen und zum Trocknen auslegen. Danach wurde es gebündelt und abgeliefert — um bei einer anderen Stelle, einer Art Mühle, zu Pulver zermahlen zu werden. Dieses Pulver, das unter anderem Alkali enthielt, wurde zur Herstellung von Seife und Glas verwendet.

Eines Morgens, als die Einwohner wie üblich ans Ufer gingen, um den Seetang einzuholen, blieben sie sprachlos stehen, schauten und staunten. Das Ufer war leer. Keine Algen, nichts, weit und breit nichts, nur Steine. Das war kein gutes Omen. Keiner, nicht mal die ganz Alten, hatte je so etwas erlebt. Unbegreifliches Kopfschütteln war die Antwort auf die Frage, ob jemand eine Ahnung hätte, wo er geblieben sein könnte? Irgendwer wollte ein Ungeheuer aus dem Meer kommen gesehen haben, das bestimmt alles gefressen hatte. Andere meinten, das sei das Ende der Zeiten. Der Pfarrer deutete es als Strafgericht Gottes für die Sünden, die Tag und Nacht begangen werden. Der Landlord, der nicht an Gottes Strafgericht glaubte — denn hier strafe nur einer, und das sei er selber, bedrohte die Diebe mit schwerer Strafe, setzte eine Belohnung aus. Wieder andere wollten in jener Nacht, als der Seetang verschwand, ein merkwürdiges Rauschen gehört haben, so als ob nackte Füße schwerfällig durch das Gras schlurften. Dann entdeckte jemand Seealgen an Stellen, wo keine sein konnten, nicht mal ein Sturm wäre fähig gewesen, sie so weit ins Land zu treiben. Ein paar beherzte Männer verfolgten die Spur bis hinauf ins Moor. Erfolglos kamen sie wieder zurück.

Es soll dann ein Mr. Macintosh gewesen sein, der das Rätsel löste. Als er wieder einmal dieses merkwürdige Rauschen in der

Nacht vernahm, stand er auf, zog sich an und folgte dem Geräusch. Es kam vom Ufer. Vorsichtig schlich er sich näher. Er staunte nicht schlecht, als er im Schein des Mondes an die hundert sich bückenden Gestalten sah, die den Seetang einsammelten. Er versteckte sich hinter einem Stein. Da erkannte er zu seinem großen Erschrecken, daß ihre Körper mit grausamen Wunden bedeckt waren, ja manche hatten nur noch Augenhöhlen im Gesicht. Jetzt wußte er, daß es die Verdammten oben aus dem verbotenen Tal waren.

»Poor creatures«, dachte er mitleidig. Er meldete es nicht dem Landlord, denn er wußte, daß nur Hunger sie heruntergetrieben hatte, und für einen Judaslohn wollte er nicht seine Hoffnung auf das Himmelreich riskieren.

So beendete Kathy die Geschichte vom »Lepratal«, auch das »verbotene Tal« genannt.

Es war im vierten Jahr auf der Insel, als mein sorgsam eingeteiltes Geld endgültig zur Neige ging. Vom Rest hatte ich noch ein gebrauchtes billiges kleines Auto gekauft, aus mehreren Gründen. Mit dem Bus war man einen ganzen Tag unterwegs — da war manche Stunde mit Warten im langweiligen Städtchen vergeudet. Gern wollte ich hin und wieder sonntags die Messe besuchen — doch war die kleine Diasporakirche 30 Kilometer entfernt.

Der Priester kam vom Festland, und wie schon beschrieben, wenn die Fähre manchmal außer Betrieb war, mußten wir selbst Gottesdienst halten. Die Gläubigen kamen von weit her, viele lebten einsam.

Ich freundete mich mit einer älteren Frau an, die zu uns von einer anderen kleinen Insel herüberruderte. Sie hieß Moira. Sie war einer der letzten Bewohner dieser kleinen Insel. So war es ein Treffen, das in einen Gottesdienst eingebunden war. Anschließend gab es Tee, Kuchen und Kekse. Jeder brachte etwas mit.

Ein anderer Grund, ein Auto zu haben, war: Im nächsten Jahr würde Tobi nach Glasgow auf das College gehen und wöchentlich nach Hause kommen. Ich müßte ihn dann in der Nacht aus dem Städtchen abholen, da der Glasgow-Bus erst in der Nacht auf die Insel kommt. Es gab und gibt auch heute immer noch keine Möglichkeit, um diese Zeit in den Norden der Insel zu gelangen.

Mein Geld war somit aufgebraucht. Winkles zu sammeln, hin und wieder etwas Selbstgestricktes an Touristen zu verkaufen war nicht genug. Kummervoll ging ich schlafen, kummervoll wachte ich auf. War ich auch nie mit Gütern und Wohlstand gesegnet gewesen, wußte ich aber, daß jemand eine Hand über mich hielt und sie im richtigen Moment öffnete. Mein ganzes Leben hindurch bekam ich, wenn es dringend nötig war, das zugeteilt, was ich, um Leben zu können, brauchte. Nie zu viel, sonst könnte ich ja übermütig werden. Ob es fürs tägliche Brot war — oder für seelische Stärke und Kraft, um Schmerzen und Sorgen durchzustehen — oder gnadenvolle Dunkelheit, damit die Seele nicht zerbricht.

Deshalb glaube ich, daß einer über mich wacht, wie es in der 86. Sure im Koran heißt:

»Jede Seele hat einen Wächter über sich.«
Sure

Wie auch immer, ich mußte etwas verdienen, auch wenn meine Ansprüche in der Tat schon sehr bescheiden waren. Damals gab es einmal wöchentlich eine kleine Lokalzeitung, heute ist sie etwas gewachsen. An meinen Einkaufstagen erstand ich sie stets und las sie im Café, solange ich auf den Bus wartete.

Eines Tages stand tatsächlich in einer kleinen Anzeige zu lesen, daß von einer Stadt auf dem Festland eine Tanzlehrerin für Kinder sowie für Aerobic für Erwachsene gesucht wurde. War das der Wink des Himmels?

Zuerst sträubte sich alles in mir, wollte ich doch so wenig wie möglich wieder mit Menschen zu tun haben, obwohl mein Schmerz um die verlorene Liebe stiller geworden war. Andererseits jedoch hatte ich manchmal Zeiten, da machte ich mir Vorwürfe dieser Einstellung wegen, hatte Gewissensbisse, dachte ich doch, ich könnte der suchenden Jugend etwas geben, zumal ich mich mit den Jugendlichen immer gut verstanden hatte und sie auf mich hörten.

Gut, hin und wieder fanden mich Menschen hier an meinem einsamen Ort. Auch ehemalige Schüler besuchten mich, wir hatten gute Gespräche. Ganz sicher konnte ich dem einen oder anderen für gewisse Lebensumstände einen Rat auf den Weg mitgeben ... War das genug? Wollte ich wirklich ein von der Welt fernes Leben führen? War es vielleicht doch alles nur Panik gewesen? Ist »Einsamleben« egoistisch? Fragen, Fragen an mich selbst.

Eines weiß ich jedoch ganz sicher: Ich bin gern allein, träumte schon als Kind von einem Leben ganz allein — und war doch schon immer in gewisser Weise ein Einzelgänger, aber nie total ausgeschlossen oder abgetrennt vom Geschehen. Außerdem war es gar nicht möglich, mich auszuschließen, da ich immer gezwungen war, für etwas oder jemanden Sorge zu tragen. Wie auch jetzt wieder. Mir blieb keine andere Wahl, ich mußte etwas Geld dazuverdienen. Für meinen Sohn und mich. Hier in der Zeitung winkte mir das Schicksal wieder hilfreich zu. Also antwortete ich auf die Anzeige — und da sich sonst niemand gemeldet hatte, war die Arbeit mein.

Am Anfang war ich nicht sehr glücklich darüber. Die Tätigkeit rief so viele glückliche Erinnerungen, die jetzt schmerzhaft waren, herbei. Verglichen mit meinem damaligen Ehrgeiz und Schaffensdrang, ist hier in Schottland nicht mehr viel oder fast gar nichts mehr vorhanden. Ich muß gestehen, daß es mich zu jener Zeit in Deutschland sehr schmeichelte, wenn ich gelobt wurde, dies und jenes gut gemacht zu haben, gut gestaltet, oder wenn man von mir redete ...

Davon ist, seit ich hier bin, rein gar nichts mehr in mir. Äußere Dinge für meine Werte brauchte ich zwar nie, heute schon gar nicht mehr. Es ist gut, nicht mehr mit Ehrgeiz, mit Ambitionen belastet zu sein, sich nicht ständig beweisen zu müssen – und ach, das Leben trägt sich viel leichter, »niemand« sein zu wollen, nur sich selbst. Torfstechen, Winklessammeln, Tiereversorgen und Auf-dem-Acker-Arbeiten erfordert keinen Ehrgeiz. Es ist reine Freude und Zufriedenheit. Trotzdem, ich mußte etwas Geld verdienen – und das hieß in diesem Fall, meinen Ehrgeiz erwachen zu lassen, damit ich gut war, denn bei dieser Arbeit muß man halt gut sein. Ich nahm die Arbeit an und versprach mir selbst, daß es nur auf Probe sein würde. Sollte es zu sehr belastend in mein Leben eingreifen, meine Ruhe stören, könnte ich es ja wieder aufgeben – und etwas Geeigneteres würde sich schon finden.

An einem Sonntag machte ich meinen ersten Ausflug auf das Festland. Ich fuhr mit meinem Auto, setzte mit der Fähre über. Dort führte die Straße nördlich hinauf ins Hochland von Schottland. Der Ort, an dem ich arbeitete, hieß Plockton. Eine sehr schöne kleine Ortschaft, an einem Atlantikausläufer gelegen. Die Uferstraße war mit Palmen bewachsen, wie in einem südlichen Teil der Welt.

Im einzigen Caféhaus traf ich mich mit der Frau, die alles in die Wege geleitet hatte. Ich sollte einmal in der Woche kommen, zwei Stunden am Nachmittag mit den Kindern arbeiten, am Abend noch mal zwei Stunden mit den Erwachsenen. Der Verdienst ließ mein Herz laut schlagen.

So geschah es — und es bereitete mir viel Freude, wieder vor allem mit Kindern und jungen Menschen zu arbeiten, sie zur Musik sich bewegen zu sehen. Und weil die Mädchen und Frauen hier in dieser Hinsicht nichts kannten, bescheiden und freundlich waren, war es ein leichtes, sie zu erfreuen. Ich brauchte keinen Ehrgeiz zu entwickeln, wir gaben und nahmen gegenseitig Freude und Energie.

Keiner hatte den Winter bedacht, wie schwierig es dann für mich werden würde, 160 Kilometer hin und zurück, bei Sturm und Schnee (auf dem Festland bleibt der Schnee liegen), hauptsächlich in der Nacht heimzufahren. Dann gab es das Risiko mit der Fähre, daß ich manchmal festsitzen würde. Wohl hätte ich in Plockton übernachten können, doch ich wollte nach Hause, Tobi konnte ich nicht allein lassen, es hätte ihm zwar nichts ausgemacht, aber meine Tiere mußten versorgt werden. So schön und erfreulich die Fahrt und die Arbeit im Sommer war — in den stürmischen Herbst- und Wintermonaten wurde es jedoch schlimmer, als ich es mir vorgestellt hatte. Bei zu heftigem Sturm und Regen auf der Heimfahrt in später, stockfinsterer Nacht mußte ich gar einige Male die restliche Nacht über stehen bleiben. Frierend verbrachte ich, vor Müdigkeit hin und wieder einnickend, Stunde um Stunde im kalten Auto. Die Sorge um meinen Sohn tat das ihrige dazu. Einmal in jenem Winter riskierte der Fährmann mir zuliebe die Fahrt zur Insel hinüber. Er hätte seine Arbeit verloren, wäre es bekannt geworden. Immer hilfsbereit, so sind die Schotten im Hochland — sie nehmen den eigenen Schaden mit den Worten »no problem, no problem« gern in Kauf, um anderen aus der Patsche zu helfen.

Wieder auf der Insel, war meine Fahrt noch lange nicht zu Ende – langsam fuhr ich die Küstenstraße entlang, mit den Scheinwerfern die einsame Ferne ableuchtend, damit kein Schaf durch mich gefährdet war. Sitzen sie doch gern mitten auf der Straße. War ich endlich heil angekommen, mußte ich mich warm einpacken, die Gummistiefel anziehen und mit der Taschenlampe bewaffnet noch zehn Minuten durch aufgeweichtes Erdreich über Stock und Stein hinunter zu meinem Haus gehen.

Nach einem Jahr zwangen mich die Umstände der weiten Fahrt, eine Arbeit aufzugeben, der ich zu Anfang skeptisch gegenüberstand, die sich dann aber als Freude und guter Verdienst erwies. Die Frauen von Plockton gaben für mich eine schöne Abschiedsparty. Noch oft in den folgenden Jahren fuhr ich ans Festland in den schönen Ort mit den Palmen an der Uferstraße, um in dem gemütlichen Caféhaus Freunde zu treffen.

Der Sommer, der nun folgte, war reich an Winkles. Der Mond meinte es gut mit Dolly und mir, zog er doch das Wasser ganz gewaltig in seinen Bann, so daß wir viele Stunden ernten konnten, bis er es freiließ und wir endlich unseren stundenlang gebeugten Rücken strecken durften.

Die reiche Winklesernte und meine Pullover, die ich in den langen, dunklen Winterabenden gestrickt hatte, um sie im Sommer an die Touristen zu verkaufen, erlaubten Tobi und mir, das sechste Jahr auf der Insel ohne Sorgen zu leben. Allerdings war es auch das erste Mal, daß ich im Winter sammeln gehen mußte.

In den Wintermonaten ist die Ebbe kürzer. Viel weniger Ozeanland ist dann freigelegt als im Sommer. Ich ging bei jedem Wetter, bei Sturm und Regen, bei Nebel und kurzem Sonnenschein. Waren die Finger einmal ans kalte Wasser gewöhnt, wurden sie richtig warm. Der stete Regen prasselte auf meinen Rücken und hörte sich auf dem Ölzeug wie das Rauschen des Meeres an. Die Gummistiefel wurden vom Regenwasser gefüllt, so auch hier, wenn meine Füße erst die Wärme dem Wasser in den Stiefeln gaben, dann hielt das Wasser meine Füße warm. Über mir lachten die Möwen aus dem Nebel.

An einem solchen Tag geschah es, daß ich mich in große Gefahr begab. Dolly hatte mich oft gewarnt, falls ich auf Felsstellen sammle, die bei Flut unter Wasser sind, ja rechtzeitig herunterzugehen, bevor der Felsen vom Wasser eingekreist wird und langsam in seinem Element verschwindet.

Auf einem solch erhöhten Felsenplateau sah ich viele Winkles und stieg hinauf. Noch peitschte die Brandung von der westlichen Seite. Oft schaute ich auf, um die Wellen im Auge zu behalten, damit ich noch sicher ans Ufer käme. Noch schien keine Gefahr zu drohen. Einmal war es mir, als ob das Wasser schon den Felsen umspülte, ich sah aber noch genügend Steine herausragen, um hinauszugelangen. Gepackt vom Sammeln, so viel wie möglich noch in den Eimer zu füllen, vergaß ich für wenige Minuten, auf der Hut zu sein, als mich plötzlich eine Welle erfaßte und mich fast vom Felsen geworfen hätte. Der Eimer fiel mir aus der Hand und rollte ins Meer.

Sprachlos sah ich das Ufer verschwinden. Der Felsen, auf dem ich mich befand, wurde schmaler, da die Brandung ihn jetzt von allen Seiten umringte und das Wasser zusehends stieg. In wenigen Minuten würde der Felsen für die nächsten sechs Stunden in sein Element sinken. Mir blieb nichts anderes übrig, als so schnell wie möglich ans Ufer zu gelangen. So zog ich meine Gummistiefel und das hindernde Ölzeug aus und ließ mich ins eisige Wasser hinab. Noch konnte ich stehen, es reichte aber schon fast bis zu den Schultern. Zum rettenden Ufer mußten es ungefähr zwanzig Meter sein. Zweimal schlug eine hohe Welle über mir zusammen und riß mich um. Ich versuchte zu schwimmen, bis eine dritte Welle mich fast ans Ufer trug. Hier war es mir möglich, auf allen vieren auf den Steinen einen Halt zu finden und hinauszukriechen. Wieder aus dem Wasser, wurde ich der eisigen Kälte gewahr. Zitternd stolperte ich ohne Schuhe nach Hause. Ein irrsinniges Verlangen nach einem heißen Bad mit vielen Kräutern trieb mich vorwärts, und schlotternd vor Kälte und Nässe erreichte ich mein Haus. Eine Stunde später saß ich beim warmen, gemütlichen Torffeuer, dem Sturm und der Brandung lauschend, und genoß eine Tasse Tee und leise Musik. Draußen war es stockdunkel. Gab es etwas Schöneres nach solch einem nassen und eisigen Schrecken? Ich dankte meinem Engel. Sicher war ich etwas unglücklich über mein Ölzeug. Es war für mich sehr notwendig und auch nicht billig.

Als ich Dolly davon erzählte, meinte sie: »Ich würde es nicht geschafft haben, ich kann nicht schwimmen« und riet mir, ich täte besser daran, draußen am Wasser anzufangen und landeinwärts zu sammeln, so hätte ich die Tide immer hinter mir – und: »Halt die Augen offen, du wirst sehen, dein Ölzeug wird wieder an Land geschwemmt werden.«

Hinfort befolgte ich ihren Rat in bezug auf das Winklessammeln. Tatsächlich, als ich einmal wieder nach meinem Ölzeug Ausschau hielt, lag es friedlich, mit Seetang bedeckt, am Ufer. Die Gummistiefel hatte das Meer noch nicht zurückgebracht – noch nicht. Ich benutzte Tobis Stiefel, bis ich mir neue leisten konnte, mit dicken Socken ging es zur Not auch. Meine waren sowieso schon ziemlich alt und nicht mehr wasserdicht.

Ich weiß nicht mehr genau, in welchem Jahr Dr. Winkler das erste Mal anrief, doch meine ich, es müßte um die Zeit meines Atlantikabenteuers gewesen sein. Ich erinnere mich nämlich, daß ich beim Ziegenstallausmisten war, und als das Telefon klingelte, das ich hören konnte, weil die Haustür offen stand, rannte ich schnell hin und schleuderte die Gummistiefel von den Füßen. Da es sehr leicht ging, müssen es Tobis gewesen sein, denn meine waren schwierig auszuziehen.

»Hallo«, meldete ich mich.

»Ja, sie ist es, sie ist es. Hallo Mädchen!«

Ich erkannte seine Stimme sofort und freute mich sehr.

»Ja, Willfried, ich glaub' es nicht, du?«

»Ja ich bin's. Ich freue mich, dich auf Anhieb erreicht zu haben, nun erzähl mal – wie geht es dir?«

»Ich bin eben beim Ziegenstallausmisten. Es ist noch derselbe Schubkarren, erinnerst du dich, damals bei mir im Garten?«

So und ähnlich ging das Gespräch von der Insel nach Bonn und zurück. Wir blieben an der Oberfläche – wie es oft zwischen Menschen geschieht, die sich nach vielen Jahren wieder begegnen – man hätte sich so viel zu erzählen – doch weiß man nicht, was, da die Zeit knapp ist. Auch ist man freudig erregt, deshalb fallen einem nur banale Dinge ein. Aber bald hatte ich mich gefangen, ihm schien es ähnlich ergangen zu sein – so wurde unsere Unterhaltung beidseitig unbefangener. Ach, es war so gut, mit ihm zu reden, nichts tat mehr weh. Ich empfand reine, freundschaftliche Liebe für ihn. Er sagte, daß er viel in der Bibel lese, und da ich bibelfest sei, so erinnerte er sich, hätten wir jetzt gute Gesprächsthemen. Nur schade, daß ich so weit fort sei. Er versprach, mich ganz sicher einmal auf der Insel zu besuchen.

Zum Schluß sagte er: »Mädchen, wir bleiben Freunde.«

»Ja, Willfried, wir bleiben Freunde.«

So war Willfried Winkler wieder in mein Leben getreten. Doch was für eine Wandlung. Hier wiederholte sich die stille Liebe, die ich einst für meinen toten Freund Heinrich Weiß empfand. Eine Liebe, die niemandem etwas wegnahm, die keinen schmerzte, die nichts begehrte. Eine stille Liebe. Ich wußte, daß es seinerseits auch so war. Er hatte es ja gesagt.

Himmel, war das ein guter Tag. Im Stall erzählte ich es meinen Ziegen – und wären Menschen um mich gewesen, hätte ich alle an meiner Freude teilhaben lassen.

Vor lauter Freude hatte ich vergessen zu fragen, wie er denn zu meiner Telefonnummer gekommen sei? Doch nehme ich an, da mein Name selten ist und bestimmt kein zweites Mal in ganz Schottland erscheint, kann es nicht schwer gewesen sein, über die Auskunft meine Nummer zu bekommen.

Da geschah es doch einmal, daß ich einen Brief von einer mir unbekannten Amerikanerin bekam, sie habe als Touristin erfahren, daß ich schöne Sachen stricke. Sie schickte mir ein Foto von ihrem Liebling, einem Schäferhund, ob ich dieses Motiv wohl auf einen Pullover für sie stricken könnte? – was mir auch sehr gut gelang.

Auf dem Brief stand nur mein Name und:
Auf einer Insel in Schottland.

Allen Touristen und Einheimischen erzählte ich davon und lobte die Tüchtigkeit der »Königlich-schottischen Post«.

Nach meinem Abenteuer im Wasser erwartete ich eine tüchtige Erkältung. Aber nichts dergleichen geschah. Trotzdem mußte ich wenige Tage danach das Bett für einige Tage hüten, folgendes war geschehen:
Das Gras lag vom vielen Regen und Sturm verfault und müde auf der Erde. Die Tiere fanden deshalb nicht mehr genug zu fressen, nur die Schafe wurden noch einigermaßen satt, doch langsam zogen sie sich schon in die Berge zurück. Ich fütterte meine Ziegen mit Trockenfutter, abends bekamen sie Heu – ansonsten

grasten sie noch überall herum. Dollys Schafböcke befanden sich in meiner Gegend, was durchaus in Ordnung war, denn um diese Jahreszeit wurden sie von den Schafen getrennt gehalten. Bald hatten Dollys Böcke herausgefunden, daß es hier immer um die gleiche Zeit gutes Fressen gab und fraßen meinen beiden Ziegen alles weg. Um meinen Ziegen aber das Fressen zu ermöglichen, blieb ich von nun an mit einem Stock als Wache bei ihnen, bis das Trockenfutter gefressen war. Mit dem Stock drohend, glaubte ich, die Böcke verjagen zu können. Aber so schnell läßt sich ein Schafsbock nicht verjagen. Als ich dann einmal einem Bock den Rücken zugekehrt hatte, rammte er mich mit seinen Hörnern mit solcher Wucht, daß ich über meine Ziege Heide flog und schmerzhaft im sumpfigen Erdreich landete. Für einen kurzen Augenblick drehte ich mich rasend schnell mit der Erde – bis alles wieder still stand und ich die Böcke friedlich und siegreich das Futter meiner Ziegen fressen sah. Mich meckernd anklagend, standen sie sicherheitshalber einige Meter entfernt. Unter Schmerzen kroch ich buchstäblich auf allen Vieren ins Haus und rief Dolly an.

Die Böcke wurden an einen anderen Platz gebracht, so daß fortan meine Ziegen ungestört fressen konnten.

Dolly kam jeden Tag den weiten Weg zu mir herunter. Solange ich nicht aufstehen konnte, fütterte sie die Tiere und kochte für mich eine Suppe – und Tee auf Vorrat. Täglich brachte sie einen Armvoll Brennesseln mit, die ja das ganze Jahr über wachsen. Damit bereitete sie mir ein Bad, in dem sie erst die Nesseln einige Zeit im heißen Wasser ziehen, danach erst das restliche Wasser in die Wanne laufen ließ. Sie half mir in die Wanne und lachte über meinen lila-blau-roten Hintern. In der Wanne waren mehr Nesseln als Wasser. Sie schwor, daß es helfen würde. Diese Kur schien tatsächlich zu helfen, ich verspürte bald keine Schmerzen mehr, und am dritten Tag vermochte ich wieder zu sitzen.

Doch erst mal lag ich ärgerlich über den Bock und über mich selbst im Bett. Ich hätte es wissen müssen, Schafsböcke sind nicht ungefährlich.

Ich strickte im Bett — oder las zum zigsten Male »Krieg und Frieden«, meine Lieblingslektüre.

Tobi war jetzt in Glasgow, so war ich ganz allein. Als Tobi am Wochenende nach Hause kam, konnte ich ihn zwar schon vom Bus abholen, mußte jedoch im Auto sitzen bleiben. Da es noch schmerzte, streckte ich meinen Rücken. Ich war glücklich, ihn zu sehen. Wir hatten uns viel zu erzählen. Es gefiel ihm in Glasgow. Er war auf einem der besten Nautikcolleges der Welt, so sagt man. Tobi hatte sich als geborene Landratte dem Meer verschrieben, er wollte Kapitän werden.

In den vielen, vielen Stunden, die ich am Ufer des Meeres verbrachte, ausruhte oder mich von meinen Tiefs treiben ließ, losgelöst von allem Verstandesmäßigen, wenn die Wellen meine Gedanken, die zu Empfindungen wurden, hinaus in den Atlantik trugen, sie wieder ans Land zurückschleuderten, dann kam es aus der Mitte meines Ichseins herausgekrochen — mein Gewissen. Manchmal war es auch gnädig zu mir.
»Das Gewissen ist das Heiligtum im Menschen, wo er allein ist mit Gott, dessen Stimme in seinem Innersten zu hören ist«, habe ich irgendwo einmal gelesen und mir eingeprägt. Wenn dem also so ist, was ich persönlich glaube, dann brachte mir diese innerste Stimme manchmal auch Trost, ganz besonders in bezug auf Tobi: Er ist glücklich in Schottland. Schottland schien ihm Heimat geworden zu sein.
Kurz — wenn alles falsch war, was immer ich getan habe, für ihn war es das richtige. Für Tobi schien es gut gewesen zu sein, daß ich aus Deutschland fortgerannt bin. In solchen Augenblicken —

nach solchen Gedankengängen ging ich erleichtert und getröstet nach Hause.

Weihnachten stand wieder vor der Tür. Bald würde das Haus wieder belebt sein, von Stimmen widerhallen. Nur Mareike in Amerika würde nicht bei uns sein. Freudig und wehmütig bereitete ich alles vor, backte die Plätzchen. Zeitig genug bestellte ich bei einem entfernten Nachbarn Fisch für die Suppe, die meine Kinder so gern mochten. Weil aber dieser Nachbar kein Telefon hatte, mußte ich oben auf der Straße auf den Bus warten und die Bestellung dem Fahrer Hamish geben. Er gab sie weiter, und ich durfte sicher sein, daß ich am ausgemachten Termin meinen bestellten Fisch in der kleinen grünen Hütte abholen konnte. Der Fischmann wollte nie Geld dafür, so schenkte ich ihm zum neuen Jahr eine Flasche »Bells-Whisky«, schrieb seinen Namen darauf, hinterlegte sie in der kleinen grünen Hütte und wußte, daß er den Whisky bekommen würde.

Es war die Zeit, wo es um vier Uhr nachmittags schon dunkel wird, im Haus ist es um so gemütlicher. Wenn ich alle Tiere versorgt hatte für die Nacht, konnte ich mich der Wärme des Torffeuers erfreuen. Da fühlte ich fast so wie damals, als meine Kinder noch Kinder waren, ich sie endlich geborgen und schlafend im Bett wußte, ich meiner selbst bewußt werden durfte und ich mich in den Schutz des Heimes fallen lassen konnte. So erging es mir ähnlich jetzt mit den Tieren. Kam ich endlich durch den peitschenden Regen, vom Sturm zerzaust, in mein warmes Haus, wußte die Tiere versorgt — war ich zufrieden. Weilte Tobi daheim, so nahm er mir diese Arbeit ab. Ich wußte die Hühner friedlich im Schlaf gackernd auf der Stange, unter ihnen die Ente Gertrud im Stroh, auf der anderen Seite meine Ziegen. Hinten im Stall hatte ich einen Verschlag für die kleinen Lämmchen, die ich mit der Flasche fütterte; da sie nicht in der Wolle der Schafsmutter Schutz vor Regen und Wind hatten, sollten sie sich wenigsten in einem Stall wohl fühlen. Obwohl es hier nicht üblich ist, die Schafe im Stall zu haben.

Ich bekam die Lämmchen halb verhungert und erfroren zur Lambingzeit von den Bauern. Es hatte sich herumgesprochen, daß ich eine gute Hand habe und sie wieder aufzupäppeln verstand. Ich gab ihnen Ziegenmilch. So manches Lämmlein, das von der Schafmutter, aus welchen Gründen auch immer, liegen gelassen wurde, hatte ich in der Küche neben den Ofen auf eine Wärmflasche gelegt, eingepackt in einen alten Wollpullover. Später übernahm meine Ziege Heide das Füttern; als ihr Ziegenkind starb, ließ sie vor lauter Trauer die Lämmer an ihren Zitzen saugen.

Obwohl ich alle Tiere achte und gern habe, sind es doch die Schafe, die ich ihres herausragenden Charakters wegen am meisten bewundere. Sie sind nicht frech wie die Ziegen, nicht arrogant wie die Katzen, nicht dem Menschen ergeben wie mein Hund Sunshine, der gute, faule Wachhund, nicht dem Menschen ausgeliefert wie die Kühe, trotz ihrer Kraft. Ich hatte sie alle gern, besonders Gertrud, die Wildente, die es liebte, ihr Futter aus meiner Hand zu schnabeln. Später kam noch ein zahmes Huhn dazu, das ich Kathy nannte, und ein kastrierter riesiger Highlandbulle, den ich Bullyboy rief, – und viele Schafe.

Wehmütig denke ich an den Otter. Irgendwann schloß ich mit einem Seehund Freundschaft, dem ich beim Winklessammeln begegnete, der fortan da war, wenn ich zum Meer hinunterkam. Alle waren mir ans Herz gewachsen. Um jedes Tier habe ich geweint, als es starb oder auf eine andere Weise verlorenging. Aber meinen größten Respekt zollte ich den Schafen, ihrer stillen Bescheidenheit wegen. Sie bringen keiner anderen Kreatur Leid. Ihre Art ist »Geben«. Sie geben uns Wolle, Fleisch, Milch für

Käse, Felle, Leder, das in der Chemie so wichtige Wollfett — sie erfreuen uns schon allein durch ihr Aussehen. Für all das begnügen sie sich mit süßem Gras, das ihnen nicht von den Menschen gegeben wird — hin und wieder ein Schluck Wasser. Sie verschließen bei Schmerzen ihre Lippen, bringen still ihre Lämmer zur Welt. Seitdem ich Schafe richtig kennengelernt habe, verstehe ich jetzt erst den Sinn, warum man den Menschen von Bethlehem »Lamm Gottes« genannt hat und warum im Alten Testament die Menschen ihre Sünden auf ein Schaf legten und es, mit ihren Untaten beladen, in die Wüste jagten. Erst den Schafen mußte ich begegnen, um die Tiefe des oft gesprochenen Satzes: »Lamm Gottes, das du hinwegnimmst die Sünden der Welt ...« zu erfassen.

Erst als ich den Mond bewußter erkannte, wurde ich staunend seiner Seele gewahr.

Was und wo gibt es noch Wesen oder Dinge, die leer für uns scheinen, weil wir blind sind, die Mitte des Wesens zu erkennen. Wieviel Naturgesetze mögen in unserem Weltendasein existieren, deren Geist von unsichtbarer Intelligenz erfüllt sein mag, die geschaffen wurden, um einen bestimmten Zweck zu erfüllen? Weil sich aber der Mensch von der Verbundenheit zur Natur getrennt hat, da er über ihr stehen möchte, er seinen Weg auf der sichtbaren Oberfläche gewählt hat, ist er blind geworden. Wo doch schon jedes Kind weiß, das das Märchen vom kleinen Prinzen gelesen hat, daß man nur mit dem Herzen sehen kann ...

Die Erde sei sein Eigentum, meint der Mensch, zum Ausbeuten für uns erschaffen. Wie traurig und dumm.
»Macht euch die Erde untertan«, soll Gott gesagt haben?
Entweder haben wir den Sinn falsch verstanden, oder es ist falsch

übersetzt worden. Es soll wohl heißen: »Traget Sorge für alles, was auf der Erde lebt, Pflanzen und Tiere. Achtet alles – denn euch Menschen habe ich den Verstand gegeben.« Häuptling Seattle schrieb in seinem Brief an den weißen Bruder, den Präsidenten in Washington: »Der weiße Mann ist hungrig nach Macht, bis er die Erde verschlungen hat.« Er schrieb auch unter anderem, daß der weiße Bruder im eigenen Schmutz ersticken wird. Der »Cree-Indianer« prophezeit: »Erst wenn der letzte Baum gefällt sein wird, der letzte Fluß vergiftet, werdet ihr merken, daß man Geld nicht essen kann.«

Jetzt erinnere ich mich, was einst meine alte Nonne in der Schweiz sagte, sie gab mir viele einfache Weisheiten mit auf den Weg in mein Leben. Zu ihrer Zeit, als sie jung war, sagte sie, bestand der Stolz und Reichtum eines Bauern in der Zahl der Bäume, die er seinen Erben hinterließ. Heute sind es die Zahlen auf dem Bankkonto.

In jenem Winter war meine Probezeit, ob ich fähig war, wirklich allein mit mir zu sein, denn bisher war ja Tobi noch immer dagewesen. Wohl hielt mich erst mal meine Weihnachtsvorbereitung und die Freude auf die Kinder vom zu vielen Nachdenken ab.
In einer Woche begannen Tobis Weihnachtsferien, da wollte er aus Glasgow abgeholt werden. Sein Freund erklärte sich bereit dazu. Ich sollte mitfahren, weil wir beide Strecken an einem Tag bewältigen und die letzte Fähre um elf Uhr nachts zurück auf die Insel erreichen mußten, da eine Übernachtung der Kosten wegen nicht in Frage kam – so konnten wir uns beim Fahren abwechseln.
Ganz sicher war ich mir dennoch nicht, obwohl es mich reizte, diese wunderschöne, wildromantische Strecke über die Berge auf dem Festland, über Glenschiel und Glenmoriston nach Fort

William, dann durch das geschichtlich berüchtigte »Glen Coe« zu fahren. Im Sommer hatte ich einmal diese Strecke mit dem Bus abgefahren, es war atemberaubend – vorausgesetzt, es ist schönes Wetter.

Die Geschichte über Glen Coe ist dokumentiert: König William von Oranien wollte nach seiner Machtübernahme in England der Loyalität der Schotten sicher sein. So mußte jeder Clanchef, die MacDonalds, die MacCampbells, die MacLeods, MacKenzies, und wie all die Clans hießen, nach Edinburgh kommen, um ihre Referenz zu erweisen und den Eid zu leisten. Die MacDonalds aber zögerten – kamen am Ende etwas zu spät. Einer der königlichen Minister stachelte, nachdem er die betreffenden Dokumente der MacDonalds unterschlagen hatte, die Campbells gegen die MacDonalds zum Mord auf. Nun waren die MacCampbells und die MacDonalds noch nie Freunde gewesen, deshalb übernahmen die MacCampbells recht gern diesen Auftrag an.
Sie täuschten also im Februar 1692 Versöhnung vor, damit sie von den gastfreundlichen MacDonalds in Glen-Coe aufgenommen und bewirtet wurden, bis sie dann nach zwei Wochen die ahnungslosen, gutgläubigen Gastgeber samt Kindern und Frauen und alten Leuten umbrachten. Es soll eine stürmische, kalte Winternacht gewesen sein. Genau an diesem Ort steht heute ein Gasthof (Inn). Über der Tür hängt ein Schild: »No Campbells«.

Jenseits von Glen-Coe fährt man viele Meilen am Ufer des größten Binnensees, Loch Lomond, entlang. Bei hohem Wasserstand nach heftigen Regenfällen wird die Straße teilweise so schmal, daß die Bäume im Wasser stehen. (Heute ist diese Straße streckenweise ausgebaut.) Bis man nach sechs Stunden Fahrt endlich über die Erskine-Brücke in die schottische Arbeiterstadt Glasgow kommt.

Ich wollte nun doch mitfahren. Aber erst erlebte ich noch etwas Merkwürdiges: Es hatte geschneit, und da es windstill war, war es möglich, daß der Schnee für einige Zeit liegenblieb. Fehlte nur noch ein Tannenwald, um die warmen Weihnachtsgefühle zu bekommen. Deshalb beschloß ich, an diesem Nachmittag einen Spaziergang durch den Schnee zu machen. Ich gab mir vier Stunden, damit ich zurück war, bevor es dunkel wurde, um die Tiere zu versorgen. Der Weg führte einige Meilen auf einer schmalen, wenig befahrenen Seitenstraße durch die Vorläufer der Berge, deren Hänge im August mit Heidekraut bewachsen sind, vorbei an einem alten Friedhof mit verwitterten, moosbewachsenen Grabsteinen, eingefriedet mit einer guterhaltenen Steinmauer. Ich besuche gern diesen alten Friedhof und liebe es, die Inschriften zu entziffern und meine Hände auf die alten Grabsteine zu legen, um mir einzubilden, daß sie mir etwas von ihrer Energie abgeben. Manchmal aber meine ich, daß es keine Einbildung ist. Eben noch hatte die Sonne gespenstische Schatten entstehen lassen, als sie ohne Übergang in den jetzt grauen Himmel hinter Wolken verschwand — mit ihr die Schatten der Grabsteine. Alles war grau. Auch der Schnee. Eine Schneeflocke taumelte verirrt aus dem Grau und fiel ganz langsam auf einen starren, weißleuchtenden Gegenstand, der sich auf der Friedhofsmauer befand. Ich hatte mit meinen Augen den Weg der Schneeflocke verfolgt — und erkannte jetzt das Ding auf der Mauer. Es war eine weiße Eule. Erstaunt schaute ich sie an, in der Erwartung, daß sie gleich, da ein Mensch in ihre Betrachtung eingedrungen war, davonfliegen würde. Doch nichts geschah. Auch flog sie nicht davon, als ich ganz zaghaft einen Schritt näher kam. Unbeweglich saß sie da und starrte mich fast freundlich mit ihren gelben runden Augen an. Da ich weder einer schwarzen noch einer weißen Eule jemals begegnet war, wußte ich nicht, wie sie auf Menschen reagiert. Ich wagte mich noch etwas näher und sprach leise auf sie ein, fragte sie, woher sie komme, ob sie mir etwas sagen wolle, daß sie ein schönes Tier sei – und was noch alles. Sie hörte zu, sie flog nicht fort, sie regte sich nicht. Nur die Augen schienen zu leben. Vielleicht ist sie erstarrt, dachte ich in dem Augenblick, als sie ihre Schwingen ausbreitete und in den grauen Himmel verschwand. Wie ein Spuk war alles vorbei. Ich hatte direkt vor der Mauer gestanden. Am Platz auf der Mauer, wo die Eule gesessen hatte, war der Schnee geschmolzen. In Gedanken lief ich nach Hause und rief sofort Dolly an, um es ihr zu erzählen und sie zu fragen, was sie über Schneeeulen wußte. Sie meinte, es könnte ein gutes und ein schlechtes Omen sein – denn teils werde die weiße Eule als Symbol der Weisheit verehrt, aber in manchen Gegenden sei sie auch die Totbringende. Es sei ganz selten, daß hier eine Eule, dazu noch eine weiße, gesehen wird, da sie dem stürmischen Wetter entrinnen und fast ganz in den Süden ausgewandert sind. Doch gibt es noch einige wenige, die auf den Hebriden, auf den Orkneys und auf Shetland bleiben. Sie selbst habe noch nie eine Eule gesehen, außer auf Bildern.

Etwas abergläubisch bin ich schon – doch nicht so stark, daß ich die weiße Eule für unseren Autounfall auf dem Nachhauseweg von Glasgow verantwortlich gemacht hätte. Schließlich sieht nicht jeder Autofahrer, der einen Unfall hat, vorher eine weiße Eule. Trotzdem?
Wir hatten schon die enge, kurvenreiche Strecke am Loch Lomond hinter uns, als ich müde wurde und das Steuer Tobis Freund überließ. Es war zwar sein Auto, und er konnte fahren, doch hatte er keinen Führerschein, aber da ich dabei war, galt er als »Learner« und durfte als solcher ans Steuer. Es ging alles so schnell. Wir kamen ins Schleudern, rutschten über die Straße, das Auto überschlug sich eine Böschung hinunter. Irgendwie krochen wir drei durch die zersplitterten Scheiben heraus. Erst im

Schein des Mondes sahen wir, daß das Auto auf dem Dach lag, die Räder drehten sich noch.

Es ist merkwürdig, daß man die kurze Zeitspanne des Geschehens nicht miterlebt. Alles ging so schnell, so unerwartet, daß das Gehirn nicht mitkommt, die Impulse, die es empfängt, in das Bewußtsein zu leiten – oder das Bewußtsein ist durch den Schreck für Sekunden blockiert und kann die Impulse nicht entziffern. Erst danach werden Schmerz und Schock zur Gegenwart. So denke ich mir einen solchen Vorgang.

Wie anders war es möglich, daß ich vom Überschlagen des Autos, wir müssen uns ja mit überschlagen haben, und vom Aufprall nichts mitbekommen habe. Das Auto war Schrott. Wir drei waren heil geblieben, nur einige Schrammen und Kratzer von den Glassplittern. Ein Engel hatte seine Hand über uns gehalten. Freundliche Menschen nahmen uns auf – gaben uns Herberge und was zu essen. Am folgenden Tag fuhren wir mit dem Bus nach Hause.

Und wieder war Weihnachten. Die Kinder waren da, es war eine fröhliche und gemütliche Zeit – wie immer bei uns an Weihnachten. Als ich dann, als alle zu Bett gegangen waren, noch einmal hinaus in die dunkle Nacht ging, um allein zu sein, um mein Weihnachtsgedicht in den dunklen Sternenhimmel zu sprechen:

»Heilige Nacht ist's ...«

und für die wunderbare Rettung zu danken, da erfaßte mich eine unbekannte Angst. Dieses nebelhafte, leidbeladene Ahnen kam von allen Seiten, es kam aus den Sternen, aus dem Rauschen der Brandung, aus dem Dunst der feuchten Erde, bis es vor mir stand. Etwas, was ich nicht erfassen konnte, nur fühlen. Ein Geschehen,

das erst geschehen wird. Mit einem Mal wußte ich, daß Weihnachten nie mehr so sein würde …
Ich erinnerte mich an die Träume, die ich einst geträumt hatte. Der eine Traum mit dem Wegweiser, mit der Zahl 89. Das kommende Jahr wurde das Jahr 89. In dem anderen Traum träumte ich von dem Engel, der sagte, daß ich noch auf dieser Erde den Eimer mit Tränen füllen müßte … Ich habe sie nie vergessen, diese meine Träume.

So gern hätte ich diese Gedanken verbannt – sie blieben und verspannen sich in Wehmut, die zur Schwermut wurde. Wenn nur die Kinder erst fort wären, damit ich endlich um das Unbekannte, das mich erfaßt hatte, weinen konnte. Ich schämte mich dieser Gedanken. Solange die Kinder da waren, war alles in mir bis zum Äußersten angespannt und Verstellung. Ich sehnte mich in ein Nichts zu fallen, wo die Sonne nur ein Schatten ist, und als die Kinder dann fort waren, weinte ich um sie.

Es stürmte und regnete Tage und Tage. Da war kein Sonnenaufgang, kein Sonnenuntergang sichtbar. Alles war grau. Die Tage vom trüben Dämmerlicht in totaler Finsternis. Selbst der Januarvollmond blieb unsichtbar. Das Nordlicht, das sonst als ein unbeschreibliches Schauspiel am Himmel erscheint, blieb ebenfalls unsichtbar. Bei den Gezeiten war wenig Unterschied zu erkennen, so sehr wurde der Atlantik vom Sturm aufgepeitscht. Die Elektrizität blieb, wie so oft, tagelang unterbrochen. Ich hatte bei Tag und bei Nacht eine Kerze brennen.
Zu meinem eigenen Erstaunen bewegte ich mich nur am Rande der Schwermut, dank der Tiere, die hielten mich auf Trab. Mit der Petroliumlampe mußte ich täglich zweimal in den Stall. Für mich selbst, um nicht zu frieren, hackte ich Holz bei Sturm und Regen, trug Torf ins Haus und zwang mich, die Meile zu meinem Briefkasten zu gehen. Meine Kinder könnten ja geschrieben haben.

Die Schafe hatten sich in den Schutz der Berge geflüchtet. Wochen und Monate schienen die Elemente Krieg zu führen, daß man fürchtete, sie könnten die Insel aus ihrem Fundament reißen und sie in den Atlantik fortschwemmen. Endlich, Anfang März, hatte sich das Wetter etwas beruhigt, der Sturm war erlahmt, als müßte er sich ausruhen, oder aber, er hatte Erbarmen mit den Schafen, deren Zeit zum Lammen näher rückte – um danach von neuem loszubrechen. Die Lammzeit dauert von Anfang April bis gegen Mai. Glücklich die Lämmer, die im Mai geboren werden. Dolly riß mich unbewußt aus meiner Lethargie und meinem Selbstmitleid. Eines stürmischen Märzmorgens klopfte sie an meine Küchentür. Es war noch nicht ganz hell, der Morgen tat sich wieder einmal schwer, in den Tag zu finden. Ihr Ölzeug triefte vor Nässe. Ihr Gesicht war rot wie Klatschmohn. Sie bat mich, ihr zu helfen. Seit einer Stunde renne sie schon zwei Schafen hinterher, um sie einzufangen, die schwarzen Köpflein der Neugeborenen hängen baumelnd heraus, der Geburtsvorgang scheine nicht weiterzugehen. Sie müßten so schnell wie möglich herausgezogen werden, da es sonst für eine gewisse Art von Möwen eine gute Gelegenheit ist, ihnen die Augen und die kleine Zunge herauszupicken. Ich wußte davon, hatte ich doch auch ein dadurch erblindetes Lämmchen großgezogen.

Schnell hatte ich mein Ölzeug an, schickte meinem Selbstmitleid einen Seufzer nach und ergab mich dem Kommenden. Gott sei Dank, Dolly hörte meinen Seufzer nicht mehr, sie rannte schon voran, hinauf zu den Klippen. Dort oben suchen die Schafe in den Ruinen Schutz, wenn ihre Zeit gekommen ist. Als ich Dolly schwer atmend eingeholt hatte – ich schien in den lethargischen Monaten etwas eingerostet zu sein –, legte sie ihren Finger auf den Mund und deutete in die eine Ruine. Dort stand ein Schaf im Schutz der Mauer, man konnte das schwarze Köpfchen des Lämmchens heraushängen sehen. Schaum stand um das kleine Maul.

Im normalen Zustand, also ohne den Streß der Geburt, wäre das Schaf vertraulich auf Dolly zugekommen, doch bei neuem Leben schien der Beschützerinstinkt vorzuherrschen. Dolly kam von der einen Seite, ich von der anderen, und vor dem Schaf war die Wand der Mauer – zu hoch, um hinüberzuspringen. So war es nicht gar so schwer, es einzufangen. Ich sprang vor und krallte meine Finger in die Wolle und ließ nicht mehr los. Ergeben blieb das Schaf stehen und ließ sich helfen. Mit liebem Zureden, ganz sacht, zog Dolly am Köpfchen. Sie wußte, wie. Es tat einen Flutsch, und strahlend hielt sie das nasse, von der blutigen Membrane noch umhüllte Lämmchen hoch. Sie klopfte ihm auf den Hintern, wie Hebammen es bei Menschenkindern machen, reinigte das Mäulchen, dann legte sie das Neugeborene der Mutter vor die Nase. Freudig sahen wir kurze Zeit zu, wie die glückliche Mutter es aufnahm und begann, es trockenzulecken. Es hatte wieder heftig zu regnen begonnen. Wir mußten das andere Schaf noch erlösen.

Dolly zeigte höher in die Berge. Dort oben bei den Klippen, die fast achtzig Meter ins Meer hinunterfielen, stand das erschöpfte Schaf. Es hatte sich von der Herde abgesondert. Viele Schafe hatten schon ihre Lämmer, sie lagen dicht ans warme Fell der Mutter geschmiegt. Das Gebären geschah meistens ohne menschliche Hilfe. Diesmal war es nicht so einfach mit dem Einfangen des Schafes. Dolly fürchtete, daß es schon zu spät für das Neugeborene wäre. Wir mußten versuchen, es hinunter zu den Ruinen zu leiten – sonst konnte es Meile um Meile in die Berge flüchten. Ich umrundete es vorsichtig, um hinter das Schaf zu kommen. Mittlerweile war es etwas von der Klippe weg. Wir hatten Glück, denn es lief die vertraute Richtung zu den Ruinen. Das Köpfchen baumelte hin und her. Es flüchtete sich tatsächlich in den Schutz einer Mauer, jedoch waren hier die Steine vom Wind und Regen seit Hunderten von Jahren nur noch als Hügel erkennbar – so sprang es hinüber und entfloh, es entfloh in die Ruine, wo das erste Schaf mit seinem Lämmchen ausruhte.

Diesmal krallte Dolly ihre Finger in die Wolle und ließ nicht mehr los. Matt und ergeben blieb das Schaf ruhig stehen. Dolly sagte: »Now, Maria, it is your turn.« (Nun bist du dran). Ich durfte das Lamm herausholen. Fest packte ich zu, wie Dolly mich anwies, zog sanft am Köpfchen, schon konnte ich die Schulter mit den Beinchen erfassen ... zum zweiten Mal machte es »flutsch« an diesem Morgen, und ich hielt erschrocken die kleine Kreatur in den Händen. Da vergißt man, daß man sich von der nassen, klebrigen und blutigen Membrane ekeln könnte. Hier gab es kein Ekeln. Mit dem Finger reinigte ich das Mäulchen, klopfte es auf den Hintern, wie ich es bei Dolly gesehen hatte und legte es sanft der Mutter vor die Nase zum Trockenlecken.

Auch hier in der zerfallenen Ruine geschah dasselbe uralte und immer neue Geschehen, seit es Leben auf der Erde gibt: Die glückliche Mutter begann es zu lecken, nahm den Dunstkreis ihres Lammes auf und hüllte es in den ihren. Von nun an würde keiner mehr den Geruch des anderen verlieren. Am Geruch erkennen sie ihre Zusammengehörigkeit. Für kurze Zeit wurde die Sonne sichtbar, sofort spürten wir ihre wärmende Kraft. Sie beleuchtete eine kleine glückliche Welt: im Schutz von uralten Mauern saßen zwei zerzauste, nasse, verschmierte und schmutzige glückliche Frauen und zwei selige Kreaturen mit ihrem neuen Leben.

Der Sturm war zu einem leisen Wind geworden, es hatte aufgehört zu regnen.

Ich fühlte mich so leicht, etwas war von mir genommen. Das Rennen bergauf, bergab schien mich wachgerüttelt zu haben — wach fürs tägliche Leben, das so oder so weitergehen würde. Ja, das war es. Meine Schwermut, meine Lethargie, meine Angst —

wo war das alles? Mein Selbstmitleid? Ruhig lagen wir auf den Steinen, das Gesicht der wärmenden Sonne zugekehrt. Ich fühlte neue Energie in meinen Körper, in meine Seele strömen. Heilende Wärme breitete sich in mir aus. »Warte einen Augenblick, Dolly, ich hole uns etwas«, rief ich ihr zu und rannte zum Haus hinunter. Ich hatte noch eine Flasche Sekt von Weihnachten. Das hier war genau der richtige Augenblick, um die Flasche zu öffnen. Mit zwei Gläsern kam ich zu Dolly zurück. Sie lachte über meinen Einfall. Der Korken knallte in die Luft, vom überschäumenden Sekt gossen wir etwas über die Lämmer.

So saßen wir und tranken, schmutzig und klebrig, den Sekt. Als die Flasche leer war, hatten wir wohl etwas zuviel getrunken, waren wir doch keinen Alkohol gewöhnt. Dolly sang ein gälisches Lied, danach sang ich ein deutsches Lied. Taumelnd und kichernd standen wir auf, um nach Hause zu torkeln. Wir lachten und alberten, bis wir uns trennten. Dolly hatte noch einen längeren Weg.

In der Badewanne sang ich weiter — auch noch im Stall beim Ziegenmelken. Als ich etwas nüchtern war, stellte ich erstaunt fest, daß sich keine Milch im Eimer befand. Ich mußte wohl neben den Eimer gemolken haben.

Die Sorge ums Geld jedoch stand wieder im Raum, und die war real, keine Einbildung — auch kein Selbstmitleid. Sie war eine Tatsache. In den Wintermonaten hatte ich sehr wenig Geld verdient — das Meer geizte mit den Winkles.

Als ich einmal beim Einkaufen in der kleinen Stadt war, trat eine Frau auf mich zu und fragte freundlich, ob ich die Deutsche sei, die in Plockton Tanz und Gymnastikstunden erteilt hätte. Erstaunt bejahte ich die Frage. Ob ich vielleicht hier in der Schule so etwas machen könne, es fehle nicht an Nachfrage. Begeistert und erleichtert sagte ich zu. Da war er wieder, mein guter Engel.

Einmal in der Woche vier Stunden. Wie in Plockton, zwei Stunden nachmittags und zwei am Abend, dazwischen konnte ich Einkäufe erledigen. Es war auch diesmal wieder ein guter Verdienst – deshalb wollte ich sehr, sehr gut sein. Und weil ich überzeugt war, diese Arbeit für einige Jahre zu behalten, wäre es vielleicht endlich möglich, mein Haus instand zu setzen. Die Fenster waren nicht mehr dicht, der Fußboden war morsch, das Dach leckte und klapperte und einiges mehr.

Auf der Bank erkundigte ich mich nach einem Darlehen. Zu meiner Freude erfuhr ich, daß ich berechtigt sei für ein billiges Darlehen, um ein altes Haus zu renovieren. Im Sommer wollte mein ältester Sohn kommen. Zusammen mit Tobi und einem schottischen Freund, der einiges vom Bauen verstand, wollten wir das Haus etwas umbauen und erneuern.

Alles Baumaterial mußte mit dem Traktor heruntergebracht werden. Ich wollte eine Innenwand herausreißen, alles mit Holz verkleiden und beim offenen Kamin die schöne alte Steinmauer wieder freilegen lassen ... ich plante und plante. Nicht weit von meinem Grundstück entfernt stand ein eingefallenes altes Steinhaus, daneben ein Caravan (Wohnwagen). Dieser Caravan stand schon einige Jahre leer. Einst hatten zwei alte Schwestern darin gewohnt. Fast jedes Haus hat einen Caravan in der Nähe stehen. Manchmal dient er als Schlafraum für heranwachsende Söhne, da die Häuser alle ziemlich klein sind, oder aber als Ausweichmöglichkeit für die Familie, wenn das Haus im Sommer an Touristen vermietet wird, um etwas Geld zu verdienen. Auch als Notunterkunft, wie im Fall der zwei Schwestern, die den Caravan von der Gemeinde bekamen, weil ihr Haus vom Wind zerstört wurde und sie kein Geld hatten, es wieder aufzubauen. Zu dieser Zeit gab es keine Unterstützung oder ein billiges Darlehen. Ich durfte diesen Wohnwagen, solange mein Haus instand gesetzt wurde, benützen.

Tagelang schrubbte, putzte und reinigte ich alles, innen und außen. Stellte einige meiner Möbel hinein und machte alles so gemütlich wie möglich.

Auf den Hebriden wie auch in den Highlands (Hochland) gibt es verschiedene Arten von Ruinen — aus verschiedenen Epochen: Die Ruinen oben bei mir auf den Klippen stammen von einer wohl mehr als 2000 Jahre alten keltischen Siedlung. Sie stehen im Schutz eines Forts, dessen Grundmauern man noch erkennen kann.

Dann gibt es die verlassenen Ansiedlungen wie oben im Tal der Tränen, diese findet man überall zu Hunderten. Die wiederum stammen aus der Vorzeit der Clearences, die vor allem im 19. Jahrhundert, teils schon früher, stattfanden, als die Crofter (Bauern) von ihrem Pachtland verjagt wurden, damit dieses Land von den Großgrundbesitzern für die profitablere Schafzucht genutzt werden konnte. Dann gibt es noch Ruinen neuerer Zeit, wo Häuser, hauptsächlich unbewohnte, einfach vom ewig hungrigen Wind buchstäblich zermalmt werden. Die alten riedgedeckten Steinhäuser müssen jährlich, bevor der Winter hereinbricht, ausgebessert werden. Vor Jahren noch beherrschte jeder männliche Insulaner dieses Handwerk, so war es kein Problem, die Dächer auszubessern, es war selbstverständlich, das eigene Dach instand zu halten wie den eigenen Acker selbst zu bearbeiten. Doch die Alten starben, neue Häuser wurden mit Schindeln gedeckt, und das Handwerk starb aus.

Deshalb sind die wenigen riedgedeckten Häuser, die man noch sehen kann, so auch Kathys, ebenfalls vom Verfall bedroht.

Die zwei Schwestern wurden in dem Haus geboren, das jetzt als Ruine dasteht. Als der Vater starb, gab es niemanden, der das Dach für sie ausgebessert hätte, so wurde es eine leichte Beute für den Sturm. Erst die eine Seite, im nächsten Winter die andere, bis die Nässe das ihre tat und so langsam das Dach in sich zusammenfiel.

Beim Durchstöbern des zerfallenen Hauses fand ich eine alte Zigarrenkiste mit vergilbten Photographien. Fast alle zeigten die Schwestern als junge Mädchen. Eine ganz besonders hübsche Photographie zeigte, wie sie mit hochgehaltenen Röcken die Wäsche in einem Trog stampften. Sie waren bildschön, diese Mädchen.

Meine alte Freundin Kathy, der ich die Photos zeigte, war hoch erfreut, war es doch auch ihre Jugendzeit. Sie waren gleich alt, sie war mit ihnen in die Schule gegangen. Kathy erzählte mir: »Als die Ältere, Kitty Ann war ihr Name, 20 Jahre alt war, hatte sie sich in Dollys Vater verliebt. Sie trafen sich auch schon öffentlich und saßen Hand in Hand im Tanzhaus. Niemand zweifelte, daß diese beiden füreinander bestimmt waren, zumal der junge Mann für einige Zeit nach Glasgow ging, um in der weltberühmten Schiffswerft zu arbeiten, damit er für sie beide einen Hausstand gründen konnte. Doch brachte er nicht nur Geld nach Hause, er brachte auch die andere mit, die »Städtische«. Diese wurde Dollys Mutter, die allerdings nach einigen Jahren Mann und Kind verließ, um wieder in der Stadt zu leben. Für ein so schmählich sitzengelassenes Insulanermädchen brach die Welt zusammen, für immer. Von Stund an legte sie sich ins Bett und stand nie wieder auf. Nur um auf die Toilette zu gehen und sich zu waschen. Sie ist nie wieder hinaus ans Tageslicht gegangen, ihr Herz war gebrochen.

So lebten sie viele Jahre mit dem alten Vater, der jedes Jahr das Rieddach ausbesserte, weil es sich so gehörte. Als er dann starb, war keiner da, der es reparieren konnte. So fiel es dem Sturm und der Nässe zum Opfer. Sie mußten in einen von der Gemeinde gestellten Caravan ziehen.«

Lange schwieg Kathy, dann fügte sie leise hinzu:»Weißt du, heutzutage wissen die Jungen nichts mehr von der wahren Liebe. Das Wesen der Liebe scheint mehr und mehr verlorenzugehen, wie sonst ist es möglich, so oft den Partner zu wechseln? Was sie Liebe nennen, ist nur Leidenschaft und Lust, die schnell ausbrennt, meinst du nicht auch?«

Ich gab ihr recht.

In diesen Wohnwagen zog ich ein, für die Zeit, bis mein Haus instand gesetzt wäre.

Eines Morgens hörte ich den Kuckuck rufen, da wußte ich, daß der Monat Mai begonnen hatte. Obwohl es hier ganz wenig Bäume gibt, kann man dennoch den Ruf hören. Der Ruf, der Hoffnung mit sich bringt. Mir ergeht es jedenfalls immer so. Die Ziegen ließ ich frei. Sie durften hin, wo sie wollten. Da Heide Lämmer säugte, brauchte ich sie nicht zu melken, und Tobi, der sonst Ziegenmilch trank, war nicht da. Der Frühling ging nur dem Kalender entsprechend in den Sommer über, genauso wie der Herbst stets ohne sichtbaren Übergang in den Winter eilte. Alles ging seinen Weg, alles schien gut für mich, zumal auch Dr. Winkler einige Male angerufen hatte und ich mir seiner Freundschaft sicher sein konnte ...

Und doch, irgend etwas war da in mir – dieses Unbekannte. Ganz leise brodelte ein banges Ahnen in meinem Herzen. Stunden in verzweifelter Angst verbrachte ich weinend am Meer. Rastlos lief ich in den jetzt wieder langen hellen Nächten auf den Klippen entlang, flehte zum Allmächtigen, mir doch diese unbekannte Angst zu nehmen.

Am 19. August 1989 wachte ich von Panik ergriffen auf. (Ich wußte damals nicht, daß es der 19. August ist.) Mein ganzes Menschsein war eingehüllt in Schmerzen. Etwas saß auf meiner Brust und wollte alles Leben aus mir drücken. Als ich mich indessen etwas beruhigt hatte, mein Gemütszustand soweit zur Ruhe kam, daß ich aufstehen konnte, ging ich zum Fenster. Im Osten war ein wunderschöner Sonnenaufgang über einem ziemlich hohen, in der Ferne gelegenen Bergrücken.

»Ich will heute dort hinauf«, sagte ich laut. Es war Sonntag, da unternahm ich oft Tageswanderungen, vorausgesetzt, das Wetter ließ es zu. Ich rüstete mich also für einen Tagesmarsch, um meiner Angst zu entgehen.

Landeinwärts, noch höher als das Moor und der See, lag dieser weite, große Bergrücken, auf dem die Sonne stand. Man sagt, hier oben bei klarem Wetter kann man über die äußeren Hebriden weit hinaus in den Atlantik sehen – dorthin wo die einsamste Insel der Inseln liegt. 60 Seemeilen westlich von den äußeren Hebriden entfernt. St. Kilda, so klein, daß es sich gar nicht lohnt, in der Landkarte eingezeichnet zu sein. Dem Maßstab entsprechend wäre sie nur ein kleiner Punkt. Gar zu gern hätte ich die Insel erblicken wollen, von deren Geschichte ich so hingerissen und beeindruckt bin.

Etwas trieb mich auf diesen Berg – und hätte es gestürmt und geregnet, wäre ich dennoch gegangen. So rüstete ich mich für den langen Aufstieg, kein Klettern, Klettern konnte ich nie, es war ein stetes, langsames Ansteigen.

Mein innerlicher Aufruhr wurde stärker, je näher ich dem Ziel kam, in meinen Schläfen pochte das Blut vor Unruhe. Um diesem Vorgang in mir etwas zu entgehen, erzählte ich mir während des Aufstiegs die Geschichte von der Insel St. Kilda, auch Hirta genannt. Es gibt ein Buch: Das Leben und Sterben St. Kilda's.

Ich jedoch erzähle die Geschichte, wie die Alten sie hier wiedergeben und wie meine schottische Freundin Kathy sie mir erzählt hat. Denn ihnen glaube ich eher als den vielen, die für kurze Zeit nach Schottland verreisen und meinen, jetzt seien sie fähig, über Land und Leute zu berichten. In alten Büchern steht, daß St. Kilda ein Teil des sagenhaft versunkenen Landes Atlantis sei. Mir gefällt diese Anschauung, da sie meiner romantischen Natur sehr nahe kommt. Warum nicht? Schliemann hat auch an Troja geglaubt. St. Kilda ist sehr klein, ungefähr zwei Kilometer lang, wobei sich aber die höchsten und steilsten Klippen von allen Inseln im United Kingdom befinden. Seit über zweitausend Jahren schon ist diese atlantische Einöde wahrscheinlich von Menschen besiedelt. Woher sie kamen, ist nie überliefert worden. Man vermutet, ausgesetzte Sträflinge, Überlebende gestrandeter Schiffe – oder die wenigen Realisten glauben an prähistorische Bewohner des sagenhaften Atlantis.

Wie auch immer, ihre Sprache war eine alte Form des Gälischen. Wann und wie Schottland gewahr wurde, daß da draußen auf dieser kleinen, von Sturm und Wasser umbrausten Insel Menschen wohnen, ist auch nicht sicher. Ein Jahrhundert hin oder her hat nichts zu sagen. Auf jeden Fall kam die Insel ans Tageslicht der Geschichte, als zwei große schottische Clanchefs, die MacLeod of MacLeod und die MacDonald endlich den Streit um den Besitz der Insel St. Kilda mit einem Bootsrennen beilegen wollten. Wer zuerst seine Hand auf die Insel legte, sollte der Besitzer sein. Als es schien, als ob MacDonald gewinnen würde, da sein Boot fast das Land erreicht hatte, hieb sich MacLeod of MacLeod die Hand mit seinem Schwert ab und warf diese in hohem Bogen auf die Insel. So wurde MacLeod of MacLeod Besitzer der Insel St. Kilda.

Das soll sich im 17. Jahrhundert zugetragen haben. Sinnigerweise behaupten einige Clanchefs, auf dieselbe Art eine Insel erobert zu haben. Hier, genau an dem Ufer, an dem ich jetzt wohne, sollen vor langer Zeit die MacLeods und MacDonalds ebenfalls ein Bootsrennen ausgetragen haben um den Besitz dieses Teiles der Insel. Doch diesmal war es ein MacDonald, der sich die Hand abhackte, um sie aufs Land zu werfen. Die Flagge der MacDonalds hat eine abgehackte Hand als Symbol.

Die St. Kildaner waren Menschen der einfachsten Form. Alles, was die Insel in den kurzen Sommermonaten zur Reife brachte, war Hafer und einiges Gemüse. Für die Herstellung von Kleidung waren Wildschafe vorhanden. Als Wärmequelle und zum Kochen gab es Torf (peat) wie überall auf den Inseln. Aber das allerwichtigste, ohne daß niemand überlebt hätte, waren die Seevögel. Die Gannets, Baßtölpel, Fulmars (Eissturmvogel) und die hübschen Puffins (Papageientaucher), die zu Tausenden in den hohen Klippen über dem Meer nisten. Alles von diesen Seevögeln wurde verwertet: das Öl, die Federn, das Fleisch, die Eier allerdings nur in beschränktem Maße, denn die waren die Garantie zum Überleben. Diese Vögel einzufangen war ein gefährliches Unternehmen, deshalb wurden schon die kleinen Söhne von ihren Vätern beizeiten an die Gefahr des Kletterns gewöhnt.

Die Knochenstruktur der Füße unterschied sich bei den Männern von St. Kilda von der anderer Männer auf dem schottischen Festland. Die Zehen standen auseinander, waren länger und kräftiger, der Knöchel fast unsichtbar. Das ergab sich aus der Tatsache, daß die Männer von klein an sich mit den Zehen an die Felsen krallen mußten, um die Hände für das Einfangen der Möwen frei zu haben. Jeder junge Mann im heiratsfähigen Alter mußte dementsprechend eine Mutprobe ablegen.

Hatten sie bisher wild, doch in Harmonie miteinander gelebt, ohne weltliche Gesetze, machte es sich nun bemerkbar, daß sie einem »Herren« dienen mußten. Jedes Jahr kam ein Steuereintreiber im Auftrag des MacLeod of MacLeod. Von dem wenigen, was sie erarbeiteten, mußten sie die Hälfte abgeben. Zum Beispiel Ballen von handgewebten Stoffen, das hieß sich selbst noch ärmlicher kleiden als bisher, Tonnen, mit Federn und Fleisch gefüllt. Geld war keins im Umlauf.

Um die »Heiden« zu missionieren, brachte man einen Missionar, und nun erfuhren diese einfachen, kindlich guten Menschen, die wahrhaftig der Welt noch kein Leid getan hatten, wie schlecht und sündhaft sie seien. Sie erfuhren von Gottes Strafgericht, das über sie kommen werde.

Dieser studierte Missionar mußte wohl vom Apostel Paulus wenig gewußt haben, sonst hätte er den unschuldigen Bewohnern von St. Kilda nicht mit Gottes Strafgericht gedroht: Paulus nämlich schreibt an die Römer: »... daß auch Heiden, die das Gesetz nicht kennen, von ihrem Gewissen her das Rechte zu tun wissen.« (2,14-15)

Um nicht in die Hölle zu kommen, waren sie aufgefordert, von nun an dreimal täglich ins Bethaus zu kommen. Sie mußten dem Missionar ein für ihre Begriffe großes Haus bauen und ihm das Beste von allem geben, war er doch von Gott gesandt, um ihre Seelen zu retten.

Weil die Männer mehr Zeit mit Beten als Arbeiten verbringen mußten, blieb die Hungersnot nicht aus, so daß die geschwächten Menschen es schwer hatten, die schrecklichen Winter durchzustehen. Die Winter, die schon schwer genug waren, als sie nur für sich zu sorgen hatten – und noch nichts von Gottes Strafgericht wußten.

So wurde durch Missionierung und Abgaben an die Herren Besitzer so ganz langsam die Seele der Insel St. Kilda zerstört.

Noch etwas anderes geschah, was Zivilisation so mit sich bringt. Mitte bis Ende des 19. Jahrhunderts wurde es für die noble Gesellschaft auf dem Festland modern und aufregend, nach St. Kilda zu reisen. Man mußte doch dieses von aller Welt abgeschnittene Eiland mit seinen Halbwilden gesehen haben. Was die neugierigen Reisenden nicht wußten, war, sie brachten für so manchen »Halbwilden« den Tod. Hatten doch die Bewohner der Insel nie Abwehrkräfte gegen Zivilisationskrankheiten in ihrem Körper gebildet – so fanden die mitgebrachten Bazillen der Reisenden ein weites Feld, auf dem sie sich nun herrlich ausbreiten konnten. So kam das große Sterben auf die Insel St. Kilda.

Was die Hungersnot nicht schaffte, das erledigten jetzt die mitgebrachten Krankheitskeime. 1930 waren es noch 36 Einwohner. Ihnen blieb nichts anderes übrig, als traurigen Herzens die Heimat zu verlassen und das Angebot einer Evakuierung an die Westküste Schottlands anzunehmen.

Man kann sich vorstellen, wie sie von der Menge der zivilisierten Menschen angegafft wurden, als diese verunsicherten Menschen nach Glasgow gebracht wurden. Den meisten gelang es nicht, Fuß zu fassen — sich anzupassen an den ungeheuren Wechsel von einer der einsamsten und reinsten Inseln in eine große, laute und schmutzige Stadt. Sie überlebten nicht lange.

Der jüngste der Überlebenden besuchte seine Heimat nach einigen Jahren. Er schrieb, er hätte nie wieder ein qualitativ so gutes Leben gefunden wie seine Kindheit auf St. Kilda.

»Für mich war es ein reines Glücklichsein. Ein Leben, das nirgendwo anders sein kann. Es war ein besserer Ort zu leben.«

Das sagte und schrieb der jüngste Überlebende von der einsamsten Insel im Atlantik.

Heute ist St. Kilda eine Militärbasis.

Müde hatte ich den Bergrücken erreicht. Eine weite, hohe Ebene, bewachsen mit blühendem Heidekraut, lag zu meinen Füßen. Geblendet vom Sonnenlicht und vom Spektrum der warmen lila-rot-rosa Farbenpracht, soweit das Auge blicken konnte, blieb ich stehen. Leise strich der Wind durch das Heidekraut. Südlich konnte ich weit hinunter über die Insel sehen, mit ihren Klippen, Bergen und Tälern. Im Osten lag das Meer, dahinter die Berge des schottischen Hochlandes, sie ragten weit in den Himmel. Im

Norden und Westen dehnte sich der weite, silbrig glitzernde Atlantische Ozean mit den langgestreckten Inseln der Äußeren Hebriden, in deren Mitte ein tiefer Sattel ist, durch den hindurch man die Unendlichkeit des Meeres erblicken konnte. Durch diesen Sattel soll man die kleine Insel St. Kilda sehen können – allerdings nur mit einem guten Fernglas und bei klarer Sicht. Ich hatte beides. Lange Zeit suchte ich die Ferne ab, bis meine Arme müde wurden und ich das Fernglas absetzen mußte. Ich versuchte es noch einmal und noch einmal – zitternd hielt ich jetzt das Fernglas, denn mir war, als hätte ich im Dunst der Ferne ganz dünn und schemenhaft etwas sehen können. Es sah aus wie ein Geisterschiff. Aufgeregt stieg ich auf einen höheren Felsen. Ja, das ist St. Kilda.

Plötzlich hörte ich in der Stille um mich ein lautes Pochen, erschrocken blickte ich um mich – bis ich endlich begriff, daß es mein eigenes Herz war, das so pochte. Gewährte mir das Leben einen ganz persönlichen Wunsch, einen, der nur mich allein betrifft, so wäre es, meinen Fuß einmal auf St. Kilda setzen zu dürfen.

Aus dem Nichts waren Wolken aufgezogen und löschten das Sonnenlicht aus. Mit einem Mal war mir, als entfernte sich alles, zöge fort, und mich ließ es hinter sich, allein preisgegeben der Angst, die sich aus mir herauslöste und jetzt vor mir stand.

Ich spürte die physische Gegenwart einer Kraft, eines Schmerzes, der aus meinem tiefsten Menschsein kam, aus der Vergangenheit, aus der Zukunft und aus dem Jetzt. Etwas geschieht – wo trieb es hin? Da fiel ich auf die Erde, weinte und wußte, daß etwas geschehen war, das mich nie wieder die Sonne sehen läßt.

An diesem Tag, dem 19. August 1989, zu dieser Stunde erhängte sich mein Sohn Arne.

»Ach an den Erdebrust sind wir zum leiden da!«
GOETHE

Was empfindet, wie verkraftet sie es, wenn ihr geliebter Sohn sich selbst das Leben nimmt? Was fühlen Eltern, deren Kinder sterben, durch Krankheit, durch Unfall? Es ist sehr schwer, darüber zu schreiben, geschweige denn die Empfindung des Schmerzes einigermaßen mit Worten nur annähernd auszudrücken. Etwas will ich vorausschicken: Echten, helfenden Trost kann nur der geben, der solches selbst erfahren hat. Kein Priester, kein noch so gut meinender Mitmensch hat die Potenz, dich zu trösten, alles rinnt am Schmerz vorbei. Du brauchst einen mitleidenden Menschen, kein Mitleid.

Vor nicht so langer Zeit saß ich mit meiner Freundin am Bett ihres sterbenden Bruders. Er war erst 30 Jahre, genauso alt wie mein Sohn, als er sich das Leben nahm. Von allen ihren Bekannten wollte sie mich bei sich haben, da sie wußte, daß ich ihren Schmerz erfasse, daß ich kein Mitleid anbiete, sondern mitleide.

Obwohl die Familie seit Monaten vorbereitet war und sie es am Ende als Gnade empfand, den vom Krebs zerfressenen Körper des jungen Menschen erlöst zu wissen, war der Schmerz und die Trauer doch unbeschreiblich. Der Sterbende selbst tröstete seine Eltern und Geschwister mit den Worten: »Ich habe meinen Engel gesehen, ja, weint um mich. Eure Tränen zeigen mir eure Liebe. Doch nur um der Liebe willen weint, nicht um das, was ich hier bin. Nur mein erdgebundener kranker Körper geht von euch. Weint nur.«

Dieser junge Mensch starb in Frieden, begleitet von den Tränen seiner Eltern und Geschwister.

Seine Eltern konnten sich vor Leid in die Arme fallen, sich

gegenseitig festhalten und guten Gewissens beten: »Herr, nimm ihn auf in dein Reich und gib uns die Kraft, das Leid zu ertragen.«

Mein Sohn starb allein, von aller Welt verlassen, da waren keine Freunde, keine Geschwister, keine Mutter, kein Vater ... Ich konnte niemandem in die Arme fallen, der mit mir weinte.

Was muß er gelitten haben – mein Sohn? Was für eine Hölle der Verzweiflung. Über sich selbst das Todesurteil zu sprechen. Sich einen Strick besorgen, einen Haken an der Decke befestigen, einen Stuhl bereitstellen, darauf steigen und den Strick sich selbst ...

O Leben, grausames Leben, was läßt du geschehen, daß Menschenkinder so leiden? Mein Sohn – mein Sohn, was mußt du gelitten haben? All ihr Söhne und Töchter, was müßt ihr gelitten haben, die ihr euch selbst zum Tode verurteilt? Ihr wart doch keine Verbrecher.

Nie habe ich es gewagt, um Kraft für mich zu beten, weil ich mich schuldig fand. Immer und immer für meinen Sohn, damit seine Seele das Licht erblickt und darin aufgenommen wird. Damit Jesus ihn in seine Arme nimmt.

Eine Frau sagte einmal zu mir, um mich zu trösten: »Wie können Kinder so etwas nur den Eltern antun?«

Wie dumm von dieser Frau, wie menschlich leer gedacht. Sie wußte nicht, wie sie mir weh tat, mein Sohn hat sich doch nicht das Leben genommen, um mich zu strafen – wir Eltern sollten fragen, was haben wir den Kindern angetan?

Nie habe ich so gedacht wie diese Frau. Bis heute schreit es in mir: »Mea culpa, mea culpa.«

Wenn ich an seinem Grab sitze, flehe ich mit jeder Träne: »Vergib mir, mein Sohn, denn ich habe dich im Stich gelassen.« Er konnte mich nicht einmal mehr anrufen, bestimmt hätte er es getan, denn er vertraute mir.

Doch da war kein Telefon zu dieser Zeit, weil ich mitten in der Hausrenovierung steckte. Alles, weil ich nur das sah, was ich selbst wollte und brauchte.

Die Eltern meiner Freundin haben ihren Sohn verloren, sie trauern und weinen um ihn ...

Ich habe meinen Sohn verloren. Ich trauere und weine, doch – da ist noch das Gewissen. Die ewige Qual der Schuld und das Wissen um seine Einsamkeit beim Sterbenwollen. Sie sind allein, die Einsamen, die sich das Leben nehmen, weil wir an ihrer Verzweiflung nicht teilgenommen haben, da wir mit uns selbst so beschäftigt sind.

»Der Schmerz wird eines Tages sanfter, die Trauer stiller, doch die Schuld bleibt. Die Verzweiflung aber, um derentwillen sich dein Sohn umgebracht hat, das ist dein Schmerz für immer, Maria.«

Diesen Trost gab mir Dolly, denn sie ist ehrlich und wußte von Schuld und Schmerz um einen verlorenen Sohn. Ihr jüngster Sohn war neun Jahre, als er beim Angeln von den Klippen stürzte. Es war ihre Schuld, meinte sie, sie hätte besser aufpassen müssen – oder wenigstens wissen müssen, an was für einen Ort die Kinder angeln gehen – es gibt weniger gefährliche Plätze zum Angeln. Statt dessen trank sie Tee mit einer Bekannten.

Tobi war damals auch dabeigewesen, als der Unfall geschah, doch da kannte ich Dolly noch nicht und wußte nichts von den gefährlichen Stellen.

Es dauerte viele Jahre, bis sie ganz langsam so etwas wie Freude am Leben wahrnahm. Es waren die Enkelkinder, die dieses Gefühl wieder in ihr hervorbrachten.

Mit einem schuldbeladenen Gewissen ist der Mensch allein, es nimmt das Lachen und das Singen fort – es sei denn, der eine, der auch davon weiß, läßt ein Wunder geschehen, und deine Tränen vermögen ein Fenster in die andere Welt zu öffnen, die dich für wenige Sekunden an aller Herrlichkeit teilhaben läßt. Dann vielleicht empfindest du wieder demütige Freude am Erdendasein.

»Ein Kind so vieler Tränen kann nicht verloren sein«, sagte die Mutter des heiligen Augustinus.

Aber erst mußte ich noch durch die Hölle.
Als ich am 19. August spät vom Berg nach Hause kam, schien ich innerlich Eis geworden zu sein. Ich war so erschöpft, daß ich nichts als schlafen wollte und auf morgen hoffte, der bestimmt ein guter Tag sein würde, dann würde ich wissen, daß meine Gedanken mir einen Streich gespielt haben, so tröstete ich mich selbst. Da sah ich einen Mann auf der Mauer beim Caravan sitzen. Es war ungewöhnlich, daß jemand auf mich wartete. Es war Duncan, unser schottischer Freund, dann sah ich Tobi – entgeistert sah er mich an. Auch Duncan war sehr ernst, und wie mir schien, sehr verzweifelt. Er sagte:»Ich habe eine Nachricht für dich ... Deine Töchter sind auf dem Weg hierher. Sie werden morgen hier sein. Du mußt mit ihnen nach Deutschland ... willst du dich setzen?«
Tobi starrte mich bleich und fragend an. Mein Unterbewußtsein wußte schon alles, er hätte gar nichts mehr zu sagen brauchen. Als er dann aber doch sagte:»Arne ist tot«, schlug ich ihn ins Gesicht. »So etwas sagt man nicht, damit treibt man keinen Spaß ...«
Beide erwarteten, daß ich jetzt schreie. Ich erwartete es von mir selbst – doch kam kein Laut aus mir heraus. Man erwartet, wie es in Filmen geschieht, was in Romanen geschrieben steht, dies kommt von Menschen, die es nicht besser wissen. Mit mir geschah etwas ganz anderes. Ich blieb stumm, setzte mich ins Gras und

sah in den Himmel. Ein warmer, heller Blitz zuckte durch mich, und ich empfand barmherzige Gnade und Erlösung. Ich durchschritt für Sekunden ein Licht, das heller als die Sonne ist, und durchlebte die Erlösung meines Sohnes von seinen irdischen Qualen. Er war erlöst von seiner Erdgebundenheit mit all ihrer Bürde. Die Todesqualen meines Sohnes habe ich auf dem Berg gespürt – seine gnadenvolle Erlösung in diesem Moment, als es ausgesprochen wurde: »Arne ist tot.«

Danach wurde es dunkel um mich, und jetzt fühlte ich allen Schmerz, den eine Erdenkreatur zu fühlen hat – weil es so sein muß –, deren Kind gestorben ist. Ich weinte die ganze Nacht. Auch Tobi weinte. Duncan wachte bei uns. Gegen Morgen muß ich dann eingeschlafen sein. Die Sonne schien warm auf mein Gesicht, da schlug mit einer unsagbaren Wucht die Tatsache, daß mein Sohn tot ist, so gewaltig auf mich ein, daß ich schrie und schrie ... Dann erkannte ich meine Kinder, stumm saßen sie da. Einer nach dem anderen begann leise zu weinen, sie hatten ja den Bruder verloren.

Als ich später in das kleine Badezimmer ging, schaute eine alte Frau aus dem Spiegel mich an.

Um die Fahrt nach Deutschland, all die Pflichten der Kremation, den Gedenkgottesdienstes, das Sehen des Sarges – ich wollte nicht, daß er geöffnet wird – durchzustehen, obwohl Martina das meiste schon organisiert hatte, hatten meine Kinder mir heimlich Valium ins Getränk getan, wovon ich erst später erfuhr. All das – und die vielen Freunde und Bekannten, die kamen – ist im Nebel verschwunden. Es ist ganz wenig, an was ich mich noch erinnern kann. Als wir dann endlich wieder in die Stille der Insel kamen, Tobi und ich mit der Urne, mir niemand mehr Valium verabreichte, da wurde die Qual tief und scharf, unerträglich. Noch durfte ich mich nicht fallen lassen, denn ich mußte mich um den Platz auf dem Friedhof kümmern, den man mir ohne weiteres gewährte, sogar ohne Bezahlung. Auf dem kleinen Friedhof, wo ich mich mit der weißen Eule unterhalten hatte, umbrandet vom Meer, wo die Sonne im Atlantik versinkt, begleitet von einem Spektrum aus Farben und Feuer, wo auf der Landseite die Highlandkühe mit ihrem langhaarigen braunroten Fell und riesigen Hörnern grasen, dazwischen die friedlichen Schafe – da haben Tobi und Duncan ein Grab für Arne ausgehoben.

Einige Freunde, Tobi, Duncan, ich und ein junger Priester senkten die Urne mit der Asche meines Sohnes in das Grab. Davor wurde in der kleinen katholischen Kirche im Städtchen eine Messe gehalten. Viele waren gekommen, um mir beizustehen. Tobi las die Lesung für seinen Bruder, und die Schotten sangen die Hymne »The Lord ist my Shepherd« in Gälisch. Nach der Ansprache des Priesters weinten viele. Er verdammte nicht die Selbstmörder, wie es einst geschah. Seine einfachen Worte waren tröstend und voll barmherziger Liebe für die Unglücklichen.

Von den Bewohnern der Insel bekam ich Beileidskarten mit ehrlicher Anteilnahme. Mit jeder Karte, die ich las, war mir, als würde der Absender für die kurze Zeitspanne, die ich zum Lesen benötigte, mein Leid auf sich nehmen, um mich für einen Moment lang ausruhen zu lassen.

Tobi mußte sein Studium wieder aufnehmen. Er ließ mich ungern allein und wäre viel lieber daheim geblieben, schließlich trauerte er ja auch um seinen Bruder, der immer auf ihn aufgepaßt hatte, als er noch klein war, und der ihm manche Gutenachtgeschichte vorgelesen hatte. Doch sah er ein, daß es besser war, da weiterzumachen, wo wir vor einer Ewigkeit aufgehört hatten.

Gab es wirklich einmal eine Zeit ohne diese unnennbaren Schmerzen? Gab es einmal eine Zeit, als ein junger freundlicher Mensch – mein Sohn – mich angrinste? Träumte ich etwa nur und würde gleich aus diesem Alptraum erwachen?

»Du mußt alles im Licht sehen. Versuch deinen Sohn in einem Licht, das heller als die Sonne ist, zu sehen.« Mit diesen Worten gab mir meine liebe Freundin Hellen in Deutschland viel Trost und Hoffnung.

Schweren Herzens nahm ich Abschied von Tobi und versprach ihm, mein Leben auch wieder aufzunehmen. In wenigen Tagen würde Vollmond sein, mit einer großen Ebbe im Gespann, da wollte ich meine Winkles-sucharbeit beginnen.

Am vierten Tag, bevor der Mond voll war, ging ich müde mit Eimer und dem orangefarbenen Plastiksack hinunter zum Meer. Dort setzte ich mich erst einmal auf einen Stein und sah dem Wasser zu, wie es sich langsam entfernte. Ich saß und starrte. Als ich bemerkte, daß es sich schon einige Meter von mir entfernt hatte, erwachte ich aus meinen »Nichtgedanken« und wußte, daß ich über eine Stunde hier gesessen hatte, ohne etwas getan zu haben. Wo war ich? Alles war fremd. Am Ufer sah ich schemenhaft wie durch einen Nebel meine Ziege das trockene Seegras fressen. Sie hatte ihre adoptierten Lämmer dabei. Nichts erfaßte ich mit meinen Sinnen, alles lag außerhalb von mir und war schemenhaft. Ein andermal schaute ich, anstatt Winkles zu suchen, abwesend dem Tanz der Wolken zu, als meine Ziege Heide mich stupste und sie mich mit ihren klugen Augen anschaute. Da fiel ich ihr um den Ziegenhals und weinte bitterlich in ihr weiches, warmes Fell. Sie stand ganz ruhig und ließ mich weinen.

Manchmal kam mein Hund Sunshine. Winselnd stand er vor mir, saß ich gar zu lange verloren Stunde um Stunde auf der Gartenbank. In seiner unaufdringlichen Art wollte er mich an sein Futter erinnern. Am Abend wußte ich nicht mehr, wie ich den Tag ausgefüllt hatte, am Morgen war mir bange, wie ich durch den Tag kommen sollte.

Wo war mein Leben, in dem ich keine Stunde hatte müßig vergehen lassen?

Die Aerobic- und Tanzklassen, gerade erst angefangen, mußte ich aufgeben. Für immer. Diese Arbeit, die ich fast 25 Jahre mit Freude und Erfolg getan hatte, war in mir gestorben. Bis heute ist es mir nicht mehr möglich gewesen, in die Musik Tanz zu interpretieren. Tanz findet erst im Herzen statt, dann durch den Körper. Dieser Teil meines Lebens ist abgebrochen, so wie die Kindheit zurückbleibt, die Jugend, das Gebären, das Torfstechen – wie noch vieles abbrechen und hinter dir bleiben wird, damit der letzte Weg frei von allen Dingen des Erdendaeins leicht gegangen werden kann, um zuletzt nur noch die Hülle zurückzulassen.

Was mit meinem Haus geschah, kümmerte mich nicht. Hin und wieder wurde ich gewahr, daß Duncan sich dort beschäftigte. Zum Glück regnete es nicht, so stand das Gras noch kräftig und grün, und ich brauchte mich um die Ziegen nicht zu sorgen. Die Schafe sorgten für sich selbst, die Guten. Das Scheren der Fliese, was sonst Tobi und ich taten, hatte ein hilfreicher Nachbar im Zuge der Schafschur für mich erledigt, denn eines Tages sah ich die Wolle in meiner Scheune.

Um es mir einfacher zu machen, holte ich das Hühnerfutter in den Caravan, wo ich es zur Tür hinauswarf, wenn die Hühner und Enten gefüttert werden mußten. Alle wohnten jetzt unter dem Caravan. Als Dolly einmal vorbeisah, sagte sie, daß meine Katze bei ihr sei, ich solle mir keine Sorgen um sie machen. Ich muß sie wohl vergessen haben zu füttern. Katzen sind unabhängig, sie verlassen dich ohne Erbarmen, wenn es ihnen woanders besser geht.

Eine ständige Müdigkeit, die sich von Tag zu Tag steigerte, ließ mich apathisch werden. Eines Tages stand ich einfach nicht mehr auf und schlief auch tagsüber. Manchmal muß ich wohl aufgewesen sein, um Hühner und Hund zu füttern, und mir etwas zu essen gemacht haben. Die letzten Kartoffeln, die ich kochte, stellte ich mir ans Bett — auch einige Eier. Mein Hund hungerte auf keinen Fall, fraß er doch alle Eier, da sie nicht eingesammelt wurden.

Manchmal träumte ich, daß ich unter der Dusche stand. Doch weiß ich nicht, ob es wirklich so gewesen ist. Einmal sah ich Ratten herumlaufen, die sich am Hühnerfutter guttaten — da dachte ich: Gott sei Dank, daß es nur ein Traum war. Dann wieder stand ich in der kleinen Küche und tat etwas Nützliches — es war aber nur ein Traum, so ermahnte ich mich, endlich aufzustehen, um etwas zu tun. Indessen sah ich wieder Ratten, wieder tröstete ich mich: Es kann ja nur ein Traum gewesen sein ...

So brachte ich Wachsein und Träumen durcheinander. Ich weiß nicht, wie viele Tage und Nächte ich so dahinvegetierte — als ich eines Tages meinen Hund richtig böse und aggressiv bellen hörte. Sofort wurde ich hellwach. Er stand vor der offenen Caravantür und bellte herein — er bellte, wie ich ihn noch nie gehört hatte.

Und jetzt sah ich sie wirklich — es war kein Träumen mehr, die Ratten, überall Ratten, sogar auf meinem Bett. Sunshine bellte der Ratten wegen. Ratten im Hühnerfutter, im Topf mit den gekochten Kartoffeln ...

Ich begann vor Schreck, Ekel und Furcht zu schreien. Als ich die Bettdecke von mir warf, stoben sie davon. Ich erstarrte, denn jetzt erkannte und wußte ich wieder alles. Und als die Starre von mir abfiel, haßte ich mich so sehr, weil ich es soweit habe geschehen lassen. Ich mußte mich bestrafen, mußte die Ratten bestrafen. Deshalb drehte ich voller Zorn, Haß und Wut alle Gashähne am Herd auf und zündete das Gas an. Alles, was mir in die Hände kam, legte ich darauf: Zeitungen, Briefe, Kleidungsstücke ... alles, was die Ratten beschmutzt hatten, alles, was ich beschmutzt hatte, alles mußte verbrannt werden. Mein ganzes qualvolles, elendes Leben sollte angezündet werden. Ich haßte Gott und die

Welt, mich selbst am meisten. Als sich beißender Rauch entwickelte, ging ich hinaus und setzte mich auf die Gartenbank. Auch die Ratten sprangen heraus. Mit einem Mal erfaßte mich namenlose Angst darüber, was ich getan hatte – ungeachtet des Rauches rannte ich zurück in den Caravan, drehte die Gashähne ab und schlug mit einer Decke auf die schon auflodernden Flammen, bis ich sicher war, alle erstickt zu haben, dann rettete ich mich hinaus, da fiel ich auf die Erde und schrie, bis ich nicht mehr konnte und nur noch leise weinte über meine Verlorenheit. Jetzt standen Menschen um mich, Dolly, Angus und andere – ich erkannte sie alle. Der Caravan war nicht abgebrannt, nur Rauch kam aus der Tür.

Dolly nahm mich in die Arme: »Mach dir keine Sorgen«, sagte sie, »das war sowieso schon ein alter Caravan. Du hast ja dein Haus, das wird schon fertig werden. Wir haben den Krankenwagen bestellt. Du mußt dir jetzt helfen lassen.« Ich nickte dankbar. Als die Ambulanz kam, folgte ich willig. Nach einer Spritze wurde alles so leicht, schwerelos schlief ich ein.

Alles, was dir widerfahren ist, auch das im anderen Leben, bleibt im Erinnerungsvermächtnis tief aufbewahrt, doch immer bereit herauszuströmen, wird dir im Jetzt ein Schlüssel dafür zugeteilt: ob durch einen Duft oder durch Musik, den Gesang der Lerche, ein Kind, eine weiße Tür, durch Angst und Schmerzen. Das sind die dunklen Ahnungen oder die helle Glückseligkeit ... Als ich im Krankenhaus in Inverness (die Hauptstadt des schottischen Hochlands) erwachte, schien alles schon einmal stattgefunden zu haben: weiße Wände, weiße Gardinen, weißes Bett, ein weißes Nachthemd, eine weiße Tür – dunkle Qualen. Diesmal allerdings wußte ich, daß ich es bin. Ich wußte, was ich getan hatte, warum ich es getan hatte. Diesmal kannte ich meine Schmerzen. Sie war kreideweiß, meine Qual, und eisigkalt lag sie auf meiner Brust.

Mein Sohn – mein Sohn.

Was alles bloß tun wir Eltern unseren Kindern an, aus Verbohrtheit, Mangel an Verständnis, Oberflächlichkeit, Selbstsucht, und wir merken es nicht einmal. Sie sollen werden, was wir nicht geworden sind, erreichen, was wir nicht erreicht haben. Wir übersehen ihre menschwerdende Verwundbarkeit, wo schon allein die körperliche Entwicklung zum Erwachsenwerden schwer genug wäre, wir laden ihnen auch noch gezwungenermaßen unsere Sorgen auf, wobei wir selbst unfähig oder unwillig sind, damit fertig zu werden – bei Scheidungen zum Beispiel.

Befreit von meinen leiblichen Sorgen – die ich getrost den Krankenschwestern überlassen durfte, ruhte ich auf weichen Kissen, hielt das Bild meines Sohnes und sprach in Gedanken über so vieles aus seinem kurzen Leben – mit ihm. Ich sprach über all das, worüber ich aus Zeitmangel mit ihm nie gesprochen hatte. Da war manch vergessenes Lob, das ihm sicherlich gutgetan und ihn froh gestimmt hätte, da waren zu viele Tadel statt dessen. Nicht das Gesagte, wäre es auch falsch oder dumm gewesen, lastet schwer, sonder das Unausgesprochene.

Ach Arne, mein Sohn, sprach ich zu seinem Bild, dabei liefen mir die Tränen rechts und links in die Ohren, wie oft wollte ich dir etwas Liebes sagen, doch unterließ ich es, vielleicht weil ich zu erschöpft war, vielleicht fand ich es auch nicht nötig, dachte ich doch immer: Ihr wißt und seht doch, daß ich euch liebe – schließlich arbeite ich doch so schwer für euch. Weißt du noch, als du mir einmal diesen ›Tauschstreich‹ spieltest?

Dein Freund hatte eine kleine Schwester, du hattest Tobi, deinen kleinen Bruder. Sie waren beide im Kinderwagenalter. Ihr wart 16 Jahre alt – und habt immer gern auf eure kleinen Geschwister aufgepaßt. Am besagten Nachmittag gingt ihr mit den Kinderwagen zum Fußballplatz, dort habt ihr die Kleinen absichtlich ausgetauscht. Zu Hause dann übergabst du mir grinsend den Kinderwagen mit dem Mädchen. Weißt du das noch? Weißt du noch, als deine jüngste Schwester ihren Vater suchen ging? Sie litt wohl am meisten unter dem Verschwinden des Vaters. Sie war damals 13 Jahre, als sie ausrückte. Ich kam von der Schule und fand einen Brief von ihr auf dem Küchentisch:

»Liebe Mama, du brauchst mich nicht zu suchen. Komme nicht mehr nach Hause. Ich will zum Papa. Du hast ja keine Zeit für mich. Deine Tochter.«

Das war ein Faustschlag mitten ins Gesicht. Das tat weh. So weh, daß es mein mütterliches Fundament erschütterte. Du, mein guter Sohn, kamst genau in dem Augenblick zur Tür herein, als ich anfing, meine Stirn auf den Holzrahmen der Tür zu schlagen. Du hast mich in die Arme genommen und getröstet. Ach Arne, du hast mich so oft trösten müssen in deinem kurzen Leben.

Du hast die Polizei angerufen und meine Schule, damit ich vom Nachmittagsunterricht befreit werde. »Sie wird schon nicht weit kommen«, hast du gesagt. Du hattest recht, sie kam nicht weit. An der Grenze nach Österreich wurde ein Zollbeamter auf das Mädchen ohne Paß aufmerksam. Er brachte sie wie andere jugendliche Ausreißer in ein nahegelegenes Kloster. Deine Schwester hatte schon nach wenigen Stunden Heimweh, es tat ihr leid. Willig erzählte sie alles der Oberin, die mich anrief, und so fuhren wir beide, du und ich, schon am Nachmittag nach Rosenheim.

Weißt du noch, wie glücklich sie bei unserem Erscheinen war? Heute will mir scheinen, daß ich damals einmal richtig gehandelt und reagiert habe, denn ich habe nicht geschimpft, statt dessen zu ihr gesagt, daß wir alle sie brauchen und lieben, und ach, daß ich ja so gern etwas mehr Zeit für alle hätte. Weißt du noch, als du endlich deinen Führerschein hattest, habe ich dir erlaubt, mit meinem Auto zu fahren. Einmal, als du bei Elsa übernachtetest, hast du verschlafen. In der Früh stand das Auto nicht vor der Garage, doch nahm mich ein Nachbar mit in die Schule. War ich da wütend auf dich? Ich meine nicht, ich glaube sogar, wir haben darüber gelacht. Wütend war ich allerdings, als ich spätabends einmal zu Dr. Winkler wollte, und du warst noch mit dem Auto fort. Ach mein Sohn, durch all die großen und kleinen Geschehnisse sind wir, du, ich, deine Geschwister, in Liebe verbunden, denn in allem wirkt der ewige Gott, obwohl es schwer ist, sehr schwer, sein Wirken zu verstehen.

In einer Woche darf ich nach Hause, hat der Doktor gesagt. Warum sind die Ärzte immer so froh, uns das zu sagen. Wissen sie denn nicht, daß man auch gern im Krankenhaus bleiben möchte? Zumal ich gar nicht weiß, wo ich wohnen soll. Egal, werde schon ein Eck in meinem Haus bewohnbar machen. Weißt du, mein Sohn, hier im Krankenhaus ist der Schmerz um dich ein ganz klein wenig leichter, weil alle gut zu mir sind und mich umsorgen.

Ja, ich bliebe gern noch etwas länger hier, denn ein Krankenhausaufenthalt war für mich immer etwas wie Urlaub und Ausruhen vom Alltag. Ich war zwar nie wegen Krankheit, sondern immer nur zu Entbindungen im Krankenhaus, fühlte mich wohl und versorgt, lebte für kurze Zeit beschützt in einer heilen Welt. Das Nachhausegehen bereitete mir Angst, denn dort mußte ich die Sorge und Verantwortung für alles tragen, zumal ich wieder ein kleines Bündel mit heimtrug, für dessen Leben ich zuständig war und das man von der ersten Sekunde an schmerzvoll liebt!

Du, mein Sohn, schienst von Anbeginn der Zeiten mit allem Weltenschmerz beladen – alles und jedes hat dir leid getan, alles und jeden hast du unter deinen Schutz genommen und die Prügel eingesteckt. Heute noch tut es mir von Herzen leid, als du meinetwegen von deinem Vater geschlagen wurdest – er war betrunken, du wolltest mich beschützen, da hieb er wütend auf dich ein.

Dumm, jung, ihm gehorsam, wie ich damals war, griff ich nicht ein. Bitte verzeih mir – vergib mir, mein Sohn.

Auf etwas aber bin ich heute stolz, und ich bin froh darüber, es für dich getan zu haben – erst recht, als ich erfuhr, was für eine Krankheit du aus Indien damals nach Hause brachtest. Erinnerst du dich noch, als du mit dem Schmerz und der Enttäuschung über Elsa nach dem fernen Osten reistest, um zu heilen – etwas zu suchen, wie du es nanntest? Wieder daheim, hattest du irgendeine Krankheit mitgebracht, und ich begleitete dich zu meinem Hausarzt, um ihn zu bitten, für dich eine Medizin auf meinen Krankenschein auszustellen, da du nicht mehr durch mich versichert warst. Er war ein großartiger Mensch, dieser Doktor. Nachdem er dich untersucht hatte, bat er mich ins Sprechzimmer und sagte zu mir: »Ich riskiere etwas, ich durfte es eigentlich nicht tun, doch wissen Sie, was Sie riskieren? Von nun an haben Sie laut Krankenschein die Krankheit Ihres Sohnes.« Strahlend sah ich ihn an. Was könnte es schon für eine so schlimme Krankheit sein, dachte ich naiv. »Sie helfen meinem Sohn, Sie sind ein guter Mensch, ich bin Ihnen sehr dankbar; was auch immer es ist, ist mir gleichgültig, wenn er nur wieder gesund und froh wird. Er hat so sehr gelitten.«

Ach Arne, mein Sohn, ich war wirklich ahnungslos, erst recht, als ich in der Apotheke die Arznei holte. Der Apotheker kannte mich gut, seine Frau war in meiner Aerobic-Klasse. Ob ich es für eine oder für zwei Personen benötige, fragte er. Ahnungslos antwortete ich: »Nur für mich.« Bald wußte ich, warum er mich so entgeistert ansah und warum seine Frau dem Sport fernblieb.

Weißt du, wie ich die Wahrheit erfuhr? Ich hatte es dir immer verschwiegen, um dich im Glauben zu lassen, daß ich nie in Erfahrung gebracht hätte, was für eine Krankheit du aus Indien mitbrachtest. Ich fand die Packung der Arznei – stutzig geworden las ich alles durch, anhand eines Wörterbuches verschaffte ich mir somit selbst den Namen deiner Krankheit. Du kannst dir ja vorstellen, daß ich da aus allen Wolken fiel vor Schreck.

Ja, ich hätte dir sagen müssen, bevor du nach Indien fuhrst – doch warst du zu dieser Zeit kaum ansprechbar –, daß man sich auf die Weise, wie es meistens praktiziert wird, vom Liebesleid nicht heilen kann: nämlich, sich gleich in ein Sexualverhältnis oder gar mehrere zu stürzen. Denn Wunden einer enttäuschten Liebe kann nur die Zeit heilen. Bestimmt hast du das später auch begriffen.

Nein, du warst kein Versager, wie du selbst von dir glaubtest. Das Leben hat dir nur wenig Sonne gegeben, an deren Wärme du hättest stark werden können. Du warst mir ein sehr, sehr guter Sohn – und allen deinen Geschwistern ein guter Bruder. Auf dich konnten wir immer zählen. Ich weiß auch, daß du sehr darunter gelitten hast, als du einmal aus Wut, Schmerz und Enttäuschung deinem Vater auf der Straße ins Gesicht schlugst, weißt du noch? Er kam mit der anderen auf dich zu, als ob es das Normalste der Welt wäre. Du fühltest dich verhöhnt, verletzt. Du hast ihn für uns alle ins Gesicht geschlagen. Ich sage dir, mein Kind, du hast recht getan. Ich danke dir dafür. Wie können Eltern es wagen, von den Kindern, denen man den Grund unter den Füßen ausgehöhlt hat, auch noch Respekt zu verlangen?

Jetzt kann ich es dir sagen, mein Sohn, etwas, was ihr nie so richtig gewußt habt, weil ich es fern von euch hielt, so gut es eben möglich war; euer Vater hat mir viel Leid angetan. Ich war so hilflos.

Immer warst du für Streiche aufgelegt – Tobi ist dir in dieser Hinsicht sehr ähnlich; da hat er doch einmal seiner Tante Gerda, die bei uns auf der Insel die Ferien verbrachte, die alten verrotteten Hundeknochen von Sunshine in ihren Koffer gelegt. Die Tante, die so schrecklich ordnungsliebend ist. Deine Lieblingstante war die Lina mit dem Garten, wo wir Obst und Gemüse holen durften. Auch der Tante Lina hast du einen Streich gespielt, weißt du noch? Wir beide hatten Äpfel gepflückt, die Tante Lina hat Kartoffeln ausgegraben. Als die Tante und ich gemütlich unter einem Baum Kaffee tranken, Kuchen fehlte nie, verschwandest du mit irgendeiner Ausrede. Der Baum, unter dem wir saßen, verdeckte die Sicht auf den Kartoffelacker, wo du dich heimlich zu schaffen machtest. Als wir dann unsere Arbeit wieder aufnahmen, grub doch tatsächlich Lina zusammen mit den Kartoffeln auch Äpfel aus dem Acker. Äpfel, die du hineingesteckt hast. Bei dem entgeisterten Blick deiner Tante hast du dir vor Lachen den Bauch gehalten.

Heute, wo ich die Zeilen niederschreibe, weilt die Lieblingstante meines Sohnes auch nicht mehr auf dieser Erde. Bestimmt hat mein Sohn ihr da oben auch schon Streiche gespielt. Ich kann die beiden lachen sehen. Bei diesen Gesprächen im Krankenhaus mit meinem Sohn schien er mir fast gegenwärtig – zumal durch meine ermüdeten Augen, die ständig auf sein Bild in meinen Händen schauten, der Schein erweckt wurde, als ob sein liebes Gesicht aus dem Bilderrahmen heraustrete.

So vergingen die Tage, bis ich einmal Besuch bekam. Ganz unerwartet, denn von der Insel nach Inverness ist es sehr weit und schwierig zu reisen. Es war Moira, die alte Dame, die jeden Sonntag bei Wind und Wetter von ihrer kleinen Insel, wo sie allein wohnt, zur Mutterinsel herüberrudert um die heilige Messe zu besuchen. Sie war noch in dem Glauben erzogen worden, daß das Fernbleiben vom Sonntagsgottesdienst eine schwere Sünde bedeutet. Sie lebte ihr einfaches Leben strikt nach dem Katechismus und hinterfragte nichts. Sie war zu dieser Zeit 70 Jahre. Moira mußte von meinem Engel, der über mir wacht, gesandt worden sein, denn das, was sie mir jetzt kundtat, war das Lichtlein, das immer zum richtigen Zeitpunkt für mich leuchtet.

Da war nicht nur das Leiden um meinen Sohn – da kam auch wieder die Furcht um das Dasein dazu. Für Tobias war im Augenblick gesorgt. Gott sei Dank. Er fuhr mit einem großen Öltanker in alle vier Himmelsrichtungen, was ein Teil seiner Ausbildung war. Moira sagte zu mir:»Maria, ich habe mir schon lange jemanden gewünscht, dem ich alles Wissen über Pflanzen zum Färben der Wolle weitergeben kann, auch über das Weben und Spinnen. Ich habe alles von meiner Mutter übernommen und sie von ihrer Mutter. Möchtest du einige Zeit zu mir kommen, damit ich dir alles zeigen kann?«

Da war es, mein Licht, das erscheint, wenn ich meine, es geht nicht mehr weiter.

Es war ein Tag, wo der Regen kein Ende kennt, als ich in der Früh das Krankenhaus verließ. Ich fuhr mit dem Bus Stunde um Stunde quer durch das schottische Hochland am Loch Ness entlang, der grau und trüb sich viele Meilen erstreckt und sich dann durch den Kaledonienkanal mit Loch Oich und Loch Lochy verbindet. Der Regen nahm kein Ende. Hin und wieder kamen wir vereinzelt an kleinen Ansiedlungen vorbei. Hin und wieder stieg ein vom Regen tropfender Mitreisender zu, der winkend im Grau des Dämmerlichtes auf sich aufmerksam gemacht hatte.

Endlich erreichten wir die Fähre. Hier mußten wir den Bus verlassen, es waren nicht viele Fahrgäste. Drüben, nachdem die Fähre angelegt hatte, durften wir wieder einsteigen. Noch eine dreiviertel Stunde schlängelte sich die Straße durch verlassene, öde Landschaften, oft an der Küste entlang – bis eine graue Gestalt mit einer Taschenlampe sich bemerkbar machte. Wohl war es noch nicht dunkel, doch in dem Grau hätte der Fahrer die Frau leicht übersehen können. Der Bus hielt an, und der Busfahrer sprach in Gälisch zur geöffneten Tür hinaus.

Ich hörte von draußen deutlich meinen Namen nennen. Es war Moira. Sie erwartete mich mit dem Boot. Wir mußten eine

Böschung hinunter, hier lag das Boot, an einem dafür angebrachten Pfosten befestigt. Der freundliche Busfahrer brachte mein Gepäck, half uns ins Boot hinein und stieß es auch noch vom Ufer ab.

Moira ruderte schweigend und ohne Anstrengung, in der Bucht war kein starker Wellengang. Es regnete noch immer. Nach zehn Minuten wurde ein Holzsteg sichtbar. Dort angekommen, warf sie das Seil um einen Pfosten und zog das Boot damit zum Steg, danach befestigte sie es sorgfältig.

»Nun, Maria, sei herzlich willkommen«, sagte sie einfach. Mittlerweile war es dunkel geworden, deshalb konnte ich wenig erkennen. Es roch nach Bäumen und Moder.

Moira führte mich zu ihrem einfachen riedgedeckten Steinhaus. An der Hauswand standen Töpfe mit Blumen, man konnte sie durch die graue Dunkelheit leuchten sehen. Knarrend öffnete sie eine Holztür, und wir standen in einer gemütlichen, warmen Wohnküche, mit einem offenen Feuer, das mit einem Feuerschutz bedeckt war.

Teetassen standen schon bereit sowie ein Teller mit belegten Broten und die unvermeidlichen Kekse.

Dicke Balken stützten das niedrige Dach von innen. Die Steinwände waren weiß getüncht. Überall hingen und lagen handgewebte Teppiche in herrlichen Farben, wo warme Erdfarben und Moosschattierungen dominierten.

Ein Teppich an der Wand hielt mich gefangen, er vereinigte alle Farbkomponenten des Sonnenunterganges, die eine Sommernacht auf den Hebriden um sich zaubert: von Feuerrot über Orange zu Goldgelb, dann verliert sich alles in zarte lilarosa Töne.

Genauso wie hier auf dem Teppich habe ich viele Sonnenuntergänge vor meinem Haus staunend beobachtet. Beim Tee sprachen wir nicht viel. Moira in ihrer stillen und verständnisvollen

Art ließ mir Zeit – bis die Zeit zum Sprechen gekommen sein würde.

In einem kleinen Zimmer, das sie für mich hergerichtet hatte, stand ein großes Holzbett. »Meine Söhne haben darin geschlafen«, sagte sie.

Auch hier war ein Feuer angezündet, das ebenfalls mit einem verzierten schmiedeeisernen Gitter gegen herausfallende Funken abgesichert war. Auf dem Holzfußboden lag ein warmer alter Teppich, den noch ihre Großmutter gewebt hatte, die Farben hatten an Leuchtkraft nichts verloren. Vorsichtig legte ich mich ins Bett mit der Erwartung, es kalt und klamm vorzufinden. Doch mein Erstaunen wurde zu rührender Dankbarkeit, als ich es mit einer Bettflasche angewärmt vorfand.

Erschütterung über soviel menschliche Güte und die Qualen um meinen Sohn ließen mich wieder weinen, bis ich einschlief, jedoch, wie ich einst die Sorgen um das Wohl meiner Kinder mit in den Schlaf hinübernahm und auch dort Wache hielt, so folgten mir nun viele Jahre das Leid und die Schmerzen hinüber in die Traumwelt.

Ich litt und weinte im Traum, rannte ständig vor etwas davon. Schreckliche Abgründe taten sich auf, Hundemeuten mit furchterregenden Fratzen rannten hinter mir her. Im Traum wußte ich, wohin ich mich retten konnte und rannte dem sicheren Ort entgegen, bevor ich aber das Ziel erreicht hatte, wachte ich auf, um nun wieder mein Leid durch den Tag zu tragen.

Die Hälfte meines Ichs ist mit meinem Sohn gestorben, mein Tanz, meine Fröhlichkeit – trotz aller Misere, und mein immerwährender Schaffensdrang. Immer sang ich früher etwas, obwohl mein Hund dann jaulte – doch ich sang. Das Singen habe ich mittlerweile wiedergefunden – jedoch nur traurige Lieder, geblieben ist die Schwermut, die ewig dunklen Ängste. Geblieben ist bis heute der Schmerz, den mein Sohn gelitten hat, und meine

Schuldgefühle. Diese werde ich wohl tragen müssen, bis ich gnädig im anderen Leben davon erlöst werde.

Am nächsten Morgen regnete es noch immer. Auch dieses Jahr schien der Herbst ohne goldene Farben in den Winter überzuwechseln. Die Sonne war schon zu schwach, um das Gold und Rot der Blätter zur vollen Entfaltung reifen zu lassen. Vor der Zeit sind wieder einmal Gras, Blumen, Büsche und Blätter durch die viele Nässe und den Wind verdorben. Verloren und demütig beugt sich alles viel zu schnell dem nahenden Winter.

Beim Frühstück, es gab den üblichen guten Haferbrei, in Wasser gekocht und die Milch darüber gegossen, Kaffee, selbstgebackenes Brot und eigenen Honig, erzählte mir Moira von ihrem einfachen, zufriedenen Leben. Sie selbst habe noch nie im Krankenhaus gelegen, sie habe nur immer Freunde besucht, selbst bei der Geburt ihrer Söhne nicht. Hier halfen damals die Frauen einander, auch der Veterinär sei manchmal sehr brauchbar gewesen. Als sie eine junge Frau war, lebten mehrere Familien auf der kleinen Insel. Ruinen zeugen davon. Es war sogar ein eigener Lehrer für die zehn Kinder aus Glasgow gekommen. Jetzt ist sie die letzte Bewohnerin. Die Alten sind gestorben, die Jungen sind fortgezogen — ausgewandert oder auch nur aufs Festland, wie ihre Söhne, nach Glasgow, dort fanden sie bei den Schiffswerften gute Arbeit.

»Weißt du«, sagte sie stolz, »dort werden die besten Schiffe der Welt gebaut.«

Ihre Söhne wollten mit ihren Familien nicht mehr hier wohnen. Sie seien dem Luxus verfallen.

»Das ist nicht gut, das ist nicht gut, was wird nach mir mit der Insel geschehen?« Dann aß sie still ihren Haferbrei. Später sagte sie noch: »Es war trotz allem ein gutes Leben, trotz allem ...«

Gleich am ersten Tag zeigte sie mir das Spinnen, was sehr leicht ist, falls man geschickte Hände hat, die ich Gott sei Dank habe — auf jeden Fall geschickter als mein Kopf. Hat man erst einmal den Rhythmus des Tretens, wie früher bei der Tretnähmaschine, heraus, ist alles andere eine Übungssache.

Anmerkung: Die Insel war damals schottisches Eigentum, seit Moiras Tod hat ein reicher Engländer sie gekauft, wie so viele andere auch gekauft werden.

Aber noch ist es ein langer Weg, bis man einen ganz gleichmäßigen Faden spinnen kann. Der technische Teil des Spinnrades ist sehr einleuchtend, infolgedessen leicht zu verstehen.
Weil es noch immer regnete, blieben wir im Haus, und ich übte das Spinnen. Am Abend konnte ich schon ein großes Knäuel vorweisen, der Faden war zwar sehr ungleichmäßig, aber immerhin, Moira lobte mich, außerdem hatte diese Arbeit mich so beansprucht, daß mein Leid an diesem Tag ein klein wenig erträglicher war.
Nach dem »Tea«, was das Abendbrot ist, sang Moira ein gälisches Lied. Diese Lieder haben einen eigenen Reiz und Zauber, sie sind sehr klangvoll, sehr melodisch, auch meistens traurig und lassen am Schluß eine leise Schwermut zurück. Sie meinte, daß dieses Lied schon vor langer Zeit von dem sagenumwobenen blinden Barden Ossian in den Fingalshöhlen gesungen wurde, genau dort, wo viele Jahrhunderte später Mendelssohn die Hebriden-Ouvertüre geschrieben hat.
»Weine nur«, sagte sie zu mir und ließ mich allein.
Am zweiten Morgen begann sie wieder aus ihrem Leben zu erzählen: Sie habe nur Hühner der Eier wegen und eine Ziege, die allerdings nicht nur für die Milch. Wozu die Ziege noch so wichtig war, verriet sie nicht, noch nicht.

»Du wirst schon sehen«, sagte sie geheimnisvoll.

Sie wollte ihr Herz nicht mehr an Gottes Kreatur hängen. »Alles ist mit Leid verbunden«, sagte sie, »ob Tiere oder Kinder oder der Ehemann, alles, was man liebt, ist von Anbeginn mit Leid geschwängert. Alles endet in Schmerzen.«

Dann schwieg sie lange, ich sagte nichts, um ihre Gedanken nicht zu stören. Zum Fenster, an das der Regen hämmerte, hinaussehend, fuhr sie leise fort: »Mein Mann und ich waren beide 18 Jahre alt, als wir uns gelobten, für immer beieinander zu bleiben — es bei Gott geschworen. Als ich mit dem zweiten Sohn in Hoffnung war, zog er in den Krieg. Das war's dann auch schon. Ich wollte nie wieder einen anderen.«

Erstaunt schaute ich Moira an. Mir kamen die zwei Schwestern in den Sinn: die eine, die sich wegen gebrochenen Herzens ins Bett legte und nie mehr hinaus ins Sonnenlicht trat, die andere, die sie ein Leben lang pflegte. Was für Frauen! Wahrhaftig, was für Frauen. Sie liebten nur einmal, sie blieben treu über den Tod hinaus. Was für Frauen!

Das war alles, was sie aus ihrer Vergangenheit preisgab. Trotz Regens ging Moira hinaus, um Holz zu hacken. Später machte sie sich im Nebengebäude zu schaffen. Ich wollte ihr eine Freude bereiten und backte darum einen Kuchen. Danach flickte ich ihr Loch in der Strickjacke und deckte den Tisch für den Nachmittagstee. Als Moira hereinkam, stand der Kuchen auf dem Tisch. Sie hatte Blumen für die Vase aus den Töpfen gepflückt — so sah der Tisch sehr schön aus. Als sie den Kuchen sah, schmunzelte sie:

»Is this a german cake?« Ich nickte. Über die geflickte Jacke freute sie sich sehr.

»Morgen werden wir die Wolle färben.«

An diesem Abend wollte sie etwas über mich wissen:

»Erzähl mir etwas über deine Kindheit, willst du?«

»Ich weiß nichts, ich habe keine Erinnerung an meine frühe Kindheit …«, sagte ich zaghaft.

»Sicherlich, an etwas mußt du dich doch erinnern?«

»Nach meinem zehnten Lebensjahr schon, da erinnere ich mich, doch nicht davor.« Ich wollte diesem Gespräch, das mich so ängstigte, ausweichen.

»Aber Maria, man kann sich normalerweise bis zum dritten oder vierten Lebensjahr erinnern. Es tut gut, sich zu erinnern, hauptsächlich, wenn man älter wird. Ich hatte eine schöne, unbeschwerte, freie Kindheit. Die Insel war unsere Welt. Weißt du, daß ich nur einmal in Glasgow war, hin und wieder in Inverness, doch da ist auch schon meine Welt zu Ende. Glaub deshalb ja nicht, daß ich nichts weiß. Ich kenne sie alle, die großen und die kleinen Länder auf dem Globus, und ihre Geschichte. Ich habe Bücher und Landkarten. – Du mußt dich doch an irgend etwas erinnern, willst du?«

»Ich kann nichts erzählen.« Ohne es zu wollen, fing ich zu weinen an.

Moira erschrak: »O dear, o dear, don't cry, will you, that was silly.«

(O meine Liebe, weine nicht, bitte verzeih mir. Wie dumm von mir.)

Um mich zu trösten, holte sie ihre abgegriffene Bibel und las eine Stelle daraus vor: »Listen to this, Maria.«

»*So süß ist das Licht, und den Augen tut es wohl, die Sonne zu sehen. Ja, lebt ein Mensch auch viele Jahre, So soll er sich doch ihrer freuen, und er soll daran denken, daß der Tage des Dunkels viele sein werden. Alles, was kommt, ist Nichtigkeit.*«

PREDIGER 11, 7F.

Ich blieb vier Wochen bei ihr und habe in dieser Zeit viel gelernt, was mir helfen sollte, meine Zukunft leichter zu sehen, denn mit handwerklicher Arbeit ist im Tourismus immer etwas zu verdienen.

Das Weben erforderte mehr Können als das Spinnen. Viel mehr. Allein schon die Technik des Webstuhls braucht ein längeres Studium. Um das Bespannen zu begreifen, muß ich noch einiges lernen. Doch hatte ich mir in den vier Wochen die Fähigkeit, einfache Teppiche zu weben, angeeignet. Noch besaß ich keinen Webstuhl. Dazu meinte Moira, daß es genügend alte Webstühle auf der Insel gäbe, denn einst besaß jeder Haushalt einen solchen.

Ach, dann das Färben der Wolle, das Sammeln und Wissen um Kräuter, Pflanzen und Blumen, Blätter, Moos und Baumrinde, das eröffnete mir eine Perspektive und war Motivation zu neuer Arbeit.
Gemüse eigne sich auch sehr gut zum Färben, doch davon wollte Moira nicht viel wissen. Gemüse sei zum Verzehr für die Menschen gewachsen, es gebe genug andere Gewächse — obwohl, so meinte sie, manchmal gehe es nicht ganz ohne Spinat, Rotkohl, Rote Bete, Karotten.
»Karotten, mußt du wissen«, schwärmte Moira, »geben allem Gelb und Orange etwas Glanz. Ringelblumen und Karotten — einfach herrlich. Wenn schon Gemüse, dann den Abfall.« Hier tat sich für mich eine neue Tätigkeit auf. Ich war Moira von ganzem Herzen dankbar.

Obwohl es überall schon sumpfig und verblüht war, fand sie noch Wurzeln und Pflanzen, hauptsächlich Baumrinde und Moos. Anhand von Bildern erklärte sie mir die Blumen. Ein Gewächs gibt es, das wächst auf allen Wiesenrändern der Erde, es heißt übersetzt »Königin der Wiese«. Ihr Duft ist süß. Aus den vielen kleinen weißen Blüten kann man Wein herstellen. Werden die Blüten zu einer bestimmten Reifezeit gepflückt und zusammen mit den Blättern gekocht, wird der Sud für ein Zitronengelb sorgen. Die Blätter allein ergeben Grün, und die Wurzel eignet sich, um eine schwarze Farbe herzustellen. So weihte mich Moira in die Gaben und Geheimnisse der Natur ein. Jedoch, als strikte Katholikin weigerte sie sich, die Pflanzen und Wurzeln zu einem anderen Zweck als zum Wollefärben zu benutzen. Sie weigerte sich auch, Heilkräfte darin zu erkennen, das sei Hexensache, damit wollte sie nichts zu tun haben. Für sie war Whisky in vernünftigen Mengen ein Heilmittel für innen und außen, für Tiere und Menschen. Nicht umsonst nennen die Schotten ihren Whisky »das Wasser des Lebens«.

»Nun komm«, sagte sie eines Tages, »nun sollst du das Wichtigste für das Färben der Wolle kennenlernen. Ohne das wäre es kaum möglich gewesen, in alter Zeit, heute gibt es chemisches Zeug dafür. Wir gehen zur Morag, ich brauche ihren Urin.«
Als ich sie entsetzt ansah, lachte sie: »Morag ist meine Ziege.«
Schon am ersten Tag hatte ich mich gewundert, warum überall Eimer herumstanden. Konnte es mir nur mit Regenwasser erklären, das Moira damit auffängt. In einem Eimer war in der Tat Ziegenurin. Ihre Ziege hatte gelernt, ihr Hinterteil über einen Eimer zu spreizen. Meistens ging der Strahl daneben — doch war Moira in der Nähe, wenn die Ziege mußte, hielt sie einen Eimer drunter. Meine Ziege Heide hat es später auch gelernt. In den Ziegenurin wurde die gefärbte Wolle zum Fixieren gelegt oder aber bei einigen Pflanzen mit in den Sud getan.
Aufgeregt und gespannt erwartete ich die Stunde, wenn die nasse Wolle aus dem Sud genommen und im Bach ausgespült wird, bis

keine Farbe im Wasser zurückbleibt. Da lag die leuchtende Pracht vor dir. So ähnlich muß es einst dem Glockengießer ergangen sein, als die Form zerschlagen wurde und er den ersten zarten Ton der Glocke hörte. Ja, diese Arbeit ist Freude. Selbst gesponnen, selbst gefärbt – selbst gewebt. Danke, Moira.

Und so wie sie es mir gezeigt hat, habe ich es viele Jahre beibehalten. Als meine Ziege Heide an ihrer Freßsucht starb, mußte ich dann »chemisches Zeug«, wie Moira es nannte, zum Fixieren kaufen.

Jetzt wollte ich mit meiner Trauer allein sein, mich den Schmerzen ergeben und warten, bis die Zeit alles milder erscheinen läßt. Irgendwoher hörte ich in mir ein zaghaftes Anklopfen, mir war, als ob mein Ich wieder ganz sachte am Dasein teilhaben wollte, all die Mühsal nicht vergessend. So entschloß ich mich, nach Hause zu fahren. Irgendein Eck in meinem Haus werde ich ganz sicher bewohnbar machen können. Ich ließ mich auch nicht von den langen, dunklen Wintermonaten, die vor mir lagen, abschrecken, ich wollte da hindurch.

Moira backte Brot für mich, packte Honig und Marmelade ein, sie versorgte mich rührend und gab so viel wie möglich aus ihren einfachen Verhältnissen, damit ich die erste Zeit über die Runden komme, so meinte sie.

Beim letzten Tee, den wir zusammen tranken, tat sie sehr geheimnisvoll. »Now, Maria, I'll give you something very special, treasure it, it is from my grandmother, will you? I don't need it anymore.«

(Nun, Maria, ich will dir etwas ganz Besonderes schenken, halte es in Ehren, es ist noch von meiner Großmutter. Ich brauche es nicht mehr.)

Nachdem sie das gesagt hatte, stand sie auf und setzte sich ans

Spinnrad. »Just a last time« (Noch ein letztes Mal). Das Spinnrad surrte in die Stille der Stube. Mit ihren dunklen, ernsten Augen schaute sie mich an – und sagte: »It's yours« (Es gehört dir). Ich wußte nicht, wie mir geschah, ich schämte mich, daß man mir soviel Güte entgegenbrachte.

»Noch etwas – ich muß dir etwas gestehen«, dabei sah sie wieder zum Fenster hinaus, ruhig hielt sie ihre Hände im Schoß. »Bevor du in mein Leben kamst, haßte ich alles Deutsche – ich weiß, dies ist meine große Sünde –, doch ich konnte mir nicht helfen. Ich machte sie für den Tod meines Mannes verantwortlich, für diesen schrecklichen Krieg, in den sie die ganze Welt gezogen haben. Heute bin ich alt und habe so nach und nach selbst denken und sehen gelernt. Viele Jahre hat man uns täglich im Radio die Schandtaten der Deutschen präsentiert und die eigenen verschwiegen. Ich zähle mich zu den Christen, aber ich handelte nicht danach, denn dann hätte ich wissen müssen, daß es auch andere Deutsche damals gab, daß es in keiner Nation so etwas wie eine kollektive Schuld gibt. Daß ihr auch gelitten habt, ganz schrecklich sogar. Du warst eine von denen, die gelitten haben – oder? Sonst hättest du mir von deiner Kindheit erzählen können. Weißt du, daß ich nicht einmal gewußt habe, daß eure Städte bombardiert wurden bis zum Schluß. Doch trotzdem, ich schäme mich heute, daß ich euch so verabscheut habe.«

Jetzt hielt sie inne, noch immer sah sie zum Fenster hinaus, noch immer lagen ihre Hände ruhig im Schoß.

»Deshalb wollte ich dich zu mir nehmen, dir helfen, ich wollte mit einer Deutschen befreundet sein, damit ich von diesem dummen Haß befreit werde.«

Sie reichte mir ihre Hand, und ich drückte sie fest.

Es regnete nicht, als wir mein Gepäck im Boot verstauten und es dann mit den Rudern vom Land stießen. Ich durfte rudern, während Moira ein gälisches Lied sang. Bevor ich das Boot in die richtige Richtung gebracht hatte, schaute ich zurück zur Insel. Die Blumen an der Hauswand waren verblüht. Über dem Wald ragte ein kahler brauner Bergrücken. An der Straße angekommen, warf Moira gekonnt das Seil um den Pfosten, fing das Ende davon auf und zog das Boot daran an die Anlegestelle.

Als ich vor vier Wochen kam, war mir die Hütte am Straßenrand, etwas versteckt hinter Büschen, nicht aufgefallen. Darin stand Moiras alter Morris-Traveller, auf dessen Holzrahmen Moos und Gänseblümchen wuchsen. Ich war begeistert, ein Auto, bewachsen mit Gänseblümchen ...! Später im Bus fiel alle Wärme, die mir in Moiras Haus zuteil geworden war, wie ein Mantel von mir ab. Mir war, als ob ich nun statt dessen einen feuchten, kalten Overall übergezogen bekäme. So saß ich frierend und ängstlich im Bus und fuhr einer ungewissen Zukunft entgegen.

Der Versuch weiterzuleben.

Das Beste ist die Stille –
in der ich gegen die Welt lebe und wachse –
und gewinne, was sie mir mit Feuer und Schwert
nicht nehmen können.
GOETHE

Die Zeit hat keinen Sinn für Harmonie. Sie schleudert Milliarden total unterschiedliche Begebenheiten und Ereignisse in einer einzigen Sekunde in den Raum des Lebens und schreitet unbekümmert darüber hinweg. Sie schreitet gleichmäßig durch die Stille oder durch Lärm.
Sie schreitet weiter, nicht darauf achtend, ob da ein Mensch allein zu einem einsamen, halbfertigen Haus durch sumpfiges

Erdreich einen Schubkarren, beladen mit einem Spinnrad und anderem Gepäck, schiebt – bangen Herzens. Die Zeit würde keine Sekunde warten, wünschten sich glückliche Erdenmenschen, einen kurzen Stillstand für ihr Glück ... Sie schreitet über Tränen, über Freude, sie ist grausam und gut. Sie geht eilenden Schrittes deinem Schicksal entgegen, das mit seinem Füllhorn auf dich wartet, um Leid oder Freude über dich auszuschütten, sie geht langsamen Schrittes darüber hinweg, um doch irgendwann die Tränen wieder zu trocknen oder die Freude wegzutragen. Sie schreitet über die Gräber, sie hält alles in sich verwahrt.

Duncan hatte viel am Haus gearbeitet, so konnte ich mich in der Wohnküche einrichten. Im Augenblick jedoch war es mir gleichgültig, wie ich wohnte. Ich war müde an Leib und Seele und wollte nur schlafen. Ich sah nicht die schönen freigelegten Balken, nicht die freigelegte alte Steinmauer. Ich fiel auf eine Matratze und schlief.

Am nächsten Tag schien die Sonne auch ein ganz klein wenig in mein Herz, als ich meine Tiere wiedersah. Dolly hatte gut für sie gesorgt. Ich jagte die Hühner in den Stall, damit sie wieder wußten, wohin sie gehörten, suchte nach den Ziegen und spazierte mit meinem Hund hinauf zu den Klippen.
Am Nachmittag kam Duncan. Er half mir die Küche einrichten, die Möbel aus den Ecken holen – wo sie zugedeckt lange Zeit gestanden hatten. Ich polierte und reinigte alles. Ganz langsam erwachte eine kleine warme Freude, diese Wohnküche gemütlich zu gestalten. Es waren keine Einbaumöbel, sondern schöne alte Holzschränke und Regale. In das Eck, wo demnächst der Webstuhl stehen sollte lag einstweilen meine Matratze.
Am Abend sah die Küche schon sehr gemütlich und wohnlich

aus, erst recht, als das Torffeuer knisterte. Da stellte ich das Spinnrad ans Feuer und übte das Spinnen. Draußen war es stockdunkel, der Wind heulte ums Haus, ich hörte die Wellen ans Ufer schlagen, hörte das Rumpeln der Steine. Alles vertraute Geräusche. Die Zeit der dunklen Nächte war gekommen. Ich war daheim.

Bald war Weihnachten. Es tat weh, daran zu denken. Das Telefon mußte wieder angemeldet werden. Ich wollte nie mehr ohne es sein, denn noch immer bin ich überzeugt, daß mein Sohn angerufen hätte, wäre ich erreichbar gewesen ...
Indessen wurde auch die Geldfrage, die ich so gern verdrängte, offensichtlich. So machte ich mich darauf gefaßt, in den kalten Monaten Winkles suchen zu gehen. Ich dankte dem Allmächtigen viele Male, daß ich hier diese Möglichkeit hatte, sonst hätte ich sicherlich nicht überlebt und hätte zurückkehren müssen in das Räderwerk der Massengesellschaft.
Meine Kinder beschlossen, daß wir alle dieses Weihnachten nach Amerika zu Mareike fliegen, da Arne nicht mehr bei uns war. Mir sollte es recht sein, freute ich mich doch sehr, sie wiederzusehen. Doch die Kosten? Auch Tobi hatte kein Geld dafür, war er ja noch in der Ausbildung.
Heute will mir scheinen, daß ich, um meinen Schmerz zu überwinden, wie eine Furie im Land des Ozeans nach Winkles suchte – Säcke um Säcke füllte ich voll – nicht allein des Fluges wegen. Sammelte ich keine Winkles, so sammelte ich Schwemmholz. Selbst Steine schleppte ich herauf für einen Anbau am Haus.
Der Mond mußte damals Erbarmen mit mir gehabt haben, denn er zog das Wasser so gewaltig in seinen Bann, obwohl es Wintermonate waren, daß viele Meilen Ozeanland freigelegt wurde. Somit gewährte er mir einige Stunden Zugang zu seinem Element mit vielen Winkles, die bereitlagen für mich zum Einsammeln.

Am Abend war ich durchgefroren und sehr müde, versorgte die Tiere und ging nach einem Bad zeitig ins Bett, um den Tränen in meinem Herzen für einige Stunden zu entgehen, denn abends tat es am meisten weh.

Und so verdiente ich mir das Geld für meinen allerersten Flug im Leben unten am Atlantik.

In den Wintermonaten, im neuen Jahr, als ich von Amerika wieder daheim war, ging ich regelmäßig einmal wöchentlich am Abend zu Kathy, um nicht immer allein zu sein. Sie wohnte jetzt in einem Caravan. Ihr Häuschen war – wie so viele der alten riedgedeckten Häuser – ein Opfer der Zeit, des Sturmes und des Regens geworden. Das Dach ist eines Tages über der gemütlichen Küche, in der ich vor nicht so langer Zeit getanzt hatte, eingefallen. Kathy war am Brunnen, um Wasser zu holen, als es geschah. Von der Gemeinde bekam sie einen Caravan hingestellt. Ihr ältester Sohn schlief noch einige Zeit in der anderen Hälfte des Hauses, bis auch hier das Dach einfiel. Ohne Jammern und Klagen zog Kathy mit wenigen Habseligkeiten in den Wohnwagen.

Von meinem Haus bis zu Kathy sind es vier Meilen Wegstrecke, über holpriges Land bis über den Hügel hinunter zur Straße. Ich ging in kalten, klaren Nächten, bei Sturm und Regen. Nie ist mir zu diesen späten Stunden ein Mensch begegnet. Nur die Kühe standen manchmal dunkel vor mir, ehe ich sie im Schein der Taschenlampe gewahrte. War ich auf dem Hügel angekommen und konnte das kleine Licht aus Kathys Wohnwagen sehen, blieb ich jedesmal stehen, knipste die Lampe aus, stellte die Milchkanne, die ich immer bei mir hatte, nieder. Diese kleine Stelle, auf der meine Füße standen, die Milchkanne und die Taschenlampe neben mir, wurde für mich ein ganz besonderer Ort, denn hier stand ich viele Nächte ganz still, schaute lange in den Himmel, oft war er unsichtbar — oft ein Sternenheer, ein Ozean ferner Welten. Ich suchte eine helle Stelle da oben. Versuchte mir ein Licht heller als die Sonne vorzustellen, denn ich wollte meinen Sohn im Licht sehen. Auf diesem Hügel bin ich auf den Knien gelegen, habe den Allmächtigen angefleht, er möge ihn in seine Arme nehmen. Die Tränen, die ich dort weinte, haben die Erde getränkt. Hier habe ich voller Staunen das Nordlicht beobachtet — von dem ich bis dahin nur gehört hatte. Man muß es gesehen haben, das Nordlicht! Da scheinen im nördlichen Himmel die Sonnenstrahlen von unten herauf. Wie Scheinwerfer suchen sie den Himmel ab. Dieses mochte ich allerdings nicht besonders, es erinnerte an den Krieg.

Doch da waren die nebelhaften, hauchzarten Schleier in allen erdenklich sanften Farbtönen, wie von unsichtbaren Himmelswesen, die uns auf der Erde zuwinken, dann die geisterhaft weißleuchtenden Erscheinungen, zwischen den Sternen schwebend. Ein andermal sah ich ein riesiges Spinngewebe von Licht, wie ein zartrotes Tuch unter das Himmelsgewölbe gespannt, von einem leisen Wind auf und nieder, auf und nieder bewegt — als ob jeden Moment die Sterne hineinfallen müßten — bis der Zauber im Nichts zerfloß.

Einmal werde ich Tobi fragen, wie diese Naturerscheinungen entstehen.

».. . und in den Nächten fällte die schwere Erde
aus allen Sternen in die Einsamkeit . . .«
R. M. RILKE

Diese nächtlichen Stunden auf der Anhöhe mit meiner Trauer im Herzen, mit demütiger Liebe zur Schöpfung bleiben unvergeßlich, gehören mir ganz allein. Nie wieder habe ich mich so tief und fest mit der Natur verbunden gefühlt – trotz Trauer oder vielleicht gerade wegen meiner Trauer. Vielleicht ist ein Mensch, der trauert, empfänglicher für Mystisches und der Schöpfung näher.

Bei Kathy gab es einen besonders guten Tee. Das mußte wohl am Wasser liegen, sie hatte ja den herrlichen, frischen, plätschernden Brunnen direkt vor der Tür. Mein Tee war nie so gut, bei mir muß das Wasser einige Meter durch ein Rohr fließen. Es gab frische Sahne von der Milch ihrer Kuh dazu und belegte Brötchen. Für mich füllte sie die Milchkanne. Ich war gern bei ihr, wußte sie doch so viel zu erzählen. Manchmal bewirtete sie mich mit gekochtem Salzhering und mehligen Kartoffeln aus der Schale. Dieses gute Essen wird auf einem Holzbrett gereicht und mit den Fingern gegessen. Man trinkt kalte Milch dazu. Man muß es gekostet haben und hungrig sein, es schmeckt wirklich sehr gut. An einem dieser Abende erzählte sie mir von der heiligen Insel Iona (sprich Eiona). Früher seien Frauen, die schwer an der Last einer Bürde trugen, dorthin gepilgert, um diese in den Schoß der Insel zu legen. Obwohl ich nie mit Kathy über meinen Gemütszustand redete, schien sie dennoch meine Schwermut zu bemerken. Brachte sie deshalb Iona ins Gespräch, um mir einen Rat zu geben?

Alles, was ich bisher von der Insel wußte, war: daß ein irischer Mönch mit Namen Columba im Jahr 563 mit anderen Mönchen von Irland herüberkam, um sich auf dieser kleinen Insel anzusiedeln und um später von dort aus Zentraleuropa zu christianisieren, und daß auf Iona viele Könige aus alter und neuer Zeit ruhen. Eines der ältesten keltischen Kreuze wurde hier gefunden und wieder aufgestellt.

Kathy erklärte mir auch warum die keltischen Kreuze die Sonne im Zentrum haben; deshalb, weil die christianisierten Heiden noch an diesem Jesus von Nazareth zweifeln, er war ihnen noch zu fremd, zur Sicherheit gaben sie das Symbol ihres Glaubens, die Sonne, nicht ganz auf. Der Übergang vom Heidentum zum Christentum hat sich langsam vollzogen, so meinte Kathy. Iona ist eine kleine Insel, mit ihren drei Meilen Länge und kaum einer Meile Breite, umrandet von kristallenem Sand, der ihr aus der Ferne ein zauberhaftes Leuchten verleiht, liegt sie — abgetrennt von der großen Insel Mull und den kleinen felsigen Treshnish-inseln im Norden sowie der berühmten Insel Staffa mit den großen kathedralenartigen Fingalshöhlen, wo Mendelssohn seine Hebriden-Ouvertüre schrieb — im leuchtendblauen Atlantik, der sich nun zweitausend Meilen lang ungebrochen zu den Ufern von Labrador hinzieht. Heute kommen Menschen nach Iona, die auf der Suche nach dem »Gral«, der »Christusschale«, sind, was nichts anderes bedeutet als die Suche nach der Wahrheit, nach der einzig wahren Kraft und Liebe. Oder sie kommen verzweifelt, um Trost zu finden, auch das ist eine »Gralssuche«. Sie kommen aus aller Welt, aus allen Religionen.

Ganz langsam nahm der Gedanke einer Pilgerreise in mir Form an, zumal ich schon früher an ähnliches gedacht hatte. Die Vorstellung, allein irgendwohin zu gehen, ohne irgendwo sein zu müssen, erfüllte mich schon immer mit Sehnsucht. Das war allerdings, als meine Arbeit und Verantwortung in Deutschland mich erdrückte.

Diesmal entsprang das Verlangen nach einer Pilgerreise weder dem Wunsch, allein zu sein oder gar der Last der Arbeit zu entkommen, noch war es das Bedürfnis, der Natur nahe zu sein — denn all das hatte ich ja jetzt. Es war die verzweifelte Hoffnung, vom furchtbaren Druck der Schuld etwas abtragen zu können, an einem Ort zu weinen, wo Millionen schon geweint haben — vom Geist der über tausendjährigen Kathedrale umfangen zu sein und für meinen Sohn zu beten. Alle zwei Wochen kam eine Leihbücherei auf Rädern, ein Lebensmittelwagen und manchmal ein Textilienwagen. Auch eine Bank auf Rädern kam zu uns ans Nordende der Insel.

Aus der Leihbücherei auf Rädern besorgte ich mir ein Buch über Iona — sowie eine Landkarte von Schottland. Allein schon beim Anschauen der Karte verlor ich fast den Mut. Es schien mir so weit, zumal ich die größeren Straßen vermeiden wollte. Auch sah es aus, als ob viele Meilen nicht die kleinste Ansiedlung wäre, wo ich übernachten konnte, denn ein Zelt kam nicht in Frage, das hätte ich nicht tragen können. Die Entfernung vom Nordende meiner Insel bis zur Fähre ganz unten im Süden schien mir unbezwingbar, dann noch entlang an der weiten, ewig einsamen Westküste von Schottland und wieder mit einer Fähre hinüber zur Insel Mull. Auch da waren mehr als hundert Meilen einsamer Wegstrecke zu bewältigen ... Jedoch war meine Sehnsucht nach Heilung stärker als mein Bedenken — deshalb hörte ich auf zu planen, verwarf alles, was ich schon geplant hatte, denn mein Entschluß stand unumwunden fest. Ich werde pilgern gehen. Eines Tages — der nicht mehr zu fern sein wird — werde ich einen kleinen Rucksack packen und ganz einfach losmaschieren.

Dennoch sollte noch ein Jahr vergehen, bevor ich zur Insel Iona pilgern konnte, mittlerweile hielt nämlich das Schicksal noch einen Wermutstropfen für mich bereit. O Kinder, wieviel Kummer erträgt ein Mutterherz?

Dem Kalender nach war es Frühling. Dolly und ich hatten vielen Lämmern bei Sturm und Regen aus der Enge des Mutterleibes herausgeholfen. Durch den langen, nassen Winter waren die Schafe sehr geschwächt. Doch war alle mühevolle Arbeit vergessen, sah man die friedlichen Schafe mit ihren schneeweißen Lämmchen Seite an Seite grasen, oder sie lagen wie Sonnenanbeter, den Kopf dem warmen Licht entgegengehoben, auf trockenen Stellen. Ich wußte, daß noch ein schwaches Schaf von meinen eigenen bald zum Lammen bereit sein mußte.

An einem kalten, nassen frühen Morgen, es war noch etwas dunkel, machte ich mich auf die Suche nach diesem Schaf. Immer wieder blieb ich mit meinen Gummistiefeln im Morast stecken. Manchmal passierte es, zog man zu fest am Stiefel, um sich aus dem Sumpf zu befreien, daß der Stiefel schneller als gedacht steckenblieb und man, vom eigenen Schwung fortgerissen, mit den Socken im Morast landete.

Das Schaf war nicht zu finden. Verzweifelt lief ich noch einmal da- und dorthin, vielleicht hatte ich es übersehen? Durchnäßt und frierend wollte ich nach Hause, um die Suche später fortzusetzen, als ich etwas Weißes im Bach leuchten sah. Sofort wußte ich, daß es das Schaf ist. So war es auch. Es mußte wieder und wieder verzweifelt versucht haben, aus dem Bach zu gelangen, denn die Böschung war von seinen Hufen aufgewühlt. Erschöpft blieb es im Wasser liegen. Hätte das Schaf Hörner gehabt, so wäre es leichter gewesen, ihm herauszuhelfen. Mir blieb nichts anderes übrig, als in den Bach zu steigen. Meine Stiefel füllten sich sofort mit Wasser. Ich tauchte beide Arme ins nasse Element und umfaßte von hinten das Schaf, um es mit den Knien kräftig zu schieben, da gewahrte ich das Köpfchen des Lammes. Ich schob so stark, wie meine Kräfte es mir erlaubten. Das Schaf schien meiner Hilfe gewahr zu werden und versuchte selbst noch einmal herauszukommen. Endlich lag es erschöpft am Rand der Böschung. Schnell eilte ich hinzu und zog es an den Vorderbeinen weiter vom Wasser fort, damit es nicht mehr hineinrutschen konnte. Es war völlig erschöpft und stand nicht mehr auf, so kniete ich mich ins nasse Erdreich, um dem Lämmchen, so es noch lebte, aus dem Mutterleib zu helfen.

Vorsichtig legte ich beide Hände um das schwarze Köpfchen, um es sachte herauszuziehen. Es steckte sehr fest, da das Mutterschaf nicht mit Pressen nachhalf. So tastete ich mich hinein, um die Vorderbeinchen herauszuholen, was auch gelang. Das übrige war einfach. Ich schlug es auf den Hintern, wie Dolly es mich gelehrt hatte, und reinigte das Mäulchen. Als dann ein krächzendes »Mämä« durch den Wind zu hören war, hob auch das Mutterschaf seinen Kopf und versuchte vergeblich aufzustehen, fand aber auf dem schlammigen Boden keinen Halt. So legte ich ihr das Junge zum Trockenlecken vor das Maul. Unterdessen tastete ich ihre Zitzen nach Milch ab. Die erste Milch ist am allerwichtigsten für das Neugeborene. Sie ist voll von Vitaminen und stärkt die Widerstandskräfte, etwas, was die Milch danach nie mehr so gebündelt produzieren wird. Ein Lamm, das diese erste Milch bekommen hat, überlebt Kälte und Nässe leichter, ist bei allen Unbilden des Wetters standhafter.

Lange noch stand ich frierend naß im nebelverhangenen Morgengrauen und schaute dem einsamen Geschehen dieser zwei Geschöpfe zu.

Als dann das Lämmchen unbeholfen auf seine langen Beinchen kommen wollte und der Versuch immer wieder scheiterte, hob ich es auf, legte es an die Milchquelle und spritzte etwas von dem warmen Lebenselixier in das kleine Mäulchen. Gierig fing es an zu saugen. Meine Freude darüber trieb mir Tränen in die Augen. Das Mutterschaf indessen hatte nicht einen einzigen Versuch unternommen aufzustehen, deshalb machte ich mir Sorgen. Ich befürchtete eine Lungenentzündung.

Jämmerlich frierend ging ich endlich nach Hause und sehnte

mich nach einem Bad. Wer noch nie so richtig durchgefroren und naß war, schmutzig vom Schlamm, verschmiert vom Blut einer Membrane eines neugeborenen Tieres, der wird nie ermessen, wie labend ein heißes, duftendes Bad sein kann. Unzählige Male habe ich diese Labsal erfahren dürfen. Am Nachmittag brach die Sonne endlich durch die Wolken und erwärmte den Tag. Da ging ich noch einmal zu dem Schaf, um zu sehen, ob es aufgestanden war und wie das Neugeborene seine ersten Stunden in dieser kalten Welt überstanden hatte. Das Schaf lag noch am selben Platz, das Lämmchen hatte sich zitternd in die Wolle der toten Mutter gedrückt. An der Haltung des Kopfes war zu erkennen, daß das Schaf tot war. Traurig nahm ich das Kleine auf und trug es nach Hause, rieb es am Feuer trocken und bereitete dem Lämmchen ein warmes Lager in einer Kiste, die neben den Ofen gestellt wurde. Es war nicht das erste Lamm, das in dieser Kiste überlebte und mit Ziegenmilch gefüttert wurde — bis es kräftig genug war, gab ich es meiner Ziege Heide in Pflege, die es brav säugte.

Mein Weg führte mich ein drittes Mal an diesem Tag zum Bach. Diesmal trug ich einen Spaten, um ein Grab auszuheben. Das Schaf mußte begraben werden, denn bald würden es die Möwen bis zu den Gedärmen aufhacken. Es war nicht leicht für mich, ein Loch groß genug für ein ausgewachsenes Schaf zu schaufeln. Bei jedem Spatenstich stieß man auf Steine, größer als ein Fußball. Am Ende blieb wenig Erdreich übrig, um den Körper zuzudecken, so mußte ich zusätzlich noch Erde an anderen Stellen abgraben. Als die Arbeit getan war, weinte ich um die gute Kreatur. Später im Bett weinte ich um meinen Sohn.

Am folgenden Morgen stand die Frühlingssonne voll und warm am östlichen Himmelsrand. Ein wolkenloser blauer Himmel überspannte die Insel. Nachdem ich das Lamm versorgt hatte, den Küchenofen in Gang gesetzt, den Stall ausgemistet, ging ich noch einmal zur Stelle am Bach, um Steine auf das Grab zu legen, denn oft geschieht es, daß wildernde Tiere den Kadaver ausscharren.

Diese Arbeit dauerte nicht lange, da die Steine, die ich gestern ausgegraben hatte, den Zweck erfüllten. Nach getaner Arbeit setzte ich mich auf einen von der Sonne angewärmten Stein und schaute den grasenden Schafen mit ihren Lämmern zu. Es rührte mich, wie gehorsam sie stets an der Seite der Mutter blieben. Dennoch, in wenigen Tagen werden auch sie dann mit den gleichaltrigen Kameraden vergnügt in der Abendsonne spielen. Sie werden sich jagen, übereinander und aufeinander springen (hier ist mir klargeworden, woher der Ausdruck »Bockhüpfen« kommt), sie werden sich in harmlosen Boxkämpfen mit den Köpflein messen und so weit wie möglich sich entfernen. Aber wehe – wenn die Mütter dann die Köpfe heben, zweimal ein »Bäbä« erschallen lassen, da halten die kleinen fröhlichen Gesellen in ihrem Spiel inne, streben auseinander, ein jedes rennt folgsam zur Mutter – und sofort zur Milchquelle.

Ich mußte wohl ein wenig eingenickt sein, denn erschrocken sprang ich auf und dachte laut: »Ach Gott, ich muß ja Martina, meine Tochter, anrufen.«

Ohne darüber nachzudenken, woher dieses plötzliche dringende Bedürfnis kam, rannte ich nach Hause, denn ein mir sehr bekanntes, banges Gefühl hatte von mir Besitz ergriffen. Zu Hause angekommen, rief ich sofort meine Tochter an. Ich ließ es lange läuten und lauschte klopfenden Herzens den für mich unheimlichen Klingelzeichen im fernen Deutschland. Kaum hatte ich aufgelegt und wollte mich trösten mit dem Gedanken, daß das nichts zu bedeuten hätte – natürlich, sie ist ja arbeiten –, als sich bei mir das Telefon meldete. Es war meine Tochter Merle, mit vorwurfsvoller, aufgeregter Stimme sagte sie: »Mama, wo steckst du eigentlich? Den ganzen Vormittag versuch' ich dich zu erreichen.«

»Ich war draußen, die Tiere versorgen, da hatte ich ganz plötzlich das Gefühl, daß ich unbedingt Martina anrufen sollte ...«

Am anderen Ende war es für Sekunden still.

»Was redest du da, Mama, von wem weißt du das?«

»Ich weiß es nicht – was ist mit ihr?«

Angst vor der Antwort trieb kalten Schweiß aus meinem Körper.

»Sie ist im Krankenhaus, sie wird eben operiert – aber wieso wußtest du das mit dem Anrufen?« fragte sie jetzt weinerlich.

»Sag doch endlich, was mit Martina ist ...«

Weinend schrie sie jetzt durchs Telefon: »Sie ist sehr krank, du mußt kommen.«

Aber ich war so weit von ihnen entfernt – wo ich doch in diesem Augenblick dort sein sollte. Wie kann man den Gemütszustand beschreiben, in dem ich jetzt schwebte? Mein Blut erstarrte, mein Herz schien nicht mehr zu pochen. Ich war in einer total hilflosen Situation. Wie komme ich zu meiner Tochter, wie kann ich nur zu ihr kommen? Wut über mich selbst erfaßte mich. Warum mußte ich so weit fortziehen? – War das alles wirklich nur eines Mannes wegen? Wie konnte ich damals nur so irrational gehandelt haben? Selbst erwachsene Kinder brauchen eine Mutter – ein Zuhause hin und wieder. Ich verachtete mich selbst. Ich hatte kein Geld, um nach Deutschland zu fliegen – selbst wenn es mir jemand geborgt hätte, wäre ich frühestens erst in vier Tagen bei ihr gewesen. Jetzt aber müßte ich an ihrem Bett sitzen, jetzt müßte ich bei ihr sein.

Merle hatte mir die Nummer vom Krankenhaus durchgegeben, doch sollte ich erst in zwei Stunden anrufen.

Zwei Stunden können zur Ewigkeit werden, es spielt dabei keine

Rolle, ob man auf etwas Erfreuliches wartet oder hofft, etwas Tragisches möge sich auflösen. Es war mir nicht möglich in diesen zwei Stunden, irgendeine Arbeit aufzunehmen, weder Spinnen noch Stricken, Lesen oder Musikhören, ich saß nur da und wartete ...

Als ich dann endlich mit dem Krankenhaus verbunden war, sagte man mir, daß es noch nicht möglich sei, mit meiner Tochter zu sprechen, was ich einsah, noch sei die Gefahr nicht vorüber, doch bestehe sehr viel Hoffnung. Ich sollte erst morgen früh wieder anrufen. Hilflos, allein und verzweifelt saß ich auf der Matratze, zweitausend Meilen vom Krankenbett meines Kindes entfernt. Willfried Winkler kam mir in den Sinn. Er würde mir ganz sicher helfen – sofort Geld gegeben haben, aber seit der Zeit im Wohnwagen ohne Telefon hatten wir den Kontakt verloren. Gern hätte ich ihm auch vom Tod meines Sohnes erzählt. Sie hatten sich gut verstanden. Tobi war auch nicht erreichbar, war er doch irgendwo auf einem der Weltmeere mit einem großen Öltanker unterwegs. Müde, ohne Schlaf zu finden, quälte ich mich durch meine schweren Gedanken. Ja, wieso hatte ich das Bedürfnis, mich bei Martina zu melden, bevor Merle es am Telefon sagte? Dafür fand ich keine Erklärung – es sei denn, daß ich es, auf dem Stein sitzend, am frühen Nachmittag träumte. Ich hielt es allein nicht mehr aus. Ich brauchte einen Menschen, einen Freund, die Nacht war zu lang, um allein zu warten. Dolly wäre ganz sicher gekommen, doch zu so später Stunde wagte ich sie nicht zu bitten. Dolly müßte quer über die Felder zu mir kommen, da unsere beiden Häuser keinen Verbindungsweg haben.

Ich dachte an Christel, eine deutsche Frau, sie war zehn Jahre vor mir auf die Insel gekommen als Lehrerin. Wir hatten uns angefreundet. Sie wohnte zwar acht Meilen entfernt, hatte aber ein Auto. Auch sie würde bei Sturm und Regen in finsterer Nacht jedem, der Hilfe braucht, ob Tier oder Mensch, beistehen. Dennoch, so dachte ich, war es eine Zumutung, schließlich mußte sie das Fahrzeug oben stehen lassen und zu Fuß herunterkommen.

Ich wagte es – ich rief sie an. Ohne viel zu fragen, machte sie sich auf den Weg. In einer knappen Stunde war sie bei mir. Ich hatte mittlerweile Tee gekocht. Nachdem ich ihr von meiner Not berichtet hatte, saßen wir lange schweigend auf der Matratze. Sie hielt meine Hand, bis ich einschlummern konnte. Beim Erwachen saß sie noch immer an derselben Stelle.

Es war dunkel in der Küche. Durchs Fenster sah man am östlichen Himmelsrand das Rot der aufgehenden Sonne wie einen Feuernebel. Christel war jetzt eingeschlafen. Da stand ich auf, um das Feuer in Gang zu bringen, wärmte die Milch für das Lamm und gab ihm zu trinken. Für uns kochte ich Tee. Als ich wieder zum Fenster hinaussah, hatte sich die Sonne aus dem roten Nebel gelöst und stand rot leuchtend über dem Hügel. Am Tisch sitzend, trank ich meinen Tee und beobachtete zum Fenster hinaus den wunderschönen Sonnenaufgang. Da erinnerte ich mich, daß es ja in Deutschland schon eine Stunde später ist. Also wagte ich benommen, endlich das Krankenhaus wieder anzurufen. Mein Herz pochte laut, als ich dem fernen Rufzeichen lauschte. Die Nachtschwester meldete sich, sie hatte eine gute Nachricht. Sie sagte, daß meine Tochter fest schlafe und das Schlimmste überstanden habe.

»Danke, danke«, stammelte ich ins Telefon. »Danke, danke«, sagte ich noch mal, als der Hörer längst auf der Gabel lag.

Christel war erwacht: »Na siehst du, jetzt wird alles wieder gut.«

Da fing ich an zu weinen, und mein Traum vom Engel Helvetia mit den zwei Eimern kam mir in den Sinn. Unter Tränen der Erleichterung sagte ich: »Himmel, der Eimer muß doch bald überlaufen ...«

Christel sah mich erstaunt an. So erzählte ich ihr von meinem Traum. Sie schmunzelte nur. Wahrhaftig, ich wunderte mich, daß mein Körper noch nicht ausgetrocknet war. Wo kamen nur die vielen Tränen her? Irgendwann werde ich es einmal in Erfahrung bringen, da werde ich über das Geheimnis der Tränen nachforschen. Sicher weiß es Tobi, wieso es möglich ist, daß ein Mensch soviel Tränen produziert, wobei ich aber jemanden kenne, der noch nie geweint hat, soweit er sich erinnern kann, meinte er. Eines Tages werde ich Tobi fragen.

»Vielleicht läßt mich der Engel einmal im Traum in den Eimer hineinschauen«, sagte ich zaghaft lächelnd – und viele Tonnen erleichtert.

»Woran ist deine Tochter erkrankt, was war das für eine Operation?« fragte Christel.

Erstaunt stellte ich fest, daß ich daran noch gar nicht gedacht hatte, es gar nicht wußte und es für mich auch keine Rolle spielte – bisher. Sie war wieder gesund, sonst zählte nichts. Ich werde es schon zu wissen bekommen. Dann zeigte ich Christel noch das kleine Lämmchen in der Kiste, das gut gedieh, und erzählte ihr, wie ich das Mutterschaf aus dem Bach gezogen hatte. Sie wußte von solchen Geschehnissen, kannte sie genau, hatte sie doch selbst schon vielen Lämmern zum Leben verholfen.

Nach einem Frühstück machte sie sich auf den Weg nach Hause, denn auch sie hatte Tiere zu versorgen. Nachdem meine Pflichtarbeit am Vormittag getan war, freute ich mich aufs Spinnrad. Das Spinnen wurde für mich eine beruhigende, einträgliche Arbeit ohne Anstrengung – die ich aufnehmen oder lassen konnte, wie immer ich Lust dazu hatte.

Zu dieser Zeit gelang mir schon ein sehr gleichmäßiger Faden, wobei mir auch das Färben gut von der Hand ging. Am Nachmittag streifte ich mit Sunshine durch die Gegend, um Pflanzen und

Moos für das Färben zu suchen. Bis zum Eintreffen der Touristen mußte ich unbedingt einige Pullover aus selbstgesponnener Wolle fertig haben. Wußte ich doch, daß handgestrickte Sachen aus selbstgesponnener Wolle sehr gefragt waren.

Oben bei der grünen Hütte brachte ich später ein kleines Schild an:

»Handgestrickte Pullover aus selbstgesponnener, mit Pflanzen gefärbter Wolle«.

Im Augenblick war das Winklessammeln meine einzige Geldeinnahme. Davon wurden die Schulden bei der Bank nicht weniger. Der Traum von einem Webstuhl mußte vorläufig ein Traum bleiben — indessen wollte ich aber die Bretter für einen Holzfußboden bestellten — auch wenn ich kein Geld hatte, da alles noch auf kaltem Zementboden stand. Die alten Dielen zerhackte ich zu Feuerholz, sie waren morsch und verfault.

Diese Gedanken bestürmten mich beim mühsamen Pflücken von Lichen (Irismoos), das auf den Felsen wächst. Als ich mich einmal aufrichtete, um meinen Rücken zu strecken, schaute ich, geblendet von der Sonne, hinunter auf den Atlantik, wo ich etwas Merkwürdiges, noch nie Gesehenes auf den Wellen herantreiben sah. Da dieses Merkwürdige ziemlich weit draußen trieb, konnte ich nicht erkennen, was es war. Soweit meine Augen sehen konnten, war das Meer von diesen langen Dingern, die da auf und nieder, hin und her geschleudert wurden, übersät. Hatte ich doch schon einiges im Meer beobachten können, Delphine, Haie, doch noch nie eine solche enorm große Anzahl von langen, schmalen Fischen. Was hätte es wohl sonst sein können?

Mein Weg führte mich von der Steilküste etwas östlich davon weg. Nach einer viertel Stunde würde ich unten an meinem Haus mit dem Atlantik wieder zusammentreffen, da wollte ich Ausschau halten, was angeschwommen kam. Bei den Ruinen verharrte ich aber noch für einen kurzen Augenblick, denn hier bildete ich mir ein, auf irgendeine Weise eine besondere innere Verbindung zu diesem Ort zu haben. Hier dankte ich für die Besserung der Gesundheit meiner Tochter, betete für meinen toten Sohn und versprach, recht fleißig zu sein, mich nicht mehr in Selbstmitleid und Hader zu verlieren, mein Kreuz zu tragen, die Trauer zu erdulden. Die folgenden Wochen bewiesen aber, daß es leichter versprochen als ausgeführt ist, wie so oft bei derartigen Versprechen.

Der Schmerz um meinen Sohn ließ mich immer wieder aufschreien und bitterlich weinen. Die Sorge um meine Tochter ließ mich mit dem Allmächtigen hadern, meine stete Geldnot verzweifeln. Nur das Versprechen, fleißig zu sein, hielt ich ein.

Und genau an diesem späten Nachmittag, als mir all diese Gedanken durch den Kopf gegangen waren, als ich an das gedacht hatte, was noch nötig war, um das Haus fertigzustellen, an diesem späten Nachmittag bescherte mir doch tatsächlich und wahrhaftig der Himmel, oder mein guter Engel, was für mich ein und dasselbe ist, ein Geschenk, einfach unfaßbar. Ein Wunder war geschehen. Die vielen unerklärlichen Dinge, die von den Wellen ans Ufer geschwemmt wurden, waren Holzdielen, Bretter, zugeschnittene Bretter. Das Meer hatte an meinen Strand Hunderte von herrlich zugeschnittenen Holzdielen angeschwemmt. Kreuz und quer lagen sie auf den Steinen. Andere schwammen noch auf den Wellen. Ich stand und staunte und staunte … Hier kam mein Fußboden angeschwommen. Überglücklich — es kaum fassend, eilte ich ins Haus, denn ich wollte Dolly an dieser Freude teilhaben lassen, den Schatz mit ihr teilen. Auch ihr Fußboden war morsch und hundert Jahre alt.

Durchs Telefon schrie ich: »Dolly, komm schnell, Bretter sind vom Himmel gefallen, komm, bevor die Flut sie wieder mitnimmt!«

Eine halbe Stunde später war es an ihr zu staunen. An die hundertmal mußten wir die Böschung vom Wasser herauf- und hinunterkeuchen, da wir immer nur ein Brett befördern konnten. Wir legten sie weit genug vom Ufer entfernt, damit die Flutwellen sie nicht mehr wegschwemmten. Um Mitternacht war jedes Brett geborgen.

Dolly meinte, daß ein Kargoschiff die Ladung verloren haben mußte. Wenn das kein Wunder war: Ein Schiff verliert die Ladung, und das Meer schwemmt sie genau dorthin, wo sie nötig gebraucht wurde. Vor Jahren, erzählte Dolly, waren Hunderte von großen und kleinen Töpfen und Schüsseln überall an der Westküste angeschwemmt worden, deshalb hatte jeder Haushalt die gleichen Töpfe und Schüsseln.

Vor noch längerer Zeit, erzählte sie weiter, sei auf einer der äußeren Hebrideninseln ein Kargoschiff mit Whisky aufgelaufen und drohte unterzugehen. Die Besatzung warf die Fässer über Bord, um den Whisky zu retten. Die Kunde, daß Whiskyfässer im Meer schwimmen, raste wie ein Lauffeuer von Haus zu Haus in der kleinen Fischeransiedlung. In kurzer Zeit waren alle männlichen Einwohner versammelt, und die Boote lagen bereit, das köstliche, wertvolle Lebenswasser zu retten, als die Kirchturmuhr Mitternacht schlug, denn jetzt war Sonntag, da durfte, selbst um eine so kostbare Fracht zu retten, nichts getan werden. Enttäuscht nahmen die Männer ihre Mützen ab und begaben sich mit hängendem Kopf nach Hause.

Einige ungehorsame junge Männer aber, Sonntag hin oder her, hätten sich trotzdem gern mit dem Boot leise davongemacht, doch wurden sie von ihren klugen Müttern wohlweislich um des Seelenheils willen eingesperrt und zur nächsten Mitternacht wieder befreit. Jetzt raste und rannte das ganze Dorf zu den Booten, um zu retten, was noch zu retten war. (Es gibt einen herrlichen Film darüber:»Whisky in Hülle und Fülle«).

Tobi, Duncan und ich legten den Fußboden. So war die Wohnküche fertig, schön und gemütlich. In dem Eck, wo demnächst der Webstuhl stehen sollte, lag noch die Matratze zum Schlafen. Doch war jegliche Freude beschwert von der Trauer um meinen Sohn, deshalb dachte ich immer intensiver an etwas Erlösung durch einen Pilgerweg.

Mit meiner Tochter Martina sprach ich jetzt täglich am Telefon. Sie beruhigte mich in ihrer selbstlosen Art. Ich solle mir keine Gedanken und Sorgen machen, daß ich nicht bei ihr sein könnte, ihre vielen Tanten, meine Schwestern, würden sich um sie kümmern, indem sie auf Besuch kämen und sie mit allem Nötigen versorgten.

Im Sommer waren alle bei mir auf Urlaub. Sie halfen alle tüchtig beim Fensterstreichen und trugen Steine vom Ufer für einen Anbau herauf. Martina erholte sich langsam von ihrer Krankheit.

2. Teil • Mein Pilgerweg

11. Kapitel

Mein Pilgerweg 2. Teil

Der Frühling kommt wieder mit Wärme und Helle,
Die Welt wird ein Blütenmeer.
Aber in meinem Herzen ist eine Stelle,
Da blüht nichts mehr.

Ricarda Huch*

Alle Mütter und Väter, die auf tragische Weise ein Kind verloren haben, wissen, daß der Schmerz nie aufhört, er wird etwas stiller und sanfter. Irgendwann lernt die Seele, dieses Leid zu tragen, der Mensch lernt, damit zu leben. Doch ist man nie wieder die gleiche Person. So lernte ich, umhüllt wie von einem steten Nebel, mit dem Leid und der Trauer zu leben.

Endlich nahm meine Pilgerreise Form an. Sie stand im Mittelpunkt meines Denkens. Jetzt aber sollte es nicht mehr für mich geschehen, um mit meinem Schmerz fertig zu werden, denn ich hatte inzwischen »Gandhi« gelesen. Er sagt: »Will man ein Opfer bringen, so darf es nicht zum Selbstzweck geschehen – nur für andere.« Zum Beispiel wenn Gandhi hungerte, tat er es nicht, um für sich etwas dabei zu gewinnen.

Für meinen Sohn, der sich das Leben nahm, für sein Leiden, das er in seinem kurzen Erdendasein gelitten hat, damit er da, wo er

* *aus: Ricarda Huch, Werke 5. © 1971 by Kiepenheuer & Witsch, Köln*

hingegangen ist, im Licht sein darf. Das Licht, das den Frieden in sich birgt. Dafür wollte ich den weiten Weg zur heiligen Insel Iona auf mich nehmen.

Mit einem Termin im Rücken ist die Tat schon halb ausgeführt – deshalb setzte ich den 1. Mai dafür fest. Ich wählte den Monat Mai deshalb, da sind noch wenig Touristen anzutreffen, außerdem ist der Mai, was trockenes Wetter angeht, am beständigsten auf den Hebriden. Im Juni wollte ich wieder zurück sein, da erwartete mich große Freude, denn da sollte ich einen Webstuhl bekommen, sodann würde ich den restlichen Sommer das Weben üben, worauf ich mich sehr freute.

Die leidige Geldfrage stand wieder im Raum. Auch Pilgern kostet Geld, auch dann, wenn man keinen einzigen Meter fährt, braucht man doch etwas zu essen, man muß irgendwo übernachten. Ein Zelt würde seinen Zweck erfüllen, doch war ich viel zu schwach, um eins zu tragen. Schließlich konnte ich nicht um Almosen betteln oder gar von Mitmenschen erwarten, daß sie mir eins geben, wie der Koran es befiehlt, damit dem Pilgerer sein Weg ermöglicht wird. Das Meer mit seinen Winkles war meine Hoffnung. Dort würde ich das nötige Geld verdienen.

Auch mußte ich vorher noch den Bedarf an Torf für den nächsten Winter stechen, damit er trocknen konnte. So marschierte der Monat April schnell seinem Ende zu, und es betrübte mich sehr, nun doch nicht genügend Geld zusammengebracht zu haben. Aus Verzweiflung nahm ich all meinen Mut zusammen und schrieb letzten Endes an Willfried Winkler, denn schließlich hatte er mir das Versprechen gegeben, wenn ich in Not käme, könnte ich mich an ihn wenden, was ich bisher nicht ausgenutzt hatte, da ich es am Ende mit der Hilfe meines Engels immer wieder allein geschafft hatte. Diesmal war es anders. Ich wollte und konnte meinen Pilgerweg nicht mehr verschieben, womöglich geschah es dann gar nicht mehr. Mein eigenes Leben würde erst nach Iona weitergehen.

Ich schrieb ihm vom Tod meines Sohnes, wozu ich das Geld benötigte, teilte ihm das Bankkonto und meine neue Telefonnummer mit. Unglücklicherweise schickte ich den Brief nach Engendorf, in der Annahme, daß dies noch einer seiner Wohnsitze sei. Was ich nicht wußte, war, daß er mittlerweile seinen Hauptsitz in Brüssel hatte. So bekam er meinen Brief viel später. Der Mai kam näher, und die Hoffnung auf Antwort von Dr. Winkler rückte immer ferner.
Christel borgte mir dann das Geld, als ich sie darum bat. Tobi war für einige Tage zu Hause. Wie ein Hund schwänzelte er ständig um mich herum, blickte mich besorgt an und sagte: »Mama, willst du wirklich gehen, was ist, wenn etwas passiert, hast du keine Angst?«

Es war im dritten Jahr nach dem Tod meines Sohnes, ein Samstag, der 1. Mai, als ich sehr zeitig aufstand, meinen Rucksack mit den Dingen packte, die ich mitzunehmen für nötig hielt. Nach dem Frühstück verabschiedete ich mich von Tobi, der nicht wußte, ob er lachen oder weinen sollte, und ging. Die Sonne erhob sich golden und warm im Osten. Noch bevor ich das Gartentor erreichte, hörte ich den ersten Ruf des Kuckucks, was ich als ein gutes Omen sah. Beim Schließen des Tores drehte ich mich noch einmal um, um Tobi zu winken. Als das Tor sich schloß, war mir, als fiele hinter mir eine andere Tür zu, und ich befand mich in einem anderen Dasein. Ein Dasein, das mit dieser Welt und allem Geschehen in ihr nichts mehr zu tun hatte. Ich war ganz allein, und das war gut so.

Die Straße komme Dir entgegen –
Der Wind stärke Dir den Rücken –
Die Sonne falle sanft auf die Felder –
Und – bis wir uns wiedersehen
Berge Dich Gott in der Tiefe seiner Hand
REISESEGEN DES HL. PATRICK

Schon nach den ersten Meilen wurde mir der Rucksack zu schwer und drückte. Es blieb mir keine Wahl, ich mußte mich von einigen Dingen befreien. Da es noch sehr früh war und die Schotten Langschläfer sind, wagte ich es nicht, an eine Tür zu klopfen. Bei dem nächsten Kotten blieb ich dennoch stehen. Der Hund kannte mich, deshalb schlug er nicht an. Auf der Gartenbank entledigte ich mich allen überflüssigen Gepäcks. Alles, was jetzt den Rucksack füllte, war etwas Unterwäsche, ein paar Wollsocken, ein Trainingsanzug, der gleichzeitig Schlafanzug sein sollte. Zahnbürste, Zahncreme, Hautcreme, Seife und ein kleines Badetuch. Eine Plastikflasche für den Tee. Ich hatte feste Schuhe mit Wollsocken an, einen langen Leinenrock mit einem handgestrickten Pullover und darüber die in Schottland übliche gewachste Wetterjacke. Als Kopfschutz trug ich einen breitrandigen alten Filzhut. Die ausgepackten Sachen ließ ich auf der Bank liegen. Die Kottenbewohner würden wissen, wer hier etwas zurückgelassen hatte.

Am ersten Tag geschah nichts Weltbewegendes, außer daß fast jedes Auto anhielt und der Fahrer fragte, ob ich mitgenommen werden möchte. Überall war dasselbe Erstaunen auf den Gesichtern, wenn ich dankend ablehnte. Eine Bekannte in der kleinen Stadt, die mein erstes Ziel war, hatte mir angeboten, die erste Nacht bei ihr zu verbringen. Sie werde mit einem guten Essen auf mich warten.

Da ich diese Strecke schon oft mit dem Bus oder dem Auto gefahren war, glaubte ich sie zu kennen, um so mehr erstaunte es mich, daß ich durch Landschaften kam oder Aussichten erblickte, die mir völlig fremd waren. Ich sah sogar eine kleine Insel, die mir noch nie aufgefallen war.

Als die Sonne hoch über mir stand, begannen meine Füße zu ermüden, da ich aber aus Erfahrung wußte, daß, wenn man erst einmal ausruht, danach alles viel anstrengender wird, trotzte ich der Versuchung und hielt noch einige Stunden durch. Irgendwann schmerzten meine Füße so erbärmlich, da war nichts mehr mit Konzentration, ich dachte nur noch an meine schmerzenden Füße; so ließ ich mich auf einem Stein nieder. Am Stand der Sonne und dem des Meeres erkannte ich, daß es vier Uhr nachmittags sein mußte. Guten Gewissens trank ich nun meinen Tee aus der Plastikflasche, was ich verabscheute, jedoch wäre eine Glasflasche zu schwer gewesen. Dem Wunsch, meine Füße von den Schuhen zu befreien, widerstand ich, es wäre danach viel zu schmerzhaft gewesen, mit den angeschwollenen Füßen wieder hineinzufahren. Mir fiel ein, daß ich seit dem Frühstück nichts mehr gegessen hatte — wie lange war das schon her? Demzufolge müßte der Hunger sich längst eingestellt haben, was aber nicht der Fall war. Trotzdem spornte mich der Gedanke an ein gutes Essen, da ich nicht selbst zu kochen brauchte, derart an, daß ich sofort aufstand, um weiterzumarschieren, was jetzt hinkend geschah. Nach dieser Rast war ich langsamer geworden, meine Füße schmerzten sehr, mein ganzer Körper schien zu ermüden — und noch immer lagen vier Stunden Wegstrecke vor mir. Da es im Mai abends schon länger hell ist, stand die Sonne zwar schon im Westen, aber noch hoch über dem Atlantik, als endlich die Dächer der kleinen Stadt sichtbar wurden.

Es war zehn Uhr abends, als meine Bekannte mir die Tür aufhielt und mich willkommen hieß. An diesem ersten Tag hatte ich 30

Kilometer zurückgelegt. Ich hatte mir immer eingebildet, ein guter Wanderer zu sein, meine geschwollenen, schmerzenden Füße zeugten aber vom Gegenteil. Wie sollte ich morgen je wieder in die Schuhe hineinkommen?

Meine Bekannte, die Lehrerin an der hiesigen Schule ist, brachte als erstes einen Zuber mit heißem Seifenwasser für ein Fußbad. Zur gleichen Zeit bewirtete sie mich mit frischem Quellwasser, einer Schüssel dampfender Hühnersuppe mit viel Einlage und selbstgebackenem Brot.

Unterm Tisch erholten sich meine Füße im warmen Seifenwasser, oben auf dem Tisch stillte ich meinen Hunger, der sich doch noch eingestellt hatte, mit herrlichem Essen. Dieses sind spürbare Momente, erfüllt von der Güte des Lebens, daß sich Tränen der Dankbarkeit ins Auge schleichen. Man sollte wirklich nur essen, wenn man hungrig ist, denn dann erkennt man die Gabe des Brotes.

Einst, vor langer Zeit, so erinnerte ich mich an diesem Abend, war große Hungersnot. Wir waren Flüchtlinge. Da fand ein abgemagertes, hungriges kleines Mädchen, das ich gewesen sein mußte, ein Stückchen Brot auf einem Hühnerhof bei einem Bauer, zu dem es betteln gegangen war. Das Mädchen hob das Stückchen Brot auf, lief langsam auf die Wiese, setzte sich ins Gras und aß es bedächtig und glücklich. Es schmeckte so gut, es war so köstlich wie ein Stück Himmelreich. Als das Mädchen das Brot gegessen hatte, schaute es zum Himmel und bedankte sich stumm bei seinem Engel, denn es wußte, daß ein Engel über es wachte.

Nach dem Bad, als ich dann richtig müde und erschöpft im fremden Bett lag, dachte ich: »Danke, guter Engel.« In diese drei Wörter bezog ich alles ein, was gut ist, alles, was gut zu mir war.

Im Chinesischen gibt es das Wort R-E-N, das dem Wort »Güte« entspricht, aber viel mehr Aussagekraft besitzt. Bei Konfuzius bekam es die Bedeutung: »das menschlich Beste«. Mit dem Wort R-E-N in meinem Gedanken schlief ich traumlos bis zum anderen Tag.

Am Sonntagmorgen waren meine Füße noch immer angeschwollen und schmerzten. Ich versuchte mit Hautöl, das ich einmassierte, etwas Linderung zu verschaffen, bevor ich die Wollsocken überzog. Mit zusammengebissenen Zähnen zwängte ich meine Füße in die Schuhe, die ich nur bis zur Hälfte zubinden konnte. Das Frühstück stand schon bereit. Etwas unglücklich setzte ich mich an den Tisch, ließ mir Zeit für das Frühstück, in der Hoffnung, daß es meinen Füßen jede Minute etwas besser gehen könnte. Den restlichen Tee füllte ich in die Plastikflasche. Meine Gastgeberin hatte sich wieder hingelegt, so konnte ich mich nicht für die Freundlichkeit bedanken. Doch andererseits war ich froh, nicht soviel reden zu müssen. Die Hochlandschotten verstehen einander ohne viel Worte. Sie würden wissen, daß ich ihr dankbar für die Bewirtung war.

Der Morgen strahlte hell und versprach ein guter Tag zu werden. Und wieder verkündete der Kuckuck sein Hiersein fröhlich mit einem dreifachen »Kuckuck«. Ungeachtet der schmerzenden Füße schritt ich, so gut ich eben konnte, in die Stille eines frühen Sonntagmorgens. Hier gibt es kein Glockengeläut, das den Sonntag einläutet und den Gläubigen zur Kirche ruft. Das ist eines von den wenigen Dingen, die ich noch immer vermisse und an die ich wehmütig zurückdenke. In manchen alten Kirchen ist noch zu erkennen, daß hier einst eine Glocke gehangen hatte. Im Zuge der Reformierung wurde in Schottland die Reform auch noch reformiert. Die Kirche und die Religion wurden abstrakt, aller Fröhlichkeit beraubt. Vor hundert Jahren erst wurden an manchen Orten allen Bewohnern die Musikinstrumente entzogen und als Teufelswerk verbrannt. Die Fiedel, der Dudelsack, die Harfe, das sind die Musikinstrumente des Hochlandschotten. Andererseits, ein gälisches Kirchenlied aus schottischen Kehlen in einer weißgetünchten kleinen Kirche gesungen – ohne Instrumentalbegleitung –, ich muß zugeben, ich habe noch nie etwas so zu Herzen Gehendes woanders gehört. Deshalb maße ich mir nicht an zu urteilen. Es ist schließlich nicht die Form, die zählt. Es ist der Inhalt der Form. Jesus hat uns den geistigen Inhalt des Glaubens hinterlassen. Die Form hat der Mensch gebildet. Dem Allmächtigen ist die Form gleichgültig, denke ich mir.

Glücklich stellte ich nach einigen Meilen fest, daß meine Schmerzen in den Füßen nachgelassen hatten. Mein Weg führte mich noch immer auf der einzigen Straße der Insel entlang, die sich jetzt mehr durchs Innere der Landschaft schlängelte. Für diesen Tag hatte ich mir kein Ziel gesetzt. Ich würde sehen, wie weit ich käme, auch sorgte ich mich in keiner Weise um ein Nachtlager. Als die Sonne den Mittag anzeigte, lag vor mir wieder der Atlantik, ruhig und still, wie ein silberner Spiegel funkelnd. Da vernahm ich das erste störende Geräusch eines nahenden Autos hinter mir. Absichtlich drehte ich mich nicht um, damit der Fahrer nicht annehmen konnte, ich möchte mitfahren. Wider Erwarten hielt das Auto neben mir, und eine mir vertraute liebe Stimme sagte: »Hallo Mama.«
Mein Sohn lachte verschmitzt aus dem Autofenster. Duncan war auch dabei.
»Was wollt ihr denn?« fragte ich nicht eben erfreut.
»Wir bringen dir gute Nachricht. Heute morgen hat Dr. Winkler angerufen. Er bedauert es, deinen Brief so spät bekommen zu haben. Er wird dir das Geld sofort überweisen und wünscht dir

alles Gute und viel Trost. Auch gab er mir seine Telefonnummer von seinem Büro, dort sollst du so bald wie möglich anrufen.« »Was hat er noch alles gesagt?« fragte ich neugierig und aufgeregt. Ich wußte es, ich wußte es, daß er mir helfen würde. »Na ja – wie es uns geht, daß ihm das mit Arne sehr leid tut, und als ich ihm sagte, daß ich Tobi bin, hat er sich richtig gefreut. Er war sehr freundlich. Du sollst nicht vergessen, ihn anzurufen.« Besorgt schaute Tobi mich an. Doch versicherte ich ihm, daß ich mich wohl fühle, daß nichts in der Welt mich bewegen könne aufzugeben. Als ich Tobi noch einmal umarmte, sagte ich:»Wenn du mir wirklich helfen willst, so paß gut auf dich auf, damit ich mir keine Sorgen machen muß, und bleib immer so gut, wie du bist. Mehr kann sich eine Mutter nicht wünschen. Jetzt verschwindet. Gott beschütze euch.«

Als sie das Auto auf der schmalen Straße mühsam gewendet hatten, winkte ich ihnen so lange nach, bis vom schwarzen Lockenkopf des Schotten und vom blonden Schopf meines Sohnes nichts mehr zu erkennen war.

Die Straße schlängelte sich jetzt in Serpentinen hoch auf einen Berg, zu dessen Füßen ein Ausläufer des Atlantiks schimmerte. Es dünkte mich unerreichbar weit, bis ich oben sein würde. Meine Füße hatten längst wieder zu schmerzen begonnen, doch wollte ich es mir noch nicht eingestehen, der Durst plagte mich. Dennoch wollte ich erst dort oben, wo die Straße in ihrer letzten Kurve sichtbar ist, ausruhen und meinen Tee trinken. Da die Zeit nicht stehenbleibt, auch der langsamste Schritt sie zerschneidet, selbst eine Schnecke an ihr Ziel kommt, so stand auch ich irgendwann da oben.

Was ich jetzt sah, nahm mir fast allen Mut. Vor mir lag unendliche Einsamkeit. Wäre die Straße nicht gewesen, die sich wie ein langes Band in Serpentinen hinunterschlängelt, durch Heidekraut, vorbei an hohen Felsen, wo die Wasser sich herabstürzen, bis sie unten mit dem Atlantik zusammentreffen, hätte es »das vergessene Land« sein können. Von meiner Busfahrt wußte ich, daß fern dort unten hinter Bäumen eine kleine Ansiedlung von wenigen Häusern sein mußte. Diese Ansiedlung sollte an jenem Sonntag mein Ziel sein. Noch trennten mich einige Stunden davon. Die schmerzenden Füße wurden im ganzen Körper fühlbar, als ich mich endlich ins Heidekraut niederließ und meinen Tee in kleinen Schlucken trank. Auch an diesem Tag hatte sich kein Hunger eingestellt, was mich sehr erstaunte. Es gibt Momente im Leben, da vergißt man seine guten Vorsätze, sei es darum, weil man sich zuviel zugemutet hat oder weil man ganz einfach versagt oder nicht mehr kann oder will. Mir ging es an diesem Sonntagnachmittag so: als ich nämlich aufstehen wollte, schmerzten meine Füße so sehr, daß mir schwindelte und ich mich zurück ins Heidekraut fallen ließ, mich vor meinem Vorhaben fürchtete, allen Mut verlor und weinte. Plötzlich fror es mich. Eisige Kälte nahm Besitz von meinem Körper, und ich war wieder das kleine Mädchen, das mit anderen Kindern und Menschen im weißen Schnee lag — um für eine kurze Weile auszuruhen. Die Angst trieb alle weiter. Weiter stapften alle mit halberfrorenen Füßen durch den weißen eisigen Schnee — fort — fort von den Soldaten, die den Frauen und Kindern Böses tun — fort von Schlesien, der geschundenen Heimat. Stumpf setzte ich meinen Weg fort, mein Gedanke an meinen Sohn trieb mich weiter, mein Leid trug mich weiter. Irgendwann erstarben meine Gedanken, erstarben die Schmerzen in den Beinen, alles an mir und in mir schien in Atome aufgelöst und wirbelte durch Millionen von Kristallen, welche die Welt waren, in der sich mein aufgelöster Körper befand. Oder war es der eisige Schnee aus der anderen Zeit?

Ein lautes, wohlbekanntes Geräusch brachte mich in die Wirklichkeit zurück. Vor mir auf dem Weg kam eine Herde Kühe direkt auf mich zu. Bevor ich mich versah, stand ich mitten unter ihnen. Ich hatte die kleine Ansiedlung zwischen den Bäumen erreicht. Also war ich doch in der weiten, unerreichbaren Ferne angekommen. Die Sonne stand rechts hinter mir am westlichen Horizont, von roten Wolken eingehüllt. Es muß acht Uhr abends gewesen sein, als ich an die erste Haustür klopfte. Mein Verlangen nach Ausruhen war so stark gewesen, daß ich gar nicht gesehen hatte, ob es ein Schild gab, das auf die Vermietung eines Zimmers hinwies.

An diesem zweiten Tag war ich 13 Stunden gelaufen. Eine freundliche Wirtin gab mir ein Zimmer mit Bad. Ich wollte nichts essen, nur Linderung für meine Füße, dann schlafen – schlafen ... Nach dem Bad ölte ich meinen Körper, massierte die Füße. Den Tee, den die Wirtin hereingebracht hatte, vergaß ich zu trinken, denn ich schlief schon.

Dann war Montag, der dritte Tag. Ich war wunderbar ausgeruht, auch stellte ich freudig fest, daß meine Füße fast wieder die normale Form hatten und kaum noch weh taten. In dieser Hinsicht getröstet und erleichtert, wuchs meine Zuversicht, durchhalten zu können. Die Wirtin hatte mir ein gutes Frühstück bereitet, so aß ich mich satt, da bis zum Abend keine Aussicht auf ein Essen bestand. Damals trank ich viel Wasser. Jeder Bach, jedes kleine Rinnsal hält diesen frischen Trunk bereit. Ich war der einzige Gast an diesem Morgen, und die nette Wirtin wäre einem Gespräch nicht abgeneigt gewesen, doch wußte ich, wenn man erst einmal angefangen hat zu erzählen, kam eines zum anderen, und der Vormittag wäre schnell rum. Deshalb blieb ich wortkarg, was mir sehr leid tat.

Gestärkt durch das gute Frühstück, vieles leichter an Schmerzen, im Herzen Zuversicht, trat ich an diesem dritten Tag in den Morgen hinaus. Der Himmel versprach einen trockenen, warmen Tag.

Nach einigen Stunden Marsches — an diesem Vormittag konnte ich endlich marschieren — war auf der linken Seite eines Atlantikausläufers die kleine Insel zu sehen. Morags Insel. Ihr Boot war am Pfosten festgebunden, also mußte sie hier drüben sein. Die Hütte auf der anderen Seite der Straße, in der sie ihren Morris-traveler mit den Gänseblümchen unterstellte, war zu — so konnte ich nicht wissen, ob Morag mit dem Auto unterwegs war. Vielleicht war sie auch nur in der Nähe, um irgend etwas zu sammeln, deshalb wartete ich. Als sie aber längere Zeit nicht erschien, sammelte ich Steinchen, um einen Gruß auf dem Sitz des Bootes auszulegen. Ich schrieb: »Love M.«, pflückte noch Gänseblümchen, um sie ins Boot zu streuen. Irgendwie war ich dennoch froh, Morag nicht angetroffen zu haben, da ich auf meinem Pilgerweg so wenig wie möglich sprechen wollte. Es sollte auch eine Zeit des Schweigens sein. Wohl vergingen daheim Tage, bis ein Mensch mir begegnete — doch da war das Telefon — auch unterhielt ich mich stets mit den Tieren.

Bald war ich an dem Punkt angekommen, wo man die Straße verlassen muß, um nach rechts einen schmalen, feldwegartigen Pfad weiterzugehen. (Heute ist dieser zu einer zweispurigen Straße ausgebaut.) Dieser Weg führte viele Meilen durch Moorlandschaft, Heidekraut und an kleinen idyllischen Seen vorbei. In der Ferne ein enormes Bergmassiv mit abgerundeten oder kegelartigen kahlen Bergen.

Zur Mittagszeit, als die Sonne hoch am Himmel stand, setzte ich mich ins blütenlose Heidekraut am Ufer eines Sees. Meine Füße schmerzten wieder ein wenig, deshalb wagte ich es, die Schuhe auszuziehen, um sie im kühlen Wasser zu erfrischen. Befreit von physischen Schmerzen, konnte ich endlich alles um mich herum wahrnehmen.

Ich hörte die leise Bewegung des sich im sanften Wind wiegenden Schilfes, das Schnappen einer Forelle nach einem Tierchen, das zärtliche Geplätscher der ruhigen Wellen. Selbst das kauende Geräusch der wilden Ziegen mit den großen Hörnern, die friedlich in der Ferne grasten, konnte ich hören. Beim Anblick der Wildziegen dachte ich an meine Ziegen, und für einen kurzen Augenblick erfaßte mich Heimweh. Ich sah den schneeweißen Lämmern zu, wie folgsam sie an der Seite der Mutter blieben, auch schon wichtig und fleißig wie ein Schaf am Grase kauend. Und nun drang auch der Gesang der Lerche in mein Bewußtsein. Entspannt und friedlich lag ich im blütenlosen Heidekraut, dankte meinen Füßen, weil sie nur noch ganz, ganz wenig schmerzten. Warum, so dachte ich mir, sollte man nicht hin und wieder seinen Körperteilen danken, schließlich arbeiten sie für einen ohne Rast und Ruh tagein, tagaus. Das Herz pumpt ohne Unterlaß, wir nehmen es als selbstverständlich hin … die Lunge, die dem Blut frischen Sauerstoff zuführt, das Blut, das allen Organen die Nahrung bringt … Wie viele Männer gibt es, die die Innereien ihres Autos besser kennen und pflegen als die eigenen. Konzentriert auf meinen Körper, dankte ich also meinen Füßen und Beinen, dachte an mein Herz, sah es pumpen, folgte dem mit frischem Sauerstoff beladenen Strom des Blutes bis in die feinsten Kapillaren, versuchte meine Lunge zu sehen, dankte ihr ganz besonders, daß sie trotz überstandener Tuberkulose aus Kindertagen mir so brav diente. Bat mein Gehirn um gute Impulse und positive Gedanken. Ich befand mich im Innern meines eigenen Körpers, klopfte jedem Organ auf die Schulter und bedankte mich, daß da drinnen, soweit ich sehen konnte, Harmonie herrschte. Leider vergaß ich durch meine Brüste zu gehen, da wäre mir damals vielleicht schon etwas Disharmonie aufgefallen. Nun, sobald die schmerzenden Füße mich nicht mehr beherrschten, stellte sich Hunger ein, so versprach ich mir an diesem Abend ein gutes Abendessen.

»Jawohl«, rief ich laut den Lerchen zu, daß auch die Schafe beim

Grasen innehielten und ihre schwarzen Köpfe hoben, »ja, heute abend werde ich gut essen!«

Nachdem ich die Socken und die Schuhe angezogen hatte, ging es weiter. Noch lagen einigen Wegstunden vor mir. Wie so oft im Leben kam alles anders als gedacht: Meine Füße schmerzten wieder, infolgedessen kam ich langsamer voran, und deshalb fand ich erst eine Herberge, als die Sonne schon fast untergegangen war, daß heißt um diese Jahreszeit auf den Hebriden elf Uhr nachts, was aber wiederum nicht heißt, daß es dunkel ist. Im silbrigen Dämmerlicht sah ich das einsame Haus stehen, das für die folgende Nacht meine Herberge wurde. Es gab kein Bad, was mir allerdings nichts ausmachte. Meine Füße konnte ich abwechselnd in das Waschbecken halten und Wasser darüber laufen lassen. Mein ersehntes gute Essen gab es auch nicht, so spät wollte die Wirtin nicht mehr den Ofen anheizen. Sie stelle mir nur Tee ins Zimmer.

Dann eben morgen abend. Morgen abend werde ich etwas ganz Besonderes essen. Etwas noch viel Besseres, als ich heute bekommen hätte, versprach ich mir. Während des Vaterunsers schlief ich ein.

Am folgenden Tag regnete es. Womöglich war das die Ursache, daß die Wirtin so mürrisch war, was mich nicht sonderlich störte, denn meine Füße schmerzten überhaupt nicht mehr. Was mehr könnte ich mir für die nächste Zeit wünschen? – Füße, die mich trugen, zumal ich an diesem Tag die Fähre erreichen würde, die mich aufs Festland hinüberbringt.

Als die Morgensonne endlich durch die Wolken brach, hörte es auf zu regnen. Der Weg führte mich durch einen Rhododendronwald. Die Pflanze, die in Deutschland nur die Größe eines Busches erreicht, wird hier so groß wie ein Apfelbaum, und noch größer. Ein Insulaner erklärte mir in bezug auf diese hohen, wun-

derschönen Büsche, daß es nicht so sehr die Sonne sei, durch
deren Kraft die Büsche zu Bäumen werden, sondern vielmehr
das Licht, das im Sommer bis Mitternacht leuchtet, und auch die
sanfte Wärme vom Golfstrom, die wiederum garantiert, daß sie
ganz selten vom Frost bedroht sind. Viele leuchteten schon in
lila-rot-weißer Blütenpracht, die, noch zusätzlich mit silbrigen
Regentropfen geschmückt, in der Morgensonne glitzerte. Über
allem spannten sich die kunstvollen, zarten Gebilde der
Spinnennetze, jetzt durch das Morgenlicht sichtbar fürs schauen-
de Auge. Ich wunderte mich, warum der Regen die zarten Netz-
gebilde nicht zerstört hatte. Hier und da blühten auch schon die
wunderschönen »bluebells«, die den moosigen Waldboden in ein
blaues, herrlich duftendes Meer verwandelten. Man meint, durch
einen Märchenwald zu gehen. Es hätte mich gar nicht gewundert, kleine Waldgeister verschmitzt lächelnd durch die mit Moos
bewachsenen Baumwurzeln hervorschauen zu sehen. Doch fehlte dazu das magische Licht des Mondes … Wie heißt es in einem
Lied: »… so dämpfet die Schritte die Stimme im Wald, dann
hört und seht ihr manch Zaubergestalt …« Als dann der Wald
sich lichtete und das freie Gelände sich auftat, versperrten mir
drei große Schafböcke mit Hörnern wie Ochsen, nur eingekrin-
gelt, den Weg. Alle drei sahen mich als Störenfried an und
stampften böse mit den Vorderbeinen. Da ich doch einiges von
Tieren gewöhnt war, fürchtete ich mich nicht so schnell. Doch
Schafböcke konnten mir seit meinem Schafbockerlebnis Furcht
einjagen. Ich habe großen Respekt vor ihnen und meide deren
Nähe so gut wie möglich. Ich versuchte mit freundlichem Zureden, mir meinen Weg freizumachen, es half nichts. Ich stampfte
ebenfalls mit dem Fuß – stur blieben sie stehen und sahen mich
bedrohlich an. Da sagte ich laut, in der Hoffnung, meine zornige
Stimme werde sie verjagen: »Hört mal zu, ihr sturen Böcke, von
euch lass' ich mich nicht ins Bockshorn jagen, ich muß nämlich

die Fähre erreichen!« Nichts. Sie wichen nicht von der Stelle. Nun schalt ich mich einen Feigling und befahl mir selbst, dem ein Ende zu machen. Langsam schritt ich rückwärts, um genügend Anlauf zu haben, und schreiend wie Tarzan stürmte ich durch die Feinde. Als ich mich außer Gefahr wußte, blieb ich stehen und schaute zurück. Friedlich grasend standen die Böcke jetzt am Wegrand, der rechts und links eingezäunt war. Um die Mittagszeit erreichte ich die Anlegestelle der Fähre. Ein Reisebus, deren Touristen photographierend hin und her rasten, einige Autos, und da war auch ein Traktor mit Anhänger, beladen mit Schafen. Der Bauer teilte wie üblich mit seinem Collie den Sitz und wartete geduldig, um hinübergebracht zu werden. Scheu und verunsichert stellte ich mich etwas abseits. Sobald ich von fremden Menschen umgeben bin, breitet sich ein fast schmerzliches Unbehagen in mir aus. Kommen Gruppen von Menschen auf mich zu, versuche ich auszuweichen. Ich bekomme Angst, doch weiß ich nicht, warum. In meinem Lehrerdasein war es anders, da geschah alles vor mir. Nie ließ ich jemanden hinter mir stehen. Hinter mir steht die Angst. Da sich in mir diese unbekannte Scheu ausgebreitet hatte, setzte ich mich fernab von allen ans Ufer, und da sah ich wieder dieses kleine Mädchen, das ich einst vor langer Zeit gewesen sein mußte, scheu und unsicher in einem fremden Schulhof stehen. Es sah den fröhlich spielenden Kindern zu. Vor ihr stand eine kleine Gruppe gleichaltriger Mädchen, die einen Auszählreim sangen und zwischendurch herzhaft in herrlich duftende Butterbrote bissen. Einige hatten sogar noch zusätzlich einen Apfel. Dem hungrigen Mädchen trieb es vor Sehnsucht nach einem Stückchen Brot Tränen in die Augen. Ach ja, jetzt sah ich auch, daß dem Mädchen die Haare wieder etwas gewachsen waren. Wie auf einem Stoppelfeld standen sie blond und struppig um ihr rundes Gesicht, denn im letzten Flüchtlingslager wurden allen großen und kleinen Mädchen die Haare geschoren, wegen der vielen Läuse. Jetzt kam ein Kind aus der spielenden Gruppe zu ihr und fragte: »Willst du mitspielen?«

Das magere Mädchen schüttelte den Kopf.

»Warum nicht?«

»Ich habe Hunger.«

»Hunger – warum hast du Hunger?« fragte das freundliche Mädchen.

Darauf wußte das Kind keine Antwort.

»Da, nimm mein Brot, das hindert mich sowieso nur beim Spielen.«

So bekam das hungrige Kind die heiligste Gabe auf Erden: Brot. Elsbeth hieß die Geberin. Elsbeth habe ich nie vergessen.

Indessen hatte die Fähre angelegt, und bevor ich mich versah, wurde ich von laut redenden Menschen vorwärts geschoben. Für die dreiviertelstündige Überfahrt schaute ich mich nach einem Platz im Speisesaal um, denn ich wollte mein Versprechen, etwas ganz besonders Gutes zu essen, einlösen. Am Ende blieb es aber doch nur bei einer Suppe, da es etwas Besonderes nicht gab. Irgendwann wird es schon eintreffen, dieses besonders gute Essen. Vielleicht morgen auf dem Festland. Meine Insel entfernte sich im Nebel.

Das kleine Fischerdorf, in dem wir anlegten, gefiel mir nicht sonderlich. Es entsprach in keiner Weise meinen romantischen Vorstellungen von einem alten schottischen Hafen. Die Lagerhäuser glichen den Fassaden eines Wildwestfilmes, was überhaupt nicht in die Hochlandschaft paßte. Das Informationszentrum wiederum war ein scheußlicher, supermoderner Betonklotz. Dementsprechend fiel auch meine Herberge aus. Ich mußte ein Zimmer mit drei hübschen, doch nimmermüde quatschenden Japanerinnen teilen.

Als sie fragten: »Do you speak english?«, war meine Antwort: »No, just german«, worüber ich mich sofort ärgerte. So eine dumme Lüge, nur um nicht reden zu müssen, schien mir, als zerstöre sie etwas von meiner natürlichen und geistigen Verbundenheit in mir selbst, denn ich wollte, solange ich pilgerte, reinen Herzens sein, so gut es mein Menschsein eben zuließ. Irgendwann wurden auch meine Zimmergefährtinnen müde, das Geschnatter weniger und weniger – bis endlich wir alle einem neuen Tag entgegenschliefen.

An diesem Morgen stand ich zeitig auf, um als erste das Badezimmer benutzen zu können, denn ich wollte meine Haare waschen. Mein Körper schien sich endlich den Strapazen angepaßt zu haben, nichts tat mehr weh. Die Schwellungen an meinen Füßen und Beinen waren zurückgegangen.
Noch war außer mir keiner im Frühstücksraum, obwohl alle vorhandenen Tische gedeckt waren. So begann ich, ungestört mein reiches Frühstück zu genießen, als plötzlich und unerwartet merkwürdige Laute hinter der Tür vernehmbar wurden, die zu einem schrillen, fließenden Ton anschwollen. Die Tür sprang auf, und ein Donner zerbrach meine Frühstücksruhe. Mädchen, alles Mädchen. Schlitzäugige, schwarzhaarige, kleingewachsene, doch sehr schöne Mädchen. Also gab es noch mehr von dieser schnatternden Sorte als meine drei Zimmergenossinnen in dieser Herberge. Ich schien die einzige Europäerin zu sein. Jedes dieser exotischen Geschöpfe lächelte mich freundlich an. Einige verbeugten sich sogar höflich. Herzlich lächelte ich zurück. Ich war von soviel Freundlichkeit tief betroffen, daß ich meine Tränen zurückhalten mußte. Glückliche Jugend, dachte ich. Gott beschütze euch. Seit dem Tod meines Sohnes hatte ich mir meine Haare wachsen lassen und sie jetzt, da sie sehr lang waren, zu einem Zopf nach hinten gebunden. So mußte meine Erscheinung mit meinem naturblonden Haar, meiner hellen Haut und meinen blauen Augen auf die schwarzäugigen Schönheiten mit ihren

blauschwarzen Haaren fremdartig gewirkt haben. Unumwunden wurde ich von ihnen mit gezückten Photoapparaten umringt, was ein etwas beängstigendes Gefühl hervorrief. Aber bei soviel jugendfrischer Freundlichkeit verdrängte ich es, baten sie mich doch nur mit ihrem fernöstlichen Lächeln, photographieren zu dürfen. Sie knipsten mich allein, in Gruppen, zu zweit … Als dies endlich getan war, gingen sie, sich rückwärts verneigend, zu ihren Tischen!

Eine Schönheit blieb bei mir stehen. Mit ihrer zierlichen Hand zeigte sie fragend auf meine Haare. Sie wollte sie anfassen, befühlen. (War ich froh, daß ich sie an diesem Morgen gewaschen hatte.) Ganz sacht nahm sie meinen Zopf in ihre Hände. Plötzlich nestelte das Mädchen an ihrer Bauchtasche herum und brachte eine kleine Schere hervor. Mit ihren großen Schlitzaugen sah sie mich fragend und bittend zugleich an, zeigte mit der Schere auf meinen Zopf, mit Daumen und Zeigefinger, wieviel sie abschneiden wollte. Ich nickte ergeben. Alle im Raum sahen uns gespannt zu. Es war so still, daß das Geräusch des Schneidens hörbar war. Lächelnd zeigte mir nun die Japanerin, wieviel sie abgeschnitten hatte. Es war nicht zuviel. Mein Zopf war noch vorhanden. Dankbar verbeugte sich die Schöne und zeigte meine Haare wie eine Trophäe ihren Freundinnen. Aber da hatte ich es plötzlich eilig, nahm meinen Rucksack, winkte in die Runde, denn mir war, als nestelten noch mehr von diesen kleinen Asiatinnen an ihren Bauchtaschen nach einer Schere. Ich verließ die Herberge.

Noch einmal begegneten wir einander auf der Straße, als ihr Bus an mir vorbeifuhr. Als sie mich erkannten, stürmten alle auf die eine Seite des Busses, um mir zuzuwinken, daß ich befürchtete, das Fahrzeug würde kippen. Dann war ich allein auf der Straße und freute mich auf den Tag, der mir das Ziel etwas näher bringen würde.

Endlich befreit von meinen Fußschmerzen, konnte ich meine Pilgerreise bewußt erfahren, konnte mich total der Wesenheit der Natur mit ihren verborgenen mystischen Kräften überlassen. Auch blieb die Freundlichkeit der Mädchen nicht ohne Nachhall. Ich erinnere mich genau, daß es mir an diesem ersten Tag auf dem Festland gutging. Was das Leibsein betraf. Meine Seele weinte immer.

In jenen Tagen meiner Pilgerreise lag der Schmerz um den Freitod meines Sohnes scharf wie ein Schwert auf meiner Seele. Die Schuld erdrückte mich und ließ mich manchmal aufschreien. Da konnte es geschehen, daß ich beim Erwachen, ob vom Ausruhen unter freiem Himmel oder morgens in einer Herberge, in ein zeitloses, raumloses Nichts fiel. Mir war dann, als hörte ich den Schrei meiner Seele, verbunden mit dem Weltschmerz, wie ein Echo verloren im All widerhallen, bis ans Ende der Zeiten. In solchen Momenten aber trugen mich unsichtbare Kräfte weiter, bis ich meiner selbst erneut gewahr wurde und ich die Schönheit und Liebe um mich herum erkannte. Sodann schlich sich unmittelbar ein Lied auf meine Lippen, ich hielt aber erschrocken inne, denn ich meinte doch, nie mehr singen zu dürfen.

An diesem Tag geschah nichts, ich begegnete niemandem außer einigen vorbeifahrenden Autos, da ich auf der Landstraße gehen mußte, bis ich endlich an die Westküste Schottlands gelangen würde. Mein Gehen war jetzt ein rhythmisches Gleichmaß an Schritten, Stunde um Stunde, bis zum Abend. Genau zur Abendzeit erreichte ich die Gabelung der Straße; links führte sie noch viele Meilen nach Fort William, ein kleiner Weg führte rechts an der Westküste entlang, genau dazwischen stand ein Haus, ein »Inn« (Gasthof). Wie alle einsamen Herbergen, sah alles heruntergekommen aus. Mich erinnerte es an die gruselige Geschichte »Jamaica Inn« von Daphne du Maurier. Ich war müde und hungrig. Auf meiner Straßenkarte war weit und breit kein anderes Haus eingezeichnet – also, ob es mir gefiel oder nicht, ich mußte bleiben. So setzte ich mich erst einmal auf eine Bank an der Hauswand. Mir war kalt, wie so oft in dieser Jahreszeit blies ein eisiger Nordwind.

Hoffentlich gibt es hier das gute Essen, das Besondere, auf das ich schon seit Tagen warte, dachte ich.

Aus dem Innern des Gasthofes drang laute schottische Fiedelmusik. Jetzt sah ich auch einige schwere Motorräder stehen, zwei verbeulte Landrover und drei Traktoren, auf deren Sitz die Collies lagen und schliefen – bis es dem Herrn gefiel, nach Hause zu fahren. Also konnten da nur Männer drin sein, folgerte ich. Bei diesem Gedanken war mir nicht wohl, am liebsten wäre ich weitergegangen, aber dazu war es zu spät.

So nahm ich schließlich meinen Rucksack, befahl meiner Schüchternheit, auf der Bank sitzen zu bleiben, und öffnete entschlossen die Tür in ein verrauchtes, lautes Lokal. Plötzlich war es still. Sie mußten mich wohl alle angestarrt haben, was ich aber nicht sehen konnte, da meine Augen wegen der Abendsonne draußen und wegen des Rauches im Raum für einen Moment nichts erkennen konnten. Unschlüssig blieb ich stehen, bis eine freundliche, resolute Frauenstimme sagte:»Can I help you, dear?« Jetzt konnte ich auch durch den Rauch die Theke sehen und den Raum erkennen. Man starrte mich tatsächlich an. Die freundliche Frau hinter der Theke erkannte meine Scheu und rügte die Männer in gälischer Sprache:»He, was glotzt ihr so, noch nie eine Frau gesehen, wie?« Da wurde es wieder laut, das Interesse an mir schien sich gelegt zu haben. Dankbar fragte ich sie nach einem Zimmer und etwas zu essen.»No problem«, war ihre Antwort, und ob ich allein sei, woher ich käme, wohin es gehe, wollte sie wissen. Das zeugte weniger von Neugier, sondern vielmehr von Anteilnahme. Als ich ihr das Notwendigste erzählt hatte, schrie sie in den Lärm über die Theke den Gästen zu: »Hört mal, diese Frau pilgert ganz allein nach Iona. Alles zu Fuß. Habt ihr so etwas schon gehört?« Da hoben mir die Männer ihr Bier- oder Whiskyglas entgegen. Ja, was ich denn für eine Bürde nach Iona tragen würde, denn man gehe ja nur mit einer Bürde dorthin, wollten sie wissen. Die Wirtin sah mich fragend und mitleidig an. Auch sie setzte eine Bürde voraus. So erzählte ich es ihr. Spontan kam sie hinter dem Schanktisch hervor, nahm mich in die Arme: »Poor soul«, sagte sie und führte mich in ein kleines Nebenzimmer. Durch die offene Tür konnte ich sie von Tisch zu Tisch gehen sehen und den Gästen etwas zuflüstern. Kurz darauf brachte sie eine gute, dicke, heiße Suppe mit Lammfleisch und Graupen, Brot und Käse, Tee und einen Whisky. Alles schon von den Stammgästen bezahlt. So sind die Schotten. Ich war gerührt.

Oben im einfachen Schlafzimmer hing ein Schild über dem Waschbecken, darauf war zu lesen: »Wenn du den Warmwasserhahn aufdrehst, verlier bitte nicht die Geduld, es dauert zehn Minuten, bis das heiße Wasser durch die alten Leitungen fließt. Da Wasser in Schottland (in den Highlands) nichts kostet, ließ man es bedenkenlos wegrinnen, bis mit Blubbern und Rumpeln, stöhnend und dampfend das heiße Naß erscheint. Von unten kam jetzt Dudelsackmusik, und wie bei allen Schotten üblich, so wurde auch kräftig mit den »tackerty boots«, genagelten Stiefeln, der Takt dazu getreten.

»Oje«, dachte ich, »wie soll man da schlafen können?«

Sie würden bis in den hellen Morgen festen, hier gibt es keine Sperrstunde. Wohlweislich hatte ich deshalb den Whisky als Schlaftrunk von der Wirtin bekommen; er erfüllte seinen Zweck, ich konnte wider Erwarten gut schlafen und erwachte erst, als die gute Frau an die Zimmertür klopfte, ein Tablett, vollbeladen mit Frühstück, hereinbrachte. Sie sah nach einer langen Nacht erstaunlich frisch aus. Unten sei es noch nicht aufgeräumt, es sei besser, hier oben zu frühstücken, meinte sie freundlich und saß auch schon auf meinem Bettrand. Plaudernd sah sie mir beim Frühstück zu. Für sich selbst war ebenfalls eine Tasse auf dem Servierbrett.

»Poor soul, poor soul«, sagte sie ein ums andere Mal.

Bei soviel ehrlicher Anteilnahme wäre es sehr unhöflich gewesen, mich nicht mit ihr zu unterhalten. Als ich um die Rechnung bat, sagte sie, daß die Gäste alles für mich bezahlt hätten. Ich solle in Iona für sie beten. So sind die Schotten. Beim Abschied umarmte sie mich noch einmal.

Links zeigte das Straßenschild landeinwärts in Richtung Fort William, rechts war der Atlantik mit seiner einsamen, wilden Westküste. Mein Weg führte an der Küste entlang. Viele, viele Meilen totale Einsamkeit, wilde Küstenlandschaft. Vereinzelt standen die vom Wetter zerfurchten uralten Kaledonischen Kiefern. Dieser fast ausgerottete schottische Baum steht heute unter Natur- und Denkmalschutz. Er zeugt von einer längst vergangenen Zeit, als hier noch Millionen Artgenossen standen, bis sie der Gier der Menschen nach Reichtum zum Opfer fielen, um Weideland für Schafe zu schaffen.

Ich fragte einmal einen Förster, warum dieser herrliche Baum nicht rekultiviert wird.

»Weil es sich nicht lohnt, es dauert hundert Jahre, bis sie voll ausgewachsen sind«, war die Antwort.

»Ja – sind wir denn nicht willig, unseren Nachkommen in hundert Jahren Bäume zu hinterlassen?« fragte ich ihn.

Erstaunt sah er mich an und wußte keine Antwort.

Ein Atlantikausläufer lag an meinem Weg, den ich fast eine Stunde umgehen mußte, wo es mir gelungen wäre, einen Stein hinüberzuwerfen. Bei einem anderen Ausläufer hätte ich bei

Ebbe durchwaten können, wären die Klippen nicht so hoch gewesen.

Zwei Tage begegnete ich keinem Menschen, außer bei meiner Übernachtung, die aber so nichtssagend war, daß es sich nicht lohnt, darüber zu berichten. Eines Abends mußte ich das Küstengebiet verlassen und landeinwärts gehen, denn ich glaubte, in der Ferne ein Haus zu sehen. Es war Zeit, eine Herberge zu suchen. Da sah ich auch schon ein Schild an einem Pfahl befestigt, das B + B (Zimmer mit Frühstück) anzeigte. Weit und breit nur ein Haus. Auf mein Klopfen geschah lange nichts. Verzweifelt wollte ich weiter. Als ein Vorhang sich bewegte, klopfte ich noch einmal. Es war ein Mann, der jetzt doch noch an die Tür kam und mich prüfend ansah. Er mochte zwischen vierzig und fünfzig Jahre alt sein. Nicht besonders freundlich sagte er, daß er um diese Jahreszeit noch nicht auf Touristen eingerichtet sei, doch sehe er ein, daß er mich nicht wegschicken könne, das nächste Haus sei sechs Meilen entfernt – und ließ mich herein. Er führte mich in ein sehr kleines Gästezimmer und entschuldigte sich für die alten stabilen Leinenbezüge, die noch von der Mutter stammten, auch er bleiche diese noch in der Sonne, wie es Mutter einst tat. Ich war begeistert und zeigte es auch ehrlich. »Kunstfaserbettwäsche ist mir ein Greuel«, sagte ich zu ihm. Mein Wirt freute sich darüber, und so schien ich etwas bei ihm gewonnen zu haben. Er könne mir aber nichts kochen, meinte er, da er hierfür nicht genügend mit Lebensmitteln versorgt sei. Meinen Tee und etwas Toastbrot allerdings könne ich selbst zubereiten. Er sei im Wohnzimmer, ich könne die Küche benutzen. Er wohne ganz allein hier. So war meine Hoffnung auf ein weibliches Wesen in diesem Haus zunichte. Die Küche war peinlich sauber und aufgeräumt. Alles stand für einen Tee bereit, also mußte er doch auf einen Gast gehofft oder gewartet haben. Ich wagte um etwas Brot und Butter zu bitten und fragte, wo ich den Tee finden könnte. Das Buch, in dem er gelesen hatte, hielt er noch in seiner Hand, als er nicht gerade freundlich meinem Wunsch entgegenkam. Er stellte mir Butter und das übliche weiße Toastbrot ungetoastet auf den Tisch.

»Soll ich es toasten?« fragte er dann doch noch.

»Nein danke, ich bin zufrieden so, wie es ist«, antwortete ich. Den Heißwasserkessel für den Tee brachte er auch noch in Gang.

Ob ich in der Küche essen dürfe, fragte ich.

Schweigend legte er jetzt das Buch aus der Hand, holte aus der Tischschublade ein Set und ein Messer, vom Regal nahm er einen Teller. Den gedeckten Platz hatte er also für sich selbst schon zurechtgemacht. Ich schaute auf das Buch und las mit Staunen den Titel: »Mein Kampf«, in englischer Übersetzung. Ich erschrak, denn ich hatte die Einstellung einiger Engländer und auch Schotten den Deutschen gegenüber schon zur Genüge erfahren. Mein Wirt mußte mein Erschrecken bemerkt haben, fast entschuldigend meinte er, das Buch habe er aus der Leihbücherei. Er, als Engländer, wollte schon immer einmal lesen, was dieser »Deutsche« geschrieben habe.

»Österreicher, er war Österreicher«, sagte ich.

Das sei alles dasselbe, meinte er verlegen.

Ich beließ es dabei, trank still den Tee und aß zwei Brote. Auch er zeigte kein Interesse an einer weiteren Unterhaltung. Mit dem Buch ging er zurück ins Wohnzimmer.

Später fragte ich ihn nach dem Badezimmer, ob ich ein Bad nehmen dürfe. Nur eine Dusche sei vorhanden.

Ich war zufrieden und bedankte mich. Ich dürfe das große Badetuch benutzen, das an der Tür hängt, es sei sauber. Es stamme auch noch wie so vieles von seiner Mutter, rief er mir noch nach. Das alles erinnerte mich an etwas, ich wußte nicht, woran, doch erzeugte es ein unsicheres Gefühl in mir. Fast Angst. Das einsame Haus, nur ein männlicher Bewohner, der alles noch von seiner Mutter benutzt – ich ganz allein, woran erinnerte mich das alles?

Als ich dann unter Dusche stand, schlug es wie ein Blitz in mein Bewußtsein – mit einem Schlag wußte ich es: Hitchcock – Psycho: ein einsames Haus, eine Dusche … So schnell bin ich in meinem ganzen Leben noch nie aus einer Dusche gerannt, ich griff nach dem Badetuch von seiner Mutter, raffte eilig meine Kleider zusammen, raste noch einmal zur Dusche, um das Wasser abzustellen, wickelte das Badetuch um mich und fand mich rasenden Herzens endlich auf meinem Bett sitzen, deren Überzüge auch von einer imaginären Mutter waren.

Draußen war es noch einigermaßen hell, was mir etwas von dem Schrecken nahm, ich schaute aber trotzdem unters Bett, was ich nur dann immer getan hatte, wenn ich vor langer Zeit mit meinen Kindern Verstecken spielte. Ich verriegelte die Tür, tastete die Wände nach einer vielleicht versteckten Tür ab. Steif legte ich mich ins Bett, wagte mich nicht zu bewegen. Mitunter schalt ich mich eine dumme Gans, doch dieser Hitchcock hatte sich in meiner Phantasie festgesetzt. Sehnsüchtig wünschte ich mich in mein einsames Haus, in mein warmes Bett, wo Hitchcock mir keine Angst einjagen konnte – wo ich mich sicher fühlte wie in Abrahams Schoß. Auch in jener Nacht bin ich irgendwann einmal eingeschlafen und von einem Kuckucksruf geweckt worden.

Hitchcock war verschwunden. Ich ärgerte mich sehr, mich selbst so in Panik gebracht zu haben, erst recht als sich mein Wirt als ein angenehmer, etwas schüchterner englischer Gentleman entpuppte und mich mit einem guten Frühstück bewirtete. Er erzählte mir, daß er seit fünf Jahren hier wohne, da sei seine Großmutter gestorben, die eine Schottin war, von ihr habe er das Haus geerbt – denn als seine Frau und sein Sohn bei einem Autounfall ums Leben kamen, war er froh, sich in die Einsamkeit flüchten zu können. Er sammle alte keltische und schottische Sagen und übersetze diese in die englische Sprache. Ich schämte mich, diesen Mann so verkannt zu haben und wie schnell ich bereit war, sein merkwürdiges Verhalten auf einen negativen Charakter zu beziehen. Beim Abschied umarmte ich ihn spontan, was er geschehen ließ. Er tat mir von Herzen leid. Vielleicht wollte ich mit dieser Geste ein stilles Verzeihen für meine gestrigen Gedanken erbitten.

Vor seinem Haus überquerte eine schöne, alte, gewölbte Steinbrücke einen schmalen Fluß, was mir am Abend nicht aufgefallen war. Dort drehte ich mich um und sah zurück. Er stand an der Haustür und schien mir nachzusehen.

Es war ein wunderschöner, warmer Frühlingsmorgen an jenem Tag, in den ich hineinschritt. Mein Weg führte mich wieder nach Westen, Richtung Atlantik. Als die schmale Straße erreicht war, von der ich am Abend davor abgebogen war, konnte ich das Haus noch einmal sehen. Jetzt ging es südlich am Meer entlang weiter, das unruhig und silbrig rechts unter mir lag. In der Ferne waren viele kleine Inseln. Mit etwas Phantasie sahen sie wie grüne Fischerboote aus. Auf der linken Seite des Weges wurden Büsche, Gestrüpp und vereinzelter Mischwald immer dichter. Am Mittag, so dachte ich, werde ich die Inseln, die von hier wie viele Fischerboote aussehen, erreicht haben, da wird Ebbe sein, da kann ich vielleicht hinüberwaten. Jetzt war Flut, denn die Wellen klatschten hoch an die Klippen, die Gischt spritzte bis zu mir herauf. Ich hatte mir vorgenommen, an diesem Tag meine Unterwäsche zu waschen, sobald das Wasser ebenerdig zu erreichen war. Noch lag es tief unter mir. Der Mischwald verdichtete sich und reichte bald bis an die Klippen, deshalb war ich gezwungen, von der Küste wegzugehen, sonst hätte ich ständig über umgestürzte, verwitterte Bäume, über Felsen und durch Gestrüpp steigen müssen. Je mehr sich der Wald verdichtete, um so schöner und märchenhafter wurde er. Ich kam nur langsam voran. Hörte auf all die stillen Geräusche. Mehr und mehr schien der Wald in Schweigen zu versinken und nahm mich darin auf. Alles wurde größer und entfernte sich von mir. Ich wurde kleiner. Meine Gedanken entschwanden, als ob ich in ein Feenreich geraten wäre und als kleines Elementarwesen zu all den anderen Wesen dazugehörte. Sie begleiteten mich. Es war ein beruhigendes, geborgenes Schreiten, ein Zustand wie im Traum. Alles war so leicht und gut, ich fühlte die Liebe, die in allem war. Es muß wohl die Langsamkeit sein, die uns schauen läßt und uns mit der Natur verbindet. Zwischen Sehen und Schauen liegt ein Spektrum wie zwischen schwarz und weiß. Sehen geschieht oberflächlich. Schauen ist ein Sehen des Unsichtbaren – ein Sehen der Gefühle.

»... zum Sehen geboren, zum Schauen bestellt ...«

Wie tiefgründig dieses Gedicht von Goethe!

Ein Jogger, der laut atmend durch die Landschaft rennt, wird nichts erschauen, nichts erkennen. Mit einem Auto durch die Gegend rasen läßt uns nicht einmal mehr sehen.

Ganz plötzlich, fast schmerzhaft rissen mich entfernte Geräusche und Rauchgeruch aus meinem Feenreich. Die Realität brach mit einer Wucht über mich herein, daß mein Herz laut und schmerzvoll pochte. Erschrocken stand ich auf der Erde, sah die Sonne hoch im Zenit stehen; also mußte ich vier Stunden ohne Erdenschwere gewandert sein. Wo war ich hingeraten?
Die Stimmen wurden lauter, der Rauch intensiver. Teils ängstlich, teils neugierig schritt ich schneller aus. Der Wald lichtete sich, vor mir tat sich eine wilde, weite, schier unüberschaubare Land-

schaft auf, in der wie verloren einige Zelte, heruntergekommene Wohnwagen, verbeulte Autos standen, dazwischen eine mit Kleidungsstücken behängte Wäscheleine, Ziegen grasten, Hunde bellten, Kinder schrien.

Ein Zigeunerlager – in ein Zigeunerlager war ich geraten. Es gab keine Ausweichmöglichkeit, man hatte mich schon gesehen. Dunkelhäutige Kindergesichter mit struppigen Haaren starrten mich an. Mehr und mehr Kinder kamen dazu. Der Lärm verstummte ganz plötzlich. Wo waren die Eltern? Meine ängstliche Beklemmung überwindend, schritt ich langsam mit einem verkrampften Lächeln auf die Kinder zu. Bei der Gruppe angekommen, wurde noch immer geschwiegen. Sie prüften mich mit ihren wachen, dunklen Augen. Ganz langsam streckte ich meine Hand aus. um zärtlich dem mir am nächsten stehenden Kind über die Wange zu streicheln. Einem Knaben strich ich über seine dunklen Haare. Ein kleiner Bub zupfte mich am Rock, da hob ich ihn auf und ließ ihn auf meinen Armen ein wenig hüpfen. So überwanden wir unsere gegenseitige Scheu und wurden Vertraute. Ich fragte sie, wo Mama und Papa sind. Mama schienen sie zu verstehen. Sie zeigten in Richtung Meer. Jetzt wußte ich, wo ich mich befand. Dort drüben lagen die vielen kleinen Inseln, die am Morgen aus der Ferne wie Fischerboote ausgesehen hatten. Dazwischen schaukelten kleine Schlauchboote. Gebückte Gestalten waren sichtbar, jetzt erkannte ich auch eine Menge orangefarbene Säcke, gefüllt mit Winkles. Dort also waren die Erwachsenen und sammelten Winkles, wie ich. Daß die Einsamkeit mir nicht allein gehörte, wußte ich in diesem Augenblick. Hier leben Menschen, primitiv, einfach, aber bestimmt zufrieden und glücklich. Glück, Zufriedenheit sind relative Begriffe. Da gibt es also Menschen, die noch einfacher leben als ich oder gar die Insulaner auf meiner Insel. Menschen, die mit noch viel weniger zufrieden sind. Dann wird es Menschen geben, die noch eine Stufe einfacher leben als dieses fahrende Volk. Wieviel Steigerungen nach unten gibt es, bis zur totalen Armut. Wieviel Steigerungen vom einfachen Leben bis zum Überreichtum? Ich schaue auf jeden Fall lieber nach unten, denn so gesehen ist die Zufriedenheit sichtbarer. Und überhaupt, was bedeutet das schon, ob arm, ob reich, aufs ewige Leben bezogen und in Hinsicht auf die Größe der Menschlichkeit mißt der Himmel mit einem anderen, uns fremden Maß. Ganz sicher wird da nichts mit Geld aufgewogen.

Wenn ich zum Beispiel an die kleine, vom Torffeuer erwärmte Wohnküche meiner alten Freundin Kathy denke: Wieviel Gesang, wieviel Gemeinschaft, wieviel bescheidene Freude hat dort schon Einkehr gehalten? Mein Sohn Tobias zählt zu der glücklichen Jugend, die mit solchen Werten aufwachsen durfte. Kathy war die Großmutter von seinen Freunden Norman und Murdo. Sie fanden sich fast jeden Sonntagabend mit einigen Vettern und Onkeln in dem riedgedeckten Steinhäuschen ein. Da wurden Geschichten aus alter Zeit erzählt, Dudelsack und die Fiedel gespielt, Lieder gesungen und Tee getrunken. Auch dann noch, als das alte Haus vom Sturm zerstört in sich zusammenfiel und Kathy in einen Wohnwagen übersiedeln mußte.

Die Kinder faßten mich bei den Händen und zogen mich weiter ins Lager hinein, bei grobgezimmerten Bänken blieben wir stehen. Artig setzten sie sich. In ihrer Mitte wurde ein Platz für mich freigehalten. Ein etwas älteres Mädchen forderte mich auf, dort zu sitzen, indem es schweigend mit der Hand hinwies. Bar jeglicher Schüchternheit, wie ich es oft beim Spiel mit Schülern festgestellt hatte, begannen sie mit einem Auszählreim.

Alle Kinder dieser Welt müssen diesbezüglich in geistiger Verbundenheit stehen: ob Kreiselspiel, ob Auszählreime, Murmelspiel, Seilhüpfen, Ball- oder Reigenspiele, sie fliegen ungeachtet des Hasses der Nationen zueinander, unsichtbar um den Globus, und werden mit einigen Abwandlungen von allen Kindern, ob schwarz, gelb, braun, rot oder weiß, gespielt.

Auch folgendes Spiel, wozu sie mich auf raffinierte Weise durch Auszählen gewählt hatten, war mir bekannt, wobei ich selbstverständlich tat, als könnte ich es nicht: Ein Mädchen winkte mich mit dem Finger zu sich. Als ich dem Wink Folge leisten wollte, hielt mich jedoch meine Nebensitzerin zurück, stand auf und hüpfte wie ein Hase zur Winkerin. Ich tat, als hätte ich begriffen. So hüpfte ich also wie ein Hase zu ihr. Nun durfte ich meinerseits jemanden wählen. Alle hatten es aber auf mich abgesehen. Im Verlauf des Spieles war ich ein Hase, ein Pferd, ein Esel, mußte tanzen, singen, wiehern, fliegen wie ein Vogel, mich kratzen wie ein Affe. Ich durfte auch ein Engel sein. Da die Kinder von Beginn an vorausgesetzt hatten, daß ich ihre Sprache nicht verstand, was richtig war, geschah alles durch Zeichen. Mitunter erfaßte ich einige Wörter. Es war eine Art Gälisch, wie ich vermutet hatte, es schien das irische Gälisch zu sein. Ich vergaß, daß ich längst hätte weitersollen, um gegen Abend eine Herberge zu finden. Als ich plötzlich daran dachte und mich von den Kindern verabschieden wollte, hob einer der Buben in diesem Augenblick seinen Kopf in Richtung Meer, sprang auf und rannte davon. Im Nu waren die Bänke leer, alles rannte jauchzend und schreiend dem Meer entgegen. Jetzt sah ich, was dieses fröhliche Davonlaufen veranlaßt hatte. Die Schlauchboote kamen ans Ufer, das Winklessammeln war beendet, die Flut war gekommen. Nach kurzer Zeit bewegte sich eine kleine Völkerwanderung auf die Mitte des Lagers zu. Einige Meter von mir entfernt blieben sie alle stehen, bis auf einen älteren Buben, der mit seinem Vater an der Hand – ich nahm an, daß es sein Vater ist – zu mir kam. Er war ein hochgewachsener, dunkelhaariger, braungebrannter Mann mittleren Alters. Er hieß mich in einem sehr guten Englisch herzlich willkommen. Eine ebenso hochgewachsene, rassige dunkle Frau kam auch schon mit zwei Gläsern und einer Whiskyflasche. Sie füllte beide Gläser viertelvoll. Ich nahm an, der Mann würde mit mir trinken, doch zu meinem großen Erstaunen prostete die Frau mir lachend zu. Wir tranken beide das Glas leer, ohne zu husten, worauf der Mann uns anerkennend auf die Schulter klopfte. Die Frauen mit den größeren Mädchen entfernten sich, sicherlich, so dachte ich, um der Hausarbeit nachzugehen. Die Männer zündeten ihre Pfeifen an und setzten sich zu mir auf die Bänke. Sie sprachen alle ein gutes Englisch. Die Kinder hatten sich ins Gras gesetzt. Größere Buben trugen Schwemmholz herbei und brachten ein Feuer in Gang. Wie üblich im schottischen Land wurde auch hier wenig gesprochen. Mich jedoch machte dieses Schweigen unsicher, deshalb meinte ich etwas sagen zu müssen. So sagte ich ihnen also, daß auch ich meinen Lebensunterhalt zum Teil mit Winklessuchen verdiente. Das Eis war gebrochen, sie waren begeistert, fortan betrachteten sie mich als ihresgleichen. Auf meine Frage, ob sie Zigeuner seien, lachten sie herzlich. O nein, sie seien Traveller, Tinker, wie man sie hier nennt. Ein fahrendes Volk, sagte einer stolz. Die letzten, die noch herumziehen und ihr Geld ehrlich verdienen, mit Besenbinden aus Heidekraut, Körbeflechten, Scherenschleifen und Kunsthandwerk. Im Sommer allerdings seien sie regelmäßig hier, der Winkles wegen, die ein gutes Geld einbringen. Seit vielen Jahren schon sind ihresgleichen ansässig geworden. Hauptsächlich die irischen Traveller. Alles, was sie mir jetzt von ihren Vorfahren kundtaten, wußte ich bereits von Kathy, deren Vorväter ebenfalls Traveller gewesen sind. Kathy hat tatsächlich noch das schöne, rassige Gesicht einer Romanin, trotz ihres hohen Alters.

Von mir wollten sie wissen, was das für ein Akzent sei, der aus meinem Englisch herauszuhören war. Da erschrak ich etwas, denn ich hatte Hemmungen, meine Nationalität zu gestehen, hatte ich doch diesbezüglich schon viel negative Erfahrungen mit englischen Touristen gemacht. Auch wußte ich nie, daß manche Holländer uns nicht mochten, bis eine Touristin mich anspuckte, als sie merkte, daß ich eine Deutsche war. Mittlerweile läßt es mich kalt, obwohl ich eingestehen muß, daß wir Deutschen nirgendwo sehr beliebt sind – ich weiß auch, daß die Frau, die mich angespuckt hat, und die andere, die mich Nazischwein und blöde deutsche Kuh geheißen hat, nur zwei von hundert sind, doch hat es weh getan.

So gestand ich den Travellers, daß ich aus Deutschland bin. Genausogut hätte ich sagen können, aus China oder Rußland, da es ihre Freundlichkeit mir gegenüber nicht im geringsten trübte. Auch wollten sie wissen, wohin mein Weg mich führe. Ich sagte, daß mein Ziel die Insel Iona sei. Vor Erstaunen blieb mir fast die Sprache weg, als auch sie fragten, was für eine Bürde ich dorthin trage. »Für meinen Sohn, der sich das Leben genommen hat«, sagte ich ganz einfach.

Da nahm ein jeder ohne Absprache die Mütze vom Kopf, die Pfeife aus dem Mund und blickte schweigend zu Boden. Von nun an wurde geschwiegen, bis die Frauen heißen Tee brachten. Es war kühler geworden, die Schatten des Waldes länger, sie erreichten schon das Lager, als mir in den Sinn kam, weiterzugehen, um eine Herberge zu finden. Eine ältere Frau mußte meine Gedanken gelesen haben, denn sie sagte: »Du kannst heute nicht mehr weiter, es wäre gefährlich. Zehn Kilometer von hier ist das Lager der ›New Age Travellers‹. Unter ihnen sind unehrliche Leute, sie würden nicht davor zurückschrecken, einer alleinreisenden Frau den Rucksack fortzunehmen. Sie sind faul und frech, lassen sich vom Staat Unterhalt zahlen – Arbeitslosengeld. Ich würde nicht meinen Hund durch dieses Lager lassen. Deshalb bitte ich dich im Namen aller hier, diese Nacht unser Gast zu sein. Du kannst in meinem Zelt schlafen.«

Froh, dankbar und um vieles erleichtert, nahm ich an. Frauen brachten Körbe mit frischgefangenen und gereinigten Fischen an die Feuerstelle. Hier wurden die Fische am Kopf durch einen großen Eisenstab gezogen, und wie an einer Wäscheleine hingen sie nun über dem Feuer. Zwei Eimer, gefüllt mit Kartoffeln, kochten über einem zweiten Feuer. Ungefähr 25 Personen mußten davon essen, Kinder inbegriffen.

Mir wurde der erste Fisch mit zwei aufgeplatzten mehligen Kartoffeln auf einem Holzbrett gereicht. Die Haut des Fisches war schwarz verbrannt, darunter kam das köstlich schmeckende weiße Fleisch hervor – es schmeckte doppelt so gut, da ich sehr hungrig war. Dies hier war endlich mein ganz besonderes gutes Essen, auf das ich so lange gewartet hatte. Man aß mit den Fingern. Noch heute esse ich Fisch und Kartoffeln mit den Fingern. Es gehört zusammen wie das Salz zur Erde.

Frisches Quellwasser gab es an einem Brunnen. An diesem Abend aß ich zwei große Fische und vier Kartoffeln. Die Fische schmorten bis in die dämmrige Nacht über dem Feuer. Immer aufs neue wurden sie an den Köpfen durch die Stange gezogen. Allen Abfall warf man in einen dafür bereitgestellten Eimer.

Später wurde selbstgebrautes Bier getrunken. Auch ich bekam ein Glas, was mich sehr schläfrig machte. Die alte Frau mußte es bemerkt haben, schweigend reichte sie mir ihre Hand und hieß mich mitkommen. Unterm Arm hielt sie ein weißleuchtendes Badetuch. Sie führte mich zum Wasser, gab mir das Tuch, damit ich mich nach dem Wachen im Meer abtrocknen konnte, danach zeigte sie einen Platz, wo ich austreten konnte.

In ihrem Zelt war es warm und angenehm. Eine Wolldecke lag ausgebreitet auf Stroh, eine andere war zum Zudecken gedacht. Zwei Mädchen teilten das Zelt mit uns. Sie sahen mir neugierig beim Auskleiden zu. Ich zog meinen Trainingsanzug an, da erinnerte ich mich, daß ich ja meine Unterwäsche waschen wollte. Macht nichts, dachte ich, dann eben morgen.

Die alte Frau legte sich zu den Mädchen. Sie löschte die Paraffinlampe, die in der Mitte des Zeltes hing. Von draußen drangen gedämpft die Stimmen vom Lagerfeuer herein. Ganz leise begann die alte Frau ein rhythmisch getragenes Murmeln, wie eine Litanei, was unerwartet beruhigend und einschläfernd auf mich wirkte und mir Geborgenheit gab. Schon halb eingeschlummert, erinnerte mich dieses wiegende Murmeln an meine Mutter. Ja — ich hatte ja auch einmal eine Mutter. Wie lange, wie lange ist es her, daß das kleine Mädchen beim Abschied sagte: »Mama, hast du mich lieb wie tausend Häuser?«

Was war das damals für ein Abschied? Es war so ein kindliches Bangen, dieser Abschied ohne Wiederkehr — in Schnee und Kälte geschah es … dunkle Erinnerungen, die nie durchdrangen, verfolgten mich mein ganzes Leben.

Am nächsten Morgen dauerte es etwas, bis ich mich besann, daß ich in einem Travellerlager geschlafen hatte. Ich blieb auf dem warmen Stroh liegen, da die anderen noch schliefen, lauschte den morgendlichen Geräuschen mit dem Vogelgezwitscher, hörte den Kuckuck rufen, dazwischen waren schon leise menschliche Stimmen zu hören, bis ich wieder etwas eingeschlummert war. In diesem Wach- und Schlummerzustand sah ich das kleine Mädchen, das ich einst gewesen sein mußte, im Stroh liegen, aber dieses Stroh war schmutzig und stank penetrant. Es lag zitternd vor Kälte und Hunger zwischen vielen anderen Menschen und Kindern. Es muß irgendwo in einem der vielen Flüchtlingslager gewesen sein. Weinend wachte ich aus dem Schlummer auf.

Ich versuchte, dieses kleine Mädchen, das immer öfter in mein Bewußtsein einbrach, festzuhalten, um alles zu erfahren, nicht nur dieser blitzartigen, vernebelten, angstvollen Erinnerungen. Es gelang nicht. Das Kind entschwand wieder in mein unbewußtes Dasein. Ich befand mich jetzt allein im Zelt, die alte Frau und die Mädchen waren hinausgegangen. So nahm ich das Badetuch, meine Zahnbürste und trat aus dem Zelt. Kühle Morgenluft legte sich auf mein Gesicht. Vom Meer her erscholl Kindergeschrei. Sie standen nackt vor ihren Müttern, die sie abschrubbten. Das Lagerfeuer brannte schon wieder – oder noch immer. Da die Frauen und Mädchen auch nackt waren und sie mich als ihresgleichen betrachteten, auch keine Männer in der Nähe waren, zog ich mich ebenfalls bis auf die Haut aus und wusch mich im eiskalten Atlantik. Danach, mit dem Badetuch abgerubbelt, zog eine erfrischende Energie und wohltuende Wärme durch meinen Körper; später tat der warme Tee das seine dazu. Ich war nach dem Frühstück, das aus Brot und Spiegeleiern bestand, gestärkt und bereit, meinen Weg fortzusetzen. Am liebsten hätte ich mich davongeschlichen, denn jeglicher Abschied ist mir ein Greuel. Natürlich kam es nie und nimmer in Frage. Zu soviel Unhöflichkeit wäre ich nicht fähig gewesen bei dieser großartigen Gastfreundschaft. Da konnte man einen Abschied schon über sich ergehen lassen. Der Älteste gab mir den Rat, bei den New-Age-Travellers nicht anzuhalten, er traue ihnen nicht. Er sagte: »Ich gebe dir einen Begleitschutz für einen Tag mit auf den Weg. Drei Männer werden dich unauffällig begleiten, und diesen wird später ein Auto folgen. Heute abend müßtest du das Städtchen Salen erreicht haben, dort bist du in Sicherheit. Er gab mir die Hand. Plötzlich richtete er sich aus seiner gebeugten Haltung kerzengerade auf und blickte zum Meer. Alles wurde still. Mütter hielten ihre Kinder an den Händen gefaßt, einige falteten die Hände, die Männer nahmen die Mützen ab. Laut sprach er einen Segen:

> *»May Gods love overshadow you*
> *His power protect you – His spirit guide you –*
> *His peace enfold you.«*

Ich war erschüttert und den Tränen nahe, als man mich schweigend aus dem Lager hinaus bis zum Weg begleitete. »O Gott«, sagte ich später, als ich allein war, »da leben doch noch so viele gute Menschenkinder auf dieser Muttererde, Herr, du darfst die Hoffnung in die Menschheit nicht aufgeben, schon allein um dieser Güte willen lohnt es sich zu leben.«

Dann weinte ich bitterlich, weil mein Sohn so wenig von dieser menschlichen Güte erfahren durfte. Wenn ich tatsächlich eine Begleitung gehabt hatte, so war sie wahrhaftig gekonnt unauffällig. Bei diesen Menschen ist ein Versprechen heilig. Der geringste Zweifel daran wäre unwürdig und eine Beleidigung.

Ich wußte von einigen alten Inselbewohnern, die bis heute eine Unterschrift unter einen Vertrag verweigern, da dies ihrem Charakter entsprechend unwürdig ist. »Wenn das Wort nicht genügt, das kommt aus der Ehre, die Unterschrift nur aus der Hand . . .«, sagte Kathy zu mir, die ihr bescheidenes Erspartes im Bett aufbewahrt.

Nun ja, in dieser Hinsicht hat sich schon einiges in unserer Zeit geändert.

»Lucky me«, mir sind ehrenwerte Menschen begegnet! Weil ich mir also dieser Begleitung sicher war, konnte ich ohne Bedenken am Lager dieser modernen Zigeuner vorbeigehen. Verwahrloste, hellhäutige Kinder liefen mir nach. Die absichtlich verwahrlosten Frauen saßen rauchend herum, die Männer spielten Karten. Der Geruch von Kanabis stieg in meine Nase. Ich kannte ihn aus der Zeit, als ich überzeugt war, Drogensüchtigen helfen zu können. Das Lager war von Unrat und Plastik übersät. Freundlich grüßte ich hinüber, die Reaktion war gleich Null. Die mir nachlaufenden Kinder versuchte ich nicht zu beachten. Irgendwann wurde es ihnen langweilig, und sie gaben auf. Erleichtert setzte ich meinen Weg fort, doch richtig befreit fühlte ich mich erst, als mir das erste Auto — seit wie langer Zeit wohl? — begegnete, mit vier dunkelhaarigen, mir freundlich zuwinkenden Männern darin. Mit beiden Händen winkte ich ihnen dankbar zurück. Nun war ich mir selbst wieder überlassen und fühlte mich etwas verloren. Heimweh nach der Geborgenheit im Tinkerlager überwältigte mich. Ich erinnere mich ganz genau an diesen Augenblick der Verlassenheit damals: Ich stand auf den Klippen, betrachtete gedankenverloren das Meer und wußte, daß weit hinter dem Dunst des Atlantiks Irland liegt. Ich begann zu frieren, etwas Eigenartiges ergriff Besitz von mir. In meiner Verlassenheit sah und fühlte ich ganz plötzlich den ganzen Weltschmerz, er kam vom Meer. Mit jeder seiner Wellen brachte es das Elend und die Not aus allen Winkeln der Erde. Ich vernahm die Schreie so deutlich, daß ich mir die Ohren zuhalten mußte. Diese Vision hatte alle Wärme aus meinem Körper gesogen. Erschöpft und frierend lehnte ich mich an einen Felsen. Der warme Kräutertee, der die alte Tinkersfrau eigens für mich gebraut hatte, erwärmte meinen Geist und Körper, und nach kurzer Zeit setzte ich nachdenklich meinen Weg fort. Mir ging es wieder besser, sogar etwas Heiterkeit erfaßte mein Gemüt, in Gedanken an all das Gute, das mir widerfahren war, schritt ich zünftig aus. Noch immer war meine Unterwäsche nicht gewaschen, was unbedingt bald geschehen sollte, denn jetzt war zum Wechseln nichts mehr vorhanden. Doch war es an diesem Tag auch schon zu spät. Na ja – so schlimm war es ja auch nicht.

Wie war es denn damals, als wir Flüchtlinge waren? Da gab es wochenlang keine Möglichkeit, sich selbst zu waschen, geschweige denn die Wäsche. Wir haben es auch überlebt.

Am späten Abend erreichte ich das Städtchen Salen. Eine Herberge war auch schnell gefunden, da fast an jedem Haus ein Schild mit B + B angebracht war. Die Wirtin zeigte mir ein einfaches, sauberes Zimmer mit Bad. Schon im Flur roch es nach der guten schottischen Suppe, die auf allen schottischen Öfen steht und langsam köchelt. Sie wird mit Hammel- oder Lammfleisch mit Gemüse, Graupen und roten Linsen zubereitet. Neben der Fischsuppe die beste Suppe schlechthin. Die Wirtin gab mir einen vollgefüllten Teller davon. An diesem Abend bemerkte ich, daß ich ziemlich abgemagert war, was mich nicht wunderte, da es ja außer Frühstück nur hin und wieder ein volles Abendessen gegeben hatte. Trotzdem fühlte ich mich täglich kräftiger.

Am nächsten Morgen studierte ich die Landkarte sehr genau. Soviel ich nämlich wußte, würde die Westküste hier in Salen für mich zu Ende sein. Ich mußte den Atlantik verlassen und quer über die größte Halbinsel Britanniens weiter. Diese Halbinsel befindet sich zwar noch im Westen Schottlands, da aber Schottland zu Großbritannien zählt, beanspruchen die Engländer diese Landzunge für sich – auf der Karte zumindest.

Ich werde Berge überqueren müssen, bis ungefähr zur Mitte dieser Landzunge, denn dort gibt es eine kleine Fähre, die zur Insel Mull hinüberfährt. Diese zweitgrößte Hebrideninsel ist mein nächstes Ziel, habe ich diese Insel erst einmal durchlaufen, liegt an deren Ende die Fähre nach Iona.

Das Meer war verschwunden. Vor mir breiteten sich Berge aus. Überall Berge mit wenig Baumbestand. Trotzdem begegnete ich einem Rudel Hirsche, so mußte es bestimmt Wälder geben, die ich von hier aus nicht sehen konnte. Zuerst meinte ich Kühe zu sehen mit großen Hörnern, das sind aber kleine Kühe, dachte ich. Beim Näherkommen erkannte ich, daß die Hörner Geweihe waren. Zwischen den Bergen schlängelte sich der einzige Weg hinauf, hinunter. Die Sonne schien warm auf mein Gesicht, der Weg war steinig und staubig. Wer behauptet, in Schottland regnet es immer, hat unrecht. Ich auf jeden Fall hatte Glück gehabt, auf meiner ganzen Pilgerwanderung regnete es an einem Tag nur wenige Stunden und einmal einen ganzen Tag.

Seit einiger Zeit hatte ich mir angewöhnt, meinen langen Leinenrock hoch über die Beine zu halten, damit sie etwas von der Sonne profitieren konnten. Schließlich sah mich ja niemand. So wanderte ich auch an diesem Tag Stunde um Stunde über Berge, durch Täler mit hochgehaltenem Rock. Es war gegen Mittag, als ich unerwartet und ganz plötzlich auf der höchsten Anhöhe dieser Halbinsel stand. Schottland ist gesegnet mit einer Überfülle an wilder, atemberaubender Schönheit, doch was ich von hier oben sah, raubte mir fast den Verstand. Auf allen Wegen und an Straßenrändern begegnet man dem gelben Stechginster in dieser Jahreszeit, noch stand er aber nicht in voller Blüte, denn der Mai war noch jung. Auf dieser Anhöhe aber schien mir, die Sonne habe sich auf die Erde verirrt. Vor mir lag eine Landschaft von einem solch intensiv leuchtenden Gelb, das bis zum Atlantik reichte, eine gelbe Farbenpracht, so großartig, so rein und frisch, als wäre an diesem Morgen die göttliche Eos der Morgenröte in ihrer Majestät auf die demütige Erde herabgestiegen und als hätten ihre Rosenfinger – wie es bei Homer heißt – höchstpersönlich dieses Gold gezaubert. Ihren Fingern konnten die Dornen des Ginsters keinen Schaden tun. Doch mußte sie die Farben, in ihrem Trieb, die Erde im Morgenrot erglänzen zu lassen, verwechselt haben. Hinter dieser Pracht lag bescheiden der silbrige Atlantik. Ich sah ihn von Süden, von Westen, von Norden. Ich sah drei größere Hebrideninseln im vollen Umfang. Ich sah die Rundung der Erde, sah, wie sich der Himmel und die Erde vereinten … Diese Weite des Raumes ließ mich vor Ehrfurcht erstaunen. Hier oben trank ich meinen Tee. Ein verwitterter uralter Meilenstein stand mir gegenüber. Die Zahl hatte der ewige Wind herausgemeißelt. Hier oben muß die Melancholie geboren worden sein. Nicht aus der Trauer geboren, sondern aus der Macht der Liebe, der Ehrfurcht und der Demut.

Wollte ich die Abendfähre erreichen, so mußte ich jetzt die

schönste Stelle, den schönsten Ort, den ich je gesehen hatte, verlassen. Bevor ich den Rucksack aufsetzte, legte ich sanft meine Hände auf den verwitterten alten Meilenstein und schloß die Augen. Ich stellte mir die gebückten Gestalten vor, die ihn gemeißelt und geformt hatten, nach einiger Zeit fühlte ich Wärme und Energie auf mich überströmen. Nun ging es bergab, so kam ich schneller voran. Bald verschwand der Atlantik meinen Blicken, dann war nur noch Einöde. Der Stand der Sonne sagte mir, daß die Fähre nicht mehr zu erreichen ist, also sah ich keine Notwendigkeit, mich zu beeilen. Bei der Anlegestelle würde es bestimmt auch eine Herberge geben. Nach einigen Meilen Einöde führte der Weg langsam wieder zu meinem Freund, dem Atlantik, der jetzt ebenerdig erreichbar war.

Jetzt oder nie wird die Unterwäsche gewaschen, sagte ich mir, egal ob sie noch trocknet, ich werde sie eben naß in den Rucksack packen. So wurde also dieser Tag doch noch zu meinem Waschtag. Als die Arbeit getan war, suchte ich einen angeschwemmten Stecken, fand genau den richtigen. Dieser wurde durch das Hemd und die Unterhose gezogen. Ich setzte meinen Rucksack auf, nahm den Stock wie eine Fahnenstange über die Schulter und hoffte, der leichte Wind und die Sonne würden die Wäsche trocknen. So marschierte ich mit meiner Unterwäsche, die ich wie eine Standarte trug, die letzten Meilen zur Anlegestelle, laut Karte müßte da eine kleine Ortschaft sein. Morgen werde ich drüben sein, was wird mir dort begegnen? Drei Stunden trug ich die Wäsche, dann mußte ich sie im Rucksack verstauen, denn wenige Häuser wurden sichtbar. Sie war nicht ganz trocken geworden. Hier gab es sogar eine Touristeninformation in einer kleinen Holzhütte. Neben Ansichtskarten verkaufte der junge Mann heißen Tee und belegte Brötchen. Was ich zur Sicherheit erstand, man konnte ja nie wissen, ob in der Herberge Abendessen zu haben ist.

Die nächste Fähre legt morgen um elf Uhr an, wann sie ablegt, ist ungewiß, da sie solange wartet, bis genügend Passagiere an Bord sind. Drei Autos, höchstens vier hätten Platz, erklärte mir der junge Mann. Auch wußte er für mich eine gute Zimmerwirtin, seine Mutter. Mir war es recht. In diesem Haus roch es nach Fischsuppe. Nachdem seine Mutter mir das Zimmer mit Waschbecken gezeigt hatte, bat sie mich in die Küche. Hier bekam ich einen großen Teller mit einer dicken guten Fischsuppe mit vielerlei Fisch, Gemüse und Graupen. Graupen (barley) sind der Stoff, aus dem der Whisky gemacht ist.

Nachdem ich gegessen hatte und da ich morgen ausschlafen konnte – wegen der Elf-Uhr-Fähre, setzte ich mich vor das Haus auf die Steinmauer gegenüber, die die Straße vom Meer abgrenzte. Aus dem Pub nebenan war Fiedelmusik zu hören. Wäre ich nicht so scheu, würde ich in den Pub gegangen sein, um ein »Lager« zu trinken. Kaum hatte ich so gedacht, als auch schon meine Wirtin kam, sich zu mir auf die Mauer setzte, nach einer Weile mit ihrer Hand auf meinen Schenkel klatschte und sagte: »What about a Lager?« (Wie wär's mit einem Bier?) Sie zog mich hoch und nahm mich, ohne eine Antwort abzuwarten, in den Pub. Für sie schien das das Selbstverständlichste der Welt. Sie kannte jeden hier. Ohne Scheu setzte sie sich zu den Fischern an die Theke. Mich hieß sie neben sich setzen. Wir wurden zu einem Bier eingeladen. Später zahlte ein anderer uns einen kleinen Whisky. Das ist bei den Schotten so üblich, das Spendieren geht hin und her. Kein echter Schotte bestellt nur für sich ein Bier, sein Nebenmann bekommt ebenfalls eins, egal ob Freund oder Fremder.

Wieder in der frischen Abendluft, spazierten wir am Ufer entlang, an den wenigen Häusern vorbei. Sie war etwas jünger als ich. Noch hatte sie nicht gefragt, wohin ich wollte. So nahm ich an, sie glaubte, daß es Mull sei. Ich beließ es dabei. Ohne Übergang erzählte sie mir, daß ihr Sohn so gern in Glasgow studiert hätte, seit dem Tod des Vaters aber, ihres Mannes, er ertrank bei einem großen Sturm, nicht etwa beim Fischen, o nein, er war ein guter Fischer, er wußte sein Boot im Sturm zu lenken, bei der Rettung eines Schafes ertrank er, seit damals also fühlte sich ihr Sohn verpflichtet, für die Schwester und die Mutter Sorge zu tragen. Touristen kämen nicht soviel, da es zu abgelegen ist, auch sei es von Oban mit der Fähre nach Mull viel interessanter, die Fähre sei richtig groß, denn Oban sei ein richtiger Hafen, erzählte sie mir.

»Eigentlich bin ich nicht begeistert von den Touristen«, fuhr sie fort zu erzählen, »mir wäre es lieber, sie würden uns in Ruhe lassen, so wie früher. Da war Bescheidenheit und Armut kein Makel, durch sie, die Touristen, sehen die meisten von uns unser Leben jetzt anders. Dem Vergleich mit ihnen können wir nicht standhalten. Bei der Jugend macht sich die Unzufriedenheit stark bemerkbar. Welcher junge Mann hier — mein Sohn zum Beispiel — kann sich ein Auto leisten? Ohne Auto, so meinen sie, bekommt man keine Freundin, weil die Mädchen zum Tanz und ins Kino in die Stadt wollen. Ohne Auto läuft nichts — nicht mal Sex...«

Kaum war das ausgesprochen, sah sie mich mit großen Augen an und hielt sich erschrocken den Mund zu. Da mußte ich herzlich lachen, jetzt war ich es, ihr einen Klaps auf die Schenkel zu verabreichen und sie dazu zu bewegen, nach Hause zu gehen. Nach einem Bier oder Whisky scheine ich immer gut zu schlafen. Wie auch immer, ich schlief sehr gut in jener Nacht.

Am folgenden Morgen war keine Eile geboten, bis die Fähre anlegte, war noch viel Zeit. Außerdem würde der junge Mann sie ohne mich nicht fortlassen, er wußte, daß ich mitwollte. Er verkaufte auch die Tickets. Frisch geduscht, die Haare gewaschen, saubere, zwar noch etwas feuchte Unterwäsche an, saß ich am Frühstückstisch. Mein Frühstück bestand aus Spiegeleiern mit Speck, Marmelade, Honig sowie Müsli und Kaffee. Ach ja, das Brot – das Brot läßt halt in Schottland zu wünschen übrig! (Daheim backe ich es selbst.) Mein Tisch stand in einer Fensternische, so konnte ich draußen die Fischerboote beobachten, die schon vom ersten Fang zurück waren. Für mich war dieser Tag ein Ausruhtag, deshalb ließ ich mir viel Zeit. Bis nämlich die Fähre in dem Städtchen Tobermory auf der Insel Mull anlegen würde, wäre es später Nachmittag, dann lohnte es sich nicht mehr weiterzumarschieren. Auch soll das Städtchen Tobermory sehr schön sein, mit interessanten alten Gebäuden. So legte ich an diesem Tag eine Ruhepause ein. Zu dieser Zeit, dem letzten Tag auf dem Festland, hatte ich vergessen, was für einen Wochentag wir hatten. Nachzählen war mir zu anstrengend. Es war auch gar nicht wichtig, war für einen Tag wir hatten. Jeder Tag brachte Sonnenschein und mich dem Ziel näher. Was wollte ich mehr?

Wie immer war ich viel zu zeitig bei der Anlegestelle. Immer kam ich überall zu zeitig. Ich muß gestehen, in meinem ganzen Leben habe ich es noch nicht ein einziges Mal zustande gebracht, zu spät zu kommen. Die Fischerboote lagen noch am Pier. Die Fischer waren mit dem Entladen ihres Fanges beschäftigt. Sie warfen Fische in Plastikbehälter – andere wieder ins Wasser zurück, die meisten davon wurden von den faulen und fetten Seelöwen aufgeschnappt. Diese Seelöwen tummeln sich überall dort, wo Fischerboote anlegen. Sie haben längst verlernt, selbst zu fangen. Ich bin noch nie dahintergekommen, nach was für einem Ausleseverfahren die Fischer manche Fische ins Wasser zurückwerfen. Es sind nicht immer nur kleine Fische. So nach und nach kamen einige Einwohner, hauptsächlich Frauen, die hinüber nach Tobermory zum Einkaufen fuhren, auch zwei Autos kamen. Ein verbeultes und verrostetes, hier wußte man sofort, der Besitzer kann nur ein Schotte sein. Das andere Auto, groß und sehr teuer aussehend, mit dem Schweizer Zeichen CH, Confoederatio Helvetica. Auf deutsch: Zusammenschluß der Gerechtigkeit, was ich noch von meiner Schweizer Zeit weiß. Die junge Schweizerin schimpfte über den Gestank der Fische in Schweizerdeutsch. Sie war auch sonst ziemlich ungehalten, meckerte über alles und jedes. Zwischendurch küßte sie ständig ihren willigen Freund. Beim nächsten Atemschöpfen nach dem Turteln schimpfte sie, daß die Fähre so lange auf sich warten ließ. Da wurde es dem geduldigen Mann anscheinend doch zuviel, er sagte: »Hör doch endlich auf, was sollen die Leute von uns denken.«

»Ach die«, war ihre schnippische Antwort, »die verstehen uns doch nicht.«

»O doch, ich verstehe euch sehr gut«, konnte ich nicht unterlassen, in Schweizerdeutsch zu antworten.

Verblüfft starrten sie mich an. Fortan benahmen sie sich manierlicher.

Als die Fähre endlich anlegte, hatten sich nicht mehr Passagiere eingefunden — obwohl die Fähre noch eine Weile wartete, zum Verdruß des Schweizer Paares.

Zum Schotten mit dem verbeulten Auto sagte der Fährmann in Gälisch, daß es Gott sei Dank bis zur Touristensaison nicht mehr lange dauere, damit er endlich wieder vollbeladen fahren kann. Ich wünschte es ihm von Herzen, denn ich wußte, wie wenig Geld die Einheimischen haben. Doch immer noch genug, um zu teilen, wenn es sein mußte.

Die Überfahrt war kalt und windig, da es keinen geschlossenen Raum gab. Mir machten Kälte und Wind wenig aus, denn ich war längst daran gewöhnt, nicht nur aus der schottischen Zeit, viel mehr, unsagbar viel mehr mußte ich als kleines Mädchen frieren.

Viele lange Jahre war die Erinnerung an das kleine Mädchen total verdrängt, weil sonst die Seele zersprungen wäre. Doch dunkle Ahnungen, Schwermut, unbekannte Angst zeugen davon, daß da etwas gewesen war. So trug ich unbewußte Wunden auf meiner Seele von der Tragik des unbekannten kleinen Mädchens.

Oft frage ich mich, ob man die eigene Schwermut auf die Seelen der Kinder übertragen kann, wenn ja, dann tragen meine Kinder unbewußt an dem Leid des kleinen Mädchens, denn heißt es doch in der Bibel: bis in das dritte Glied. Ich glaube, daß damit nicht nur die Sünden der Väter (Eltern) gemeint sind, die bis ins dritte Glied gesühnt werden – auch das Leid wird von Generationen mitgetragen, bis es wie Nebel im Zeitensein verdunstet.

In diesem unaussprechlich grauenvollen Winter 45/46 gab es Millionen Mädchen, Frauen, Kinder und Alte, denen viel Leid geschehen ist, und doch müssen wir schweigen, weil wir Deutsche sind, weil wir mit allem Grausamen angefangen haben, unsere Väter und Brüder. Es ist euch nur recht geschehen, hat man mir einmal gesagt. In den letzten Jahren erwachen in mir graue Erlebnisse, die wie Lichtblitze Bilder zeigen, und ich bin fähig, einige zu formen: Die Röcke, die Mantelsäume waren steif und hart gefroren, hingen voll mit Eis und rieben die erstarrten Beine wund. Ich näßte mir die Hosen – wo oder wie hätte man austreten können, da die Finger vor Kälte erstarrt waren, oder wenn – wäre man hinter dem Treck zurückgeblieben. Der warme Urin gab den erstarrten Beinen für einen kurzen Augenblick wunderbare Wärme – bis auch hier die Kälte siegte. Selig, die einschliefen und nicht mehr weiterbrauchten.

Als die Fähre mit Krachen, Quietschen und ruckartigen Bremsbewegungen in Tobermory am Pier anlegte, erwachte ich aus meinen Erinnerungen. Es betraf mich, worüber ich sehr erstaunt war, nur soweit, als hätte ich alles gelesen – als wäre es ein anderes Flüchtlingselend, das es ja noch heute massenhaft gibt. Tiefes

Mitleid mit all den kleinen Mädchen erfaßte mich. Verloren ging ich in Tobermory an Land – dort stand ich benommen an einer Mauer, bis ich mich gefangen hatte und in die Realität zurückkehrte.

Tobermory ist ein buntes Städtchen. Häuserfassaden in grünen, gelben, lila, rosa und roten Farben säumen die Uferstraße. Ich war begeistert. Auf dem blauen Wasser liegen zahlreiche bunte Fischerboote vor Anker. Ein reges Treiben von Touristen mit gezückter Kamera, fahrenden, hupenden Autos, kreischenden Möwen, die um die auf der Kaimauer sitzenden Menschen herumschwirren, welche in Zeitungspapier gehüllte »fish and chips« essen, und im Sturzflug sich auf die für sie eigens hingeworfenen Essensreste stürzen.

Auch ich kaufte mir in einem Fischladen einen in Teig eingewickelten Fisch mit Pommes frites, damit setzte ich mich etwas abseits von all den Touristen und ließ es mir schmecken. Bald hatten auch mich die ewig hungrigen Seevögel entdeckt, da wurde mir klar, daß man mit ihnen tatsächlich teilen muß: Blitzschnell pickte so ein weißer Vogel ein Stück Fisch – und das nicht zu klein – aus meinem Zeitungspapier.

Diesmal besorgte ich mir ein Zimmer bei der Touristeninformation, kaufte Weintrauben und eine Zeitschrift – nahm mir vor, zeitig ins Bett zu gehen und zu lesen, was ich gern tat.

Wie Bauklötze so bunt waren nur die Häuser, die die Uferstraße säumten. Dahinter standen, terrassenförmig am Berg entlang, schöne alte Steinhäuser mit Erkern und der mit bunten Glasscherben verzierten Haustür. Zu jeder Tür führte eine steile Steintreppe hinauf. Von den Straßenterrassen sah man über die Dächer hinweg das Meer liegen, ganz in der Ferne dahinter das schottische Festland. In einem dieser Häuser suchte ich mein Zimmer. Entsprechend der Hausnummer lag das Haus am Ende der Straße. Auch hier führte eine hohe, steile Steintreppe zur

Haustür. Als ich den Türklopfer, einen Löwenkopf, berührte, wußte ich in sicherer Vorahnung, daß ich hier lieber umkehren sollte. Mein Herz pochte in Panik. Doch wie so oft in solchen Momenten bleibt man erstarrt, man weiß nicht, wie man reagieren soll. Es wäre ohnehin zu spät gewesen, da ich ein Spätzünder bin und die Tür sich schon geöffnet hatte. Eine große, starke Frau starrte mich durchbohrend und abschätzend, ohne etwas zu sagen, an.

»Guten Abend«, sagte ich und händigte der Frau das Formular der Touristeninformation aus. Schweigend nahm sie es an sich. »Man hat ein Zimmer für mich hier reserviert, bin ich hier richtig?«

Noch immer schweigend, trat sie zur Seite und ließ mich eintreten. Ich glaubte schon, sie sei stumm, doch als sie im Hausflur die Stufen hinaufstieg, sagte sie mit einer tiefen männlichen Stimme, ohne mich dabei anzusehen, in englischer Sprache: »Richtig schon, aber nicht willkommen.«

Das Gehörte schlug bei mir erst mal nicht ein, denn ich war sicher, mich verhört zu haben. Als sie jedoch am Treppenabsatz angekommen war, drehte sie sich zu mir um, sah verächtlich auf mich herab und fuhr fort: »Doch leider darf ich Sie nicht wegschicken, da wir alle hier von dem Touristenverein bevormundet werden – sonst würde ich mir meine Gäste nämlich aussuchen. Ich mag Ihren Akzent nicht, Sie sind eine Deutsche. Die Deutschen sind mir ein Greuel, dennoch bin ich gezwungen, Sie zu bedienen. Wo haben Sie Ihr Auto stehen?«

Sie wartete meine Antwort gar nicht ab. Anklagend höhnisch fuhr sie fort: »Ach so, so eine von den Anhaltern. Als Bezahlung mal zwischendurch die Hosen runter – sind Sie da nicht schon etwas zu alt dafür?«

Wieder meinte ich, mich verhört zu haben. Denn das war so ungeheuerlich, ich war einfach starr.

Sie führte mich einen langen, schmalen Gang entlang, auf dem sich rechts und links mehrere Türen befanden, öffnete die letzte Tür und ging schweigend hinunter. In dem winzig kleinen Zimmer mit einem Bett, einem Stuhl, an der Wand einigen Haken mit Plastikkleiderbügeln, saß ich nun auf dem Bett, entsetzt, verletzt und gedemütigt, ich war dem Weinen nahe.

Heute frage ich mich oft, warum ich dieses ungastliche Haus nicht sofort verlassen habe? Warum ließ ich es zu, daß mich eine mir völlig fremde Person so demütigen konnte? Sie kannte mich doch überhaupt nicht!

Lange saß ich auf dem Bett und versuchte zu verstehen. Ich legte all das Gute, daß mir bisher auf meinem Pilgerweg zuteil geworden war in die Waagschale des Engels, dagegen hielt ich die Bosheit dieser Frau. Noch überwog das Gute. Ich dachte an meine Nonne in der Schweiz, die mich liebevoll gepflegt hatte, als ich an Tuberkulose erkrankt war. Sie lehrte mich, die zweite Backe hinzuhalten. Oder war ich ganz einfach feige?

Seufzend erhob ich mich, nahm die Weintrauben, sie mußten gewaschen werden, schließlich war das Zimmer schon bei der Touristeninformation von mir bezahlt worden, also durfte sie mir nicht verweigern, die Weintrauben und mich selbst zu waschen. Um mir Mut zu machen, sagte ich laut: »Na ja, da halten wir halt mal die zweite Backe hin.« Trotzdem stieg ich ganz leise die Treppe hinunter, in der Hoffnung, sie nicht zu treffen. Suchend sah ich mich nach der Küche um, klopfte zaghaft an eine halb offenstehende Tür und trat ein, da niemand antwortete. Es war die Küche. In der Mitte stand ein schöner großer Holztisch. Eben als ich den Wasserhahn aufgedreht hatte, um die Trauben zu waschen, stürmte die Wirtin zornig herein, drehte den Hahn zu und überschüttete mich empört mit einem Schwall Schimpfwörtern. »Was für eine Unverfrorenheit ohne Erlaubnis in die Küche einzudringen ...«

Innerlich zitternd, äußerlich ruhig drehte ich den Hahn wieder auf, um die Trauben fertig zu waschen. »Ich wasche nur die Weintrauben«, sagte ich, »auch würde ich gern das Badezimmer benützen, könnten Sie es mir bitte zeigen?« Meine vermeintliche Gelassenheit hatte ihr für einen Moment die Sprache verschlagen. Schweigend zeigte sie auf die Tür. Doch ganz plötzlich schien sie sich anders besonnen zu haben und sagte spöttisch: »Sie können es noch nicht benützen, erst will mein Mann duschen, er würde nach einer Deutschen kein Bad benützen und mir Vorwürfe machen. Sie müssen schon warten, bis er von der Arbeit kommt.«

Um es noch deutlicher zu zeigen, schloß sie die Tür des Badezimmers ab.

»Es macht mir nichts aus zu warten«, sagte ich freundlich und brachte sogar ein Lächeln zustande.

Zurück im winzigen Zimmer, legte ich die nassen Trauben auf die Zeitschrift. Ich mochte weder essen noch lesen, horchte ständig angespannt auf die Geräusche von der Straße und im Haus. Es regte sich nichts. Vom Fenster konnte man die Straße im Auge behalten. Irgendwann fuhr ein Auto vor das Haus. Da dachte ich, daß jetzt der Hausherr käme. Aber es stiegen ein Mann und eine elegant gekleidete Frau aus dem Auto. Die Frau hatte das typisch rosa gepuderte Gesicht einer Engländerin. Bald war die Tür des Kofferraums zu hören, kurz danach das Klopfen am Löwenkopf, danach sprach der Mann etwas ... Jetzt traute ich meinen Ohren nicht, als eine überaus freundliche Stimme der Wirtin zu hören war: »Herzlich willkommen, bitte treten Sie ein. Ihre Zimmer sind schon bereit. Darf ich Ihnen beim Koffertragen helfen? Ihr Akzent ist mir sehr angenehm. Sie müssen aus Liverpool stammen, habe ich recht!?« Plaudernd begleitete sie ihre Gäste die Treppe hinauf und öffnete eine der Türen. Als sie sich anschickte, eben wieder hinunterzugehen, mußte sie sich noch einmal umgedreht haben, zu meinem großen Erstaunen hörte ich sie sagen: »Übrigens, wenn Sie sich erfrischen wollen, das Badezimmer ist für Sie bereit.«

Der Herr bedankte sich und antwortete, daß er sich in wenigen Minuten duschen würde.

»Jederzeit, jederzeit«, echote die Zimmerwirtin noch einmal.

War ich wütend, zornig? Ich weiß es nicht mehr, doch war ich nach dem Gehörten absolut nicht willig, noch eine dritte Backe hinzuhalten. Der Trick, den ich jetzt anwendete, bringt mich heute noch zum Lachen. Ich überlistete die Wirtin mit ihren eigenen hinterhältigen Waffen. Ich nahm das Badetuch, öffnete ein klein wenig meine Tür und lauerte auf den neuen Gast. Da er gleich duschen wollte, müßte er ja bald auf dem Flur erscheinen. Etwas Herzklopfen hatte ich allerdings bei diesem Unterfangen. Nein, sagte ich zu mir, das ist ganz einfach mein Recht, ins Bad gehen zu dürfen.

Als es dann soweit war, daß der Gast im Bademantel auf den Flur trat, tat ich ganz zufällig das gleiche. Der Engländer grüßte mich freundlich und stellte sich wie alle höflichen Engländer vor. Ich antwortete mit dem üblichen »how do you do« und nannte meinen Vornamen, wie es der Sitte entspricht. Da ein höflicher englischer Gentleman sich nie vordrängt, bestärkte das meinen Mut, ihn zu fragen, ob ich vor ihm in das Bad dürfe, da ich schon seit einer Stunde darauf warte und die Wirtin, aus welchen Gründen auch immer, das Badezimmer jetzt erst aufgeschlossen habe.

Die Wirtin stand unten am Treppenabsatz, sie hatte alles mit angehört, was ich hoffte. Der Engländer schien meinen Akzent nicht zu beachten, höflich entschuldigte er sich bei mir und der Wirtin. Er wolle sich ganz gewiß nicht vordrängen. Es sei selbstverständlich, mir den Vortritt zu lassen. Vorbei an der bestimmt innerlich kochenden Wirtin ging ich ins Badezimmer.

Danach freute ich mich auf die Weintrauben und die Zeitschrift.

Wie fast jeden Abend machte ich mir noch einige Notizen über den vergangenen Tag, dann war ich auch schon müde. Bald stellte ich fest, daß die Bettdecke nicht sonderlich warm war, ich fror, auch mußte ich auf die Toilette und wußte, daß ich nicht einschlafen konnte, bevor ich mich nicht erleichtert hatte. So überwand ich mich und stand auf. Im Flur brannte zu meiner Beruhigung ein schwaches Licht. Sicher war das Vorschrift. Leise stieg ich die Treppe noch einmal hinunter, öffnete die Tür zur Toilette. Beim Verlassen stand der große Schatten meiner Wirtin vor mir. Breitbeinig im Schlafanzug, die Arme ineinander verschränkt, blickte sie mich höhnisch an. Um zur Treppe zu gelangen, war ich gezwungen, um sie herumzugehen. Sie setzte einen Schritt seitwärts und versperrte wieder den Weg zur Treppe. Zischend leise sagte sie, es wäre ihr eine Freude gewesen, sie hätte sich auch nicht gewundert, mich beim Stehlen ertappt zu haben. Noch einmal lief ich um sie herum zur anderen Seite und gelangte zur Treppe. Auf soviel Dummheit gab ich keine Antwort.

Im Zimmer legte ich meine Allwetterjacke, meinen Wollpullover auf die dünne Bettdecke, so schlief ich fest bis in den Morgen, wo ich von den morgendlichen Geräuschen, von der Straße und im Haus, geweckt wurde.

Bangen Herzens schlich ich noch einmal die Treppe hinunter, um mir die Zähne zu putzen und mein Gesicht zu waschen. Auf ein Frühstück wollte ich auch nicht verzichten. Niemand begegnete mir. Auch nicht, als ich aus dem Bad herauskam. Meine Hand zitterte beim Klopfen an die Küchentür. Zu meiner großen Erleichterung antwortete eine Männerstimme, und mir wurde die Tür von innen geöffnet. Ein fremder Mann sagte: »Good morning.« Der Holztisch war schön mit rustikalem Töpfergeschirr gedeckt, das mir sehr gefiel, und da ich spontan bin, zeigte ich meine Begeisterung, was wiederum den Mann, der sich am Herd zu schaffen machte, freute. Daraufhin erzählte er mir, daß in Tobermory eine gute Töpferwerkstatt sei, der Ton dazu liege im eigenen Garten. Ich sollte es unbedingt sehen, bevor ich Tobermory verlasse. Unser nettes Gespräch wurde von der Wirtin abrupt abgebrochen, die plötzlich in der Tür stand. »Das ist die Deutsche!« sagte sie. Trotz ihres Protestes stellte er mir den Teller mit den üblichen fettriefenden Würstchen, Spiegelei und gebratenen Tomaten auf den Tisch, bot mir freundlich einen Platz an, fragte, ob ich Kaffee oder Tee möchte, goß das Gewünschte ein, und mit einem freundlichen Nicken verließ er die Küche. Es war also der Ehemann, der angeblich nach einer Deutschen das Badezimmer nicht betreten würde. Nun übernahm sie das Regiment in der Küche, laut und wütend hantierte sie mit den Pfannen. Ich starrte auf meinen Teller und aß ruhig das Frühstück. Ungewollt entrang sich mir ein Seufzer der Erleichterung, als die übrigen Gäste laut und vernehmbar die Treppe herunterkamen. Geschäftig rannte sie zur Tür, um diese zu öffnen. Strahlend und überschwenglich freundlich empfing sie das Ehepaar mit den Phrasen: »Guten Morgen, guten Morgen, hoffe, Sie haben gut geschlafen, bitte kommen Sie herein, das Frühstück ist schon bereit, was hätten Sie lieber …!«

Die hübsche Lady, frisch gelockt und gepudert, bewunderte ebenfalls das schöne Geschirr, und mit einem »how do you do« setzte sie sich unbefangen neben mich. Ihr Gatte setzte sich uns gegenüber. Unumwunden begann sie mit ihrem Gatten ein Gespräch über das Wetter, wie es gestern war und wie es wohl heute werden würde, in das ich mit einbezogen wurde. Sie erzählten mir, wohin sie reisten, und wollten wissen, wohin meine Reise gehe.

Als ich ihnen sagte, daß ich zu Fuß zu der Insel Iona unterwegs sei, entstand ein betretenes Schweigen in der Küche. Selbst die Wirtin hielt mit den Pfannengeräuschen inne, drehte sich um und schaute mich, das erste Mal ohne den Ausdruck des Hohnes in ihrem Gesicht, an. Freundlich fragte sie, ob ich noch Kaffee wolle, auch hätte ich noch nicht ihren »home made strawberryjam« versucht. Ich war dankbar, daß keiner nach dem Grund der Pilgerreise gefragt hatte. Beim Abschied reichte das Ehepaar mir die Hand, was bei den Engländern nicht oft vorkommt. Sie hatten also keinen Anstoß an meinem Akzent genommen. So überwandt ich mich, reichte der beschämten Wirtin freundlich die Hand zum Abschied und sagte danke für das gute Frühstück.

Sonnenschein empfing mich auf der Straße. Tief atmete ich die salzige, nach Fisch riechende feuchte Morgenluft ein. Erst mal aus der Stadt hinaus, dann wollte ich meine Gedanken und Gefühle ordnen. Schnell schritt ich aus, um hinunter zur Uferstraße zu gelangen — dort wollte ich in die Imbißstube, um Tee für den heutigen Tag zu kaufen. Ich war fast versucht, in die Touristeninformation hineinzugehen, um mich zu beschweren, unterließ es aber. Diese Dinge lagen mir nicht. Nur fort aus diesem Tobermory, fort von den vielen Menschen. Wieder allein sein.

Für eine längere Wegstrecke, ich nahm an bis Mittag, mußte ich auf der zweispurigen Hauptstraße gehen. Die Straße führte zur nächstgrößeren Hafenstadt auf der Insel Mull, von wo aus ein reger Fährverkehr nach Oban ans schottische Festland bestand. Diesmal lag zu meiner linken Seite das Meer, rechts erstreckte sich ein weites, unbewohntes Land von Bergen, Tälern, Sümpfen, Binnenseen und teilweise auch Wald. Bei der nächsten Abbiegung wollte ich die Hauptstraße verlassen und durch dieses unbewohnte Land wandern. Aber diese Abbiegung war noch lange nicht erreicht, erst am späten Nachmittag. So entschloß ich mich, in einem der vereinzelt stehenden Häuser mit B + B an der Hauptstraße zu übernachten, obwohl ich gerne noch länger gelaufen wäre, bevor mein Weg mich wieder durch die ersehnte Einsamkeit führte.

Obwohl die Wirtsleute mich gewarnt hatten, nicht die Insel zu durchqueren, sondern auf der Straße zu bleiben, da ich totaler Öde ausgeliefert sei, verließ ich am nächsten Morgen dennoch die Straße und bog nach rechts in einen schmalen Weg ein, dieser führte am Anfang noch an einigen kleinen ärmlichen Kotten vorbei. Hier war es, daß ich dem alten Bauern mit seinem Traktor begegnete. Wie überall in Schottland auf dem Land hatte auch er seinen treuen Hund, einen Collie, neben sich sitzen. Ob ich mitfahren wolle, fragte er.
Ich lachte und fragte zurück, ja, wo ich denn sitzen dürfe?
»Hier«, dabei schlug er sich schmunzelnd auf seine Schenkel und hielt seinen Traktor an. Der Hund sprang herunter, setzte sich folgsam neben mich auf den Weg. Ich streichelte sein seidiges Fell. Wie immer und überall sprachen wir zur Einleitung erst einmal über das Wetter. Danach kam die von mir erwartete Frage, wohin ich wolle und woher ich käme. Ich sagte es ihm – und daß ich schon viele Tage unterwegs sei. Eine Weile schwieg er, dann kratzte er sich am Kopf sah mich verschmitzt an. Ob ich denn den kleinen Wesen, den Waldgeistern, begegnet sei, fragte er.
»Ich denke schon«, antwortete ich ernst. »Ja, ich bin ihnen begegnet.«
»Glaubst du an sie?« fragte er, besinnlicher geworden. »Ja, es gibt sie, ich glaube daran.«
Da sah er mich schweigend an.
»Glaubst du an die Wesen?« fragte ich meinerseits. Er kratzte sich wieder am Kopf, zog seine Stirn in kummervolle Falten und antwortete: »Well, well, es gibt wohl kaum einen Mann hier in Mull, der mutig genug wäre, dieses zu leugnen ... es könnte sie ja wirklich geben.«

Wieder nachdenkliches Schweigen. Dann befahl er seinem Hund aufzuspringen, zu mir sagte er: »Der Herr möge dir die Last deines Kummers tragen helfen« und fuhr weiter. Wir hatten doch überhaupt nicht über mein Leid gesprochen. Woher wußte er?

»Was ist der Mensch und wozu ist er nütze?
Was ist das Gute an ihm, was das Schlechte?
Die Zahl des Menschen Tage, wenn es viele sind, dann
hundert Jahre. Wie ein Wassertropfen im Ozean,
ein Sandkorn am Strand,
So wenig bedeuten die Jahre in der Zeit der Ewigkeit.«
JESUS SIRACH 18, 8-10

Diese Worte, geschrieben vor langer, langer Zeit, eingeprägt von meiner Nonne, beschäftigten mich Meile um Meile, die ich ausgeruht und leichten Schrittes zurücklegte, denn meine letzte Wirtin war sehr freundlich gewesen. Ich brachte diesen Bibelspruch in Verbindung mit all den unterschiedlichen Menschen, die mir begegnet waren.

»Was ist der Mensch, wozu ist er nütze?« Ich hätte gern von diesem Jesus Sirach die Antwort gewußt.

»Wir sind alle Brüder und Schwestern«, sagen gütige, weise Menschen.

Gut, dann mag ich eben nicht alle Brüder und Schwestern aus dieser großen Erdenfamilie. Die Mehrzahl meiner Brüder und Schwestern in diesem Sinn sind böse, dumm, schlecht und was noch alles. Selbst Einstein soll gesagt haben: »Zwei Dinge sind unendlich, das Universum und die menschliche Dummheit, aber bei dem Universum bin ich mir noch nicht ganz sicher.« Doch ist es nicht an mir zu urteilen, wer bin ich schon? Ich überlasse es dem Schöpfer aller Dinge, zu richten und zu lieben.

Meine gute alte Nonne in der Schweiz, sie war nicht nur gut und gläubig, sie war auch eine Philosophin – sie stellte vieles in Frage, was aber der Herr nicht übelnehmen würde, meinte sie. Sie sprach oft mit mir über die Verbundenheit der Seele mit dem Universum, über seelische Tiefenschichten – daß das alles tief im Menschen verborgen liegt, daß wir aber gar nichts verstehen, gar nichts wissen. Sie erklärte es an einem einfachen Beispiel: Für das neugeborene Menschenkind, das in den ersten Wochen mit seinen Sinnen noch in der Seelenwelt lebt, ist der Busen der Mutter, also die Milchquelle, das ganze Universum. Es kennt nichts außer diesem warmen Zustand, der seinen Hunger stillt, wobei Hunger für diese kleinen Wesen noch abstrakt ist – was wiederum unbewußte Geborgenheit gewährt –, das ganze universelle Gefühl der Liebe aus dem Drang der noch unbewußten Menschwerdung empfängt es am Busen der Mutter. Noch weiß dieses Menschlein nichts von der Mutter selbst, geschweige denn von all dem, in was es einmal hineinwachsen wird. So wenig wissen wir vom Absoluten, vom Schöpfer.

Ein andermal, bei der Gartenarbeit, sprach sie von der Umwandlung der Gefühle. Sie nannte es »die Metamorphose der Gefühle«. »Wir alle haben das Gute und das Schlechte in uns«, erklärte sie mir. »Seit der Mensch vom Apfel der Erkenntnis gegessen hat, ist ihm Gut und Böse offenbar geworden. Überdies aber haben wir die Freiheit erhalten, uns für das eine oder das andere zu entscheiden und die Konsequenzen dafür zu tragen. Wir haben also das Wissen und die Kraft in uns, das Böse zu überwinden und diese Energie des Bösen in eine gute Kraftquelle umzuwandeln: die Kraft des Hasses in Liebe, in Zuversicht. Die Energie des Zerstörens in Hilfeleistungen, den Energieverbrauch bei Rachegedanken in Verzeihen lenken.«

Trotz dieser Gedankengänge damals konnte ich für die Wirtin in Tobermory, die mich tief verletzt hatte, keine Liebe aufbringen.

Der Zorn überwältigte mich bei dem Gedanken an sie, deshalb versuchte ich meinen Gedanken eine andere Richtung zu geben. Auch spürte ich bei diesem zornigen Ausbruch meine Kräfte aus mir rinnen.

Meine alte Nonne sprach auch von einer »göttlichen Ordnung aller Dinge«. Demzufolge muß alles, was geschieht, richtig sein, auch wenn wir es nicht begreifen, nicht erfassen. Ordnung setzt ein Chaos voraus. Frieden erfassen muß aus Leid geboren sein. All diese Gedanken schwirrten durch meinen Kopf, bis ich mir selbst Einhalt gebot, um in die Realität zurückzukehren. Die Realität war, daß ich jetzt meinen Tee trinken sollte, daß ich besser auf den Weg achten sollte und daß ich so langsam nach einer Herberge Ausschau halten sollte, denn die Sonne wanderte schon dem Westen zu. So setzte ich mich auf einen angewärmten Stein und trank in kleinen Schlucken meinen Tee. An jenem Nachmittag wurde mir bewußt, daß mein körperliches Wohlbefinden sich täglich steigerte, obwohl ich wenig aß – vielleicht deshalb? Ich hätte ohne auszuruhen noch viele Meilen weitermarschieren können, doch wollte ich den täglichen Rhythmus des Ausruhens und Teetrinkens beibehalten. Eine andere Merkwürdigkeit widerfuhr mir an diesem gedankenschweren Nachmittag: Bisher hatte ich immer die Teeflasche bis zur Neige leer getrunken, diesmal schraubte ich die Flasche gedankenverloren zu, als noch die Hälfte des Inhaltes drin war. Diese Handlung mußte von etwas unbewußt Vorausschauendem, von etwas, daß sich um mich sorgte, angewiesen worden sein.

Noch machte ich mir keine Sorgen, dachte an nichts Arges. Meinen Rock über die Beine hebend, wurde weitermarschiert. Irgendwie wußte ich aber, daß ich mir etwas vormachte, daß nämlich etwas auf mich zukam, das mein Wachzustand nicht einordnen konnte. Warum waren da keine Kühe und Schafe? Meine Erfahrung hatte mich diesbezüglich längst gelehrt, solange Kühe oder Schafe zu sehen waren, war ganz sicher im Umkreis von mehreren Meilen eine Ansiedlung oder ein einzelnes Bauernhaus anzutreffen. Mit der Hand über den Augen schaute ich in der Ferne. Übersehbare Weite bis zum Horizont.

Wegen meiner fortwährenden Grübeleien mußte ich wohl von der Richtung abgekommen sein, die eigentlich westlich zum Atlantik führen sollte. Als der ausgetretene Schafweg, auf dem ich mich befand, über einen Hügel führte, sah ich in der Ferne einen Wald. Vielleicht war dahinter ein Haus? Etwas aber wußte in mir, daß hinter dem Wald kein Haus sein würde. Um gegen die Panik, die sich langsam ausbreitete, anzukämpfen, begann ich ein Wanderlied zu singen. Eine zornige Stimme in mir gebot mir Einhalt: »Hör auf!« schrie sie, die Stimme, »wie kannst du es wagen zu singen, wenn dein Sohn sich erhängt hat.« Erschrocken hielt ich inne – und lief dumpf, allem Kommenden ergeben, Stunde um Stunde weiter.

Gegen Abend hatte ich den Wald erreicht. Alles war in ein orangefarbenes Dämmerlicht getaucht. Es mußte ziemlich spät sein. Müdigkeit übermannte mich. Die Gewißheit, keine Herberge in dieser Nacht zu haben, ließ mich klar denken und dementsprechend handeln. Im Schutz einiger Bäumen versuchte ich, mir ein Lager zu richten. Mit einem gegabelten Ast scharrte ich soviel Laub und Moos wie möglich auf einen Haufen. Trampelte bei jeder Schicht tüchtig darauf herum, um von unten her eine feste Unterlage zu haben. Noch einmal schichtete ich einen riesen Berg darauf, bis ich einfach nicht mehr konnte. Meine Müdigkeit verlangte ihren Zoll. So zog ich meinen Rock aus, hängte ihn an einen Ast, zog den Trainingsanzug an, darüber den Wollpullover und meine Allwetterjacke. Mein Rucksack diente als Kopfkissen. Als ich die Teeflasche aus dem Rucksack nahm, erschrak ich über meine Vorahnung am Nachmittag, die mir befohlen hatte, etwas Tee aufzusparen. Mit einem hungrigen Magen konnte ich schlafen, doch durstig hätte ich keinen Schlaf gefunden – da erinnerte ich mich auch, daß mir aufgefallen war, weit und breit in dieser Gegend keinen Bach, kein Rinnsal gesehen zu haben. So trank ich denn etwas von dem kalten Tee, schraubte die Flasche gut zu und legte sie neben den Baum, der mir Schutz gab. Endlich ließ ich mich sacht ins Laub fallen, das unter meinem Gewicht etwas einsackte, fühlte aber sofort den Schutz vor der kalten Erde unter mir und um mich herum. Wie seit langem nicht mehr, war eine stille Verlassenheit um mich herum, ich dachte an die vielen kleinen Tierlein: Käfer, Raupen, die mein Lager mit mir teilten, dann glaubte ich, zwischen den dunklen Schatten der Bäume das kleine Mädchen zu sehen, das ich einst gewesen bin: »Schlaf nur, du hast doch schon viele Male unter freiem Himmel geschlafen, weißt du noch?« Oder war es eine Zaubergestalt – ein Elementarwesen, das mir solches zuflüsterte?

> »... dämpfet die Stimme, die Schritte im Wald,
> dann hört und seht ihr manch Zaubergestalt ...«

Der Mond verschwand hinter einer Wolke, somit war das Himmelslicht ausgeknipst. Wie schon manchmal davor, ließ ich mich in die Obhut des Seins fallen, denn ich wußte doch, daß alles lebt, es gibt nichts Totes, nichts war um mich, daß mir Harm wollte. Alles war erfüllt von der Güte des Schöpfers. Die Menschen waren weit, und Schlangen gab es auf den Hebriden keine – soviel ich wußte.

Und wieder war es der Kuckuck, der mich weckte. Nach und nach, wenn man ganz still liegt und lauscht, konnte man den Wald erwachen hören: Da war ein zartes Rascheln, dort ein leises Klingen, wenn ein Tautropfen von einem Blatt zum anderen fiel, das Knacken der Äste, das Huschen einer Maus im Laub, das Zwitschern der erwachenden Vögel, selbst das Morgenrot der aufgehenden Sonne, das leuchtend durch die Bäume schien und alles in ein rotviolettes Licht tauchte, wurde von den zarten Tönen des Morgenwindes begleitet.

»Eine Symphonie des erwachenden Waldes.« Mendelssohn muß wohl vergessen haben, derartiges zu komponieren. Doch denk ich mir, daß er vielleicht nie das Glück hatte, morgens in einem Wald aufzuwachen.

Obwohl die Kälte mittlerweile alles in meinem Körper erreicht hatte, blieb ich noch still liegen – war erstaunt, daß die Nacht schon vorbei war, daß ich gut geschlafen hatte, war neugierig auf den neuen Tag – was er wohl bringen würde? –, der vor mir lag. Aus vollem Herzen bedankte ich mich bei allem und allen, was über mich gewacht hatte.

Beim Aufstehen merkte ich erst, wie steif und kalt ich war. So rüttelte und schüttelte ich mich, schlenkerte Arme und Beine, hüpfte und sprang um Bäume, sprang an die zwanzigmal in die Hocke, gluckste und lachte, bis ich warm geworden war und mich auf die Walderde warf und weinte. Um meinen Sohn weinte ich. Vielleicht weinte ich auch ein wenig um mich. Gibt es wirklich Waldgeister, so haben sie bestimmt dem merkwürdigen Schauspiel dieses Menschenkindes erstaunt zugeschaut.

Mein letzter Schluck Tee schmeckte bitter. Wie gut wäre jetzt ein Feuer, heißer Tee und ein Stückchen Brot. Nur ich konnte so einfältig sein, ohne Streichhölzer oder Feuerzeug in die Welt zu wandern. Nachdem meine Haare gebürstet waren, der Zopf geflochten, der Rock angezogen, das Gesicht mit Tau gewaschen, alles im Rucksack verstaut, legte ich meine Hände auf den Baum, unter dem ich geschlafen hatte, bis ich seine Wärme spürte, die in meinen Körper überging. Bis dies geschah, hatte ich mich ganz intensiv mit dem Baum verbunden gefühlt. »Guter Freund«, sagte ich zu ihm – und verließ diesen Ort. Das Morgenrot machte mir Kummer.

»Red in the morning, shepards warning«, sagt man hier. »Rot am

Morgen, des Schäfers Sorgen«, sagt auch eine deutsche Bauernregel. Soweit meine Erfahrung dahin reichte, war etwas Wahres in dieser Aussage.

Nicht lange, und der Schafsweg war gefunden. Nach dem Stand der Sonne war die Richtung, die ich einschlagen mußte, leicht zu erkennen. Da die Sonne im Osten stand, mußte ich also entgegengesetzt weiter – nach Westen.

Noch immer Öde, Binsengras, niedrige Büsche, Täler und Höhen. Keine Kühe, keine Schafe, wohin ich schaute, kein Anzeichen eines Hauses. Irgendwo mußte doch der Weg hinführen? Noch bedrängte die Situation mich nicht sonderlich, noch hatte ich viele Stunden Zeit. Ein Bach oder ein Rinnsal, um meinen Durst zu stillen, würde bestimmt bald auf meinem Weg liegen. Wo es doch in den schottischen Highlands und auf den Inseln unzählige Bäche und Flüsse gibt, wird sich doch auch hier ein kleines Rinnsal versteckt haben, dachte ich ärgerlich, da hörte ich das ersehnte Plätschern. Es war ein Bach mit klarem Wasser, das munter über Steine dahinfloß, und weil ich schon lange keinen Schafen begegnet war, brauchte ich nicht zu befürchten, daß weiter oben ein totes Schaf im Wasser lag, was mitunter vorkommt. So kniete ich nieder, um mit den Händen Wasser zu schöpfen, wie Menschen es seit ewigen Zeiten schon getan haben. Als ich meinen Durst gestillt hatte und mich aufrichtete, war mir, als hätte ich all dies hier schon einmal erlebt. Dieser Moment des Wassertrinkens aus einem klaren Bach ... wann und wo ist das gewesen? In Deutschland konnte es nicht gewesen sein, zu der Zeit, als ich dort lebte, gab es kaum noch Bäche, aus denen man hätte trinken können. In Schottland schon, meine flüchtige Erinnerung aber war aus längst vergangener Zeit. Da war auch die Lerche ... Nein, nein, die Liebe zu Willfried Winkler schmerzte längst nicht mehr. Ach ja – er wollte doch, daß ich ihn anrufe, erinnerte ich mich wieder. Wo in dieser Einöde finde ich eine Telefonzelle?

Beim Gedanken an ihn fühlte ich mich in warmer Freundschaft geborgen.

Ich gab das Nachgrübeln auf. Was immer es gewesen sein mochte, dieses eigenartige, wehmütige Gefühl des Schon-einmal-Erlebten, irgendwann würde ich es bestimmt erhaschen — es würde mir einfallen.

Das mit den Bauernregeln stimmte, die Vorzeichen des Morgenrots hatten recht behalten. Dunkle Wolken zogen vom Westen auf, verdeckten bald den blauen Himmel und trieben ohne Warnung einen starken, aber lauen Wind vor sich her, der Regen mit sich brachte. An meiner gewachsten Wetterjacke rann das Wasser bald in Strömen herab, um vom Rock aufgesaugt zu werden, der nach kurzer Zeit schwer und zum Auswinden naß war. Wie eine Kuh, mit krummem Rücken, eingezogenem Schädel, ergeben im Morast steht, dem Regen hilflos ausgeliefert, so stapfte ich durchs aufgeweichte Erdreich, mit krummem Rücken, den Kopf hängend, dem unaufhörlichen Regen ausgeliefert.

Um nicht wieder in Nichtgedanken verlorenzugehen oder gar in Millionen Regentropfen umgewandelt zu werden, betete ich laut ein Ave-Maria nach dem anderen und stellte mir die heilige Madonna leiblich, in einem blauen Regenmantel mit Kapuze, vor — bis ich mir einbildete, sie schreite neben mir.

Da das Sonnenlicht von den grauen schweren Wolken verdeckt wurde, schien es ein Tag ohne Licht und ohne Schatten zu sein — ohne Zeit. Mein Zeitempfinden war ebenfalls im Grau verlorengegangen. Um so mächtiger rebellierte jetzt mein Magen. Ich hatte Hunger. Mein alter Freund aus Kindertagen hatte sich in mir breitgemacht, der Hunger.

»... ich weinte nachts, wie ist das nur geschehen?
ich hab' im Traum mein Vaterhaus gesehen.«
JOHANN A. BLAHA

Das kleine Mädchen weinte sich in den Schlaf. Eine große Angst bedrohte ihre kleine Welt. Es hatte einen kleinen Koffer mit etwas Kleidung für sich selbst gepackt. Die Puppe hatte es vorsorglich schon warm angezogen, denn morgen, zeitig in der Früh, mußten alle, ihre Geschwister, Nachbarn und andere Dorfbewohner, fort. Ganz einfach fort. Fort, bevor die Russen kamen – so wurde befohlen. In der Ferne war Kanonendonner und das Echo der Gewehrschüsse zu hören. Seit Tagen schon wurde in der Gegend gekämpft.

»Die unseren werden die Russen schon vertreiben, die kriegen unser Dorf nicht«, sagte Mutter. Glaubte sie es wirklich? Seit Wochen kamen Tausende von Flüchtlingen, dunkle, müde Gestalten, teils mit Pferdegespann, teils wurden Leiterwagen, vollbepackt mit Kisten und Kindern, selbst gezogen und geschoben. Sie kamen von Osten, sie kamen von Norden, die Flüchtlinge. Durch den kalten Winter. Manche blieben einfach wegen zu großer Erschöpfung im Schnee liegen. Da lagen sie dann, da, wo das Elend durchgezogen war. Kleine Kinder, Omas, Pferde, Hunde, Kühe. Die Spur des Schreckens reichte bis hinauf in den Norden. In dem großen kupfernen Kessel kochte Mutter seit Wochen dicke Kartoffelsuppe – sonst wurde Zuckerrübensirup darin gekocht. Auch die Nachbarn kochten Kartoffelsuppe. Dennoch war alles noch zu wenig für die vielen tausend Flüchtlinge. Schulen, Turnhallen, in jedem Haus war jeder Freiraum mit Stroh ausgestreut, als Herberge für eine Nacht, vielleicht auch für zwei, bis es weiterging ...

»Dank Gott im Himmel, daß wir noch unser Haus haben«, sagte Mutter. »Betet, daß wir nicht fortmüssen«, sagte sie. »Betet, daß unsere Männer – sie meinte den Volkssturm mit den Alten und den fünfzehn- und sechzehnjährigen Söhnen des Dorfes – die Russen vertreiben.« Hat sie es geglaubt? Nun, auch das kleine Mädchen mit ihrer Puppe, ihren Geschwistern, den Nachbarn und Dorfbewohnern mußte jetzt fort — fliehen, die Heimat verlassen.

»Mama, bist du mir gut wie tausend Häuser?« fragte es die Mutter beim Abschied. ›Gut wie tausend Häuser‹ war das Maß der Liebe für dieses Kind. Warum kam Mutter nicht mit? Jetzt gehörte das Mädchen zu all den tausend und aber tausend Elenden. Bis es am Ende viele Millionen waren.

An jenem Tag auf der Insel Mull, als ich durchgenäßt, erschöpft und das erste Mal richtig hungrig war, erinnerte ich mich an diese letzten Stunden in der Heimat. Es regnete noch immer. War ich eine Stunde gelaufen, oder waren viele Stunden vergangen, oder hatte die Zeit stillgestanden? Nein, die fernen Geräusche, die ich zu hören glaubte, entsprangen nicht meiner Wunschvorstellung, es war keine Fata Morgana. Da war tatsächlich hin und wieder das Summen eines Autos durch den Nebel zu hören. In der Nähe mußte eine Straße sein. Als ich endlich meinen steifen Nacken streckte und den Kopf hob, um etwas zu sehen, sah ich direkt in die guten, verschleierten Augen einer Kuh. Hier also standen sie, meine lang vermißten Weggefährten mit krummem Rücken, hängendem Schädel, fast bis zu den Knien im aufgeweichten Erdreich stehend. Sie sahen zu mir herüber.

»Hier seid ihr also — wo wart ihr denn so lange!?« rief ich ihnen freudig zu, »schaut nur her, ich bin genauso naß wie ihr.«

Der Trampelpfad hatte ganz plötzlich in einer zweispurigen Straße geendet. Wohin war ich geraten? War ich wieder im Osten der Insel oder im Westen? Oder gar schon im Süden? Die Sonne konnte es nicht zeigen, der Nebel war dick und dunkel. Wieder hörte ich das Summen eines Motors, da brachen auch schon die Nebelscheinwerfer zu mir durch. Das Auto fuhr vorbei, ich wollte schon wütend auf den Fahrer sein, nicht etwa, daß ich hätte mitgenommen werden wollen, nein, daß er aber an einem

Mitmenschen bei diesem Wetter vorbeifuhr ... – als das Auto rückwärts fahrend zurückkam. Ein Mann kurbelte die Scheibe herunter:»Come in, quick.« – Schnell, steig ein.

»Nein danke«, sagte ich.«

»Why not, are you mad?« – Warum nicht, sind Sie übergeschnappt?

»Wie weit ist es bis zu einem Haus mit Herberge«, fragte ich.

»Four miles – meine Frau, also wir haben Zimmer frei, aber jetzt steigen Sie schon ein.«

Er regnete noch immer. Ich war erschöpft – und doch, nein, nein, ich lass' mich nicht in Versuchung führen ... Es sei denn ...? Ich hatte eine Lösung gefunden, ohne meinem Vorsatz, jeden Meter zu laufen, untreu zu werden. »Gut«, sagte ich, »doch Sie müssen mir versprechen, mich morgen früh hierher, genau an diese Stelle, wieder zurückzubringen?«

»No problem, in heavens name what for.« – Kein Problem, doch um Himmels willen, wofür? – Er wartete jedoch meine Antwort nicht ab, statt dessen schimpfte er gutmütig: »Da nimmt man einen triefnassen Fußgänger mit, dann werden auch noch Ansprüche gestellt, betteln muß man ihn auch noch, damit er sich herabläßt und endlich einsteigt. Leben wir in einer verkehrten Welt?«

Ich schwieg.

Das Haus, vor dem er anhielt, war fast eine Villa. »Mansen« nennt man hier ein solches Haus. Eine Frau öffnete die Tür einer Porch (Vorbau) und schlug die Hände über dem Kopf zusammen: »Just a moment, just a moment« und rannte zurück ins Haus. Sie brachte einen Bademantel, Hausschuhe und einen Pyjama für mich. Im Vorraum bat sich mich freundlich bestimmt, die nassen Kleider abzulegen. »Ich werde alles im Trockner trocknen«, meinte sie. Sie konnten nicht arm sein, wenn sie einen Trockner besaßen. Bisher hatte ich niemanden in Schottland kennengelernt, der Eigner eines Trockners war. Ist ja schon eine Waschmaschine keine Selbstverständlichkeit – aber ein Trockner?

Alles in diesem Haus war schön und blitzsauber. Sie zeigte mir ein hübsches, geräumiges Schlafzimmer mit eigenem Bad und Fernseher und bat mich, in den »sitting room« zum Tee zu kommen. Bei einem offenen Feuer war für mich ein kleiner Teetisch mit Tee und belegten Brötchen gerichtet. Später würde sie etwas kochen, meinte die Hausfrau freundlich. Eine Wanduhr schlug eine volle Stunde an. Ich zählte mit: vier Uhr? Erst vier Uhr nachmittags? Ich konnte es fast nicht glauben. Meine innere Uhr hatte mich wahrhaftig im Stich gelassen. Nach meinem Ermessen und der Dunkelheit entsprechend, müßte es längst spät am Abend sein. Aber – es war gut, hauptsächlich bei diesem Regen, einmal gemütlich, warm und geborgen Tee zu trinken. Nach dem Tee legte ich mich schlafen, bat meine Wirtin, mich zum Abendessen zu wecken, denn ich würde mich sehr auf ein richtiges Essen freuen.

Bevor ich meine Augen schloß, fiel mein Blick auf ein mit schönem Holzrahmen gerahmtes Bild – etwas kitschig zwar, aber mir gefiel es. Es stellte eine unter einem Rosenbaum stehende Madonna dar, mit einem blauen Überwurf. Sie lächelte mir zärtlich zu. »Bist du hier auch gelandet«, dachte ich und schlief ein.

Sie ließen mich drei Stunden schlafen, bevor leise an die Tür geklopft wurde, durch den Türspalt hielt sie meine getrockneten Sachen herein.

Nicht ein Tisch war gedeckt, es war regelrecht eine gedeckte Tafel, so fein und vornehm mit schönem englischem Porzellan. Ob wohl extra für mich so gedeckt wurde oder ob es für das Ehepaar alltäglich war? Das Essen war gut und reichlich. Danach saßen wir am offenen Feuer, jeder trank einen kleinen Whisky. Von meinem Vorhaben, nur das Notwendigste auf dem Pilgerweg zu reden, hatte ich mich längst freigesprochen. Schließlich konnte ich all die freundlichen und hilfsbereiten Menschen, die meinen Weg kreuzten, nicht vor den Kopf stoßen, indem ihre besorgten, vielleicht auch manchmal neugierigen Fragen mit Schweigen quittiert werden. Linda und Gordon hießen meine Wirtsleute. Linda und Gordon zeigten sich mir gegenüber sehr offen. Sie erzählten mir, daß sie keine Kinder hätten. Ob ich welche hätte, wollten sie wissen. Ich nickte. Am Anfang habe es sie sehr betrübt, lange konnten sie sich damit nicht abfinden. Als die Jahre aber vergingen und sie die befreundeten Ehepaare mit ihren Heranwachsenden beobachteten, ihre Sorgen und Kümmernisse mitbekamen, waren sie ganz froh und gewöhnten sich an den kinderlosen Zustand.

»Obwohl manchmal …«, seufzte Lina und sah ihren Gatten an, beendete aber nicht ihren Satz.

Nun war es an mir zu erzählen, nachdem sie mich nach meinen Kindern gefragt hatten. Allerdings erzählte ich nur das Notwendigste, ich bestätigte, daß Kinder Sorgen, Kummer und Leid mit sich brächten, aber manchmal auch Freude und Liebe. Ich hatte ihnen auch erzählt, warum ich nach Iona pilgere, so konnte Gordon verstehen, weshalb er mich morgen wieder an die Stelle, an der er mich aufgelesen hatte, zurückbringen sollte. Sie schwiegen lange, als sie vom Freitod meines Sohnes erfuhren. Schweigen ist oft das Beste.

Nach der Abendschau gingen wir schlafen. In jener Nacht schlief ich sehr unruhig, wachte ständig auf, sorgenvoll schlief ich wieder ein, raste durch wirre Träume – versuchte auf dem Bauch zu schlafen, auf dem Rücken, auf der Seite … Auch der kurze Schlaf am frühen Morgen bewegte sich nur an der Oberfläche. Das Frühstück war, wie alles in dem Haus, reichlich und gut, meine Teeflasche stand gefüllt neben dem Rucksack. Ich bangte etwas der Kosten wegen – doch auch da war ich angenehm überrascht, es war nicht zu teuer. So konnte ein neuer Tag, der Sonnenschein versprach, angegangen werden. Linda sagte das mit dem Sonnenschein. »Willst du wirklich zurückgebracht werden?« fragte Gordon doch noch einmal.

Hatte er gehofft, ich hätte es mir anders überlegt, war es für ihn vielleicht doch zuviel, mich zurückzufahren? Doch da irrte ich mich, Gordon wartete meine Antwort nicht ab, lächelnd stürmte er hinaus, und schon war das Motorengeheul seines Autos zu hören. Linda umarmte mich beim Abschied. Allenthalben habe ich immer wieder festgestellt, daß die Menschen in Schottland mit den Mitmenschen viel körperlicher umgehen, ein jeder ist stets zu einer spontanen Umarmung bereit, auch als Fremder. In meiner Heimat hingegen reicht man sich, wenn's gut geht, weit auseinanderstehend die Hände. Doch möchte ich nicht urteilen, es ist nur eine Feststellung.

Anhand meiner Karte zeigte Gordon mir den Weg. Ich war wahrhaftig in einem Halbkreis gelaufen und deshalb wieder an der Ostküste gelandet. Seine besorgte Anweisung war, auf der Straße zu bleiben, die mich sicher, zwar mit viel Autoverkehr, zur Fähre nach Iona bringen würde. Die andere Möglichkeit war quer durch die Insel. Doch müsse ich gut auf den Stand der Sonne achten, damit ich mich nicht verirre. Es gebe einige Pfade, die die Insel durchziehen, auf denen die Schafe getrieben werden. Im Westen müßte ich auf einen Weg kommen mit einigen Häusern. Am nächsten Tag könnte ich im Süden wieder auf die Straße treffen. Er zeichnete die Stelle ein, wo die Kotten stehen. Bekümmert gab er mir noch Ratschläge, wie zum Beispiel, falls die Sonne nicht scheine, könnte man an den Bäumen ausmachen, wo Westen sei. Das allerdings war mir nichts Neues, ich ließ es mir aber nicht anmerken. In der Tat, auf den Inseln und im Hochland sind die meisten Bäume auf der dem Westen zugekehrten Seite kahl, nach Osten hin erstrecken sich ihre Äste. Auch Gordon drückte mich beim Abschied fest in seine Arme.

Da stand ich nun also an der Stelle von gestern. Heute allerdings sah alles anders aus. Von der Morgensonne beleuchtet, war die Landschaft in ein zartes violettes Licht getaucht, das, von den Wolken aufgesogen, ins Rosa überging. Wieder Regen? Hoffentlich nicht. Linda hatte Sonnenschein versprochen. Bald stellte ich betroffen fest, daß etwas mit mir oder in mir nicht in Ordnung war. Mir war, als hätte ich etwas Wesentliches verloren oder vergessen. Ich bemühte mich, dieses Gefühl nicht aufkommen zu lassen, deshalb schritt ich, ohne es zu beachten, weiter und weiter. Es half nichts. »Es« blieb wie ein Schatten hinter mir und verfolgte mich. Dieser Schatten verdunkelte mein Innerstes – brachte mein Herz zum Rasen. Was war es, das mich in so sonderbare Erregung versetzte? Ich lief schneller und schneller, doch mein waches Ich wußte genau, daß ich dem nicht davonrennen konnte, ich mußte mich dem »Es« stellen – und jetzt wurde es mir bewußt: Ich hatte Mut, Hoffnung und vor allem die Lust am Weitergehen verloren. Noch wollte ich es mir nicht eingestehen, daß ich den Mut und die Hoffnung verloren hatte. Das war's. Aber warum, so nahe am Ziel? Erstaunt sah ich mich in der Einöde stehen. »Was willst du eigentlich hier, was tust du hier?« fragte diese einsame Frau. »Siehst du einen Nutzen in allem, was du auf dich genommen hast, glaubst du wirklich, daß diese Strapazen nötig sind?«

Urplötzlich schien mir tatsächlich alles unbegreiflich, alles sinnlos, meine Zuversicht war sinnlos geworden, meine Hoffnung, mein Glaube an einen gütigen Vater, in dessen Hände ich mit fallen ließ, wenn alles gar zu schwer wurde – alles sinnlos.

»Wenn ich den Glauben habe, kann ich nicht verlassen sein, das ist einfach unmöglich«, wie oft habe ich mir das vorgesagt und mir Mut damit gemacht. Auch das alles sinnlos. Was geschieht, wenn der Glaube verloren ist? Der Glaube – die Hoffnung, die Gewißheit für meinen toten Sohn, ihn beim Allmächtigen im

Licht zu wissen — alles, alles rann aus mir heraus wie Wasser aus dem Sieb. Was geschieht mir? Eine unbegreifliche Leere breitete sich in mir und um mich aus. Etwas Schreckliches, aber irgendwie Vertrautes nahm Besitz von mir. Das schwarze Loch. Meine Depressionen. »Es« war zurückgekommen. Mein mühsam gewonnener Lebensmut hatte sich in Nebelschwaden verflüchtigt. »Ich darf mich nicht fallen lassen. Laß mich nicht fallen, Herr. Bitte, bitte, Mädchen, laß mich nicht fallen. Mein guter Engel, laß mich nicht fallen, nicht in dieses dunkle Loch, wo nur die Schatten sind!«

Noch existierte »es« nur im Geist, hatte meinen Verstand noch nicht erreicht. Da ich durch Erfahrung dieses Zustandes den Weg des »Es« durch mich hindurch kannte, wollte ich kämpfen, bevor ich verloren bin.

Ich schritt noch schneller aus, ich rannte dem dunklen Loch davon. Rannte den moorigen kleinen Pfad entlang, hoffte, wenigstens ein Schaf anzutreffen, etwas Lebendes — immer tiefer rannte ich in die Einöde, bis ich, erschöpft nach Atem ringend, langsamer wurde, dennoch blieb ich nicht stehen, denn dann würde »es« mich einholen.

In meinen Tagebuchnotizen stand von jenem ereignisreichen Tag nichts, um so deutlicher erinnere ich mich an alles, was geschehen ist, als wäre es erst gestern gewesen. Was war die Ursache dieses Zustandes, der mich aller Zuversicht beraubt hatte? War es die kurze Zeit mit Linda und Gordon? War es ihre zufriedene, sorglose — so meinte ich wenigstens — Zweisamkeit, die mich mein Elend sehen ließ? Sie brauchten keine Angst zu haben, keine Sorgen, immer das nötige Geld …

Jetzt konnte ich es mir eingestehen, daß da etwas Neid in mir war, obwohl ich wußte, daß es Unrecht ihnen gegenüber war. Sie hatten sich abgefunden mit ihrem Los. Wie sagte Heinrich Weiß einst zu mir — als ich über meinen Sohn klagte, der aus Liebeskummer nach Indien gegangen war, um etwas zu finden: »Ach liebe Freundin«, sagte er, »wüßte ich meinen Sohn im fremden, unbekannten Indien anstatt hinter verschlossenen weißen Türen, dem Herrn würde ich auf den Knien danken. Sie müssen es so sehen.«

Bestimmt hätten Linda und Gordon gern Kummer und Sorgen, die Kinder so mit sich bringen, gegen ein sorgloses, kinderloses Dasein eingetauscht. Wer bin ich, mir zu erlauben, neidisch zu sein? Intensiv begann ich, an jedes meiner Kinder zu denken, um dem näherkommenden schwarzen Loch zu entgehen. Aber beim Gedanken an meine Kinder wurde alles noch schlimmer, denn nun hängte sich die Schuld ganz plötzlich an meinen Nacken. Da dachte ich an die Schmerzen der Geburt, wie schnell alles vergessen war, hielt man das Bündel Leben in den Armen. Ich dachte an ihre ersten tapsigen Schritte – ihr Lachen und Weinen. Der erste Schultag. An jeden einzelnen ersten Schultag erinnerte ich mich. Besonders an die Schultüten, denn ich hatte sie doch alle selbst gebastelt.

Irgendwann mußt du sie abnabeln, der Welt überlassen. Die Sorgen allerdings – die Sorgen der Kinder kannst du nicht abnabeln. Der Schmerz der Kinder ist auch der Schmerz der Mutter. Wieviel Liebeskummer habe ich mit ihnen durchlitten. Verliebt – entliebt. Immer war ich diejenige, die auf der Strecke blieb, denn ich mochte die Freunde meiner Kinder. Nicht nur litt ich mit meinen eigenen, auch mit denen, mit denen sie entliebt waren. Das alles mal fünf. Irgendwann geht es mit den Enkeln weiter.

»O Herr, warum hast du die Mütter mit einer so verletzlich dünnen Haut erschaffen?«

Mit Erinnerungen und mit Gedanken versuchte ich gegen das Kommende anzukämpfen. Rannte – stolperte über Steine im Weg, bis ich so erschöpft war und meinte, nicht mehr weiterzukönnen. Vielleicht hatten die letzten zwei Tage doch zuviel an

meiner Substanz gezehrt; die Nacht im Wald, davor und danach nichts gegessen, durchnäßt am nächsten Tag durch Regen gelaufen. Vielleicht war ich körperlich doch mehr geschwächt, als ich wahrhaben wollte, so daß es am Gemüt zu nagen begann? Irgendwann – mittlerweile wurde mir bewußt, daß Bäume meinen Weg säumten – geschah es dann, etwas brach in mir auf: ein Zorn gegen Gott und die Welt. Eine rasende Wut. Entweder muß ich jetzt schreien, schreien bis zum Himmel hinauf, wo Gott sich versteckt hält, anstatt mir beizustehen, schreien, bis die Bäume, die Vögel, alle, alle vor Schreck erstarren, das Echo zerplatzt – oder ich lass' mich ins schwarze Loch fallen. Sterben, einfach sterben. Wenn nur die Bäume mich aufnehmen könnten in ihren Frieden – doch dorthin gibt es wohl keinen Weg für uns – noch nicht. Angst, immer wieder die Angst, Hoffnungslosigkeit, Enttäuschung, Wut, Sehnsucht – nach was nur? Verlassenheit, mein schlechtes Gewissen, all die menschgewordenen Peiniger drängten in meine Seele. An einen Baum gelehnt, brachte ich nur ein Wimmern zustande. Eine Stimme in mir verhöhnte mich, lachte über mein dummes, einfältiges Wesen. »Beten, haha – was hat Beten genützt? Deine Gebete sind ins bodenlose Weltall gefallen, kein Gott hat sie vernommen!«
Mit Schaudern fiel mir das Gedicht von Heinrich Heine ein, von den schlesischen Webern. Immer habe ich, bis heute noch, Gedichte, die mir in die Finger kamen, auswendig gelernt. So lernte ich auch dieses, jedoch nur ganz leise, nie wagte ich, es laut herzusagen, denn es dünkte mich gar zu ungeheuerlich. Da heißt es im zweiten Vers:
»Ein Fluch dem Gotte, zu dem wir gebeten
In Winterskälte und Hungersnöten;
Wir haben vergebens gehofft und geharrt,
Er hat uns geäfft und gefoppt und genarrt –
Wir weben, wir weben!«

Nur wer die Not der schlesischen Weber damals gekannt, war fähig, solche Worte zu schreiben. Genau so und nicht anders war mein Verhältnis zu Gott, dem ich immer vertraute. Ich fühlte mich gefoppt und genarrt, an jenem Tag in der Einsamkeit inmitten der Insel Mull, als Panik über mir zusammenschlug. Endlich schrie ich. Schrie zu ihm, haderte mit ihm und sagte laut, so laut ich es vermochte, das ganze Gedicht von den Webern, das Gedicht in seiner Schwere, das ich bisher kaum gewagt hatte zu denken. Ich schrie das ganze Gedicht von Heinrich Heine hinaus ins Weltall. Dann preßte ich meinen Mund an die Baumrinde und weinte leise. »Nimm doch endlich die Qual von mir, bin ich ein Wurm, daß du mich zertrittst?«, bis ich, schwächer geworden, müde ins feuchte Gras sank. Nein, ins Dunkle bin ich nicht gefallen, denn als ich die Augen öffnete, war es hell. Die Bäume leuchteten im Licht der Sonne. Über mir hüpfte ein Vogel von Ast zu Ast. Mein Schreien hatte ihn also nicht verscheucht, oder war er zurückgekommen, als diese menschlichen Überlaute verhallt waren?

Jetzt, wo sich das Inferno in mir ausgebrannt hatte, kam Müdigkeit über mich. Schlafen, nur schlafen, nichts als schlafen. So zog ich meine Jacke aus und breitete sie als Schutz gegen das feuchte Moos unter mir. An den Baum gelehnt, schlief ich sofort ein, wachte wieder auf, um erneut in den Schlaf zu fallen. Mein Ich wehrte sich gegen das Erwachen, die Verzweiflung könnte ja noch auf mich lauern. Irgendwann schien die Sonne warm auf mein Gesicht, Helle schimmerte durch die geschlossenen Augenlider. Lange noch wagte ich nicht zu denken, wagte nicht, mich zu bewegen, denn erst wollte ich in mich hineinhören, mich beobachten, ob auch tatsächlich alles fort war, ob ich die kommenden Depressionen auch wirklich besiegt hatte. »Steh auf«, befahl ich mir endlich, »es geht dir gut – du wirst schon sehen.« Also stand ich auf, schüttelte die Jacke aus und zog sie über. Es war kühler geworden. Noch einmal lehnte ich mich an den Baum, um meinen Tee zu trinken. Er war noch warm, warm rann er durch meinen Körper. Als dann der Rucksack aufgesetzt war, bewegte ich mich langsam weiter, etwas war noch nicht ganz in Ordnung, mir war, als trete ich auf die Scherben, die durch mein Schreien zerbrochen waren – wagte nicht, meine Augen zu erheben, denn ich hielt mich für unwürdig, die Sonne zu sehen. Einmal werde ich den Himmel und die Erde um Vergebung bitten, nur jetzt noch nicht, noch war ich dazu nicht fähig, denn noch war viel Zweifel in mir.

Mein Zeitbewußtsein ließ mich noch immer im Stich. Wie lange mochte ich geschlafen haben? Die Sonne war hinter einer großen, dicken Wolkenwand verschwunden. Wo befand ich mich, wo waren die Kotten, die Gordon eingezeichnet hatte? Der Wolkenvorhang öffnete sich, und die Sonne war als ein langer, heller Streifen zu sehen – im selben Augenblick schimmerte der Atlantik durch die Bäume, fehlten nur noch die Kotten, dann wäre meine Dreizahl voll erfüllt. Noch war mir etwas bange zumute, ich wagte noch immer nicht aufzuatmen, in der Annahme, daß noch etwas in mir verblieben sei, das noch einmal ausbricht. Noch fühlte ich die letzten Schwingungen meiner Flüche und Schreie. Bevor ich den Rauch sah, hatte ich ihn schon gerochen. Rauch von einem Peatfeuer. Hinter den Bäumen sah ich ihn aufsteigen. Es dauerte nicht lange, da lag die kleine Ansiedlung von drei Häusern mit heruntergekommenen Nebengebäuden vor mir. Wie überall in diesen einsamen Gehöften standen auch hier verrostete alte Ackergeräte und Autos herum. Sie würden stehen, bis eines Tages nach vielen Jahren der Wind, der Staub und der Regen alles zernagt haben würde, Brennesseln wachsen würden – vielleicht noch einzelne Gummiteile als Nistplätze für Mäuse erhalten wären. Das Land ist groß und leer, deshalb können all die Traktoren der Welt hier stehen und selig verrosten.

Schafe und Kühe grasten dazwischen. Vor dem ersten Haus stand ein verbeulter Landrover. Hier wollte ich klopfen, deshalb ging ich nach hinten zur Küchentür. Das Merkwürdige an Schottland ist, daß man überall, vom Highland bis zum Lowland und auf den Inseln, durch die Küchentür, die sich hinterm Haus befindet, eintritt, obwohl es in jedem Haus eine Fronttür gibt, meistens durch eine Porch (Laube) erreichbar. Ich brauchte nicht anzuklopfen, vor der Tür standen drei Kinder, zwei Buben im Alter von zwei und vier Jahren, das Mädchen mochte sieben Jahre alt sein. Sie sahen frisch gewaschen aus und waren in der Unterwäsche. Neugierig sahen sie mich an. Bevor ich etwas sagen konnte, erschien eine dunkelhaarige Frau auf der Bildfläche, schützend stellte sie sich vor die Kinder. In ihrem Blick war nichts Abweisendes. Offen sah sie mich an, sie war sogar freundlich. In Schottland begegnet man meist jedem Fremden offen und freundlich, hauptsächlich in einsamen Gegenden, sei es, um den Alltag etwas aufzuheitern, um Neuigkeiten zu erfahren, aber vielleicht auch, um etwas Geld zu verdienen. Ich fragte nach einem Zimmer, doch schüttelte sie bedauernd den Kopf. Ich erschrak, ich wollte nicht noch einmal im Freien übernachten. Sie mußte mein Erschrecken bemerkt haben und schien nachzudenken. Auf einmal strahlte sie übers ganze Gesicht, sie sagte: »Ich hab' eine Idee, du kannst mir einen großen Gefallen tun, dafür kannst du in der Küche auf dem Sofa schlafen, komm herein, komm herein!«

Die Kinder sahen ihre Mutter fragend an und folgten in die Küche. In der Küche bot sie mir einen Platz am Tisch an, auf dem schon das Abendbrot stand — bestimmt waren sie durch mich unterbrochen worden. Sie brachte für mich einen Teller und eine Tasse, schenkte heißen Tee ein und schob die Platte mit gut belegten Broten zu mir. Dankbar nahm ich an. Die Kinder saßen schweigend auf den Plätzen. Sie nahmen von den Broten und tranken kalte Ziegenmilch. Auch ich goß mir Ziegenmilch in den Tee.

»Nun«, sagte sie endlich, bestrich dabei noch einige Brote mit Butter und Käse, »wie wäre es, wenn du heute abend auf meine Kinder aufpaßt, da könnte ich endlich einmal ausgehen?« Sie sah mich erwartungsvoll an, ich sah sie erstaunt an, nicht etwa, daß ich das Angebot nicht angenommen hätte, ich war froh, auf einem Sofa schlafen zu können, sondern weil sie mir nichts, dir nichts einer total fremden Person ihre Kinder anvertraute. Ich sagte ihr das. Als Antwort fragte sie ihre Kinder, ob sie mit mir allein bleiben würden. Ernst sahen mich alle drei an und nickten. »Dich schickt der Himmel, endlich einmal ausgehen«, sagte sie lachend.

Wohin sie denn gehe in dieser Einöde, fragte ich sie. Zehn Meilen entfernt ist die nächste kleine Ortschaft, dort gibt es einen Pub, da sei immer etwas los. »Ja, willst du auf die drei hier aufpassen?«

»Why not, warum nicht, geh nur und amüsier dich. Deine Kinder sind bei mir gut aufgehoben.«

Dankend schlug sie auf meine Hand, schenkte noch mal Tee nach und schob den Teller mit den Broten zu mir, als wären wir alte Freundinnen. Dann verschwand sie eilig im hinteren Hausteil, sicher, um sich herzurichten. Die Kinder aßen noch immer brav ihre Brote und tranken die Milch.

Kurz darauf rief sie mich in den hinteren Teil des Hauses. Sie hatte sich wirklich in dieser kurzen Zeit hübsch herausgeputzt. Ein schönes Kleid schmückte sie und knallrote Lippen, die schwarzen Haare waren hochgesteckt. Sie stand in einem einfachen, sauberen Zimmer mit drei Betten, ich nahm an, daß es das Kinderzimmer ist, und betrachtete sich in einem Spiegel. Ich lobte sie für ihr Aussehen, wofür sie mir einen Kuß auf die Backe drückte, aber sofort über den hinterlassenen Lippenstiftabdruck erschrak. Ich mußte lachen, als ich mich im Spiegel sah, mit einem Papiertuch, das sie mir reichte, wischte ich den Lippenstift fort. Aus einer Kommode entnahm die Frau frische Bettwäsche und eine warme Wolldecke für mich. Wieder in der Küche, setzte sie sich noch einmal zu den Kindern, ermahnte sie, wie alle Mütter ihre Kinder ermahnen, wenn sie ausgehen und eine Tante aufpaßt, hauptsächlich, wenn die Tante fremd ist. Die Kinder nickten ernst. Hier war Vertrauen keine Frage, man vertraute einfach.

»Die Tante wird euch eine Geschichte vorlesen«, sagte sie zum Abschied und küßte ein jedes, auch hier hinterließ sie Lippenstiftspuren. Kaum war die Mutter draußen, legten die drei die Hände auf den Tisch, kreuzten Zeige- und Mittelfinger übereinander und lauschten gespannt nach draußen. »You better cross your fingers, too (Es wäre gut, du würdest deine Finger auch kreuzen)«, bat das Mädchen. Ich tat wie geheißen, wußte aber nicht, wofür wir die Finger gekreuzt hielten. Als der Motor des Landrovers allerdings zu stottern und zu knattern begann, um endlich nach einigen Versuchen laut aufzuheulen, und ruckweise zum Hof hinausrollte, wußte ich es. »Thanks, Lord (Danke, Herr)«, sagte der größere Junge und schaute zur Küchendecke hinauf, darüber er den Himmel wußte. Sie mochten wohl immer die Finger kreuzen, wenn Mutter den Landrover startete.

Eine Zeitlang blieben sie noch still sitzen, lauschten dem Geräusch des davonfahrenden Landrovers, als wollten sie überzeugt sein, daß Mutter auch wirklich fort war – dann stand das Mädchen auf, kletterte auf den Kühlschrank, um von dem Küchenregal, auf dem verschiedene Koch- und andere Bücher aufgereiht waren, ein Buch zu holen. Lachend sprang sie danach herunter, zog mich zum Sofa neben dem offenen Feuer. Die Buben folgten nach. Der Kleine kroch vertrauensvoll auf meinen Schoß. So saß ich also, umringt von fremden Kindern, denen ich jetzt eine Geschichte vorlesen sollte. Die Geschichte handelte von einem Hund, der nur ein einziges Mal in seinem ganzen Leben gebellt hatte. Aus Freude gebellt.

Es war bei einem Schäferturnier: Viele Hunde rannten hin und her — er aber saß still und folgsam zu Füßen seines Herrn, als er plötzlich seine Nase hob, erregt etwas witterte, aufsprang und freudig bellend seinem Herrn davonrannte. Er raste zu einem weiter entfernt sitzenden Hund, der ihn ebenfalls freudig bellend begrüßte. Gemeinsam vollzogen sie einen Hundetanz; sich stoßend und stupsend, aufeinander und übereinander springend, einander jagend … bis sie energisch von ihren Herren zurückgepfiffen wurden — gehorsam mußten sie Folge leisten. Noch einmal blieben beide Hunde stehen, schauten einander an — ein aufmerksamer Beobachter hätte jetzt die Ähnlichkeit gesehen. Beide hatten den gleichen weißen Fleck über der Nase und auf der rechten Seite. Mit eingezogenem Schweif liefen die Hunde — nur Kinder konnten es erkennen — traurig zu ihren Besitzern, und nur Kinder wußten, daß der Hund, der nur einmal aus Freude gebellt hatte, seine Mutter gefunden hat, denn er war ein Findling gewesen.

Eigentlich eine traurige Geschichte, denn sie durften nicht beieinander bleiben.

Der kleine Bub war eingeschlafen. Sachte trug ich ihn ins Kinderzimmer, das Mädchen half mir ihren kleinen Bruder ins Bett legen. Die anderen wollten noch eine Geschichte hören. So erzählte ich ihnen vom Sterntaler, und damit es etwas länger dauerte, schmückte ich das Märchen noch aus und erzählte allerlei Begebenheiten mit Tieren. Danach legten auch sie sich in die Betten, doch wollten beide noch ein Gutenachtlied gesungen haben.

»Wie heißt ihr eigentlich, ich kenne noch nicht mal eure Namen?«

»Erst mußt du uns deinen Namen sagen«, grinste der Bub.

»Ich heiße Maria.«

»Jimmy, Jonny, Mary«, sagte das Mädchen, mit dem Finger auf die Brüder zeigend und auf sich. »Gut, Jimmy, Jonny, Mary, ich werde euch ein Lied singen, das ich meinen Kindern zum Einschlafen gesungen habe.« Ich sang »Heitschibummbeitschi«, dachte dabei an die Zeit, als ich am Bett meiner Kinder saß, als meine Kinder noch Kinder waren. »Gute Nacht, ihr drei.«

In der Küche richtete ich mein Bett auf dem Sofa, spülte die Teller und Tassen, sicherte das Feuer mit dem Gitter und ging ins Bad. Lange noch lag ich wach und lauschte in die Stille. Gern hätte ich gebetet, aber es war mir noch nicht möglich, meine Schreie, meine Flüche lasteten schwer auf meiner Seele, denn ich wußte doch, daß Fluchen ein Element des Zerstörens in sich birgt, das man nicht mehr auslöschen kann. Noch einmal dachte ich: Irgendwann werde ich den Himmel und die Erde um Vergebung bitten.

An jenem Morgen war es ein Hahn, der mich weckte, nicht der Kuckuck. Zwar hatte ich die Frau zeitig in der Früh nach Hause kommen hören, ich hatte aber so getan, als ob ich fest schliefe, deshalb überraschte mich der Zettel auf dem Küchentisch nicht. Auf dem Zettel bat sie mich um einige Gefälligkeiten: Sie würde gern länger schlafen, was so selten der Fall sei, der Kleine bleibt bei ihr im Bett, ob ich den Großen Haferbrei bereiten könnte. Sie werden vom Schulbus abgeholt. Ob ich die Ziege melken könnte, sonst gäbe sie keine Ruhe – die Eier aus dem Nest sammeln, sonst würde der Fuchs schneller sein. Brot, Butter, Marmelade, alles sei vorhanden für mein eigenes Frühstück. Zum Schluß schrieb sie: »Danke, danke, danke. Love Meta.« Meta war also ihr Name.

Ich tat alles, worum sie mich gebeten hatte. Als die Kinder vom Schulbus abgeholt waren, bereitete ich mir mein eigenes

Frühstück, den restlichen Tee füllte ich in die Plastikflasche. Es war sehr still im Haus, als ich allein in der fremden und doch schon vertrauten Küche saß und frühstückte. Ich konnte mich einer gewissen Beklommenheit nicht erwehren, bei dem Gedanken an den friedlichen gestrigen Abend zusammen mit den lieben Kindern. Bevor mein Gemütszustand aber in Wehmut ausartete, stand ich auf, wusch das Geschirr, packte meinen Rucksack, legte das Bettzeug zusammen, hinterließ etwas Geld auf dem Küchentisch, auf die andere Seite des Zettels schrieb ich gute Wünsche und daß die Kinder artig waren und verließ leise das Haus.

Unterwegs wagte ich endlich zu denken, was mich bedrückt hatte, bedrückt um der Kinder willen: Wo war der Vater? Wurden auch diese lieben Geschöpfe um einen Elternteil betrogen?

Heute sollte wieder Waschtag sein. Meine Unterwäsche und ein Paar Socken waren fällig. Da es an diesem Morgen sehr windig und warm war, konnte die Wäsche sogar trocknen. Auch wollte ich bei der nächsten Rast etwas ausführlicher in meinem Notizbuch vom gestrigen Abend berichten. Laut Karte mußte der Weg bald am Atlantik entlangführen, derselbe Weg, den gestern abend Meta zum Pub gefahren ist, um etwas Ablenkung vom Alltag zu finden.

Petrus, auf jeden Fall, meinte es auch an diesem Tag wieder gut, es regnete nicht. Mir selbst, gestand ich ein, ging es doch noch nicht so gut — es war wie bei einer Krankheit, die zwar überstanden ist, aber dennoch befindet man sich im Zustand der Genesung.

Die drei Tage, die mich noch von meinem Ziel trennten, schienen mir zu diesem Zeitpunkt unerreichbar. Schiere Freude erfaßte mich, als der Atlantik zeitiger als erwartet zu meinen Füßen lag. Als wäre ich einem guten Freund begegnet, so freute ich mich, ihn im Sonnenlicht vor mir zu haben. Er zog mich zu sich. Ich vergaß meine Schwäche und schritt schneller aus. Mein guter alter Freund gab mir mit jeder Welle etwas von seiner Energie, ich konnte durchatmen. Jetzt waren es ja nur noch zweieinhalb Tage nach Iona – meinem Ziel.

Hier wusch ich meine Wäsche und legte sie auf die warmen Steine. Trank in kleinen Schlucken den Tee, diesmal hatte ich auch einige Kekse, meine Füße badeten in einem warmen Tümpel, wo das Wasser von der Ebbe zurückgelassen worden war. Die Sonne schien warm auf die Steine, auch der Wind, der vom Westen kam, war warm. Deshalb wagte ich es einmal, alle meine Kleider abzulegen, um die Frühlingswärme auf meinem Körper zu fühlen. Alles war friedlich. Später sprang ich ins Wasser und schwamm laut jauchzend in dem kalten Element den Wellen entgegen. Sehr lange hält man es im Atlantik nicht aus, trotz kräftigen Bewegungen kriecht das eisige Naß bald in alle Glieder und läßt das Blut erstarren, so scheint es, doch ist man danach gestärkt und erfrischt.

Auf den warmen Steinen ließ ich mich trocknen, bevor ich meine Sachen anzog und einen geeigneten Stecken suchte, um die noch feuchte Wäsche darauf zu hängen.

Und wieder schulterte ich – zum wievielten Male? – den Rucksack. Meine Schwäche schien überwunden, ein Gebet hingegen wollte noch immer nicht über meine Lippen. An diesem Tag gab ich mich mit zehn Meilen zufrieden, bis zu dem Ort mit besagtem Pub, wo die gute Meta nach langer Zeit endlich einmal nur sie selbst sein durfte, wie sie sagte.

Beim Erreichen der kleinen Ortschaft war es später als angenommen, es tat aber nichts zur Sache, denn Eile war nicht geboten. Ich freute mich, soviel Zeit mit Sonnen, Schwimmen und Wäschewaschen vertan zu haben. Bevor ich den Pub ausmachte, fiel das Leuchtschild mit den Buchstaben »B + B« in mein Blickfeld. Es hing am Zaun eines alten riedgedeckten Steinhauses, so wie Kathys Haus. Ich war sehr erleichtert, da ich ungern in einem Pub übernachtet hätte. Knarrend öffnete ich das kleine Gartentor.

12. KAPITEL

ENDE MEINES PILGERWEGES

*Wollest mit Freuden und wollest mit Leiden mich nicht
überschütten, doch in der Mitten liegt holdes Bescheiden.*
EDUARD MÖRIKE

An jenem Abend öffnete eine alte Frau die Tür. »Come in,
please, do come in, you must be tired.« Mit solch freundlichem Willkommen ließ sie mich in die dunkle
Küche eintreten, in der es nach einem Torffeuer roch. Der Schein
des Feuers erhellte den Raum nur wenig. Obwohl draußen noch
Tageslicht herrschte, vermochte es nicht, der kleinen tiefen
Fenster wegen, die Küche zu erhellen. Ich wußte von meiner
Insel, daß die Einwohner, hauptsächlich die Alten, lange im
Dämmerlicht ausharren, bevor die spärliche Paraffin- oder
Petroliumlampe angezündet wurde. Alles hier erinnerte mich an
Kathy. Viele, viele Male hatten wir beim Schein des Torffeuers
zusammengesessen, Tee getrunken, ich hatte ihren Geschichten
und Erzählungen gelauscht. Wenn dann die Sonne hinter dem
Atlantik untergetaucht war, erhob sie sich, holte einen Holzspan,
entflammte diesen am Torffeuer, und mit den Worten: »Ye, ye,
let us light the lamp – Nun also, laß uns die Lampe anzünden«
zündete Kathy die Lampe an.
Ähnlich tat es die alte Frau, sie sagte: »Sit down, please, I make us
a cup of tea, but first let us light the lamp, that we can face each

other — Bitte setz dich, ich koche uns Tee, aber laß uns erst die Lampe anzünden, damit wir uns sehen können.«

Über dem Feuer hing ein Kupferkessel, in dem das Wasser schon kochte. Mit zwei Kesselzangen den Kessel haltend, goß sie das kochende Wasser in eine vom Alter geschwärzte Teekanne, die nur mit heißem Wasser ausgespült wurde. (»Never ever use soap — Benütze nie ein Spülmittel«, pflegte Kathy zu sagen.) Aus diesen Kannen schmeckt der Tee besonders gut. Mit dem restlichen Wasser wärmte sie zwei große Tassen vor, dieses Wasser wiederum leerte sie in eine irdene Schüssel und forderte mich auf, meine Hände zu waschen.

Von der Anrichte brachte sie eine Schale mit den üblichen schottischen Keksen, einem Krug, der auf dem Fenstersims stand, entnahm sie Ziegenmilch.

»Now help yourself — Nun greif zu«, sagte sie und setzte sich zu mir an den Tisch.

Es war nicht nur die Abwechslung vom Alltag, die ein Fremder mit sich brachte, daß sie jeden herzlich willkommen hießen, mehr noch lag es in der Natur dieser einsamen Menschen, freundlich zu jedem zu sein. Geld spielt eine unwesentliche Rolle — obwohl sie ganz sicher froh sind, hin und wieder ein wenig Aufgeld zur bescheidenen Rente an den Touristen zu verdienen, das aber steht ganz sicher erst an zweiter Stelle. Schweigend tranken wir unseren Tee. Langes gemeinsames Schweigen ist selbstverständlich bei den Insulanern, wie ich schon betonte. Von meiner Kultur hingegen kenne ich es als peinlich, wenn bei einem Zusammensein das Gesprächsthema erschöpft ist.

»So, ich hörte, du bist eine Deutsche«, unterbrach meine freundliche Wirtin das lange Schweigen — doch es war nicht unfreundlich gemeint. Sie bemerkte mein Erstaunen und fuhr fort: »Ich weiß auch, daß du gestern auf Jonny, Jimmy und Mary aufgepaßt hast. Wir haben dich erwartet.«

Da ich bisher niemanden in ihrem Haus gesehen hatte, nahm ich an, mit »wir« meinte sie wohl die Bewohner dieser kleinen Drei-Häuser-plus-ein-Pub-Ortschaft. Ich hatte richtig angenommen, wie sich später herausstellte.

»Ja, ja, den halben Tag habe ich am Fenster gesessen, auf dich gewartet und Ausschau nach dir gehalten, um bei der Wahrheit zu bleiben, das B + B-Schild hab' ich erst heute wieder aufgehängt. Ich habe es tüchtig poliert, damit es leuchtet, extra für dich.« Freundlich grinsend sah sie mich an. »Jetzt möchtest du sicher wissen, von wem ich das weiß? – Nein, nein, kein Vöglein hat es mir gezwitschert, es war Meta, du kennst Meta, die Mutter von Jonny, Jimmy und Mary. Sie hat im Pub von dir erzählt – und da es keine andere Straße gibt, wußten wir, daß du hier vorbeikommen wirst. So habe ich mein Schild hinausgehängt, »to catch you. And here are you.« Sie lachte fröhlich über ihren Trick. Ihr meckerndes Lachen erinnerte mich an meine Ziege Heide, herzlich lachte ich mit. »Ich hoffe, du bist mir wegen des Tricks nicht gram«, sagte sie, wieder ernst geworden.

»Was wäre, wenn ich in dem Pub nach einem Zimmer gefragt hätte?« hielt ich ihr entgegen.

»Dort gibt es keine Übernachtungsmöglichkeiten, du würdest doch zu mir gekommen sein.«

Der Tee war wirklich gut. Die alte Frau wurde mir immer sympathischer. Plötzlich brach ich in schallendes Gelächter aus, so daß die Frau vor Schreck die Tasse laut auf den Teller stellte. Mir war nämlich die Hexe eingefallen, die Pfefferkuchen an ihr Häuschen hängte, um Hänsel und Gretel anzulocken – meine gute Alte hängte ihr frisch poliertes B + B-Schild an den Zaun, um mich, die Deutsche, hereinzulocken. Nur mit einem ganz unterschiedlichen Grund in jeder Hinsicht.

Durch die kleinen tiefen Fenster schien das Dämmerlicht von draußen herein. Da erhob sich die Frau, schürte das Feuer, legte eine neue Schicht Torf auf, stellte ein eisernes Gestell darüber und auf dieses eine geschwärzte Pfanne. In die Pfanne gab sie etwas Butter, schlug Eier darauf, streute Salz darüber und rührte alles durcheinander. Danach ließ sie es von beiden Seiten knusprig braten. Auf den Tisch hatte sie mittlerweile selbstgebackenes Brot sowie frisch geschlagene Butter gestellt. Zwei bunte Teller, Gabel und Messer holte sie aus der Anrichte. Dazu gab es Wasser vom Brunnen zu trinken. Die dampfende Pfanne stellte sie auf einen Untersatz.

Ich war froh, mich nicht an den Keksen satt gegessen zu haben. »Laß uns danken«, sagte sie schlicht, senkte ihren Kopf und flüsterte etwas in der gälischen Sprache, während ich entsetzt feststellte, daß mir noch immer kein Gebet von Herzen kommen wollte. Etwas in mir war blockiert. Schweigend aßen wir – und beim Himmel, dieses einfache Mahl war gut. Wahrhaftig, man muß hungrig sein, um die einfachen Gaben – so wie Fisch, Eier und Brot – richtig schätzen zu können. Es wunderte mich nicht mehr, daß die Insulaner bis heute einfaches Essen den gekünstelten modernen Mahlzeiten vorziehen.

Nachdem später der Tisch abgeräumt, das wenige Geschirr gespült war, brühte meine Wirtin noch mal Tee auf. Mit zwei großen Tassen setzte sie sich zufrieden, wie man nach getaner Arbeit eben zufrieden ist, wieder an den Tisch, die eine Tasse schob sie mir hin und sagte feierlich: »Nun erzähl mir etwas.« Fragend sah ich sie an.

»Vielleicht etwas vom Krieg, ja, erzähl mir etwas vom Krieg.«

Dieses Phänomen »über den Krieg reden, davon erzählen« ist in ganz Britannien eine verbreitete Leidenschaft. Warum das so ist, darüber könnte ich heute, nach so vielen Jahren Erfahrung in diesem Land, Auskunft geben. Was ich aber nicht möchte, denn wer bin ich, daß ich über Gebräuche und Eigenarten anderer Nationen spreche oder gar Kritik zu üben mir erlaube.

»Du mußt damals ein kleines Mädchen gewesen sein.«

Ich nickte. In der Fensternische gegenüber stand ein kleines altmodisches Radio, das meine Aufmerksamkeit auf sich zog. Was war an dem Radio, das mich an etwas Weitentferntes erinnerte? Eine Frau war es, die Mutter des kleinen Mädchens hielt ihr Ohr ganz dicht an ein ähnliches Radio gepreßt. Volksempfänger hieß ein Radio damals. Gespannt und erregt hörte sie zu. So geschah es täglich um die gleiche Stunde, immer wurde erst die Tür verriegelt, nachdem sie sich auch noch überzeugt hatte, daß niemand draußen im Hof anwesend war. Auch durfte das Mädchen niemandem davon erzählen – sonst würde sie es nicht so lieb haben wie tausend Häuser.

Heute weiß ich längst, daß die Todesstrafe die Höchststrafe war, danach kam Arbeitslager, wurde jemand beim Hören ausländischer Sender erwischt. Volkszersetzung nannte man dieses Verbrechen. Sollte ich das meiner Wirtin erzählen? Nein, wie könnte sie es verstehen. Oder sollte ich erzählen, daß die Lehrerin des kleinen Mädchens in der Schule erklärte, man dürfe die Juden im Dorf anspucken, sie seien schlimmer als Hunde. Als dann das kleine Mädchen die Mutter fragte, ob das stimme, antwortete sie einfach:»Hunde, mein Kind, sind gute, treue Tiere, du hast doch selbst einen Hund, na also, würdest du ihn anspucken?«Sollte ich das meiner alten guten Schottin erzählen? Sie würde mit Recht entsetzt sein – aber doch nicht verstehen.

Ein andermal kauerte das Mädchen auf der Straße, malte mit Kreide Blumen, immer malte es Blumen, da ergab es sich, daß besagte Lehrerin vorbeiradelte, und da die rechte Hand des Kindes eifrig beschäftigt war, es nur kurz und flüchtig mit der Linken das so wichtige »Heil Hitler« andeutete. Am nächsten Tag wurde es als schlechtes Beispiel der ganzen Klasse vorgeführt, für diese Schandtat mit dem Stock bestraft und obendrein in die Ecke gestellt, der rechte Arm mußte erhoben bleiben, bis, ja bis sich das Mädchen vor Scham und Qual die Hosen näßte. Wer würde das verstehen?

Dann die furchtbare Zeit der Flucht, die gnädig im Unterbewußtsein verharrte – nur eine ahnungsvolle Angst blieb und folgte als Schatten durchs ganze Leben. Nein – das ist ganz sicher kein Thema für Neugier oder gar als spannende Geschichte zu erzählen. Es käme einem Sakrileg gleich. Meine gute alte Schottin aber erwartete von mir eine Geschichte aus der Kriegs- oder Nachkriegszeit. Jetzt wußte ich, was ich ihr erzählen konnte. Ich sah in ihre erwartungsvoll auf mich gerichteten Augen, nickte und sagte: »Gut, ich erzähle eine Geschichte. Eigentlich ist es eine Weihnachtsgeschichte. Ein Weihnachtswunder.«

Das Wunder des kleinen Mädchens.

»Warte einen Augenblick mit dem Erzählen, meine Nachbarn wollen kommen. Das haben wir heute morgen schon besprochen. Es macht dir doch nichts aus, oder?«

Es überraschte mich nicht sonderlich. Nein, es machte mir nichts aus, schließlich kannte ich diesen Teil der Mentalität der Inselschotten gut genug, um zu wissen, daß sie jede Abwechslung, die ihr einfaches Leben unterbrach, willkommen hießen. Meta hatte ganze Arbeit geleistet.

Lauschend hob die alte Frau ihren Kopf, stand auf und öffnete die Tür. Von draußen waren jetzt gedämpfte Stimmen zu hören, die immer näher kamen, als die Stimmen aber verstummten, standen auch schon zwei große Männer und eine Frau in der Küche. Ein älterer Mann und ein Ehepaar, so nahm ich an, mittleren Alters.

Ein jeder legte schweigend sein Höflichkeitsscherflein auf den Tisch. Eine Rolle Kekse und vier Eier.

»Das ist Maria – ihr wißt schon ...«, stellte mich meine Wirtin vor. »Setzt euch.«

Schon standen drei weitere Tassen auf dem Tisch. Tee wurde eingeschenkt, dazu die Rolle mit den Keksen geöffnet. Draußen war es jetzt dunkel. Die kleinen Fensterscheiben leuchteten dunkelblau. Eine Uhr tickte, die Paraffinlampe und das Torffeuer spendeten gemütliches Licht. Genau die richtige Atmosphäre, um Geschichten zu erzählen. Alle Augen waren erwartungsvoll auf mich gerichtet. Da wußte und spürte ich, hier war etwas vom Geist der alten Zeit im Raum, im Gebälk, in den alten dreihundertjährigen Mauern des Hauses, aus der uralten Zeit des Geschichtenerzählens, der Sagen und Märchen. Sagen vom »alten Volk«, vom Druiden Merlin, von Nixen und Seeräubern, vom König Arthur, von der Suche nach dem Gral ... Unzählige Erzählungen, jetzt in Pubs verdrängt vom Fernsehen. Da dachte ich voll Freude: Ja, in den Geist dieses Raumes gehört »die wahre Geschichte vom Weihnachtswunder des kleinen Mädchens«. Ich erzählte.

Es war der 24. Dezember 1946, am Heiligen Abend, das erste Weihnachtsfest nach dem Krieg. Doch für die Flüchtlinge, die im Schnee auf ihren wenigen verschlissenen Gepäckstücken saßen, in abgerissenen, schmutzigen Kleidern, gab es kein Weihnachten. Dumpf war ihr Empfinden. Dieses Fest der Freude, der Erwartung und der Liebe war im Blut des Hasses, des Mordens, des Hungers, der Kälte und allen gottverlassenen Elends erstickt. Diese Welt, in der Weihnachten einst lebte, gab es nicht mehr, ganz gewiß nicht für die Elenden, aus der Heimat verjagten Menschen. Sie saßen und warteten. Sie kamen von einem Sammellager und waren in dieses Dorf eingeteilt, um endlich eine feste Unterkunft zu bekommen. Seit einem Jahr waren sie heimatlos. Sie hatten Schreckliches erlebt. Nun sollte Frieden sein? Wo war die Heimat? Man hatte einigen den Kopf geschoren, der Läuse wegen, unter die Röcke schamlos Desinfektionsmittel gesprüht, des Ausschlags und der Ungeziefer wegen. Gedemütigt, dumpf und ängstlich warteten sie. Worauf?

Unter ihnen befand sich ein kleines Mädchen. Jemand hatte ihr gesagt, daß heute abend »Heiliger Abend« ist. Da brannte eine wehmütige Hoffnung in dem kleinen Herzen, eine Flamme begann zu leuchten, es wußte, daß etwas geschehen werde, etwas Herrliches, denn es ist doch Weihnachten. Und Freude wie schon lange nicht mehr erfaßte das kleine magere Geschöpf. Freude und Erwartung wie einst in der geborgenen Heimat.

Da stand ein Junge vor ihr und starrte sie an. Sauber, frisch, mit glänzenden Haaren stand er da. Er hatte den Auftrag, die restliche Familie des Mädchens in eine Unterkunft zu bringen. Die wenigen Habseligkeiten wurden in einem Handleiterwagen verstaut, den er mitgebracht hatte. Er mußte im gleichen Alter sein. Das Kind schämte sich seines scheußlichen Aussehens und seiner Armut, deshalb wagte es nicht, den freundlichen Jungen anzuschauen. Er weiß ja nicht, daß ich blonde schöne Haare hatte und schöne Kleider, dachte das kleine Mädchen und schlug die Augen nieder.

Die Unterkunft war ein kahler Raum, von dessen Decke eine elektrische Birne ohne Lampenschirm hing, darin ein Tisch und einige Stühle. Der Fußboden war mit Stroh bedeckt. Armeedecken lagen zusammengefaltet auf einem Stuhl. Sie waren im Augenblick die einzige Wärmequelle. Das Mädchen nahm eine von den Decken und setzte sich aufs Stroh in eine Ecke des Raumes. Es war erwartungsvoll und still mit leuchtenden Augen, denn es wußte, daß Heiliger Abend war.

Ganz selten geschah es, daß es sprach. Das Kind lebte in einer eigens gebildeten Welt, deshalb wollte es auch immer allein sein — damit ihr niemand diese Welt fortnehme. In dieser Welt war alles gut. Hier konnte es nach Herzenslust spielen, Freude erleben, schöne Kleider tragen. Unerschöpfliches war hier vorhanden. Die Welt des Schreckens war dunkel, ihre Welt Licht. Ja, und weil das Mädchen wollte, daß heute abend etwas Licht in die dunkle Welt kommt, damit sich alle in diesem Raum freuen dürfen – so wird es auch geschehen, denn es ist doch Heiliger Abend. Es mußte nur seinen Engel darum bitten, der ständig bei ihm war. Das Mädchen schnitt und bestickte all die schönen weißen und goldenen Kleider eigenhändig für den Engel, bestimmte auch, welches Kleid an dem und dem Tag angezogen werden sollte. Deshalb setzte es sich ganz schnell in die Ecke, um in Ruhe mit seinem Engel verhandeln zu können.

»Lieber Engel«, betete es, »heute ist Heiliger Abend. Flieg in das Engelland zum lieben Gott, erzähl ihm von uns, daß wir Hunger haben, sag ihm, er soll uns etwas zu essen schicken, wo doch Weihnachten ist, vielleicht, ach ja, wenn es nicht zuviel ist und irgendwo eine kleine Puppe übrig ist, vielleicht ... wo ich doch meine verloren habe«, doch diesen persönlichen Wunsch wagte es nur ganz leise zu denken, »zieh das Kleid mit dem Pelzchen an, das ist warm, denn es schneit.«

So flog der Engel in das Engelland, das Mädchen konnte ihn sehen, bis er hinter den Wolken verschwand. Beruhigt und zuversichtlich – mein Engel wird es schon schaffen – legte es sich ins Stroh, wickelte fest die schwere Decke um sich und schlief ein.

Als es erwachte, war der Raum noch immer von der einzigen elektrischen Birne schwach erleuchtet, die ohne Lampenschirm von der Decke baumelte. Die Stimmen der Geschwister waren leise vernehmbar, schienen aber weit entfernt. Das Mädchen hörte schon lange nicht mehr hin, wenn außerhalb seiner Welt gesprochen wurde, es lauschte immer nur in sich hinein. Jetzt wußte es den Engel beim lieben Gott, und daß er bald zurückkehren oder vielleicht einen anderen schicken würde, denn immerhin wäre es vielleicht etwas zuviel für einen, hin zum Himmel und wieder zurück zur Erde fliegen und Geschenke mitbringen. Das Kind zweifelte keine Sekunde, daß bald etwas Wunderbares geschehen werde, denn es ist doch Heiliger Abend. »Hört, hört doch – hört ihr denn nicht?« wollte es sagen, doch brachte es kein Wort über die Lippen.

Jetzt lauschten auch die anderen. Erstaunt erschien ein Kopf nach dem anderen aus dem Stroh.

»Hört doch, da singt jemand«, sagte eine Stimme. Draußen vor der Tür wurde ein Weihnachtslied gesungen: »Vom Himmel hoch da komm' ich her ...«, ganz deutlich, wie von Engeln gesungen, klang es.

Stille herrschte im Raum. Keiner wagte sich zu bewegen, kaum zu atmen, es hätte ja nur Einbildung sein können.

Da öffnete sich aber die Tür, erst ganz langsam, der Lichtstrahl einer Kerze leuchtete in den ärmlichen Raum, wo die Menschen vor Staunen nicht zu atmen wagten. Jetzt war die Tür ganz geöffnet. Drei Engel standen da. Ein größerer Engel hielt die Kerze, zwei Kinderengel trugen einen Korb mit Sachen, die nur aus dem Himmel sein konnten. Langsam stellten sie die Kerze und den Korb auf den Tisch. Der große Engel sah sich im Raum um, da sah er das Mädchen in der Ecke sitzen, er richtete ihre großen, glücklichen Augen direkt auf den Engel, und der Engel gab dem Mädchen ein Päckchen. Zum Abschied sangen sie »Stille Nacht, Heilige Nacht«. Als sie die Tür öffneten, blies der Wind etwas Schnee herein. Es war Weihnachten.

Das Mädchen sah ihre Geschwister vor Freude weinen, als sie alle vor dem Korb standen, der vollgepackt war mit Äpfeln, Nüssen, Weihnachtsgebäck, Brot, Butter, Wurst, Milch – alles, alles unerdenklich Gute.

Jetzt war Freude eingekehrt, denn es war doch Heiliger Abend. Die Kerze strahlte mit ihrer guten Flamme Hoffnung in alle Herzen, denn der Heiland ist geboren. Das kleine Mädchen aber blieb in ihrem Eck, in den mageren Armen hielt sie ein Päckchen, ganz speziell und allein für sie aus dem Engelland. Auf der einen Seite stand mit großen Buchstaben »Care parcel«, dieses Wort verstand es nicht. Den Absender aber verstand es, da war ein Name geschrieben – England. Siehst du, jubelte es in seinem Herzen, das ist aus dem Engelland, hier steht es, hab' ich's doch gewußt. Danke, guter Engel. Vorsichtig öffnete es das Päckchen – da lag sie zwischen Papierschnitzeln – die Puppe. »Ich wußte es, ich wußte es«, jubelte es. »Ich hab' gewußt, daß du zu mir kommst«, sagte es zur Puppe, »wo doch Weihnachten ist.«

Einige Wochen später, als die Haare schon etwas gewachsen waren, der Ausschlag fast verheilt war, spielte das Mädchen in einem viel zu großen, doch warmen Wintermantel, den es von einem guten Menschen bekommen hatte, im Schnee, da sah es den großen Engel wieder. Er war aber als Frau gekleidet. Diese Frau gab dem Kind die Hand und sagte freundlich: »Wie geht es deiner Puppe?« Das Mädchen war nicht erstaunt, es war doch selbstverständlich, daß diese Frau von der Puppe wußte, war sie doch der Engel, der sich eben jetzt als Mensch verkleidet hatte. Schließlich können sich die Engel in viele andere Personen verwandeln, Engel können das nun mal.

»Es geht ihr gut, doch kann sie hier draußen nicht mit mir spielen, denn sie hat nichts Warmes zum Anziehen. Ich habe sie in die Decke gepackt, da hat sie es warm.«

»Oh, da wollen wir mal sehen, ob da vielleicht doch etwas Warmes für deine Puppe zu bekommen ist.« Die Frau sagte auch noch: »Ich bin die Lehrerin hier. Möchtest du nicht bald in die Schule kommen?«

Nachdem ich diese Erzählung beendet hatte, herrschte für eine besinnliche Weile Stille in der vom Dämmerlicht der Lampe schwach erhellten Stube.

»Well, well«, mit einem lauten Schneuzen ins Taschentuch unterbrach der ältere Schotte die Stille und sagte noch einmal »well, well«.

Wieder wurde geschwiegen. Der alten Frau, meiner Wirtin, liefen dicke Tränen über ihre rosigen Backen. Die anderen beiden mußten wohl ein Ehepaar sein, sie hielten sich an den Händen. Die Ehefrau begann mit leiser Stimme, als hätte sie Angst, die Stille zu stören: »Ja, ich erinnere mich, meine Mutter hatte auch zwei oder drei »Care parcel« nach Germany geschickt. Sie mußte es heimlich tun, Vater hätte es nicht erlaubt. Diese Deutschen, so sagte er, sollen ihre Coloradobeetle (Kartoffelkäfer) essen, die die Amis dort eingeschleppt haben. Er mochte die Deutschen nicht. – Oh«, erschrak sie und wurde verlegen, »es tut mir leid, so habe ich es nicht gemeint. Mein Vater sagte es ...«, fügte sie hinzu.

»Ich weiß schon, wie du es gemeint hast, ist schon gut«, tröstete ich sie.

»Habt ihr wirklich auf euren Kartoffelfeldern Coloradobeetle gehabt?« fragte der Schotte mit dem Schneuztuch. »Und ob« – ich konnte mir nicht helfen, ich mußte lachen, als ich mich daran erinnerte. Mit welcher Begeisterung wir Kinder die Kartoffelkäfer gesammelt haben, – gab es doch für einen Eimer eine Brezel. Und wie es zischte, als der Eimer ins Feuer geleert wurde. Damals haben wir Kinder die Kartoffelkäferplage natürlich nicht verstanden. Wer erinnert sich heute schon noch an die Coloradobeetle?, an unsere Brezelbezahlung aus der hungrigen Nachkriegszeit.

Beim Abschied von den Nachbarn wurde ich von allen fest umarmt. Im Bett, das mit einer Wärmflasche vorgewärmt war, weinte ich mal wieder. Ich überlegte, warum ich dieses wahre Weihnachtswunder des kleinen Mädchens nie meinen Kindern erzählt hatte, wo wir doch an Weihnachten immer Geschichten erzählten? Warum eigentlich? Sie hatten mich nie nach der

Kriegs- und Nachkriegszeit gefragt – und wir, die diese Zeiten kannten, sprachen wenig oder kaum darüber. So wußten meine Kinder nichts von meiner weitentfernten Vergangenheit.

Außerdem glaube ich, daß die Kinder nicht an die Vergangenheit der Eltern anknüpfen – für sie existiert noch keine Vergangenheit – denn alles drängt noch vorwärts – und die Geschichtsvergangenheit, was sie in der Schule lernen, sagt ihnen wenig, betrifft sie nicht.

Und wieder erwärmte die Sonne den folgenden Tag, wieder rief der Kuckuck sein dreifaches Kuckuck als Morgengruß, denn es war noch Mai, wieder sangen die Lerchen hoch in den Lüften, und noch immer marschierte ich einsam durch einsame Landschaften meinem Ziel entgegen. Meiner alten Wirtin hatte ich beim Abschied versprechen müssen, einmal wiederzukommen. Es dauerte immerhin drei Jahre, bis ich dieses Versprechen wahrmachen konnte. Diesmal mit zwei Freundinnen, auch fuhren wir mit dem Auto.

An diesem Tag müßte, falls ich nicht wieder im Kreis lief, die Hauptstraße erreicht sein, die am östlichen Rand um die Insel führt, die ich verlassen hatte, um quer durchs Land zu gehen. Gegen Abend sollte dieser Punkt erreicht sein, dann gab es kein Ausweichen, dann mußte ich mich dem Touristenverkehr stellen. Hatte aber doch noch ein klein wenig Hoffnung, abseits dieser Straße auf den von Schafen getrampelten Pfaden zu gehen, denn einmal auf dieser Straße, sind es immerhin noch 20 Meilen zur Fähre nach Iona.

Am späten Nachmittag, nach meiner ersten Rast, war mir, als hörte ich entferntes Motorengeräusch. Schnell zog ich meine Schuhe an und bestieg eine vor mir liegende felsige Anhöhe, in deren Windschutz ich ausgeruht hatte. Vor mir lag, etwas entfernt, ein Ausläufer des Atlantiks, an dessen Ende mein Weg in die Touristenstraße mündete. Das wußte ich von der Karte, zu sehen war die Straße noch nicht, es war wohl noch zu weit. Wieder war Motorengeräusch zu hören, deutlich genug, um zu wissen, daß es von einem Traktor stammte, da sah ich ihn auch schon. Er kam um den Hügel herum. Ein Traktor mit Anhänger. Ein typischer Inselschotte mit einem von Wind und Wetter gegerbten rötlichen Gesicht fuhr den verbeulten, ebenfalls von Wind und Wetter mitgenommenen Traktor. Auf dem Anhänger saß der treue Schäferhund, ein schwarz-weiß gefleckter Collie.

»He you!« rief er mich an, »are you Maria?« Ich wäre sowieso stehengeblieben, denn in dieser Einsamkeit war es unmöglich, einander zu ignorieren, auch hatte ich mittlerweile Gefallen an kleinen Schwätzchen mit den Einheimischen gefunden.

Es erstaunte mich nicht, daß er meinen Namen wußte, die Urwaldtrommeln ...

So wartete ich, damit er vom Wetter berichten konnte. Wie erstaunt war ich aber, als er ohne Einleitung über das Wetter stracks zur Sache kam. »Ich habe auf dich gewartet, ich soll dich abholen. Meine Frau hat schon gekocht, eine Wärmflasche ist auch schon im Bett ...«

Er sagte es so bestimmt und freundlich lächelnd, da war ein Einwand, von wegen nicht fahren wollen, weil ich jeden Meter zu Fuß zurücklegen müßte, von vornherein ganz unmöglich. Es sei denn, ich hätte ihn zutiefst beleidigen wollen. Ich war ganz einfach sprachlos, doch wenn ich nachdachte, die Mentalität der Inselbewohner in Erwägung zog, sollte es mich eigentlich überraschen. Natürlich hatte meine alte Wirtin vom Pub aus telefoniert, mich angekündigt, genau wie Meta es getan hatte. Im Moment schien es, als würde ich von Herberge zu Herberge weitergereicht.

»Wie bitte?« war alles, was ich hervorbrachte. Er zeigte nach hinten auf den Anhänger. »Setz dich zum Collie, er beißt nicht.« Als er mein Zögern bemerkte, fügte er hinzu: »Hab' den Anhänger extra saubergemacht, für dich.« Doch zögerte ich nicht, ob sauber oder schmutzig, ich zögerte deshalb, weil ich meinem Vorhaben, nicht zu fahren, nun doch untreu werden sollte. Mir blieb keine andere Wahl, ich mußte aufsteigen, also kletterte ich auf den Anhänger zum Collie, der sich sogleich an mich schmiegte, da kam mir ganz plötzlich die Erleuchtung, die mein Gewissen, was das Fahren betraf, beruhigte. Ich werde eben morgen einen dementsprechenden Umweg machen.

Holpernd fuhren wir langsam über Steine, durch Rinnsale, über Heidekraut und Morast, vorbei an Schafen und Kühen. Hin und wieder drehte der Bauer sich nach mir um, um grinsend zu fragen, ob ich es bequem hätte. Ebenfalls grinsend nickte ich ihm zu. Er wußte sehr wohl, daß es unbequem ist. Nach ungefähr einer Viertelstunde Durcheinanderrüttelns erreichten wir die Straße. Hier fuhr der Traktor sanfter, so konnte sich mein Körper etwas erholen, aber nicht lange, dann bog er links von der Straße ab in einen Seitenweg. Noch einmal wurde ich tüchtig durchgeschüttelt, daß ich fast seekrank war, bis endlich ein Haus mit einigen Nebengebäuden – ein verschlissener Wohnwagen fehlte auch hier nicht – in Sicht kam. Wie überall hier auf so kleinen Gehöften sah es sehr wild aus. Ich erinnere mich, als ich einmal, bei mir auf der Insel, auf einem ähnlichen Gehöft jemanden besuchte, kamen deutsche Touristen und wollten frische Eier kaufen. Der kleine Junge schaute sich neugierig um und sagte: »Hier sieht's aber aus.«

Kinder kamen angerannt und umringten den Traktor, sie betrachteten mich neugierig, wie eben alle Fremden von Kindern neugierig betrachtet werden. Eine Frau begrüßte mich herzlich, sie half mir spontan vom Anhänger herunter, half mir den Rucksack abnehmen und trug ihn selbst ins Haus. Dort zeigte sie mir gleich das Zimmer, wo ich schlafen durfte. Den Rucksack stellte sie auf einen Stuhl und sagte:»Ich denke, du möchtest bestimmt erst ein Bad nehmen, wir warten mit dem Essen auf dich.« Das könne ich auch später, antwortete ich, weil ich sie mit dem Essen nicht warten lassen wollte.

»Besser jetzt, jetzt ist es noch sauber, hast du eine Ahnung, wie es ausschaut, wenn erst mal meine Kinder es benützt haben?« Lachend nahm sie mich an der Hand und führte mich ins Bad.

Als ich dann später, erfrischt vom Bad, mit dem Trainingsanzug bekleidet, in die Küche kam, saßen sieben Menschen um den Tisch und warteten auf mich. Die Mutter und ein Mädchen standen sofort auf, um die Suppe am Herd einzuschenken, das Mädchen brachte die dampfenden Teller einzeln an den Tisch. Alle falteten die Hände, mit geneigtem Kopf sprach der Vater ein gälisches Tischgebet. Es gab die übliche schottische Suppe mit Graupen. Dann gab es heiße, aufgeplatzte, mehlige Kartoffeln in der Schale mit Fleisch. Später einen Nachtisch. Die Kinder bekamen die Aufgabe, den Tisch abzuräumen — die Mutter bereitete den Tee. Draußen war noch Tageslicht, als alle wieder still und erwartungsvoll um den Tisch versammelt waren, da sagte die Frau zu mir:»Wir bitten dich, erzähl uns doch auch die Geschichte vom Weihnachtswunder.«

Ahnte ich es doch. Ahnte ich es doch, daß meine alte Wirtin auch von der Geschichte gesprochen hatte. Mich erstaunte gar nichts mehr.

»Gern erzähl' ich euch diese Geschichte«, sagte ich zu den vier Kindern und deren Eltern. Es war still im Raum, aber sehr hell, deshalb war eine gewisse magische Atmosphäre nicht vorhanden, meine tiefen Gefühle für dieses Weihnachtswunder blieben verborgen, so war ich nur fähig, es wie ein Märchen zu erzählen.

»Also«, erzählte ich,»es war einmal …«

Die Kinder lauschten mit großen Augen. Die Frau sah mir unentwegt ins Gesicht. Der Mann rauchte seine Pfeife und sah zum

Fenster hinaus. Auch hier wurde danach lange geschwiegen und Gott sei Dank nicht über Kartoffelkäfer diskutiert, sie nahmen es als ein Märchen an, zumindest, was die Kinder betraf.

Mein Bett war tatsächlich mit einer altmodischen, fast antiken Wärmflasche angewärmt. Ich war zu müde, um aus Dankbarkeit zu weinen.

13. KAPITEL

NOCH 20 MEILEN

Was die Seife für den Körper —
sind die Tränen für die Seele.
AUS DEM JÜDISCHEN

20 Meilen plus 6 Meilen für den Umweg. Weil aber 26 Meilen zu viel für einen Tag wären (ich scheine doch langsamer geworden zu sein), würde ich also morgen in Iona sein, so dachte ich am Frühstückstisch, meine Haferflocken verzehrend. Mir war es so recht, denn es wäre nicht mein Wunsch gewesen, abends auf Iona anzukommen, zumal wenig Übernachtungsmöglichkeiten vorhanden sind, und wenn, dann nur auf Vorbestellung und sehr teuer, so hatte man mir berichtet. Allein der Gedanke, heute den ganzen Tag auf einer verkehrsreichen Straße zu gehen, verursachte mir Übelkeit. Beim Studieren der Straßenkarte waren einige Meilen von hier, Richtung Atlantik im Süden der Insel Mull, ein »Circle of stone« und eine Burgruine eingezeichnet. Diese Distanz müßte meinem Umweg entsprechen. Um sicher zu sein, fragte ich auch noch den Bauern, und ob ich unbedingt nur auf der Straße zur Fähre gelangte.
»No, no«, meinte er, »da sind Pfade, von den Schafen getreten, entfernt von der Straße.« Das war eine gute Nachricht.
Die Kinder wurden vom Schulbus abgeholt, der Bauer hatte sich verabschiedet und war in eines der Gebäude verschwunden. Die

Frau begleitete mich ein Stück des Weges. Beim Abschied fragte sie: »Trägst du eine Last nach Iona?« Ich nickte. Mehr wollte sie nicht wissen.

26 Meilen, aufgeteilt zwischen heute und morgen – wie auch immer, am Abend mußte ich, um nicht wieder im Freien zu übernachten, einen kleinen Ort mit Namen Lee erreichen, denn zwischen hier und dort gibt es nichts, warnte mich der Bauer. Bald erreichte ich einen See, rechts und links von Bergen eingesäumt. Ein Trampelpfad führte an einem Fluß entlang direkt in das Tal, wo die »Standing Stones« im stillen Protest gegen Stürme und Orkane vom Atlantik seit vielen hundert Jahren ausharren und von einer uns fremden Zeit zeugen. Hierher bringt auch der Fluß sein Wasser in den Schoß des großen Meeres.

Ich setzte mich in die Mitte des größeren Circel mit neun »Standing Stones«. Ganz still saß ich und versuchte von der Ruhe und dem Frieden dieses magischen Ortes etwas in mich aufzunehmen. Was für ein Leben pulsierte hier einst, als die Beltanefeuer noch brannten, als die Menschen einer Göttin Gaben opferten. Ich konnte es kaum fassen, daß ich an einem Ort saß, wie von Naturgeistern erschaffen für das keltische Beltanefest, das Frühlingsfest, vor vielen hundert Jahren gefeiert, wenn alles Leben aus der Muttererde sich erneuerte. Die erhoffte Ruhe kam nicht. Der Frieden blieb meiner Seele fern. Ich war außerhalb der Mysterien, die hier vom Geist der Natur verborgen sind. Mein Fluch gegen Gott und die Welt an jenem Tag hatte etwas in mir verschüttet, eine Verbindung durchbrochen. Ich fand den Weg in mein Innerstes nicht mehr. Lange durfte ich nicht verweilen, ich hatte noch einen weiten Weg vor mir. Die Burgruine in der Nähe besichtigte ich nicht, Ruinen findet man zu Hunderten in den Highlands und auf den Hebriden.

Ergriffen von der wilden Schönheit dieser Insel, schritt ich meinen Weg. Ich dachte an morgen, hoffte auf ein Wunder, ja, fast war ich wie das kleine Mädchen überzeugt, daß morgen ein Wunder geschehen würde, daß jemand mir meine Bürde des zu großen Leides abnehmen – oder zumindest erleichtern würde. Später ruhte ich noch einmal am Rande eines Waldes aus und trank meinen Tee. Am späten Abend erreichte ich die kleine Ortschaft Lee, es waren auch hier nur wenige Häuser, und das, was ich jetzt sah, mag glauben, wer will: Da hing doch wahrhaftig am ersten Haus ein Pappschild: »Welcome Maria«.

Die Urwaldtrommeln der Insel waren mir vorausgeeilt. Dies war meine letzte Herberge. Wie ich nach Hause kommen würde, darüber machte ich mir noch keine Gedanken. Sicher war nur, daß ich fahren würde, mit Bus und Fähren. Bei der Heimfahrt mußte ich noch einmal übernachten. Jetzt jedoch befand ich mich noch auf der Straße nach Iona. Als ich gegen Morgen meine überaus freundliche Herberge verlassen hatte, war mir, als wäre ich nun heimatlos geworden. Die einsamen Pfade, die Straße, Wälder, Täler und Berge, der Atlantik, der Himmel mit Sonne, Mond und Sternen, die Elementarwesen, all dies war für eine kurze Zeitspanne in meinem Leben Heimat gewesen. Fremde, gute Menschen umsorgten mich, hatten mir Trost und Geborgenheit gegeben.

Schon einmal war die Straße, waren die Wälder und nachts der Himmel über mir einen Sommer lang meine Heimat. Ich war jung, etwas über zwanzig Jahre alt, damals war ich mit einem Pferd unterwegs. Von der Schweiz quer durch Österreich nach Deutschland. Ich zählte zu den glücklichen Flüchtlingskindern, die, an Tuberkulose erkrankt, in die Schweiz zur Heilung kamen. Nach vielen Jahren wollte ich meine Geschwister wiedersehen, ich reiste, wie man so sagt, auf dem Rücken des Pferdes. Wohl hatte ich mein einfaches geborgenes Leben mit den Nonnen – durfte studieren –, doch mußte ich mein Scherflein später dazuverdienen. Eine Zeitlang fuhr ich jeden Tag morgens um vier Uhr mit dem Fahrrad zu einem am Zürichsee stationierten Zirkus, um die Pferde zu striegeln und Ställe auszumisten. Dort war es, als ich mich in ein Pferd verliebte, das ich dann später kaufte.

Ich habe viele gute Erinnerungen an meine Schweizer Zeit – doch am tiefsten ist mir der Duft des Heus und des warmen Milchkaffees – natürlich auch der Gesang der Lerchen, da man sich ja Heu kaum ohne Lerchen vorstellen kann – geblieben. Zur Heuernte waren wir, die Nonnen und ich, zeitig in der Früh schon in den Bergen, um das Gras zu schneiden. Um neun Uhr gab es herrliche Butter- und Käsebrote sowie heißen Milchkaffee. Obwohl es um diese Zeit schon sehr warm war, waren die Nonnen überzeugt, daß ein heißes Getränk besser ist als etwas Kaltes. Nach dem Frühstück konnte das Heu schon gewendet werden. Wir standen in Reihen übereinander am steilen Berg. Zur Mittagszeit konnten wir uns noch einmal zum »Znüni« (zweites Frühstück) ausruhen. Diesmal schon im duftenden Heu – da sangen dann auch die Lerchen. Ja, das ist es, was mir am tiefsten von meiner Schweizer Zeit geblieben ist.

Jung und unbeschwert, frei von Kümmernissen übernachtete ich an der Seite des Pferdes in Scheunen, Heuschobern, oft auch im Wald. Manchmal, hauptsächlich bei Regenwetter, bat ich um Herberge in Gehöften. Dafür mistete ich den Stall aus, hackte Holz oder half einige Tage auf den Feldern. Einmal kam ich zu einem Schlachtfest, da gab es viel Arbeit. Ich scheute keine. Reichlich belohnte mich die Bauersfrau und gab mir viel zu Essen mit auf den Weg.

Denke ich an diese Zeit, so war es meine glücklichste im Leben. Nie davor und nie mehr danach war ich so glücklich gewesen – so unbeschwert glücklich. Frei wie ein Vogel war das Leben damals.

Jetzt wußte ich auch ganz plötzlich, warum das Wasserschöpfen mit der Hand aus dem Bach, um den Durst zu stillen, vor einigen

Tagen mir so vertraut erschienen war — als ob ich es schon einmal erlebt hätte —, die Lerche sang dazu. Das also war es, auf meiner Wanderung zu Pferde, da trank ich ebenfalls Wasser aus dem Bach, und die Lerche sang hoch in der Luft — das also war es …

Vor mir im Sonnenlicht lag die kleine Insel Iona. Ich zitterte vor Freude — doch war mir auch sehr bange, der vielen Menschen wegen. Am letzten Tag meiner Pilgerwanderung mußte ich, ob ich wollte oder nicht, auf der Verkehrsstraße acht Meilen gehen. Autos und Reisebusse sausten vorbei. Um elf Uhr vormittags war ich bei der Fähre, die Straße führte direkt ins Wasser. Da drüben lag sie, die Insel Iona, im gleißenden Sonnenlicht. Ein silbernes flimmerndes Leuchten wie ein transparentes Band einer Aura umschmiegte sie. Was erwartete ich von diesem Ort? Je mehr ich das Ende der Straße erreichte, um so größer wuchs so etwas wie eine Enttäuschung, ja fast kam es einem Schock gleich: Menschen, Menschen, Menschen. An so vielen Tagen gehörte das Land mir allein, begegnete ich nur wenigen Menschen abends in Herbergen — ganz plötzlich schreiende, hupende, sausende Geräusche — keine Schafe mehr, keine Kühe. Menschen, nur Menschen. In meinen Ohren sauste es. Mir wurde übel. Es gab auch keine Möglichkeit, diesem Trubel auszuweichen. Ich mußte mich auf der Fähre von vielen Menschen einkeilen lassen. Zum Glück dauerte die Überfahrt nur zehn Minuten — doch waren es unerträgliche Minuten. Meine Enttäuschung war vernichtend. Innerlich schrie ich nach meinem Engel. Ich verlangte verzweifelt spontane Hilfe von ihm. Er sollte dort drüben am Ufer stehen und irgendwie alle Touristen verjagen, damit ich allein trauern kann — allein wollte ich auf der heiligen Insel sein, um ihr meine Bürde zu übergeben. Mein Engel hatte meine Verzweiflung vernommen, denn auf der

Insel angekommen, ergoß sich die Menschenmenge erst mal nach rechts und links von der kleinen Hauptstraße, in die zwei Seitenstraßen am Ufer entlang, mit den wenigen Häusern und den Souvenirläden. Für mich war somit der Weg zur Abbey, Kathedrale, frei. In meiner Panik, die Meute bald wieder hinter mir zu haben, flüchtete ich in eine kleine Kapelle aus rohen Steinen, schmucklos gebaut, die noch etwas vor der Abbey lag. (Später lernte ich in einem Buch über Iona, daß genau diese Kapelle das älteste, von den Mönchen erbaute Gebäude ist und St. Oranis-Chapel heißt.)

Zaghaft öffnete ich die schwere Tür. Stille umfing mich in dem von Kerzen beleuchteten kleinen Raum. Ein Betschemel stand vor einem einfachen Altar. Sonst zierte nichts den Raum. Ich stellte meinen Rucksack ins Eck neben der Tür und kniete nieder. Vom Augenblick des Öffnens der Tür bis zum Niederknien wurde mir körperlich bewußt, wie der Druck der Enttäuschung der letzten Stunden von mir wich. Die jahrhundertealten heiligen Mauern nahmen mich auf, mit dem Geist der Millionen Herzen, die hier ihre Qualen flüsterten, die Tränen, die vielen Tränen, die auf die alten ausgetretenen Steine geflossen sind, der Geist des immer wiederkehrenden uralten Leidens der Menschheit öffnete mir das Tor in sein barmherziges Reich.

Meine Seele riß entzwei, alles Leid, aller Schmerz aus dunkler Zeit floß zusammen mit dem Leid des kleinen Mädchens, mit der Qual meines Sohnes, der sich das Leben nahm, mit meinen Qualen, die ich um ihn ausstehe. Da legte ich mein Gesicht in die Hände und weinte bitterlich. Mein Körper, meine Seele weinten. Ich weinte und weinte, es war mir unmöglich aufzuhören. Einmal war mir, als hörte ich leise die Tür schließen, doch geschah es weit außerhalb meines Bewußtseins. Irgendwann erwachte ich, meine Tränen mußten mich ermüdet haben. Ich kniete noch immer auf dem Betstuhl, mein Kopf lag auf meinen Armen, die

Kerzen waren niedergebrannt. Leise stand ich auf, um neue Kerzen in die Halter zu stecken. Das Geld dafür legte ich in den Korb. Noch einmal kniete ich nieder, endlich endlich war es mir wieder möglich, aus tiefem Herzen zu beten. Vergaß auch nicht, all die guten Menschen, denen ich auf meinem Pilgerweg begegnet war, mit einzuschließen.

Vor der Tür stand ein junger Mann, er muß es wohl gewesen sein, der mich nicht stören wollte und geduldig draußen gewartet hatte. Wir schauten uns an. Ohne ein Wort zu sagen, nahm er meine Hand und drückte sie, dann ging auch er in den heiligen Raum. Die Sonne schien warm. Um mich gewahrte ich viele Menschen, sie schienen mir jetzt freundlich und menschlich, sie beengten mich auch nicht mehr. Trotzdem wollte ich jetzt nach Hause, wollte nicht mehr die Kathedrale anschauen. Alles in mir drängte heim zu Tobi, zu meinen Tieren. Ich freute mich ganz plötzlich auf meine Arbeit – der Webstuhl würde angekommen sein. Dies war jetzt Wirklichkeit – wie lange hatte ich das Weltgeschehen vergessen? War ich denn wieder ins Leben zurückgekehrt?

Und dennoch: »... *in meinem Herzen ist eine Stelle,*
Da blüht nichts mehr.«
R. Huch[*]

Mit dem Bus, dann mit der Fähre, noch einmal mit Bus und Fähre, noch einmal mit dem Bus und noch mal mit dem Bus fuhr ich nach Hause.

[*] *aus: Ricarda Huch, Werke 5. © 1971 by Kiepenheuer & Witsch, Köln*

3. Teil

14. Kapitel

Die Insel schreitet fort von ihrer Seele

Wärest du ausschließlich deinen Weg gegangen –
hättest du niemals von den großen Wahrheiten gelernt
oder irgendein Maß an innerem Frieden oder
geistiger Freude erreicht.
White Eagle

Auf mich bezogen, stimmt das, was Häuptling White Eagle
vor 150 Jahren gesagt hat, denn hätte der Allmächtige in seiner Weisheit mich nicht durch tiefe, dunkle Täler gejagt – ich
gebe aber zu, daß er wiederum in seiner Barmherzigkeit einen
Engel an meine Seite stellte, der auf mich aufpaßte und mich
immer wieder auf den Berg der Sonne lenkte –, wäre ich ein ober-
flächlicher, leerer, eingebildeter Mensch geworden, so denke ich.
Vielleicht wird meine Ernte einst innerer Friede und geistige
Freude sein, wie Häuptling White Eagle sagt.
Das soll aber nicht heißen, daß ich keine Tränen mehr weinen
werde. Ob Freude oder Leid, nichts kann den Strom meiner
Tränen aufhalten. Ich fürchte, sollte ich einmal ein zu großes
Maß an Freude erleben, daß schließlich und endlich mein Körper
sich dennoch in Tränen auflöst.

Mein Haus strahlte mir leuchtend weiß mit grüngestrichenen
Fensterrahmen entgegen. Auf dem Dach saßen Möwen, der

Atlantik leuchtete silbern und glatt in einer vom Dunst verhangenen Sonne. Von den äußeren Hebriden kam Nebel herübergeschwommen. Nicht mehr lange, und der Nebel würde leise und feucht alles verhüllen, dann würde dumpf das Nebelhorn zu hören sein. Auf dem Trampelpfad hinunter zu meinem Haus dachte ich dankbar: Dort ist mein Haus. Ich komme nach Hause. Der Gesang der Lerche begleitete mich hinunter. Am Tor begrüßte mich vor Freude schwanzwedelnd mein Hund Sunshine, vor lauter Wiedersehensfreude winselnd. Dann flog Gertrud, die, auf der Hundehütte sitzend, mich erkannt hatte, vor meine Füße und sah stumm von der Seite nach oben zu mir. Am Dun (Berg) grasten die Ziegen. Heide hielt im Fressen inne, hob ihren behörnten Kopf, meckerte fröhlich und kam heruntergaloppiert. Kleine Lämmer hüpften von Stein zu Stein. Sie waren allerliebst mit ihren kleinen schwarzen Gesichtern. Nur die dicken wolligen Schafe, die scherten sich nicht um mein Wiederkommen, ruhig grasten sie ihren Weg.

Der Schlüssel steckte in der Tür, ich drehte ihn um, und hier war meine Küche. Sofort sah ich den schönen, hellen Webstuhl. Tobi und Duncan mußten ihn mit dem Traktor heruntertransportiert haben. Wie mögen die beiden sich gefreut haben, mir damit das Nachhausekommen zu bereichern. Auf dem Tisch stand eine Vase mit Frühlingsblumen, mit einer Nachricht von Dolly, daß es den Tieren gut ergangen sei, und ein Willkommensgruß.

Auf meinem Schreibtisch im hinteren Zimmer, mit der rohen Steinwand, dem offenen Kamin, den vielen Büchern und Bildern, fand ich einen Brief von Tobi. Er war wieder auf hoher See.

Wohl war ich wieder daheim, hatte meinen ersehnten Webstuhl, immerhin hatte ich nicht nur einen geistigen Pilgerweg zurückgelegt, schließlich war ich auch fast 500 Kilometer zu Fuß gelaufen, ich könnte schon ein wenig stolz auf mich sein — was mir nicht in den Sinn kam —, Wehmut erfüllte statt dessen mein Herz.

Sicherlich mag es den meisten Menschen so ergehen, die verreist waren und nun vorm Alltag stehen. Morgen, wenn ich ausgeschlafen habe, wird alles anders sein, tröstete ich mich. Da fiel mir Dr. Winkler ein, er wollte ja, daß ich ihn anrief, was ich klopfenden Herzens sofort tat. Seine Sekretärin meldete sich. Kaum hatte ich meinen Namen genannt, da war auch schon seine Stimme an meinem Ohr. »Mädle, Mädle, da bist du also wieder, du, ich freue mich. Erzähl mal.« Er kam immer gleich zur Sache. Vor Schreck, denn schließlich hatte ich erwartet, ihn erst um einige Ecken herum zu erreichen oder womöglich gar nicht, wußte ich erst mal keine Antwort – zumal auch ehrliche Freude aus seiner Stimme zu hören war, denn war es doch einige Jahre her, seit wir uns am Telefon unterhalten hatten.

»Bist du noch da?« fragte er schließlich.

»Ja, sicher, nur ich weiß nicht, was sagen, es ist solange her –, ach ja, natürlich, fast hätte ich vor lauter Freude vergessen – also Willfried: danke, danke, tausend Dank für deine prompte Hilfe.«

»War doch selbstverständlich, Mädchen, aber nun erzähl mal. Wie erging es dir auf deiner Pilgerreise? Weißt du, daß ich dich darum beneide, weil, nun ja, ich hätte es gern für mich selbst auch getan. Vielleicht ist der Herrgott an solch heiligen Orten näher. Würde ihn um einiges für mich zu bitten haben.«

Betroffen erfuhr ich jetzt von seiner Krankheit, von seinem ersten Eingriff. Doch war er sehr zuversichtlich, daß alles gut ist.

»Willfried, Willfried«, sagte ich, »hätte ich nur davon gewußt, so würde ich dort für dich gebetet haben, anstatt in meinem Leid zu verharren.«

»Das kannst du immer noch, Mädchen, ja, bete für mich.«

Noch einmal bedankte ich mich für das Geld und sagte ihm, daß seine Hilfe mir sehr viel bedeutet habe, nicht nur in materieller Hinsicht, denn einen Freund zu haben, zu dem man ohne Scheu sagen kann: »He, Freund, mir geht es dreckig, kannst du mir helfen?«, das bedeutet, eine Heimat zu haben.

Von nun an bis zu seinem viel zu frühen Tod, denn die Menschheit hätte ihn noch nötig gehabt, blieben wir durch Briefe und Telefongespräche verbunden. Er versprach, ganz gewiß einmal auf die Insel zu kommen, er habe auch in Schottland Freunde. In jedem Brief schrieb er:»... ich würde mich sehr freuen, dich einmal wiederzusehen.« Oder:»... ich hoffe immer noch, dich einmal wiederzusehen« – »... in der Hoffnung, dich einmal wiederzusehen ... « Auch Herr Weiß wollte einmal nur, ein einziges Mal den Sonnenuntergang vor meinem Haus sehen, so wünschte er es sich und schrieb mir. Doch bevor er die Sonne auf den Hebriden untergehen sehen konnte, brach sein Herz.

Daß ich zeitig schlafen gehen wollte, hatte ich vergessen. Jetzt und sofort verlangte es mich ans Meer hinunter, um für Willfried zu beten. Dort öffnete sich mein Herz tiefer und inniger als in einer Kirche. Das Wasser konnte man nur ahnen an jenem späten Nachmittag, ja, es war nicht einmal zu hören, eine weiße, undurchsichtige Nebelglocke hatte es eingeschlossen. So saß ich dann auf meinem Stein, vom Nebel eingehüllt, dachte intensiv an Willfried Winkler und betete für ihn.

Der erste Sommer nach meiner Pilgerreise war ausgefüllt mit viel Arbeit. Das war gut so. Der Torf wartete aufs Heimholen. Dazu war ich auf Tobi und Duncan angewiesen. Hier war nämlich ein Traktor vonnöten.

Wie hatten es nur die Altvorderen zuwege gebracht, als kein Traktor zur Hand war? Auf alten Bildern sieht man Frauen in dunklen langen Kleidern mit einer Rückentrage, beladen mit Torf, vom Berg herunterkommen, Kinder hängen am Rockzipfel, dazu, man glaubt es kaum, wurde noch gestrickt. Nicht nur für die eigene Familie schleppten die Frauen den Torf herunter — die Alten und Schwachen wurden nicht vergessen, die bekamen die erste Ladung. Mit Kartoffeln geschah das gleiche. So gesehen war es die damalige Sozialhilfe für die Bedürftigen. Nun, für mich holten Duncan und Tobi den Torf herunter von den Bergen. Ich half natürlich mit. Zeit für ein gutes Picknick hatten wir immer. Für meinen Hund bedeutete es jedesmal die große Freiheit. Im Gegensatz zu unten im Tal, wo Schafe und Kühe weideten, durfte er sich nur gehend unter ihnen bewegen. Hier oben aber konnte er endlich seiner Natur entsprechend hinter Tieren herjagen, es waren allerdings nur Mäuse und Kaninchen. Er fing nie etwas, wollte es ihm auch nicht geraten haben. Hier stürzte er sich in den Bach und jagte hinter Forellen her.

Im Torfmoor gibt es keinen festen Weg, deshalb lief ich daumenhaltend hinter dem Traktor mit vollbeladenem Anhänger her, und doch blieb er jedesmal stecken oder gab seinen Geist auf. Da mußte freilich wieder alles abgeladen werden. Schließlich war besagter Traktor kein gewöhnlicher Traktor, denn er war aus drei alten Vorvätern zusammengebaut. Darin war Duncan ein Meister.

An den langen hellen Abenden arbeitete ich im Garten, hackte die Kartoffelreihen, säte und pflanzte Gemüse, mähte das Gras und ließ es zu Heu trocknen. Beim Winklessammeln traf ich manchmal Dolly. Auf einem von der Sonne angewärmten Stein tranken wir unseren Tee, oder wir kauerten hinter einem großen Stein, um etwas Schutz vorm Wind zu haben, der Regen prasselte auf unser Ölzeug, selbst in unsere Teetassen prasselte er. Brachte die Flut das Wasser zurück, mußten wir unsere Säcke mit Steinen befestigen. Hatte ich weniger gesammelt als Dolly, gab sie mir von ihren Winkles etwas ab, oder umgekehrt.

Jedoch den Hauptteil meiner Zeit widmete ich dem Weben, dem Spinnen und Wollefärben. Das Bespannen des Webstuhles lernte ich von einer Bekannten, drüben auf den äußeren Hebriden, denn Moira wurde krank, und einer ihrer Söhne holte sie nach Glasgow. Arme Moira, wie kann man einen alten Menschen von einer einsamen Insel in eine Großstadt verpflanzen? Ich wünschte immer, daß ich einmal die Möglichkeit haben würde, sie zu besuchen – dazu kam es nie, sie starb bald.

Nicht zuletzt waren da noch meine Tiere. Meine Ziegen liebte ich über alles. Mein Hund kam auch nicht zu kurz – obwohl er mich manchmal kummervoll ansah, wenn ich mit der Ziege Heide schmuste, indem ich mein Gesicht in ihr seidiges Fell steckte. Ich sorgte mich um die Schafe mit den Lämmchen, half bei der Schafschur, sorgte für meinen »Bullyboy«, einen kastrierten Highlandbullen, dem ich, als er klein war und wie ein Bär aussah, das Leben rettete, der liebend gern Kekse aus meiner Hand frißt. Dann war da noch Gertrud, meine Ente, eine gezähmte Wildkatze, Hühner, die kleinen Entenküken, Gertruds Kinder. Doch wurden die Entlein und die Hühner so nach und nach Opfer von Ottern, vom Fuchs oder gar von Steinadlern. Deshalb ließ ich Gertrud nicht mehr brüten, daß heißt, sie saß auf blinden Eiern, die Arme.

Einmal hatte ich ein zahmes Huhn. Ich nannte es Kathy, nach meiner alten Freundin, von der das kleine Küken stammte. Ihr Hund hatte alle kleinen Küken samt Mutterhenne aufgefressen. Eines hatte er übersehen, Kathy fand es zitternd in einem Eck sitzen. Ich pflegte dieses Kleine in einer Kiste, fütterte es mit Haferflocken und tröpfelte Milch in den kleinen Schnabel. Bald verlor es den gelben Flaum, und grauweiße Federn wuchsen statt dessen. Die erste Kiste wurde zu klein, die nächste währte auch nicht lange, denn Kathy flog jetzt auf den Rand und blieb meistens da sitzen. Die kleine Henne entwuchs einer dritten Kiste und tapste jetzt in der Küche herum. Sie flog auf meine Schulter, blieb darauf, bis sie schlief, spazierte neben mir, wenn ich mit Kräuter- und Pflanzensammeln beschäftigt war. Kam Tobi nach Hause, flog Kathy vor Freude auf seinen Kopf. Sie saß auf Sunshines Rücken, ließ sich von ihm spazierentragen und schlief an seiner Seite. Mit Gertrud verstand sie sich auch gut. So wuchs die kleine Henne heran, ohne den Instinkt für Gefahr zu entwickeln. Kathy wußte bestimmt nicht, ob sie ein Mensch, ein Hund, ein Huhn oder eine Ente war. Sie war eine glückliche kleine Kreatur.

Als ich eines Tages von meiner Einkaufstour zurückkehrte, flog Kathy nicht wie üblich mir entgegen. Ich wußte sogleich, daß etwas passiert sein mußte. Meine Henne saß zitternd, blutverschmiert vor der Küchentür. Ihre Augen waren herausgepickt. Sie starb in meinen Händen. Möwen picken auch kleinen Lämmern die Augen aus, falls die Schafsmutter nicht aufpaßt. Am Sonntag in der Kirche weinte ich um Kathy still vor mich hin – da legte eine Bekannte ihren Arm um mich und sagte: »Poor Maria, weinst du um deinen Sohn?« Ich antwortete: »Nein, ich weine um mein Huhn.« Mir war nicht zum Lachen, obwohl es wie ein Witz schien. Meine Bekannte sah mich zweifelnd an.

Einmal in der Woche gehe ich (heute noch) auf der schmalen Straße durch die Berge zu dem kleinen Friedhof. Dort, wo ich einst mit der weißen Eule Zwiesprache hielt. Dort ist das einfache Grab meines Sohnes. Obwohl hier alle Gräber schmucklos sind, gehe ich doch nie ohne Blumen. Teils aus meinem Garten, teils pflücke ich sie am Wegrand. Selbst im Winter findet sich noch manch immergrüner Zweig.

ARNE
1959-1989

Das ist alles, was auf dem Stein steht. Bis heute weine ich an seinem Grab. Einst dachte ich, nie mehr Erlösung von diesen Qualen zu finden. Aber schließlich kann ich an ihn denken, ohne den Schmerz des Schwertes in meinem Herzen. Meine Liebe trägt ihn ins Licht. In meiner Liebe halte ich meinen Sohn geborgen.

Ich habe meinen Sohn gesehen –

»... *nur durch die Liebe steht alles im Zusammenhang. Die Liebe ist Gott. Und wenn ich sterbe, so heißt es, daß ich, ein Liebesatom, wieder zu dem allen gemeinsamen und ewigen Urquell zurückkehre.*«
Tolstoi, »Krieg und Frieden«

Es war im folgenden Winter. Ich saß am Webstuhl und war mit einem farbenfrohen Teppich beschäftigt. Als das Schifflein leer war, ruhte ich aus und sah zum Fenster hinaus. Wie erstaunt war ich aber, als es schneite. Ich hatte bemerkt, daß schon überall eine weiße Schneedecke ausgebreitet lag. Vogelspuren waren im Schnee. Warme, gute Erinnerungen an Wintertage mit meinen Kindern überkamen mich. Schnurstracks stand ich auf, zog mich warm an, um im Schnee spazierenzugehen, bevor er im salzigen Meereswind schmolz.

Tobi und ich hatten es einmal erlebt: »Mama, draußen liegt Schnee, wo ist mein Schlitten?«

Aufgeregt kam Tobi eines Tages im Winter mit diesen Worten hereingestürmt. Wir hatten einen richtigen hölzernen Rodelschlitten aus Deutschland mitgebracht. Bis Tobi entsprechend angezogen war, ich den Schlitten in der Scheune unter dem Heu hervorgestöbert hatte, war der Schnee verschwunden.

Diesmal wollte ich Spuren im Schnee hinterlassen. Er sollte unter meinen Füßen knirschen. Gleich seitlich rechts von meinem Haus geht es bergauf zum Dun, einst ein keltisches Fort. Ich beschrieb diesen Ort schon am Anfang. Dort befinden sich Ruinen, auch kann man einen Ring von Steinen erkennen, die aber vom vieltausendjährigen Wind bis zur Spitze zugeschüttet sind. An diesem Ort habe ich vom ersten Tag an etwas Warmes gefühlt. Eine Wahrnehmung, die schwer zu erklären ist. Nichts Beängstigendes, eher etwas Gutes. Ja, etwas Gutes liegt über diesem prähistorischen Ort. Es schneite noch immer, als ich da oben auf den Klippen hoch über dem Atlantik bis an das Ende der Landzunge entlangspazierte, um auf der anderen Seite nach einer halben Stunde das Ruinendorf wieder zu erreichen. Mir dünkte es lang genug, denn ich hatte kalte Füße. Unter meinen Schuhen knirschte der Schnee. Die Sonne schien durch die fallenden Schneeflocken, die weniger und weniger wurden. Millionen funkelnder winziger Kristalle glitzerten im Schnee und auf dem Wasser. Wieder bei den Ruinen angekommen, waren meine Fußspuren noch ein wenig zu sehen. Hier blieb ich stehen, ganz still stand ich da. Meine Augen wanderten vom glitzernden Schnee hinüber zum funkelnden Wasser. Die Sonne ließ die Luft vibrieren. Die Grenze vom Schneefeld zum Meer schien aufgehoben, dann, wieder durch die vibrierende Luft, schienen Land und Meer transparent geworden zu sein, und durch dieses brach sich ein Kaleidoskop von flimmernden Farben. Da dachte ich, daß ich jetzt aber heimsollte, denn meine Füße waren kalt. Etwas aber hielt mich gefangen. Ich wagte mich nicht zu bewegen, sonst könnte womöglich dieser herrliche Raum mit all seinen Farben und der sonderbaren Ruhe aufbrechen. Die funkelnden, jetzt bunten Kristalle wurden größer, nahmen mich in ihre Mitte, bis ich mich schließlich in diesem Kaleidoskop mitdrehte. Zwischen den Ruinen, die jetzt riedgedeckte Dächer hatten, bewegten sich dunkle Gestalten, freundliche Gesichter winkten herüber zu mir und grüßten mich. Ich dachte, wo bin ich, wieso sind meine Füße nicht mehr kalt, da brauche ich ja nicht heimzugehen, es ist so gut, hier zu sein.

Ein junger Mann kam plötzlich aus dem Dun, wo nur Felsen waren, direkt auf mich zu. Dieses freundliche Gesicht, dieses liebevolle Grinsen. Er war mit einem roten Hemd, einer hellen, enganliegenden Hose und hohen Stiefeln angetan. Das Hemd flatterte locker um ihn herum. Da dachte ich wieder: Wieso flattert das Hemd, da ist doch kein Wind? – Und er ist ja blond, blond wie Arne. Dann konnte ich nichts mehr denken, es war mein Sohn.

Ich befand mich in einem Zustand der Glückseligkeit, aufgenommen in ein Kraftfeld der Liebe, aller Erdenschwere enthoben. Er nahm mich in seine Arme. Ich konnte den Druck fühlen. Mir wurde eine Liebe offenbar, die außerhalb aller irdischen Kräfte und Einflüsse strömt. Ist die irdische Liebe von Anbeginn schon geschwängert mit dem Samen des Leides oder gar des Hasses, so war diese Liebe klar und Licht göttlichen Ursprungs – ich war in einem Zustand des Glücks geborgen, das nur die Seele erfaßt. Ein Vertrauen bewegte mein Herz, wie es auf der Menschenerde nicht möglich ist. Qual, Leid, Haß, alles Weltliche verflüchtete sich in den Kosmos. Da war nur Liebe, Liebe, aus der Barmherzigkeit und Güte strömt, Liebe, aus der alles Schöne und Gute erschaffen ist. Er nahm Abschied von mir. Keine Frage war notwendig, kein Schmerz lag im Abschied, nur die Macht der Liebe und das Urvertrauen auf ein Wiederkommen. Als er mich freigab, sah ich noch einmal sein liebes Gesicht, dann ging er in Richtung Meer.

Das Glitzern und Funkeln des von der Sonne bestrahlten Schnees drang in mein Bewußtsein zurück, ich spürte wieder meine kalten Füße und wußte doch nur, daß ich nicht fort von hier wegwollte. Ich weiß nicht, wie lange ich noch in diesem zeitlosen Raum verharrte, als plötzlich die Sonne hinter einer dicken Wolke verschwand, da war alles, die Ruinen, der Schnee, der Dun, das Meer in ein kaltes Grau gehüllt. Etwas verworren, aber auf eine merkwürdige Art glücklich, ging ich hinunter zu meinem Haus, vorher aber winkte ich noch all den guten Seelen an diesem Ort dankbar zu.

Eigentlich, wenn ich es mir überlege, war ich nicht erstaunt über dieses Erlebnis, denn ich wußte doch, daß mein Sohn eines Tages kommen wird, um Abschied zu nehmen, schließlich war er ganz allein und ohne Abschied von uns gegangen. Mein Sohn, mein Sohn.

In diesem Winter wurde ich mir das erste Mal meiner Einsamkeit richtig bewußt, empfand sie sogar als Bürde.

Mein Sohn Tobi hatte eine Freundin, so blieb er, wann immer er an Land kam, bei ihr in Inverness. Freilich ist eine Mutter froh, wenn die Kinder einen Partner gefunden haben, denn sie sollen glücklich sein. In dieser Hinsicht habe ich es nie gewagt, ihnen dreinzureden. Doch bei Tobi war es anders, dreingeredet habe ich zwar auch nicht — aber ich habe anders empfunden als bei den Töchtern oder damals bei Arne.

»Das war's also«, sagte ich zu mir.»20 Jahre Mühe und Sorge, auch Freude, durch Not und Leid durchgebracht, um ihn jetzt einer fremden Person zu überlassen?« Ist das so? Geht es anderen Müttern auch so? Es muß wohl so und nicht anders sein. So ist der Lauf des Lebens. Schließlich steht es ja auch in der Bibel:»Du sollst Vater und Mutter verlassen, um ...«

Ach ja, es blieb nicht die einzige. Da gab es schmerzliche Zeiten für ihn – und doch, trotz Freundin, Freundin und noch mal Freundin, er ist doch mein Sohn geblieben, der mir und seinen Schwestern stets zur Seite steht.

In diesem Winter sah ich Dolly ganz selten. Auch meine anderen Freundinnen. Es stürmte und regnete Tag und Nacht, Woche für Woche, Monat für Monat. Winklessammeln war unmöglich geworden, da entweder die Ebbe ihre Zeit bei Dunkelheit hatte, oder der Sturm peitschte die Brandung haushoch, so daß zwischen den Gezeiten kaum ein Unterschied bestand. Im dicken, langen Mantel, vermummt in Tücher, stapfte ich täglich hinauf zur Straße, dorthin, wo einst die kleine grüne Hütte stand. Auf dem Ackerland davor befindet sich mein Bullyboy, so heißt mein kastrierter Highlandbulle mit den langen roten Haaren, mit Hörnern von je fast einem Meter. Ihm bringe ich Kekse und Heu. Die Kekse frißt er aus meiner Hand. Hier steht auch mein Briefkasten.

Die Ziegen verbringen die Zeit meckernd im Stall und müssen gefüttert werden. Gertrud, die Ente, schmiegt sich warm an Sunshine, und wenn nachts die Katze von ihren Streifzügen zurückkommt, kuschelt sie sich ebenfalls zu ihnen ins warme Heu.

Abends ist die Einsamkeit leichter zu ertragen. Die langen dunklen Winterabende habe ich gern. Hauptsächlich jetzt, wo ich einen Webstuhl habe. Mittlerweile ist das Krachen des Webstuhles ein wohltuendes und vertrautes Geräusch geworden. Vier Teppiche hatte ich zu dieser Zeit bereits gewebt. Weihnachtsgeschenke für meine Kinder. Weihnachten ohne Socken und Pullover – Arne würde gegrinst haben.

Ja, an den Winterabenden trage ich nicht schwer an der Einsamkeit, zu wissen, daß weit und breit keine Menschen sind – nur Dolly ist da, jederzeit bereit zu kommen. Der Sturm ängstigt mich

354

nicht, doch muß ich zugeben, wenn er gar zu arg wütet, bange ich um das Dach und den Schornstein. Außerdem weiß ich mich in guter Hut mit meinen Nachbarn aus längst vergangener Zeit, oben in den Ruinen, hinter dem Dun.

Dann sitze ich am Torffeuer, das den Geruch von jahrtausendealter Erde in sich birgt, höre Musik, lese ein Buch oder stricke etwas.

Im Hochland Schottlands und auf den vielen Inseln ist es etwas Normales, daß Menschen einsam wohnen, trotzdem ist man nicht allein. Jeder kennt seinen Nachbarn und dessen Gewohnheit, auch wenn er weiter entfernt wohnt. Überall liegt ein Fernglas bereit. Der Briefträger würde nicht erst am übervollen Briefkasten merken, daß etwas nicht stimmt, sofort am selben Tag würde es ihm auffallen.

Da war Femi, eine alte, bis zur letzten Stunde rund um die Uhr beschäftigte Frau mit einem kleinen Bauernhof. Als am Abend ihre Kuh zum Melken von den Bergen nach Hause kam, wie es seit Jahren geschah, lag Femi tot bei den Hühnern. Sie lag auf den Eiern, das Hühnerfutter hielt sie noch in den Händen. Und da die Kuh nicht gemolken wurde, brüllte sie, das hörte der nächste Nachbar, da wußte er: »Die Kuh brüllt doch sonst nicht, da wird' ich gleich mal bei Femi nachsehen.«

Jeder Einwohner hat einen Hund, der weit übers Land klagen würde, bekäme er kein Futter mehr.

Einmal bemerkte ich, daß beim Old Angus die ganze Nacht das Licht brannte, wo ich doch weiß, daß er regelmäßig um zehn Uhr schlafen geht. So telefonierte ich mit Dolly. Als Dolly sich mit dem Fernglas überzeugt hatte, rief sie die Gemeindeschwester an. Sie fand Old Angus ohnmächtig auf dem Küchenboden liegen. So wurde er gerettet.

Im Sommer erkennt man es am Rauch aus dem Schornstein, denn fast jeder zündet sein Feuer zu einer bestimmten Zeit an.

Außerdem weiß die Gemeindeschwester, welche von den Alten besondere Aufmerksamkeit benötigen. Einsamkeit gehört zu Land und Leuten. Einsamkeit heißt aber auch: nicht »allein sein«.

Bald wurden Veränderungen an Land und Leuten, die man bisher noch gern übersehen wollte, offensichtlich. Veränderungen in sozialer Hinsicht, aber ganz besonders umweltmäßig. Die Insel ist nun für den Tourismus mit allem schrecklichen Drum und Dran erschlossen, daß heißt, völlig kommerzialisiert. Für uns, die wir die Insel in ihrer Virginität lieben, ist es, als geschehe eine Vergewaltigung an der wilden Schönheit und elementaren Harmonie dieses Fleckchens Erde. Ein ignorantes Verfallenlassen einer geistigen Kultur – der man nun den Gott des Mammons aufzwingt, womit die einfachen Menschen auf der Strecke bleiben. Geldmachenwollende Ausländer, hauptsächlich Engländer, denn sie bekommen Subventionen vom Staat und aus dem europäischen Geldsäckel, kaufen die alten Häuser, verändern den Stil, verändern die Kultur in steter Weise. Kein Einheimischer würde je daran denken, am Sonntag fischen zu gehen – schon ganz sicher nicht mit einem Boot. Da ja schließlich auch die Fische wenigstens einmal in der Woche geschont werden müssen, was biologisch auch verständlich ist. Doch nun schwirren ohne Erbarmen und nur so zum Spaß am Sonntag die lauten Motorboote hinaus zum Angeln und zum Vergnügen. Wie schrieb Häuptling Seattle an seinen weißen Bruder in Washington, den weißen Häuptling? »Die weißen Brüder kommen und jagen den Buffalo nur zum Spaß und aus Freude am Töten ...«

Was mich aber viel mehr erschüttert, sind die sichtbaren Zeichen der Umweltveränderung durch uns, die so »klugen« Menschen. Viele Jahre konnte ich ein Schauspiel, das nicht seinesgleichen hatte, an sonnigen Sommerabenden am Atlantik bewundern: das

Tanzen und Springen von tausend und aber tausend silbernen Heringen im Glanz der Abendsonne. Man mußte den Atem anhalten und staunen. Dieses erhabene Naturschauspiel gibt es nicht mehr. Auf jeden Fall nicht mehr hier an der Westküste der Insel. Ich habe es nie wieder gesehen, seit Jahren schon nicht mehr. Es gibt hier keine Heringe mehr. Wo sind sie geblieben? Dafür hat sich eine ganz andere Art von Fisch angesiedelt oder verbreitet: unangenehm, schwabbelig wie Wackelpudding, im Wasser können sie manchmal wie Fallschirme aussehen. Viele, viele Quallen, glitschig und riesig wie Wagenräder, sie gab es vor Jahren noch nicht in Herden, nur vereinzelt. Ich weiß es, denn ich bin doch oft im Atlantik schwimmen gewesen – diese Quallen machen es jetzt unmöglich. Unglücklicherweise bin ich einmal durch eine solche Herde geschwommen. Es war schrecklich. Tage danach war mein Körper rot und brannte. Noch nie, so sagen die Alten, wurden jemals tote Wale ans Ufer geschwemmt. Warum in der letzten Zeit? Drei habe ich schon gesehen, einen davon bei mir unten am Shore. Wie eingeschrumpft kam ich mir vor neben diesen schönen schwarz-weißen Meeresbewohnern, die erstarrt und verloren am fremden Ufer lagen. Sie mußten zersägt, mit Benzin übergossen und angezündet werden. Den Rest besorgte die Flut und die Möwen. Es stank viele Tage danach.

Hin und wieder halte ich einmal Großputz an meinem Teil des Ufers. Für das angeschwemmte Treibholz bin ich dankbar, Plastikgegenstände aller Arte nehme ich dafür in Kauf, fülle damit alte Kohlensäcke und fahre diese mit dem Schubkarren hinauf zur Straße. Irgendwann kommt das Müllauto. Was aber seit neuestem so herrlich an den Steinen hängenbleibt, ist ein schon altbekannter, doch wieder hochmodern gewordener Gebrauchsartikel, ebenfalls aus Plastik: Kondome. Verhüterli, sagen die Schweizer. Die müssen wohl auf den Vergnügungs-

yachten, die im Sommer oft vorbeikommen, fleißig verwendet
werden.

Dolly sagte zu mir:»Weißt du , Maria, warum wäschst du sie nicht
aus, das Meer wird das meiste schon besorgt haben, hängst sie
auf die Leine zum Trocknen und verkaufst sie als Zweite-Hand-
Ware an die Touristen. What do you think?« So herzlich hatte ich
schon lange nicht mehr gelacht.

Nicht nur hier werden tote Wale angeschwemmt, auch auf anderen Inseln. Die toten Seevögel, deren Gefieder noch von Öl ver-
klebt ist, habe ich aufgehört zu zählen. Was das Schwimmen
betrifft, so bin ich dem Atlantik untreu geworden, ansonsten
liebe ich ihn noch immer. Brauche aber deshalb nicht aufs
Schwimmen zu verzichten. Hier gibt es einen klaren, sauberen
Fluß, in dem sich Lachse tummeln. Eine meiner schottischen
Freundinnen wohnt an diesem Fluß in einem schönen Tal, von
einem Wald eingerahmt. Von den Bergen kommt er herunterge-
stürzt, bricht sich durch Felsen, über Steine, durch tiefe Schluch-
ten seinen Weg. Die sandige Ebene im Tal gebietet ihm Einhalt,
so daß er zur Ruhe kommen kann, um sich phlegmatisch über
Kieselsteine weit auszubreiten. So rinnt er einige Meilen gemütlich plätschernd durch das Tal. Da könnten Kinder spielen, so es
welche im Tal geben würde – bis er, wieder schneller geworden,
in einem natürlichen Pool sich sammelt und ausruht. Hier wird
das Wasser von der Sonne erwärmt. Von da springt er dann weiter über Stock und Stein, ergießt sich in große und kleine
Wasserfälle, fließt unter einer alten und einer neuen Brücke,
windet sich reißend durch ein anderes Tal, um fröhlich seiner
Heimat, dem Atlantik, entgegenzueilen. Er bringt in seinen
Fluten die Lachse zurück, die im Fluß ihre Pflicht getan haben.

In diesem natürlichen Pool mit dem von der Sonne erwärmten
Wasser läßt es sich herrlich schwimmen.

Jeanne und ich sitzen danach mit dem Rücken an den ebenfalls erwärmten Steinen, lassen uns trocknen und trinken den mitgebrachten Tee. Um uns ist eine Landschaft, so schön wild und rein wie in einem Märchen. Gehen wir dann nach Hause, meine Freundin und ich, ich mit dem Auto, da es ziemlich weit von mir zum Tal ist, Jeanne mit dem Fahrrad, so haben wir gegenseitig Trost erfahren, durch tiefe Gespräche oder auch und hauptsächlich durch den Geist der herrlichen Schöpfung um uns, denn auch Jeanne trägt schwer an ihrem Schicksal.

Einsamkeit macht einen offener für die Mitmenschen, eben darum, weil man ihnen weniger begegnet, sie sind rar, deshalb etwas Besonderes. In einer Stadt hingegen, wo es von ihnen wie Ameisen wimmelt, erkennt man den Menschen nicht, man sieht nur Leute, hastende, eilende, verbissene Leute.

Da gibt es die Geschichte aus der Antike von dem alten Griechen, der am hellen Tag mit einer Laterne auszog, um Menschen zu suchen. Seine Freunde fragten ihn erstaunt: »Freund, was suchst du mit einer Laterne, wo doch die Sonne scheint?« Der alte Grieche antwortete: »Ich suche Menschen.« – »Aber Freund«, sagten die anderen, »siehst du denn nicht die vielen Menschen um dich?« – »Nein«, sagte der alte Grieche, »ich sehe nur Leute«, und seine Freunde schüttelten den Kopf.

Und wieder einmal im richtigen Augenblick wurde mir vom hiesigen Museum eine Arbeit angeboten. Ich sollte den Touristen demonstrieren, wie Wolle gesponnen und mit Pflanzen gefärbt wird. Wieder einmal hatte ich um meine Existenz zu bangen gehabt. Mit Weben, Stricken und Wollespinnen war nicht genug Geld zu verdienen, das Winklessammeln ist immer eine gute Zugabe gewesen, vor allem eine sichere. Nun aber wurden die Winkles weniger und weniger, als ob sie sich nicht mehr vermehren würden. Werden einst verschwunden sein wie die Heringe. Die Zeit, da ich während der Ebbe einen ganzen Sack finden konnte, ist vorbei. Ich schätzte mich glücklich, wenn es ein Eimer wurde. Dies machte mir großen Kummer und gab mir zu denken, nicht allein um meinetwillen, viel mehr darum, daß sichtbare Veränderungen in der Natur stattfinden. Immer wieder bricht ein Glied aus der Kette, die alles Leben zusammenhält. Die Muttererde scheint die Wunden, die wir Menschenkinder ihr schlagen, nicht mehr zu heilen.

In einem Buch von Alexis Carrel, »Der Mensch das unbekannte Wesen«, las ich vor Jahren schon, und ich habe es mir eingeprägt: »Der Mensch sollte das Maß der Dinge sein. Statt dessen ist er ein Fremdling in der von ihm geschaffenen Welt. Wir sind unglücklich, verkommen moralisch und geistig. Die Gruppen und Völker, bei denen die industrielle Zivilisation ihre höchste Entwicklung erreicht hat, sind eben die, die am meisten erlahmen und bei denen die Rückkehr zum Barbarischen am raschesten vor sich geht. Sie merken es allerdings nicht.«

Über mir aber wachte mein Engel noch immer. Das Museum, in dem ich Arbeit bekam, ist ein kleiner Ort von sieben riedgedeckten Steinhäusern, »blackhouses«, wie man sie hier nennt. Drei Häuser davon sind original erhalten, vier sind nachgebaut worden. Da gibt es das Wohnhaus, innen so gemütlich wie einst bei Kathy, die Schmiede, ein Celic-house, der Vorgänger des heutigen Pubs, doch wurde damals nur Tee getrunken, das Webhaus usw. Der übliche heutige »Craft-shop«, Andenkenladen, fehlt auch nicht.

Bei Regenwetter saß ich im Webhaus, bei warmem Wetter davor, zeigte und erklärte den Touristen, wie einst die Bewohner der Insel die Wolle hergestellt und verarbeitet haben. Von deutschen Touristen kam meistens der Ausruf: »Guck mal, da spinnt eine!« Einige von ihnen waren sogar empört oder enttäuscht, als sie entdeckten, daß hier eine Deutsche sitzt und spinnt, sie meinten, daß das Betrug sei — nicht echt —, da sollte eine Schottin sitzen.

Als ich ihnen erklärte, daß es auf der Insel kaum noch eine Einheimische gäbe, die spinnen und weben kann, sahen sie mich ungläubig an. Die Engländer, nicht alle, waren unfreundlich, wenn sie an meinem Akzent merkten, welcher Nationalität ich angehörte, die deutschen Touristen waren enttäuscht, daß hier keine Einheimische saß. Nun, wie auch immer, ich konnte nicht gewinnen. Dennoch habe ich in den vier Jahren bei der Arbeit im Museum viel, sehr viel Erfreuliches erlebt, Menschen aus der ganzen Welt kennen- und schätzen gelernt – außerdem, aber das sage ich nur, weil es eine Tatsache ist, keine Großtuerei, bin ich bei Tausenden von Touristen in ihren Urlaubsalben eingeklebt, denn jeder hat die »Schottin, die noch spinnen kann« photographiert.

Kam ich dann am späten Nachmittag über die Felder nach Hause, war ich zwar dankbar, etwas Geld verdient zu haben, aber sehr froh, wieder allein zu sein mit einem langen hellen Abend vor mir.

Vier Sommer lang war mir die Arbeit vergönnt, da erinnerte sich Frau Göttin Schicksal, daß noch einiges in ihrem Füllhorn für mich vorhanden ist, was sie über mich auszuschütten gedachte. Bis ich aber Einblick in die Wundertüte hatte, waren mir noch ruhige Jahre beschieden. Ich erlebte viel Freude mit meinen Kindern, die im Sommer oder an Weihnachten kamen, erlebte noch einiges mit meinen Tieren.

Da war das Ereignis mit meinem Hund Sunshine und dem Gemeindebullen: Von Mai bis August bekommen kleine auseinanderliegende Ortschaften zusammen einen Gemeindebullen (common granzing bull) für die Kühe, zwecks Fortpflanzung. Hier im Norden der Insel war es diesmal ein Riese von einem Bullen. Braun, mit kurzen, stämmigen Beinen, lag er faul zwischen den wiederkäuenden Kühen, wie ein Berg anzusehen. Man konnte Bedenken haben, daß die Kuh unter den Tonnen seines Gewichtes zusammenbrach. Auch schien seine Lust auf Liebe in seinem Harem nicht sonderlich groß, waren doch die Brunstschreie der Kühe weit zu hören, und er, der ihnen helfen konnte, lag dösend in der warmen Sonne. (Im darauffolgenden Jahr machte sich seine Lustlosigkeit tatsächlich bemerkbar.) Auf einem Pflanzensammelspaziergang mit meinem Hund sah ich den Bullen faul wiederkäuend im Grase liegen. Ließ man ihn in Ruhe, bestand keine Gefahr, er war viel zu bequem, auch nur den Kopf nach jemandem zu drehen, geschweige denn aufzustehen. Aber da war Sunshine. Schafe und Kühe waren längst an ihn gewöhnt, keiner beachtete ihn, es lohnte sich nicht, mit dem Grasen innezuhalten, so wenig wurde er zur Kenntnis genommen. Ahnungslos schnappte mein Hund liebevoll nach dem dösenden Bullen, da hob der Bulle böse seinen wuchtigen Schädel, ließ ein Schnaufen aus seinen Nüstern, was heißen sollte: »Wer zum Teufel wagt es, mich zu stören?« Noch immer war Sunshine arglos in seiner Gutmütigkeit und schlenderte schnüffelnd um ihn herum.

Jetzt wurde der Bulle ernsthaft wütend ob des Störenfrieds, stemmte seine kräftigen kurzen Vorderbeine auf, um sich mit einem gewaltigen Schwung zu erheben, Sekunden später raste er auf Sunshine los. Endlich begriff der Hund die Gefahr. Mit eingezogenem Schwanz rannte er davon. Wohin aber floh der ängstliche Hund in seiner Not? Zu mir, die ich selbst verängstigt längst etwas ähnliches hatte kommen sehen. Da war keine Mauer, hinter der ich hätte Schutz vor dem rasenden Bullen finden können, kein Graben, selbst in einen Bach hätte ich mich gestürzt – doch es gab nichts, nicht mal ein größerer Stein. Winselnd verkroch sich Sunshine hinter mir. Seine kleine Hundeseele überließ vertrauensvoll alles Kommende seinem Frauchen. Der Bulle indessen hatte natürlich gesehen, wo sich der Störenfried versteckte, und raste direkt auf mich zu, wütend seinen mächtigen Schädel schleudernd. Ich war gelähmt, wußte aber auch, daß Davonrennen noch gefährlicher ist. Das hier waren keine Schafsböcke, die mir meinen Weg verstellten, wie damals auf meinem Pilgerweg, hier war ein rasender Bulle ...

Die einzige Möglichkeit war Schreien – der Gefahreninstinkt beim Menschen ist Schreien. Jetzt waren es nur noch wenige Meter; ich schrie, ich schrie, ich beugte mich dem Bullen entgegen und schrie, wie ich noch nie geschrien hatte. Ich meinte, meine Stimmbänder zerreißen. Er stoppte so plötzlich, als hätte er eine Notbremse gezogen. Sein Schädel fiel durch die eigene Wucht nach unten. Lange noch waren die Bremsspuren im Erdreich zu sehen gewesen. Zitternd standen wir uns gegenüber, wobei nun der Bulle von meinem Schreien gelähmt zu sein schien. Wie ein gescholtenes Kind stand er da und hörte mir zu, was ich ihm zu sagen hatte, denn ich wußte doch, daß man alle Tiere mit gutem Zureden beruhigen kann:»Schäm dich nur«, schimpfte ich ruhig und freundlich, »einen kleinen Hund so wütend zu verfolgen, der nur freundlich zu dir sein wollte. In deinem Zorn hättest du sogar mich hilfloses Wesen zertrampelt, schäm dich, schäm dich, so böse zu werden. – Ein starker, wild gewordener Bulle rennt eine hilflose Frau um, hätte in der Zeitung gestanden. Nichts, worauf du stolz sein könntest. Also laß uns wieder gut sein. Geh du zu deinen Kühen, wenn schon nicht aus Liebe, dann eben aus Pflicht. Wir alle haben unsere Pflichten, denen wir uns nicht entziehen können ...« Solcher oder ähnlicher Unsinn mußte ihn beruhigt haben. Langsam wagte ich es, Schritt für Schritt seitlich auf Abstand an ihm vorbeizukommen. Sunshine blieb an meiner Seite. Der Bulle drehte seinen Schädel und stierte uns nach. Erst als einige Meter zwischen ihm und uns lagen, wagte ich es zurückzuschauen. Schwerfällig stapfte er zu seinen Kühen.

Von diesem Tag an begleitete mich Sunshine nie mehr auf meinen Streifzügen. Er kam bis zum Tor mit, dort blieb er sitzen, bis ich zurückkam. Überdies war er zu dieser Zeit allerdings auch schon betagt, liebte seine Ruhe und seine Faulheit, was er beides sehr pflegte. Manchmal grub er einen seiner Schätze aus, einen abgenagten Knochen, und legte diesen vor die Küchentür als Zeichen seiner Liebe. Dafür brachte ich ihm als Zeichen meiner Liebe einen frischen Knochen mit viel Fleisch dran, den ich aber erst auskochte.

An den langen hellen Sommerabenden halte ich es im Haus nicht aus, es sei denn, daß es regnet. Falls nichts im Garten zu tun ist, nehme ich einen Leinensack und streife durch die Gegend. Ich habe bestimmte Stellen, wo Kräuter, Moos und andere Pflanzen zu finden sind. Im September ist die Gegend mit Pilzen gesegnet. Da es nur eine Sorte gibt, eine Art Champignon, besteht keine Gefahr, einen falschen zu pflücken. Etwas bringe ich immer von meinen Streifzügen mit nach Hause, und sei es auch nur »dulse«, sprich »dals«. Eine Alge aus dem Meer, die seit alten Zeiten für Suppe oder gar für Süßspeisen verwendet wird. Sie geliert nach dem Kochen und soll sehr eisenhaltig sein. Getrocknet eignet sie sich für den Wintervorrat, den ich in Leinensäckchen aufbewahre, ebenso wie die getrockneten Pilze.

Ist meine Leinentasche, mit was auch immer, gefüllt, und der Abend, der in eine helle Nacht übergegangen ist, noch warm, bleibe ich irgendwo sitzen, schaue auf den grauen Atlantik, lausche seinen Wellen, den Möwen, dem Wind, lausche in die Stille, die hinter allem schwebt, und webe meine Gedanken mit hinein, besonders wenn ich mal wieder mit Gott hadere. Denn es geschieht schon noch manchmal, daß Schwermut sich in mir ausbreitet und mich zum Rand des dunklen Schachtes treibt. Es geschieht einfach so, ich brauche keinen besonderen Grund dafür. Selbst aus der Freude heraus konnte es geschehen, da etwas in mir war, was mir Freude nicht vergönnte, ich hatte die Illusion, alles wird mir wieder genommen. In solchen Momenten verläßt mich meine Energie zuerst, sie rinnt einfach fort, statt dessen steht kommende Panik vor der leeren Schale, die von mir zurückbleibt. Am schlimmsten ist es, plötzlich zu glauben, ja zu wissen, daß es keinen Gott gibt, gar nicht geben kann — deshalb keine Liebe, einfach allem Unwissenden ausgeliefert. Fallen, fallen, ohne aufgefangen zu werden.

Doch mit der Zeit bin ich hinter die Schliche meiner Schwermut, der kleinen Schwester der Depression, gekommen. So einfach lass' ich mich nicht mehr überrumpeln.

»Warum holst du mich nicht aus dem Gestrüpp?« fragte ich Gott einmal in meiner Verzweiflung? »Jesus kann doch mit dem Gleichnis vom guten Hirten nicht gelogen haben.«

Ich hatte die Anklage noch nicht zu Ende gedacht, da kam unbewußt die Antwort von ganz allein aus meinem tiefsten Innern, ohne nachzudenken kam sie aus meiner Seele: »... nicht in dieser Welt, mein Kind, in der anderen hole ich dich aus dem Gestrüpp ...« Da wußte ich, das war die Antwort von ihm, denn zu ihm hatte ich ja geklagt. Heißt es nicht irgendwo in einem Gedicht — ich bin mir jedoch nicht ganz sicher, ob es ein Gedicht ist oder ein Ausspruch: »Wer Gott nicht in sich selber trägt, sucht ihn vergebens im ganzen Weltall.« Nachdenklich verließ ich die Klippen. Jetzt verstand ich das Gleichnis vom guten Hirten.

Am nächsten Tag war alles Dunkle vom Licht verdrängt, das Gleichmaß der Dinge war wiederhergestellt.

Da waren auch gute Zeiten. Hauptsächlich im Sommer, wenn Freunde aus Deutschland oder meine Kinder hier waren. Jetzt war Gloria dabei, mein Enkelkind. Wichtig fütterte es die

Lämmer mit der Flasche, rannte ihnen nach. Mit ihren flachsblonden Haaren war sie in der Herde der Schafe kaum auszumachen. Treibholz wurde am Ufer zusammengetragen, damit man
am Abend ein Feuer machen konnte. Auf den heißen Steinen
brutzelten die frischgefangenen Makrelen von Tobi und Duncan.
In Schüsseln standen Salate bereit. Manchmal kamen Nachbarn
dazu, sie kamen teils mit dem Boot oder den weiten Weg zu Fuß
herunter. Sie brachten ebenfalls frischgefangene Makrelen. Bei
jedem schönen Wetter trugen wir das Frühstück ans Meer.

So hielten sich Freude und Schwermut die Waage. Der Sommer
ist viel zu kurz im Verhältnis zu den langen, nie endenden Herbst-
und Wintermonaten. Weil er aber unbeschreiblich schön sein
kann, bleibt alles Erlebte an Sommertagen – mag es noch so kurz
gewesen sein – als etwas Teures, Einmaliges erhalten. Im Herbst,
wenn sich die Stürme wieder ansagen, ist alles Elementare mit
Schwermut geschwängert, in allem ist das Wissen um die kommenden langen, dunklen Nächte, die sonnenlosen, kurzen Tage,
Regen und Stürme, Monat für Monat.

Die Kühe und die Schafe leiden mehr als wir Menschen. Wir
haben schließlich ein Dach, das den Regen abhält. Sie empfinden
Leid und Schmerz ebenso wie wir. Davon bin ich überzeugt. Man
muß das jammervolle Brüllen gehört haben, in den Tagen und
Nächten, wenn man ihnen die Kälber, kaum entwöhnt, fortgenommen hat, zum Verkauf in das große Transportauto erbarmungslos eingepfercht. So auch die kleinen Lämmer. Nur einen
Sommer lang durften sie glücklich sein. Ihr Schreien hören wir
nicht mehr, denn sie sind fort. Das Schreien der Mütter aber
bleibt, Tage und Nächte stehen die Kühe an der Stelle, von wo
man ihre Kinder fortgeschafft hat. Tage und Nächte ist das heisere Brüllen zu hören, bis sie langsam, eine nach der anderen,

aufgeben und sich hängenden Kopfes dem Schicksal fügen. Was bleibt ihnen anderes übrig? Auch eine Menschenmutter, die ihr Kind verloren hat, hört eines Tages ergeben zu schreien auf. In diesen Nächten kann ich nicht schlafen.

Verblaßte schreckliche Erinnerungen aus weitentfernter Vergangenheit vermengen sich mit dem Jetzt. Da waren auch Kühe, die jämmerlich brüllten. Sie brüllten vor Hunger, vor Kälte und vor Schmerzen wegen der geschwollenen Euter. Zu Tausenden kamen sie über die Felder durch den tiefen Schnee. Viele blieben liegen – einfach liegen. Sie gehörten einst auf große und kleine Bauernhöfe, zu Gutshöfen und Domänen. Doch ihre Besitzer mußten fliehen, alles, was sie noch für ihr Vieh tun konnten, war, die Tore der Ställe zu öffnen. Nicht einmal Gott erbarmte sich dieser gequälten Kreatur. »Herr im Himmel, wie konntest du die Sorge für die Tier dem Menschen überlassen?«

Im Winter des dritten Jahres nach meiner Pilgerreise starb meine Ziege Heide. Sie starb an ihrer Freßsucht.

Um jedes Tier, das ich aufgezogen hatte, weinte ich, wenn es starb oder verlorenging. Um Heide aber, und später um meinen Hund, um diese beiden trauerte ich. Heide hatte einst eine Tochter, die nannte ich Dorothee. Ich gab meinen Ziegen die Namen meiner langjährigen Freundinnen in Deutschland. Die Ziege Dorothee wurde die Überraschung meines Lebens. Als ich nämlich eines Wintermorgens in den Stall kam, um Heide zu füttern, begrüßte sie mich nicht mit dem üblichen Meckern. Ruhig, aber irgendwie verändert stand sie in der Ecke. Das war ungewöhnlich. Ihre sanften Augen mit den langen hellen Wimpern sahen mich treuherzig an, dann senkte sie ihren Kopf hinunter ins Stroh. Überrascht stieß ich einen leisen Schrei aus: Was hier lag, war ein braunes feuchtes Bündel eines Zickleins. Deshalb also war meine Ziege in den letzten Wochen so dick gewesen.

»Heide, gute Heide«, sagte ich ein ums andere Mal leise und streichelte ihr seidiges Fell. »Ja, wie ist denn das geschehen, wo hast du denn einen Billi (Bock) gefunden? Ich einfältiges Wesen wußte nichts von deinem Geheimnis, habe nichts gemerkt. Wie konnte ich nur so blind gewesen sein. Alles hast du allein getan — wo um Himmels willen hast du den Billi gefunden? Auch in deiner schweren Stunde war ich nicht dabei. Ich schäme mich ja so.«

Lange blieb ich bei den beiden im Stall sitzen. Ich wollte etwas Versäumtes ein wenig nachholen und beobachtete das für jede Kreatur einmalige Wunder, das ein neues Erdenwesen geschaffen hat. Heide war selig. Sanft stupfte sie ihr Zicklein, um ihm auf die Beinchen zu helfen, die aber gleich wieder einknickten, doch sie ließ nicht locker, gab nicht eher auf, bis das Zicklein wacklig stehen blieb und unbeholfen einige Schritte wagte — bis es endlich die Milchquelle gefunden hatte. Laut schmatzend trank es das Lebenselixier. Nachdem ich frisches Heu und Wasser gebracht hatte, ließ ich die beiden in ihrer Seligkeit allein. In der Küche setzte ich mich erst einmal an den Ofen, um darüber nachzudenken, wo und wie Heide ihren Billi gefunden hatte. Im Sommer, wenn ihr Drang sie überkam, blieb sie manchmal dem Stall fern. Im Süden der Insel gab es Wildziegen. Sie mußte wohl dorthin gewandert sein, denn hier in der Gegend werden zwar auch von einigen Bauern Ziegen gehalten, doch wußte ich weit und breit keinen Bock.

Einmal wurde meine Ziege beim Friedhof gesehen. Da schritt sie ohne Verlegenheit durch die Trauergemeinschaft einer Beerdigung bis zum offenen Grab und begann an den Blumen der Kränze zu fressen. Alle wußten, daß es meine Ziege war, so wurde mir später berichtet. Mutter und Tochter waren im ersten Jahr unzertrennlich. Ich hielt oft in meiner Arbeit inne, um die harmonische Zweisamkeit dieser Wesen zu bestaunen. Sunshine schlich sich manchmal bescheiden in ihre Mitte. Heide duldete er sanftmütig.

Im zweiten Sommer ihres Lebens begann sich die kleine braune Ziege von ihrer Mutter zu entfernen. Klagend meckerte Heide ihr nach, wenn sie gar zu gewagt auf den Klippen herumkletterte. Am Ufer fraß sie liebend gern Algen und Seegras. Es bekümmerte sie nicht, wenn sie von einer Welle mit Wasser überschüttet wurde. Sie schüttelte das Wasser aus dem Fell und fraß weiter. Heide sah ein, daß ihr Ziegenkind flügge geworden war und ließ es gewähren.

Es war etwas Merkwürdiges um die kleine braune Ziege. Auf meinem Grundstück befand sich ein alter, halb zerfallener Zaun. Täglich um die gleiche Stunde, auch bei Regen, kam die Ziege Dorothee zu diesem Zaun, stellte sich an einen ganz bestimmten Platz darüber. Ihre Fußabdrücke hinterließen bald eine nackte Stelle im Gras. Da stand sie bis zum Mittag, wie hypnotisiert starrte sie über das Meer. Rief ich sie beim Namen, zeigte sie keine Reaktion. Ganz plötzlich begann sie dann zu grasen oder sprang lustig zwischen den Schafen herum.

Eines Tages fand ich sie tot an dieser Stelle. So still wie sie ins Leben gekommen war, so ist sie gegangen – meine kleine Ziege. Heide zeigte ihre Trauer, indem sie einige Tage ganz wenig fraß und Trost suchend ihren Ziegenschädel an mich schmiegte. Von nun an adoptierte und säugte sie von den Schafen verlassene Lämmer. So tat sie es viele Sommer lang – bis zu jenem Winter. Duncan hatte für sich oben bei der Straße, dort endet sein Ackerland, eine Scheune gebaut. Darin bewahrte er alles mögliche auf, hauptsächlich Futtersäcke, Heu und Stroh für seine Tiere. Wo immer es etwas zu fressen gab, Heide fand es. An einem nassen Tag jenes Winters vermißte ich Heide. Also begab ich mich auf die Suche. Zuerst hinauf zu den Klippen, dann hinunter zum Meer. Rufen hatte keinen Sinn, sie würde so tun, als hörte sie nichts. Sie kam zu mir, wenn es ihr gefiel, niemals, wenn ich es wollte. Ich ahnte, daß etwas passiert sein mußte. Plötzlich fiel es mir wie Schuppen von den Augen, und ich wußte, wo meine Ziege zu finden war. In der Scheune oben an der Straße. Da war sie, meine Ziege. Ihr Leib war aufgeblasen wie ein Ballon. Sie lag auf dem kalten Zementboden, der Wind blies eisig durch die Scheune, da noch keine Türen angebracht waren, die Futtersäcke waren aufgerissen. Noch heute bin ich entsetzt und fühle das Erbarmen, das mich damals erschütterte, wenn ich daran denke. Wie schrecklich muß sie gelitten haben, während ich im warmen Bett schlief.

Aus dem nahen Bach schöpfte ich Wasser in einen alten Eimer, stopfte soviel Stroh wie möglich unter ihren schweren Leib, bettete weiches Heu fest um sie herum und legte noch obendrein soviel leere Futtersäcke, wie ich finden konnte, darauf. Gierig trank sie vom Wasser, das ich ihr ans Maul hielt. Erschöpft schloß Heide ihre Augen. Die langen weißen Wimpern zitterten wie Schmetterlingsflügel. Da es von der Scheune näher ist zu Dolly als zu meinem Haus, rannte ich zu ihr, um den Tierarzt anzurufen. Wir wußten aber beide, daß es zu spät war, er war nicht daheim, und wenn er meine Nachricht erhielt, würde es Abend werden, bis er kommen konnte. Wieder in der Scheune, setzte ich mich zu meiner Ziege, hielt ihren Kopf in meinem Schoß, sprach leise mit ihr, während ich sanft ihren Hals streichelte. Nach einer Stunde stieß sie ein klagendes Meckern aus, streckte ihren Hals und starb. Weinend vergrub ich mein Gesicht in ihr seidiges Fell. Für mich gab es keine Ziegen mehr, denn es gibt keine zweite Heide.

Die Zeit schreitet weiter, läßt Traditionen und Kulturen hinter sich, nimmt Neues in sich auf, fragt nicht nach Gut und Übel. Auch über die Insel schreitet sie, mit großen Schritten zertritt sie eine alte, bescheidene, ehrenvolle Kultur, und es scheint ihr gar nichts auszumachen, daß jetzt mit all den Fremden, die die Insel anfangen zu besiedeln, und den vielen Touristen Kriminalität, Drogen und Unmoral zunehmen, ja, daß die Lebenswerte total verschoben werden. Die Zeit hat kein Gefühl.

Zwar sind abhandengekommene grüne Gummistiefel samt selbstgestrickten Socken nicht der Kern einer Kultur. Doch werden sie von der Straße weggestohlen, an einem Ort, wo die Einwohner früher ihre Geldbörse auf der Mauer liegen lassen konnten, noch bei den Großeltern und den Urgroßeltern war das so, nie wurde gestohlen. Die neue Entwicklung bedeutet den Anfang des Verlustes einer ehrenwerten Kultur eines bis dahin einfachen Insulanervolkes. Es konnte kein Einheimischer gewesen sein, der mir die Gummistiefel samt Socken gestohlen hatte, da bestand nicht der geringste Zweifel, auch war es nicht der Verlust der Stiefel, der uns bekümmerte, Gummistiefel sind nicht teuer. Die Tatsache, daß es jetzt Leute auf der Insel gibt, die etwas so billiges wie alte Gummistiefel und ein paar Socken mitgehen lassen, das war es, was uns bedrückte. Das ist so, als wenn unter einer bisher gesunden Oberfläche ganz langsam etwas Wesentliches zu faulen beginnt.

Meine ganz eigene kleine Tradition ist somit auch verschwunden, denn ich hatte seit vielen Jahren jeden Freitag, oder wann immer ich ins Städtchen mußte, meine Gummistiefel oben an der Straße stehenlassen, wo ich sie gegen die »guten Schuhe« ausgetauscht hatte, die ich im Briefkasten aufbewahrte. Jetzt nehme ich die Stiefel im Kofferraum mit.

Im selben Sommer geschah auch die Sache mit dem Badezimmer, weswegen ich leider jetzt nach all den vielen Jahren gezwungen bin, die Haustür abzuschließen. Niemand hat je hier das Haus abgeschlossen. Mein Schlüssel steckte nutzlos Jahr für Jahr im Schloß. An einem Freitagnachmittag schob ich den Schubkarren beladen hinunter zum Haus. Meine Gedanken weilten beim Geplauder mit meinen Freundinnen, die ich wie jeden Freitag getroffen hatte. Mein erster Weg ist stets eilig ins Badezimmer. Kaum hatte ich die Tür ins Bad geöffnet, vergaß ich mein eigenes Bedürfnis, bei dem, was sich meinen Augen und meiner Nase bot. Es stank, die Toilette war verschmutzt, der Fußboden war mit nassen und schmutzigen Fußabdrücken übersät. Ein verschmutztes, mir unbekanntes Badetuch hing über der Wanne. Das Schlimmste aber war die Badewanne. Das abgelassene Wasser hatte einen breiten fettigen braunen Rand hinterlassen. Abgesehen von meinem Badeöl, das nicht gerade sparsam benutzt worden war, war auch eines meiner Badetücher mitgenommen worden, doch dies war ein ehrlicher Handel, schließlich hatte der Gast etwas anderes dafür dagelassen. Diesbezüglich waren meine ungebetenen Badegäste ehrlich gewesen. So waren auch die Tassen wieder ausgewaschen, aus denen sie meinen Tee getrunken hatten. Die Keksdose hatten sie zwar leer gegessen, aber immerhin wieder verschlossen an ihren Platz gestellt.

Noch weigerte ich mich, die Haustür abzuschließen, indem ich mir sagte, daß es nur ein einmaliges, eigentlich ein freches Verhalten war — bis mir eines Tages ein kleines Bild mit Erinnerungswert abhanden kam und bis anderen Einwohnern so langsam ähnliches geschah. Einst war es mein ganzer Stolz gewesen, den deutschen Touristen zu erzählen, daß ich meine Haustür nie abschließe.

15. Kapitel

Die Zeit verrinnt

Aus dem Koran, 19. Sure, Maria sagt:
»Und Freude über mir am Tag, da ich geboren wurde, am Tag, da ich sterben werde – und am Tag, da ich zum Leben auferweckt werde.«

Im Laufe der vielen Jahre, die ich schon auf der Insel wohne, sind einige zunächst zufällige Begebenheiten bald zur jährlichen Tradition geworden. So das Bluebeel-picnic mit Christel im Mai. Da fahren wir in den Süden der Insel zu einem am Berghang gelegenen Märchenwald. Der Waldboden ist zu dieser Zeit ein duftendes blaues Glockenblumenmeer. Die haushohen, prachtvollen Blüten der Rhododendronbüsche vereinen sich mit uralten, knorrigen, von Moos und Efeu überwachsenen Kiefern. Junge Birken lassen ihre Blätter, von der Sonne bestrahlt, sanft erzittern. Zwischen summenden Bienen und Fliegen sitzen wir im warmen Moos und schmausen unser mitgebrachtes Picknick nach einem längeren Spaziergang.

Mit Morag und Jeanne, meinen schottischen Freundinnen, wurde ein Schnitzel-und-Kartoffelsalat-Picknick am Ufer des Atlantiks zur jährlichen Tradition. Wir müssen bis zu den Schulferien warten, denn Jeanne ist Lehrerin. Morag, eine Bäuerin, nimmt sich die Zeit dafür. Dann warten wir noch auf den nächsten schönen Tag, und wenn der in Aussicht ist, steht unserem Picknick nichts mehr im Weg. Wir kommen uns gegenseitig am Ufer des Atlantiks entgegen. Ich vom Norden her, die beiden Frauen vom Süden. Da wir zwölf Meilen voneinander entfernt wohnen, muß jeder sechs Meilen zurücklegen. Jeanne und Morag sind für Kuchen, Tee und Obst zuständig, ich bringe die Schnitzel und den Kartoffelsalat.

Es war an einem schönen Sommertag, der Himmel leuchtete blau, das Meer reflektierte genauso blau dessen Farbe. Nicht der kleinste Wolkenfleck war zu sehen: Die äußeren Hebriden verschwammen im Dunst, was immer ein gutes Zeichen ist. Durch den Rucksack spürte ich die Wärme der Schnitzel auf meinem Rücken. Der Weg führte mich zuerst an meiner Küste entlang bis zum Pier (eine kleine Anlegestelle), dann über einen Berg, bis man wieder die Küste erreicht. Von da geht es ständig am Ufer entlang, über Steine, über zerklüftete Felsen, durch Gras und Sumpf, bis wir uns irgendwo treffen.

An diesem meilenlangen Küstenstreifen befand ich mich oft auf der Suche nach Winkles. Hier hatte ich mir einen kleinen Unterstand aus den Mauern einer kleinen zerfallenen Ruine gebaut, die einst einem Schäfer gehört haben soll. Es war sehr von Nutzen, einen Platz zu haben, wo man sich bei zu starkem Regen unterstellen kann, zumal die zweite Ebbe es in den langen hellen Sommernächten erlaubte, einen zweiten Sack mit Winkles zu füllen, dann blieb ich manchmal zum Schlafen in diesem Unterstand. Das wasserdichte Dach baute ich, indem ich erst einmal angeschwemmte Bretter, dicke und dünne, über die Ruinenmauer legte, darauf Gras und Moos, Fischernetze, Kisten, Plastik und wieder Fischernetze, die in Fülle bereitlagen. Alles beschwerte ich mit Steinen. Als Tür diente ein angeschwemmtes Segeltuch. Decken und Geschirr wurden so nach und nach von mir mitgebracht. Holzkisten wurden zu einem Sitz- und Schlafplatz umgewandelt. Aufrecht zu stehen vermochte man nicht — ansonsten war es ganz gemütlich. In der Nähe befand sich ein klares Rinnsal für Trinkwasser.

Zu jener Zeit war die Winklesernte noch groß. Die vollen Säcke brachte ich mit meinem kleinen Motorboot nach Hanse. Damals besaß ich ein Boot, leider ist es vom Sturm aus seiner Verankerung gerissen und fortgeschwemmt worden.

Von weitem schon sah ich das lustige Gebilde meines Ruinenunterstandes mit der grünen Segeltuchtür. Doch war das Segeltuch über das flache Dach geschlagen, was mich sehr verwunderte. Noch dachte ich nichts Arges und ging im Abstand von 20 Metern daran vorbei, weil in diesem Moment meine Freundinnen als zwei sich bewegende Punkte sichtbar wurden.

»Werde auf dem Rückweg nachsehen«, sagte ich mir.

Die Punkte wurden größer, nahmen Form an, kamen näher und winkten mit Tüchern. Vereinzelt waren Jubelrufe zu hören. Bald schrien wir uns wie Kinder freudig dummes Zeug entgegen; was soll's, niemand konnte uns hören:

»Have you got your Schnitzel?« schrie Jeanne

»Ja«, schrie ich zurück, »habt ihr den Kuchen?«

»Yes, we do have Kuchen«, hallte es an der Küste entlang.

»What about Kartoffelsalat?«

»Hab' ich nicht vergessen!«

Diese und ähnliche Fragen und Antworten schrien wir uns gegenseitig zu, bis wir uns lachend gegenüberstanden.

Ein bequemer Platz, um zu lagern, war gar nicht so leicht zu finden, da das Ufer entweder Steine oder Sumpf aufzuweisen hatte. Morag, unsere bildschöne Bäuerin mit ihrem Urinstinkt für den Atlantik, entdeckte einen großen, flachen Stein, auf dem wir ein Tischtuch ausbreiteten und auf dem man noch sitzen konnte. Jetzt stellten sich Jeanne und Morag vor mich hin, indem sie wie Can-Can-Mädchen ihre bunten Röcke wedelten, dazu sangen sie:

»For you, for youhuhu, it´s for you-u…!«

Hier muß ich erklären, daß ich nie lange Hosen anhabe, außer beim Sport. Schon in Deutschland hieß es:»Wir gehen zu Maria, also keine Hosen …« Nun, auch hier hat es sich so eingebürgert: Mir zuliebe zieht man Röcke an.

Was haben wir für Freude, wie lustig ist es, wenn im dunklen, stürmischen Winter meine schottischen Freundinnen, verpackt in Hosen, vermummt in Mänteln, kichernd mit Taschenlampen zu mir kommen zu einem deutschen Essen. Laut und lachend verschwinden sie im Badezimmer, um als elegante, schöne Frauen in anmutigen Kleidern zu erscheinen.»For you, Maria«, heißt es dann.

Auf das Tischtuch stellten wir alle mitgebrachten eßbaren Schätze. Morag sprach ein Tischgebet. Vor uns lag still und silbern der Atlantik. Zwei Stunden verbrachten wir mit Essen, Plaudern, Lachen, Schweigen und Faulenzen. Bevor wir zusammenpackten, baten mich Morag und Jeanne, vor den Kulissen des Atlantiks das»Vaterunser« zu tanzen. Was ich liebend gern tat. Plötzlich sagte Morag und zeigte dabei auf das Meer:»Listen« – Still, hört mal. Wir schauten zum Wasser, das ruhig und silbern vor uns lag, es war»low tide« (Ebbe). Das Geräusch, das wir jetzt vernehmen konnten, zuerst leise und weiter entfernt, war mir bekannt, stand ich doch viele Male sprachlos im Garten oder unten am Wasser, doch ich habe nie gewußt, wo und wie ich es einordnen sollte, da sich die Oberfläche des Meeres kaum bewegt. Es war, als ratterte ein Zug von weiter Ferne auf uns zu, er kam näher und näher, mit einem Schlag klatschten Wellen an die Küste, das Geräusch verstummte.

»The tide has turned« – Die Gezeiten haben gewechselt –, sagte Morag, die es wissen muß, denn sie ist am Ufer des Meeres aufgewachsen. Gebannt standen wir da, dann nahmen wir Abschied voneinander.

Meine ganze Aufmerksamkeit galt jetzt dem Unterstellplatz, an dem ich bald vorbeikommen würde. Ob die Tür offen war, konnte ich nicht erkennen, kam ich doch jetzt von der anderen Seite. Ich erkannte aber sogleich meinen Winkleseimer. Ein Fisch schwamm darin. Schwemmholz lag bereit zum Anzünden. Etwas beklommen, einem Fremden zu begegnen, ging ich um den Unterstand, jetzt hing das Segeltuch über dem Eingang. In der Hoffnung, vielleicht doch ein bekanntes Gesicht zu sehen, schob ich das Segeltuch zur Seite. Obwohl es ziemlich dunkel im Innern war, erkannte ich trotzdem die Umrisse einer sitzenden Gestalt. Die Umrisse wurden deutlicher, sobald sich meine Augen an die Dunkelheit gewöhnt hatten. Erschrocken sah ich in ein ebenfalls erschrockenes, bärtiges Gesicht.

»Hallo«, sagte ich zaghaft

»What do you want?« – Was wollen Sie? –, kam es unfreundlich zurück. Nach kurzer Pause, in der er mich gemustert hatte, fuhr er fort:»My dear Lady, you are not welcome« – Meine liebe gnädige Dame, Sie sind nicht willkommen. Nur ein englischer Gentleman besitzt das Talent, eine Beleidigung mit Höflichkeit zu würzen. Selbst im »House of Commons« (Regierungsgebäude) ist eine Beleidigung richtig verpackt keine Beleidigung. Nennt zum Beispiel ein Politiker den anderen ein Rindvieh, so ist es eine, wie überall, schlimme Sache. Sagt er jedoch: »mein ehrenwerter Freund, das Rindvieh«, ist es eine andere Sache.

Nun, so einfach ließ ich mich nicht verjagen, schließlich saß dieser Gentleman auf meinen zusammengetragenen Kisten, unter meinem mühsam gebauten Dach.

»Wissen Sie überhaupt, wem das hier gehört?«

Erstaunt sah er mich an. »Wem soll das schon gehören, da kann doch kein vernünftiger Mensch wohnen.«

»Warum sind Sie dann hier?« fragte ich.

»Also gut, wenn Sie es wissen müssen, ich möchte für einige Tage allein mit mir sein. Beim letzten Urlaub habe ich diesen Unterstand entdeckt, ich bin mit einem Boot gekommen. Wem gehört es also?«

»Mir.«

»Aha – und jetzt soll ich Miete zahlen.«

Nun war ich erstaunt, konnte aber nur lachen.

»Ich lasse Sie schon allein, doch bitte verlassen Sie den Ort so sauber, wie Sie ihn angetroffen haben.« An der Tür drehte ich mich noch einmal um, etwas wollte ich noch loswerden. »Ein Dankeschön von Ihnen wäre nicht zuviel verlangt, immerhin sitzen Sie auf meiner Decke, in meinem Eimer schwimmt Ihr Abendessen.«

Verlegen wollte er etwas antworten, aber da war ich schon draußen. Fast tat er mir jetzt leid. Sein Boot mußte er gut versteckt haben, denn es war nicht zu sehen gewesen.

Beim nächsten Winklessammeln in dieser Gegend fand ich im Eimer einen in Plastik eingewickelten und mit Steinen beschwerten Geldschein. Danke, Fremder.

Ist das Bluebell-Picknick der Anfang des Sommers, so ist das zweite Picknick auch schon dessen Ende oder die Einleitung des Herbstes, der mit seinem überall blühenden Heidekraut, den durchziehenden Wildgänsen, den wilden Schwänen und Enten ganz schnell in den Winter ohne Schnee übergeht. Ziehen die Wildenten im gestreckten Winkel kreischend über mein Haus, fliegt Gertrud aufs Dach, um ihnen sehnsüchtig nachzuschauen. Doch ist sie jetzt zu alt, um mitzufliegen.

Einmal, an einem hellen Herbsttag, hörte ich, wie schon so oft, das Rauschen der vorüberziehenden Wildschwäne, die im Gegensatz zu den Enten kaum Lärm machen, nur das Rauschen der Schwingen ist zu hören.

Schnell rannte ich hinaus, um dieses Schauspiel zu sehen. Da sah ich, daß ein Schwan ziemlich weit zurückgeblieben war. Zu meinem großen Erstaunen kam er immer tiefer und platschte in meinen Teich. Da saß er also – ein Wildschwan in meinem Ententeich. Schon viele Jahre hatte ich die Schwäne vorbeiziehen sehen, ungefähr achtzig an der Zahl, denn sie ruhen einige Tage auf einem mit Seerosen bewachsenen kleinen See, nicht weit von mir (zehn Meilen) direkt an der Straße weiter nördlich, aber noch nie hatte sich ein Schwan vorher abgesetzt.

Wie immer bei ungewöhnlichen Ereignissen rief ich Dolly an. Auch sie hatte das Rauschen der Schwäne gehört und ihren Flug mit dem Fernglas beobachtet. Sie meinte, daß der Schwan erschöpft sei und sich in den Pond gerettet habe. Ich solle ihn nicht stören. Ganz sicher komme sein Partner zurück, um seinen verlorenen Kameraden zu suchen. Schwäne seien fürs Leben mit einem Partner zusammen, da gebe es keine Trennung – so sagte Dolly.

Und so war es auch. Nicht lange danach kam ein Schwan zurück, kreiste über meinem Haus, flog zum Pond, ohne zu landen, flog wieder hoch in die Luft. Der Schwan im Teich schlug mit seinen Schwingen, erhob sich, kreiste einmal – und beide flogen vereint davon.

Am nächsten Morgen wollte ich es genau wissen. Ich fuhr deshalb mit dem Auto zeitig in der Früh die zehn Kilometer zum Seerosensee. Man muß sich das vorstellen: Da saßen sie, an die achtzig bis hundert Schwäne. Still wie Statuen im dämmrigen Morgenlicht zwischen den weißen Seerosen. Einige hielten ihren Kopf unter den Flügeln und schliefen. Lucky me, so etwas Einmaliges sehen zu dürfen. Ich schätzte mich auch glücklich, einen Wachhund wie meinen Sunshine zu haben, der kein Tier verscheuchte oder gar anbellte, auch dann nicht, wenn es sich an seinen Futternapf machte – solange es seinen Knochen in Ruhe ließ. So konnte ich regelmäßig drei Fischreiher beobachten, die in das Sumpfgebiet meines Gartens kamen, um Frösche zu fangen.

So kamen und gingen viele Tiere mit mir durch die vielen Jahre meines Lebens in der Einsamkeit. Unzählige Vögel habe ich beobachtet: die großen schwarzen Kormorane mit dem gelben Schnabel, die zur Familie der Pelikane gehören, deren große Nester an gefährlichen Klippen hängen, sie leben in Kolonien, nur zehn Minuten von meinem Haus entfernt. Etwas weiter an den Klippen entlang nisten die Gannets, die aus großer Höhe im Sturzflug nach Fischen tauchen und erst blitzschnell die Flügel schließen, wenn der Kopf schon im Wasser ist.

Oder die schönen Papageientaucher (Oystercatcher) mit dem langen roten Schnabel und ebenso langen Beinen. Sie suchen kleine Schellfische am Ufer. Haben sie Beute gemacht, steigen sie damit hoch in die Luft, um sie von oben auf die Steine fallen zu lassen, immer wieder, bis die Schale zerplatzt ist. Sie allerdings geben sich keine Mühe, ihrer Brut ein weiches, geschütztes Nest zu bereiten, sie legen ihre drei bis vier Eier spartanisch – doch getarnt – zwischen Kieselsteine, denn ihre Eier sehen genauso aus.

Nach drei Wochen schon schlüpfen kleine, zappelnde graue Wollknäuel aus, sofern kein Tourist auf die Eier getreten ist oder ein Wiesel sie gestohlen hat, denn sie werden nur nachts bebrütet. Sobald die Küken trocken sind, verlassen sie ihr unbequemes Nest, indem sie den Eltern nachhüpfen – ich bin allerdings noch nicht dahintergekommen, wohin sie hüpfen.

Auf einigen kleinen Nebeninseln befinden sich Kolonien von Seehunden (seals). Ganz selten verlassen einzelne die Kolonie, da sie lebensgefährliche Feinde im Atlantik haben. Haie kommen in Rudeln von weit her. Trotzdem geschieht es manchmal, daß ein neugieriger Seehund mehr von der Welt sehen möchte und furchtlos seine Familie für kurze Zeit verläßt.

So hatte ich einen Sommer lang regelmäßig beim Winklessammeln einen Seehund als Gefährten. Er war einfach da, sobald ich unten am Wasser erschien. Er schwamm auf und ab, hin und her, beobachtete mich mit seinen schwarzen runden Augen. Zwischendurch tauchte er für längere Zeit unter, um wieder in meiner Nähe aufzutauchen. Legte ich eine Teepause ein, schaute sein liebes Gesicht ruhig aus dem Wasser, bis ich ihm Kekse zuwarf, nach denen er schnappte. Wieder tauchte er unter, tauchte auf, dann noch mal ein Keks, und von neuem begann das Spiel. Manchmal unterhielten wir uns, daß heißt, ich redete, er hörte zu. Ganz ruhig lag er im Wasser, die leichten Wellen trugen ihn sanft auf und nieder, auf und nieder. Seine Kulleraugen sahen direkt in meine Augen. Er schien die Schwingungen meiner Stimme zu verstehen. Man muß ganz tief und ernsthaft mit der Natur verbunden sein, nicht nur mit dem, was man sehen und anfassen kann, wichtiger noch ist, sich in das geistige Wesen der Natur zu versenken – »mit dem Herzen sehen«, wie Antoine de Saint-Exupéry den Fuchs zum kleinen Prinzen sagen läßt – den Draht, die Verbindung zu dem Uratom, aus dem schließlich alles erschaffen wurde, wahrnehmen. Durch dieses Uratom sind wir mit der geistig-spirituellen Schöpfung ebenso verbunden wie mit dem Sichtbaren. In diesem Sinn glaube ich an eine gegenseitige telepathische Verbindung, ließe man es nur zu mit der Schöpfung und ihrer Kreatur, so wie wir Menschen auch nichts anderes sind als eine Kreatur der Schöpfung. Ob mein Seehund den Sinn dessen, was ich sagte, verstand, bezweifle ich, es ist aber auch unwesentlich. Allein die Tatsache, daß wir uns vertrauten, verstanden und mochten – auch wenn dieses Wesen dort draußen auf den Steinen einer anderen Rasse angehörte – war wichtig; sieht man nur in diese gottergebenen, treuherzigen Augen, dann weiß man es.

»So, bist du mal wieder ausgerückt aus deiner Sippe?« redete ich ihn an. »Du hast doch hoffentlich nicht das Märchen vernommen, das wir Menschen uns hier auf der Insel in den langen dun-

klen Winternächten beim flackernden Torffeuer erzählen; die Sage von der Meermaid? – So, du weißt davon, daß in alter Zeit deine Großmutter zum Beispiel, eine schöne, geschmeidige Meermaid, von einem Fischer gefangen wurde und daß sie sich so unsterblich in ihn verliebte, aus Liebe zu ihm so unendlich viele Tränen weinte, daß ihre Fischhaut sich auflöste, sie diese abstreifen konnte, und ein schönes Menschenkind wartete am Ufer auf den Fischer. Doch sagt die Sage weiter, daß die schöne Meermaid in Menschengestalt gar bald ganz fürchterliches Heimweh bekam, denn die Menschen waren gar zu sehr anders geartet. Ihr Herz blutete, mußte sie doch mit ansehen, wie so viele ihrer Vettern und Basen gefangen wurden, um verzehrt zu werden. So langsam starb ihre Liebe zu dem Fischer. Eines Tages wurde sie von den Wellen angelockt, mit ausgebreiteten Armen ließ sich die schöne Meermaid von ihnen davontragen nach Hause.«
Mein Seehund tauchte unter – tauchte wieder auf und war noch etwas näher zu mir gekommen.
»Ist es denn möglich, du kleine Meermaid«, redete ich weiter, »daß deine Brüder, die Menschen, so oberflächlich hinwegsehen über die Wunden, aus denen die Erde blutet, unsere gute, schöne, einmalige Erde – unser Planet, nicht nur das, auch die Wunden, die sie sich innerlich und äußerlich gegenseitig zufügen – hört denn keiner das Weinen? Ich fühle, daß auch Gott weint.«

Der Seehund tauchte wieder unter Wasser, um nachzudenken. Ich befürchtete schon, daß es ihm langweilig geworden war, da er längere Zeit nicht an der Oberfläche erschien – doch schon schaute sein runder Kopf neben mir heraus.
Also fuhr ich fort, mit ihm zu reden. Ich fragte ihn: »Glaubt denn wirklich die Mehrheit meiner Artgenossen, daß Geld und Macht alles ist – bedenkt sie denn nicht, daß unser Erdendasein einem anderen Zweck dienen sollte? Zumal es so schrecklich kurz ist,

was man aber erst erkennt, wenn man älter geworden ist.«

»Wir sind hier auf Bewährung«, sagte meine alte Nonne in der Schweiz. »Um zu den Inseln der Seligen zu gelangen, braucht es andere Werte als Geld«, sagte sie auch.

Noch einmal tauchte der Seehund fort. An den folgenden Augenblick erinnere ich mich ganz deutlich; meine Gedanken brachen in dem Moment ab, als ich einige Winkles auf einem Stein liegen sah, was mich an meine Arbeit gemahnte. Sie lagen dicht beieinander, wie eine kleine Herde sah es aus, zumal auf einem anderen Stein eine einzelne etwas erhöht davor lag. Dieses Bild veranlaßte mich, mein Sinnieren wieder aufzunehmen, und als der Seehund plötzlich, aber leise auftauchte, stand der Begriff »manipuliertes Herdendenken« im Raum.

»Was hast du gesagt?« fragte ich den Seehund verblüfft. »Wie kommst du auf so etwas?«

»Nicht ich habe es gesagt, denk mal zurück; ein ehemaliger Lehrerkollege nannte einst diesen Begriff. Darüber habt ihr noch lange diskutiert.«

»Ach ja, ich erinnere mich. Doch möchte ich mit dir, kleiner Seehund, ganz gewiß nicht darüber diskutieren. Du weißt ganz genau, was dieser Ausspruch bedeutet. Anscheinend liegt dir am Herdendasein auch sehr wenig, sonst würdest du dich nicht so oft absondern und eigene Wege schwimmen. Außerdem, laß es dir von mir gesagt sein, falls du etwa vor etwas davonlaufen möchtest — tu es nicht, schau mich an; vor dem Leben kann man sich nicht verstecken. Jetzt muß ich aber wieder an die Arbeit.«

Mit seinen runden, lieben Augen bat er mich, noch etwas sitzen zu bleiben. So ließ ich meine Arbeit sein, meine Gedanken scheuchte ich ins Wasser und sah dem Spiel des Seehundes zu. Er tauchte auf, er tauchte unter, platschte mit seinen kurzen Flossen im Wasser. Das Spiel begann von neuem — bis er dem Ruf seiner Herde folgte und verschwand.

Auf dem Heimweg hörte ich den vertrauten Gesang einer Lerche hoch über mir. Merkwürdig, es war kein Jubilieren, auch keine Erinnerung an Vergangenes, mir war, als hörte ich einen traurigen, an das Ende allen Lebens gemahnender Gesang. Wahrscheinlich ist es so: wenn man älter wird, erahnt man selbst im Jubilieren die Todesbotschaft. So auch im Ruf des Kuckucks; im letzten Mai war mir, als hörte ich etwas Zu-Ende-Gehendes.

E N D E

EPILOG

»Vom Unglück erst zieh ab die Schuld,
was übrigbleibt, trag in Geduld.«
THEODOR STORM

An dem Tag, an dem ich meinen guten Hund Sunshine einschläfern lassen mußte, erfuhr ich auch das Ergebnis meiner ärztli-
chen Routineuntersuchung. Nüchtern teilte man mir mit, daß ich
Brustkrebs habe. Es war im Mai, im fünfzehnten Jahr hier auf der
Insel. Daß es Mai war, weiß ich deshalb so genau, weil ich mich
an den Ruf des Kuckucks erinnere, als ich traurig und benommen, denn Sunshine war nicht mehr, hinauf zu meinem Briefkasten ging. Dort fand ich dann die Nachricht vom Krankenhaus
in Inverness.
Schon seit einigen Tagen konnte ich sehen, daß Sunshine verändert war. Kaum berührte er sein Fressen, ja, den einst so geliebten Knochen schaute er nur traurig an. Des Nachts winselte er,
bald auch bei Tag. Oft war es ein erbarmungswürdiges, schmerz-
haftes Aufheulen. Mit Mühe schlürfte er Wasser, das ich ihm vor
die Schnauze stellte. Die Tabletten vom Tierarzt halfen nur
soweit, daß er stundenweise schmerzfrei schlafen konnte.
Ich besprach mich mit Dolly. Sie meinte: Die Tatsache, daß
Sunshine 15 Jahre alt ist, was für einen Hund einem hohen Alter
entspricht, läßt ihn ganz sicher nicht mehr gesund werden. Er hat

385

ein gutes, freies Hundeleben gehabt, wie es einem Hund zusteht. »Sei barmherzig und laß ihn friedlich einschläfern. Laß ihn nicht länger leiden. So geschah es. Für mich war es schlimm, nicht nur, weil ich ihn verlor, sondern auch, weil ich über sein Leben entscheiden mußte, auch wenn es nur das eines Hundes war. Mir wäre es lieber gewesen, er wäre eines natürlichen Todes gestorben. Nie kann ich seinen ergebenen, treuen, fast dankbaren letzten Blick vergessen, da mußte er wohl schmerzfrei gewesen sein, bevor er entschlief.

Bis jetzt habe ich noch keinen anderen Hund, denn nach seinem Verlust schüttete Frau Göttin Schicksal noch einmal ihr Füllhorn über mich aus – wußte ich doch immer, daß da noch etwas Besonderes für mich aufbewahrt war. Doch irrte sie sich, wenn sie glaubte, mich damit zu erschrecken.

Die Nachricht, daß ich Brustkrebs habe, erschütterte mich nicht sonderlich, zumal ich eine Freundin kannte, die nach einer solchen Operation seit vielen Jahren glücklich weiterlebt. Außerdem habe ich ein eher freundschaftliches Verhältnis zu unserem Freund, dem Tod.

». . . bin Freund und komme nicht zu strafen.«
Matthias Claudius

Oh, sicher bin ich für jeden Tag dankbar, noch werde ich gebraucht, auch kann das Leben mitunter noch ganz schön sein. Es gibt viele Tage, da kann ich es kaum erwarten, bis die Nacht vorüber ist, ich den Sonnenaufgang sehen, das verschlafene Gezwitscher der Vögel hören kann.
Ich haderte nicht, hatte auch keine besondere Angst. Ich fragte nicht: »Warum ich?« Ich sagte: »Na ja, warum nicht ich, andere

sind viel jünger, auch bin ich nicht die einzige in dem Millionenheer der Krebskranken.«

Ich nahm es einfach hin. Um fair zu sein, gebe ich zu, daß mir in einer Hinsicht in meinem Leben große Gnade beschieden war: Ich bin körperlich nie krank gewesen – bis jetzt, von einer gut verheilten Tuberkulose in meiner Kindheit einmal abgesehen. Selbst die sogenannten Wechseljahre waren mir sehr von Nutzen. Besonders in den kalten Herbst- und Wintertagen, wenn am Morgen das Haus kalt und dunkel ist, wartete ich im warmen Bett, bis mein eigener innerer Ofen sich in Gang setzte. Als eine Hitzewelle kam, stand ich auf und machte Feuer im Küchenherd. War die Welle abgeflaut, hatte sich mein Körper durch eigene Bewegungen erwärmt, und ich konnte mich gemütlich zum Frühstück hinsetzen. Bei der nächsten Welle lief ich in den Stall, um die Tiere zu versorgen. Wann immer meine Arbeit mich draußen verlangte, wartete ich auf die eigene Wärmequelle. So gesehen waren die Jahre, in denen die meisten Frauen leiden, für mich von großem Nutzen.

Nach der Operation warteten vier schöne Blumensträuße auf mich. Mir ging es gut, ich wurde von freundlichen Krankenschwestern umsorgt. Fleißig absolvierte ich die verordneten gymnastischen Übungen, gemeinsam mit den mitoperierten Zimmergenossinnen. Allerdings war es mir schwer ums Herz, wenn zu den Besuchszeiten das Krankenzimmer zum Bersten voll war mit all den lieben Verwandten der Mitkranken und ich so gar keinen Besuch bekam. Für meine Freunde war die Reise zu weit, und Tobi befand sich auf hoher See.

Schon nach zwei Wochen durfte ich erst einmal nach Hause, um aber bald danach wieder, diesmal sechs Wochen, zur Nachbehandlung mit radioaktiver Bestrahlung zurückzukehren. Jetzt konnte Tobi mich besuchen, er hatte seinen Landurlaub.

In den ersten drei Wochen glaubte ich mich in einem Kurbad, mit Spazierengehen, Essen, Kaffeetrinken. Triumphierend erzählte ich den Krankenschwestern, wie wenig die Nachbehandlung mich mit Nebenwirkungen belastete. »Warte nur«, sagten sie zum Spaß, »wir kriegen dich noch klein, daß dir Sehen und Hören vergeht.«

So war es. Die täglichen Bestrahlungen begannen an mir zu nagen. Mein Optimismus, von wegen in einem Kurbad zu sein, war ganz schnell verflogen. In der vierten Woche war ich ein Nervenbündel mit eingebildeten Horrorerscheinungen und Panikattacken. Und nur deshalb konnte es geschehen, daß diese Panik in mir schreckliches Heimweh nach Deutschland auslöste. Nach 15 Jahren das erste Mal Heimweh. Sicher, Sehnsucht nach meinen Kindern hatte ich immer, doch nie, nie Heimweh. Es war so stark, daß nur ein Davonlaufen von der Insel mir helfen könnte – bildete ich mir ein. Davonlaufen – wieder davonlaufen. Vor 15 Jahren sah ich die Heilung meiner seelischen Qualen nur im Davonlaufen, nun waren es durch Panik hervorgerufene, eingebildete Heimwehschmerzen. Was ich aber nicht wußte, für mich war es Realität.

Genau in dieser Situation kam ein Telefonanruf von einer meiner Nichten, deren Mutter ganz plötzlich verstorben war. Durch ihre Schmerzen bedingt, bat sie mich flehentlich zurückzukommen, sie brauche mich. Ich könne die kleine Wohnung unter dem Dach haben. War das ein Zeichen für mich? Öffnete sich da nicht eine Tür zurück nach Deutschland? Mein guter Engel hatte damit nichts zu tun, das weiß ich heute. Zu meinem Glück verkaufte ich nicht mein Haus, so wie ich es wollte, meine Kinder hinderten mich – Gott sei Dank.

Mit der Hälfte meines Hausrates reiste ich nach Deutschland, nichts hätte mich aufhalten können. In dem mir jetzt total entfremdeten Leben wachte ich so langsam auf und wußte, daß ich in eine Falle gegangen war – obwohl, etwas Positives wuchs trotzdem aus dieser verfahrenen Situation: Ich sah mein Enkelkind öfter sowie meine Töchter. Das zweite war, nun wußte ich mit Sicherheit, wohin ich gehörte – mein Heimweh, das mich jetzt bewegte, entsprang nicht einer Paniksituation – es war echt. Ich hatte Heimweh nach Schottland, auf meine Insel.

Im Monat Mai war mein Haus wieder eingerichtet wie all die Jahre. Himmel, war ich glücklich, wieder hier zu sein. Sicher, die Schulden, die ich machen mußte, um den Hausrat zurückzubringen, drücken schon, aber was soll's. Ich bin wieder hier.
Im Laufe der Zeit, die ich auf der Insel verbrachte, habe ich viele schöne, unbeschreiblich schöne Naturerscheinungen gesehen: das Nordlicht, den Tanz der Heringe in der Abendsonne, die unzähligen Sonnenauf- und untergänge und viel, viel mehr. Jedesmal meinte ich, eine Steigerung sei nicht möglich. Doch sie ist es – und wird es immer sein.
An dem Morgen nämlich, als ich nach meinem Deutschlandabenteuer das erste Mal in meinem Haus erwachte, ging ich gleich hinaus, um dem Meer näher zu sein. Die Sonne stand noch im Osten. Im Westen war der Himmel bewölkt. Vom Atlantik her war ein schwaches Zeichen eines Stückchens von einem Regenbogen zu erkennen, sehr breit, aber weniger als ein Achtel eines Halbkreises, die Farben waren ganz schwach. Es lohnte sich nicht hinzuschauen, so unbedeutend war das, was ich sah, deshalb wendete ich meine Aufmerksamkeit den Klippen zu. Zu meiner Verwunderung hing hier ebenfalls ein Stück Regenbogen – genauso breit, die Farbskala genauso schwach wie auf der ande-

ren Seite. Ich schaute wieder zum Atlantik hinüber, meine Verwunderung steigerte sich; zwar war das Stück Regenbogen nicht
gewachsen, doch standen die sieben Farben jetzt ganz klar und
deutlich auf dem Wasser. Bei den Klippen hatte sich das gleiche
getan, ganz deutlich waren die Farben wie an den Felsen gemalt.
Mit einem Mal wuchsen die Farben an beiden Seiten in die
Höhe, beugten sich einander zu – die Wolken wurden buchstäblich fortgeschoben – und legten unter sich einen azurblauen
Himmel frei. Nun fehlte nur noch die obere Wölbung des enormen Regenbogens. Als ob ein Riesengott aus der griechischen
Mythologie mit einem Riesenpinsel den Rest vollendet hätte,
stand das ewige Symbol zwischen Gott und der Menschheit vom
Atlantik bis zu meinen Klippen gespannt. Über dem breiten – so
breit wie ich noch nie einen gesehen hatte – Regenbogen lagen
Wolken, darunter ein Himmel, so leuchtend hell und blau – ein
Tor zum Himmel, so nah und doch so fern. Wahrhaftig ein Tor
wie zu einer anderen Welt.

Anmerkung:
Heinrich Heine, 1797-1856, schrieb später: *»Ja, ich habe mit mei-
nem Schöpfer Frieden gemacht ...«*
Er schrieb ein Gedicht als ergreifendes Bekenntnis, dessen
Refrain lautet:
»O Herr, o Herr, ich knie nieder,
vergib, vergib mir meine Lieder.«